DANIELLE STEEL

UNA GRAN CHICA

Danielle Steel es sin duda una de las novelistas más populares en todo el mundo. Sus libros se han publicado en cuarenta y siete países, con ventas que superan los quinientos ochenta millones de ejemplares. Cada uno de sus lanzamientos ha encabezado la lista de bestsellers de *The New York Times*, y muchos de ellos se han mantenido en esta posición durante meses.

UNA GRAN CHICA

UNA GRAN CHICA

DANIELLE STEEL

Traducción de Laura Manero Jiménez

VINTAGE ESPAÑOL
Una división de Random House LLC
Nueva York

Como siempre, a mis maravillosos hijos,
Trevor, Todd, Beatie, Nick, Sam, Victoria,
Vanessa, Maxx y Zara,
que están a mi lado y me dan toda
su alegría, ternura, amor, apoyo, afecto
y grandes momentos que recordar.
En lo bueno y en lo malo, siempre estamos
cerca para ayudarnos.
Gracias por ser la enorme bendición
que sois en mi vida.

Con todo mi amor,
Mamá/D. S.

UNA GRAN CHICA

1

Jim Dawson había sido guapo desde el día en que nació. Era hijo único, de niño fue alto para su edad, tenía un físico perfecto y al crecer se convirtió en un atleta excepcional. Era el centro del mundo de sus padres. Ambos pasaban de los cuarenta cuando lo tuvieron, y fue para ellos una bendición y una sorpresa después de tantos años intentando concebir. Justo cuando ya habían abandonado toda esperanza, apareció su perfecto bebé. Su madre lo miraba con adoración mientras lo tenía en brazos. A su padre le encantaba jugar con él a la pelota. Fue la estrella del equipo en la liguilla de béisbol del colegio y, con el paso de los años, las chicas se derretían cada vez más por él. Tenía el cabello oscuro, aterciopelados ojos castaños y un hoyuelo pronunciado en la barbilla, igual que un actor de Hollywood. En la universidad fue capitán del equipo de fútbol americano, y a nadie le sorprendió que empezara a salir con la reina de la fiesta de antiguos alumnos, una chica muy guapa que se había trasladado con su familia desde Atlanta hasta el sur de California el primer año de carrera. Christine era menuda y delgadita, con un cabello y unos ojos tan oscuros como los de él, y una piel igual que la de Blancanieves. Resultaba delicada, hablaba con voz suave y lo idolatraba. Se prometieron la noche de la graduación y se casaron durante las Navidades de ese mismo año.

Por aquel entonces Jim ya había encontrado trabajo en una agencia de publicidad, así que Christine se pasó los seis meses siguientes a la graduación preparando la boda. También ella se había licenciado, pero en realidad su único interés durante los cuatro años de universidad había radicado en encontrar marido y casarse. Formaban una pareja espectacular e irradiaban esa saludable belleza tan típicamente estadounidense. Eran el complemento perfecto el uno para la otra y, al verlos, todo el mundo·pensaba en una portada de revista.

La intención de Christine había sido trabajar de modelo después de casarse, pero Jim no quiso ni oír hablar del tema. Él tenía un buen puesto, ganaba un buen sueldo y no quería que su mujer buscase empleo. ¿Qué pensaría la gente de él? ¿Que no era capaz de hacerse cargo de ella? Prefería que se quedara en casa y estuviera esperándolo todas las tardes, y eso fue lo que hizo Christine. Todo el que los conocía decía que eran la pareja más atractiva que había visto jamás.

Nunca se pelearon por ver quién llevaba los pantalones en la familia. Jim establecía las normas y Christine estaba cómoda con su papel. Su madre había muerto siendo ella muy joven, y su suegra, a quien llamaba «mamá Dawson», no hacía más que cantar las alabanzas de su hijo, por lo que Christine no tardó en reverenciarlo tanto como lo habían hecho sus padres. Jim era un gran sostén para la familia, amante esposo, divertido, el atleta perfecto, y no dejaba de ascender en el escalafón de la empresa de publicidad. Era simpático y encantador con todo el mundo, siempre que lo admirasen y no lo criticasen nunca, pero casi nadie tenía razones para hacerlo. Jim era un joven agradable que hacía amigos con facilidad, tenía a su mujer en un pedestal y se ocupaba muy bien de ella. Lo único que esperaba de Christine a cambio era que hiciera siempre lo que él decía, que lo venerase y lo adorase, y que le dejara llevar la voz cantante. Puesto que el padre de ella tenía unas ideas muy parecidas, Christine había crecido educándose para ser la abnegada esposa de un hombre como él. Su vida en común era todo lo que había soñado y más. Con Jim no hubo ninguna sorpresa desagradable y nunca tuvo comportamientos extraños, así que no se llevó ninguna decepción. La protegía y cuidaba de ella, y se ganaba generosamente la vida. La relación funcionaba a la perfección para ambos. Cada uno conocía su papel y lo interpretaba siempre según sus reglas. Él era el Adorado; ella, la Adoradora.

Los primeros años no sintieron ninguna prisa por tener hijos, y quizá habrían tardado más en buscarlos si la gente no hubiese empezado a hacer comentarios sobre por qué no los tenían. Jim lo sentía como una crítica o como la insinuación de que no podían, aunque a ambos les gustaba su independencia, sin niños que los ataran. Jim se llevaba a menudo a Christine a pasar el fin de semana fuera, organizaba vacaciones placenteras y la sacaba a cenar una o dos veces por semana, aunque ella era buena cocinera y había aprendido a prepararle sus platos preferidos. Ninguno de los dos sufría por la ausencia de niños, aunque ambos estaban de acuerdo en que querrían tenerlos algún día. Sin embargo, ya habían pasado cinco años desde su boda e incluso los padres de Jim empezaron a inquietarse y a pensar que quizá tenían las mismas dificultades que habían retrasado la formación de su propia familia durante casi veinte años. Jim les aseguraba que no había ningún problema, que estaban disfrutando de la vida y no tenían prisa por ser padres. A sus veintisiete años, les gustaba sentirse libres y sin responsabilidades.

Sin embargo, las constantes preguntas acabaron por afectar a Jim, que le comunicó a Christine que había llegado el momento de tener un hijo. Y, como siempre, Christine estuvo de acuerdo. Todo lo que Jim considerara mejor, a ella también se lo parecía. Se quedó embarazada de inmediato; antes de lo que esperaban, en realidad. Ellos habían supuesto que tardarían entre seis meses y un año, o sea que les resultó más fácil de lo que habían planeado y, a pesar de la inquietud de su suegra, el embarazo fue estupendamente.

Cuando Christine se puso de parto, Jim la llevó al hospital y optó por no estar presente mientras nacía la criatura, lo cual también a ella le pareció correcto. No quería forzarlo a nada que pudiera incomodarlo. Él deseaba que fuera niño, y ese había sido también el ardoroso deseo de ella, para complacerlo. A ninguno de los dos se les pasó siquiera por la cabeza que pudieran tener una niña, y ambos, confiados, habían preferido no conocer el sexo del bebé antes del nacimiento. Viril como era, Jim había dado por hecho que su primogénito sería varón, y Christine había decorado toda la habitación de azul. Estaban absolutamente convencidos de que sería niño.

El bebé venía de nalgas y hubo que practicar una cesárea, así que Christine estaba anestesiada en la sala de recuperación cuando Jim recibió la noticia. Después, al ver a la niña que la enfermera le acercó a la ventana del nido, pasó varios minutos pensando que la mujer se había equivocado y le estaba enseñando a otro bebé. La niña tenía una carita completamente redonda y de mofletes regordetes, y un halo de pelusilla rubia, casi blanca, en la cabeza. No se parecía a ninguno de ellos dos. Más aún que sus rasgos o su color de pelo, lo que desconcertó a Jim fue el sexo. No era el bebé que habían esperado. Mientras la pequeña lo miraba a través del cristal de la sala de neonatos, lo único en lo que podía pensar él era que se parecía a aquella vieja monarca británica, la reina Victoria. Se lo comentó a una de las enfermeras, y ella le regañó y le aseguró que su hija era preciosa. Jim, que no estaba acostumbrado a las muecas de los recién nacidos, no estaba de acuerdo con la mujer. Le daba la sensación de que aquella niña tenía que ser hija de algún otro matrimonio, porque era evidente que no se parecía en nada ni a Christine ni a él. Así que se sentó en la sala de espera, abatido por la decepción, hasta que lo llamaron para que se reuniera con su mujer. En cuanto ella le vio la cara, supo que había sido una niña y que, a ojos de su marido, había fracasado.

—¿Una niña? —susurró, todavía adormilada por la anestesia mientras él asentía sin poder decir palabra.

¿Cómo iba a explicarles a sus amigos que su chico había resultado ser una niñita? Era un golpe importante para su ego y su imagen, algo que no podía controlar, y Jim nunca había llevado eso demasiado bien. A él le gustaba orquestarlo todo, y Christine siempre seguía el ritmo que marcaba su batuta.

—Sí, es una niña —logró decir mientras a su mujer se le escapaba una lágrima—. Se parece a la reina Victoria. —Y entonces decidió incordiarla un poco—. No sé quién será el padre, pero parece que tiene los ojos azules, y es rubia.

Nadie, en ninguna de las dos familias, tenía el cabello claro salvo la abuela de él, lo cual le parecían muchas generaciones de distancia. Aun así, no dudaba de Christine. Estaba claro que esa niña era una especie de atavismo evolutivo de su banco genético, porque de ninguna manera parecía que fuera hija suya. Las enfermeras no hacían más que decir que era una monada, pero Jim no estaba convencido, y pasaron varias horas antes de que se la llevaran a Christine bien arropada en una manta rosa, y esta se la quedó mirando maravillada mientras le acariciaba las manitas. A Christine acababan de ponerle una inyección para impedir que le subiera la leche porque había decidido no dar el pecho. Era Jim quien no quería, y ella tampoco había sentido especial deseo de hacerlo. Deseaba recuperar la figura lo antes posible, ya que a él siempre le había gustado su silueta menuda y ágil, y no la encontraba atractiva estando embarazada. Christine había vigilado mucho el peso durante el embarazo. Igual que a Jim, le costaba creer que esa niña regordeta, blanca y rubia fuese suya. Sí que tenía unas piernas largas, robustas y rectas como las de él, pero sus rasgos no recordaban a los de ninguno de ellos dos. Mamá Dawson le dio la razón a su hijo nada más ver a la pequeña. Comentó que tenía un aire a la abuela paterna de él y que esperaba que no siguiera pareciéndosele cuando creciera. Toda su vida había sido una mujer oronda y corpulenta, admirada por su cocina y su costura, pero nunca por su belleza.

Un día después del nacimiento de la niña, la primera impresión en cuanto a su sexo ya había disminuido un poco, aunque los amigos del trabajo le habían tomado el pelo a Jim diciéndole que tendría que volver a probar suerte, a ver si conseguía un chico. A Christine le preocupaba que pudiera enfadarse con ella, pero él le aseguró con mucha dulzura que se alegraba de que la niña y ella estuvieran sanas, y añadió que ya se acostumbrarían a lo que tenían. La forma en que lo dijo hizo que Christine se sintiera como una fracasada, y mamá Dawson no hizo más que corroborar su impresión. No era ningún secreto que Jim, casi como confirmación de su hombría y su habilidad para engendrar a un niño, había deseado un hijo y no una hija. Y, puesto que a ninguno de ellos se les había ocurrido que pudieran ser padres de una niña, no tenían pensado ningún nombre para la pequeña regordeta y rubia que Christine acunaba en sus brazos.

Jim solo había bromeado al decir que se parecía a la reina Victoria, pero los dos estuvieron de acuerdo en que era un nombre bonito, así que él fue un paso más allá y propuso ponerle Regina de segundo nombre. Victoria Regina Dawson, igual que la reina Victoria. Viendo a la niña, el nombre parecía extrañamente adecuado, así que Christine accedió. Quería que su marido estuviera contento por lo menos con la elección del nombre de la criatura, ya que con el sexo no había podido ser. Todavía sentía que le había fallado dándole una niña. Sin embargo, cuando salieron del hospital cinco días después, Jim parecía haberla perdonado ya.

Victoria era un bebé feliz y contento que siempre estaba de buen humor y no era nada exigente. Aprendió a andar y a hablar muy pronto, y la gente siempre comentaba que era una niñita muy dulce. Siguió siendo muy clara de piel, y el halo de pelusilla casi blanca con el que había nacido se convirtió en una corona de tirabuzones dorados. Tenía unos grandes ojos azules, el cabello rubio claro y la tez blanca y aterciopelada que encajaban con su coloración. Había quien decía que parecía muy inglesa, y entonces Jim comentaba que le habían puesto el nombre por la reina Victoria, porque al nacer se le había parecido mucho, y todo el mundo se echaba a reír. Acabó siendo su chiste preferido sobre la niña, y siempre estaba más que dispuesto a compartirlo mientras Christine sonreía con recatada timidez. Ella quería a su hija, pero el amor de su vida siempre había sido su marido, y eso no había cambiado. A diferencia de otras mujeres que se dedicaban a sus hijos en cuerpo y alma, el epicentro de su mundo era en primer lugar Jim, y luego la niña. Christine era la compañera perfecta para un narcisista de las proporciones de Jim. Solo tenía ojos para su marido y, aunque él seguía deseando un hijo para sentirse completo y jugar con él a la pelota, no tenía ninguna prisa por volver a intentarlo. Victoria encajó en su vida con facilidad y sin provocarles ningún trastorno, y ambos temían que dos niños, sobre todo si no se llevaban varios años de diferencia, resultaran difíciles de manejar, así que de momento se contentaron con ella. De vez en cuando mamá Dawson echaba sal en las heridas de Jim diciéndole que era una lástima que Victoria no hubiera sido niño, porque así ya no tendrían ni que plantearse siquiera ir a por el hermanito, y que los hijos únicos siempre eran más brillantes. Por supuesto, ella solo había tenido un hijo.

Al crecer Victoria demostró ser muy inteligente. Hablaba mucho, era muy buena y mantenía conversaciones casi de adulto cuando apenas tenía tres años. Decía cosas graciosas, era una niña muy despierta y se interesaba por todo cuanto la rodeaba. Christine le enseñó a leer a la edad de cuatro años. A los cinco, su padre le explicó que le habían puesto el nombre de una reina. Victoria sonreía con deleite cada vez que se lo decía. Sabía cómo eran las reinas: eran guapas y llevaban unos vestidos preciosos en todos los cuentos de hadas que ella leía. A veces incluso tenían poderes mágicos. Sabía que le habían puesto el nombre de la reina Victoria, aunque desconocía cómo era esta. Su padre siempre le contaba que habían elegido el nombre porque se parecía a ella, y Victoria sabía que, además, también se parecía a la abuela de su padre, aunque nunca había visto ninguna fotografía de la mujer. Se preguntaba si también ella habría sido reina.

La niña seguía siendo redondita y regordeta al cumplir seis años. Tenía unas piernas fornidas y muchas veces le decían que estaba muy mayor para su edad. Ya iba a primero y era la más alta de toda la clase. También pesaba más que la mayoría de sus compañeros. La gente le decía que era una «grandullona», y a ella siempre le había parecido un cumplido. Todavía iba a primero cuando, un día, mientras estaba hojeando un libro con su madre, vio a la reina cuyo nombre le habían puesto. Estaba claramente escrito debajo de su retrato. «Victoria Regina», igual que ella.

Era una fotografía que le habían hecho a una edad avanzada, y la reina tenía en su regazo un doguillo que se le parecía una barbaridad. Victoria se quedó sentada, mirando la página un buen rato sin decir ni una palabra.

—¿Es esta? —le preguntó por fin a su madre, volviendo sus enormes ojos azules hacia ella.

Christine asintió y sonrió. Aquello no había sido más que

una broma de Jim, en realidad solo se parecía a su bisabuela paterna y a nadie más.

—Fue una reina muy importante de Inglaterra, hace muchísimo tiempo —le explicó a su hija.

—Ni siquiera lleva un vestido bonito. No tiene corona, y su perro también es feo. —Victoria lo dijo completamente desconsolada.

—Ahí ya era muy mayor —dijo su madre, intentando suavizar el momento. Notaba lo disgustada que estaba su hija, y eso le encogía el corazón. Sabía que Jim no había tenido mala intención, pero su broma había llegado demasiado lejos.

Victoria parecía afligida. Se quedó mirando la fotografía una eternidad mientras dos lagrimones resbalaban despacio por sus mejillas. Christine, sin decir nada, pasó la página y esperó que Victoria olvidara la imagen que había visto. Pero nunca la olvidó, y esa sensación de que para su padre era como una reina nunca volvió a ser la misma.

2

Un año después de que Victoria viera la fotografía de la reina Victoria y cambiara para siempre la imagen que tenía de sí misma, sus padres le informaron de que había un hermanito o una hermanita de camino. La niña estaba encantada. A esas alturas, muchas de sus amigas del colegio ya tenían hermanos. Ella era una de las pocas hijas únicas, y le encantaba la idea de tener un bebé con quien jugar como con un muñeco de verdad. Iba a segundo cuando le dieron la noticia. Una noche en que sus padres, creyendo que ella dormía, estaban hablando del embarazo, Victoria los oyó pronunciar las terribles palabras de que el bebé había sido «un accidente» y no supo qué significaban. Temía que su hermanito pudiera estar herido, temía incluso que naciera sin brazos, o sin piernas, o que nunca aprendiera a caminar cuando fuera mayor. No sabía cómo había ocurrido ese accidente y no quería preguntar. Había visto a su madre llorar mientras su padre le hablaba con voz preocupada, y los oyó a ambos decir que las cosas estaban bien tal como estaban, solo con Victoria. Era una niña dócil que nunca los molestaba y siempre obedecía. A sus siete años, no les daba ningún problema.

Su padre se pasó todo el embarazo diciendo que esperaba que esa vez fuese niño. Su madre parecía desear lo mismo, pero decoró la habitación en neutros tonos crudos en lugar de en azul. Ya había aprendido la lección cuando Victoria les había dado la sorpresa de no ser un varón. Mamá Dawson predijo que volvería a ser una niña, y así lo esperaba también Victoria. Sus padres habían decidido que esta vez tampoco querían conocer el sexo del bebé. A Christine le asustaba recibir una sorpresa desagradable y prefería aferrarse todo lo posible a la esperanza de que fuera niño.

Victoria no sabía muy bien por qué, pero sus padres no parecían tan emocionados como ella con la llegada del bebé. Su madre se quejaba mucho de lo enorme que estaba, y su padre incordiaba a Victoria diciéndole que esperaba que no se pareciera a ella. Nunca dejaba de recordarle lo igualita que era a la abuela de él. Tenían pocas fotos de la mujer, pero las que Victoria por fin había logrado encontrar eran de una señora grandullona con delantal, cintura inexistente, caderas gigantescas y nariz protuberante. No sabía muy bien qué era peor, si parecerse a su bisabuela paterna o a esa espantosa reina con un perrito que había visto retratada en aquel libro. Después de descubrir las fotografías de su bisabuela, Victoria empezó a obsesionarse con el tamaño de su nariz. Era pequeña y redonda, pero a ella le recordaba a una cebolla plantada en mitad de su cara. Esperaba, por su bien, que el nuevo bebé no heredase la misma nariz que ella. Aunque, como el bebé había sido un «accidente», seguramente habría cosas más graves de las que preocuparse que una nariz. Sus padres no le habían explicado nada de ese suceso, pero ella no había olvidado la conversación que oyó sin querer. Eso hizo que se sintiera aún más decidida a dedicarse en cuerpo y alma a su nuevo hermanito o hermanita, y a hacer lo que fuera necesario para ayudarle. Esperaba que las heridas del accidente que había sufrido no fueran muy graves. A lo mejor solo era un brazo roto, o un chichón en la cabeza.

Esta vez la cesárea de Christine fue programada, y los padres de Victoria le explicaron que su mamá pasaría una semana en el hospital y que no podría ir a verla, ni a ella ni al bebé, · hasta que les dieran el alta. Le dijeron que esas eran las normas, y ella se preguntó si sería para que los médicos tuvieran tiempo de arreglar cualquier daño que hubiera sufrido el bebé en ese misterioso accidente que nadie parecía querer relatar o explicar.

El día en que nació el bebé, su padre llegó a casa a las seis de la tarde, cuando la abuela de Victoria le estaba preparando la cena. Las dos se lo quedaron mirando con ojos expectantes, y su decepción al comunicarles que había sido niña fue más que evidente. Pero después de eso sonrió y dijo que era una criaturita muy guapa y que esta vez había salido igualita a Christine y a él. Se lo veía enormemente aliviado, aunque no hubiera sido varón. Les comunicó que la llamarían Grace —«gracia»—, porque era una preciosidad. La abuela Dawson sonrió entonces también, orgullosa de su habilidad para adivinar el sexo del bebé. Había estado convencida de que sería niña. Jim les explicó que tenía el cabello oscuro, unos enormes ojos castaños como los de ellos dos, la misma piel blanca que su madre y unos labios rosados y de forma perfecta. Era tan guapa que podría salir en cualquier anuncio, así que su belleza compensaba que no hubiese sido chico. No mencionó que tuviera ninguna herida de ese accidente que tanto había preocupado a Victoria durante los últimos ocho meses, así que también ella se sintió muy aliviada. Solo había deseado que la niña estuviera bien, y parecía que además era una monada.

Al día siguiente llamaron a su madre por teléfono al hospital y ella contestó muy cansada. Eso hizo que Victoria estuviera todavía más decidida a hacer todo lo posible por ayudar cuando llegaran a casa.

Al ver a Grace por primera vez, su hermanita le pareció aún más guapa de lo que le habían dicho. Era de una exquisitez absoluta y estaba perfectamente formada. Parecía un bebé salido de un libro ilustrado o de un anuncio, como había dicho su padre. La abuela Dawson enseguida se puso a hacerle ruiditos y la cogió de los brazos de Christine mientras Jim la ayudaba a sentarse. Victoria intentó entonces verla mejor. Se moría de ganas de abrazarla, de darle besos en las mejillas, de arrullarla y de tocarle los diminutos dedos de los pies. No tuvo celos de ella ni por un segundo, solo estaba feliz y orgullosa.

—Es una preciosidad, ¿a que sí? —le dijo Jim con satisfacción a su madre, que enseguida le dio la razón.

Esta vez nadie mencionó a su abuela paterna; no había ninguna necesidad. La pequeña Grace parecía una muñequita de porcelana y todos coincidieron en que era el bebé más hermoso que habían visto jamás. No se parecía en nada a su hermana mayor, que tenía unos grandes ojos azules y el cabello de color trigo. Incluso costaba imaginar que las dos fuesen hermanas, o que Victoria perteneciera siquiera a esa familia en la que todos eran tan morenos, mientras que ella era tan rubia. Tampoco su cuerpo regordete se parecía en nada a los Dawson. Nadie comparó a la recién nacida con la reina Victoria ni dijo que tuviera la nariz redonda, porque tenía una naricilla de duende, una nariz de camafeo, igualita a la de Christine. Desde que nació, estuvo claro que Grace era una de ellos, mientras que a Victoria parecía que alguien la había abandonado en la puerta de su casa.

Grace era perfecta, y lo único que sintió Victoria por ella mientras la miraba con adoración en brazos de su abuela fue amor. Estaba impaciente por que la dejaran acunarla. Esa hermanita tan esperada era para ella, que había empezado a quererla antes incluso de que naciera. Y ahí la tenía, al fin.

Jim, de todos modos, no pudo resistirse a incordiar a su hija mayor, como siempre. Así era él, le encantaba gastar bromas a expensas de los demás. Sus amigos lo consideraban muy divertido, y él no tenía reparos al elegir al blanco de sus chistes. Se volvió hacia Victoria con una sonrisa irónica mientras ella seguía embobada, mirando a su hermanita con cariño.

—Supongo que contigo probamos la receta —dijo, alborotándole el pelo con afecto—, y esta vez hemos hecho un pastelito perfecto —comentó con alegría mientras la abuela Dawson le explicaba a Victoria que eso de probar la receta era lo que se hacía cuando se creaba un nuevo pastel, para comprobar la mezcla de ingredientes y la temperatura y el tiempo de horneado. Como, según la mujer, nunca salía bien a la primera, el primer pastel se desechaba y se intentaba otra vez.

De pronto Victoria sintió un miedo terrible a que, puesto que Grace había salido tan perfecta, a ella quisieran tirarla a la basura. Sin embargo, mientras su madre, su abuela y su nueva hermanita subían al piso de arriba, nadie dijo nada al respecto. Victoria las siguió, mirándolas con temor. Se quedó a una distancia prudencial, pero no perdió detalle de todo lo que hacían. Quería aprender a hacerlo ella sola, porque estaba segura de que su madre le dejaría cuidar a su hermanita en cuanto la abuela regresara a su casa. Se lo había preguntado antes de que naciera, y su madre le había dicho que sí.

Las mujeres cambiaron a la pequeña, le pusieron un pijama rosa y la envolvieron en una mantita, y luego Christine le dio el biberón de leche infantil que le habían recomendado en el hospital. Después la ayudó a echar el eructito y la acostó en el moisés, donde Victoria pudo contemplar por primera vez un buen rato a la recién nacida. Era la niña más bonita que había visto nunca pero, aunque no lo hubiera sido, aunque hubiera heredado la nariz de su bisabuela o se hubiera parecido también a la reina Victoria, ella de todas formas la habría querido. La quería muchísimo. A Victoria no le importaba si era guapa o no, eso solo le preocupaba a su familia.

Mientras su madre y su abuela hablaban, Victoria metió un dedo con cuidado en el moisés, cerca de la mano de la niña, que levantó la mirada y cerró los deditos alrededor de su dedo índice. Fue el momento más emocionante de toda la vida de Victoria; al instante sintió el vínculo que las unía y supo que con el tiempo se haría más fuerte y duraría para siempre jamás. En silencio prometió que cuidaría de ella, que nunca dejaría que nadie le hiciera daño ni la hiciera llorar. Quería que Grace tuviese una vida perfecta y estaba dispuesta a todo para asegurarse de que así fuera. Entonces Grace cerró los ojos y se quedó dormida mientras Victoria la miraba. Estaba contentísima de que el accidente no le hubiera dejado secuelas y de tener por fin a su hermanita con ella.

Recordó entonces eso que había dicho su padre de que con ella habían probado la receta y se preguntó si sería cierto. A lo mejor solo la habían tenido para asegurarse de que Grace les saliera bien. En tal caso, estaba claro que lo habían conseguido. Era el ser más perfecto que Victoria había visto nunca. También sus padres y su abuela lo decían. Por una brevísima fracción de segundo, Victoria deseó que hubieran probado con otra persona la receta para hacerla a ella, y que todos sintieran por ella lo que era evidente que sentían por Grace. Deseó ser una victoria, y no una receta fallida o un pastel quemado en el horno. Pero, sobre todo, fueran cuales fuesen las intenciones de sus padres al tenerla a ella primero, solo esperaba que nunca decidieran tirarla a la basura. Lo único que quería era compartir el resto de su vida con Grace y ser la mejor hermana mayor del mundo. Y también se alegraba de que no hubiese heredado la nariz de su bisabuela.

Más tarde, mientras la niña dormía tranquilamente en el piso de arriba cuando ya le habían dado el biberón y la habían cambiado, Victoria bajó a la cocina para comer con sus padres y su abuela. Su madre le había dicho que el bebé dormiría mucho esas primeras semanas. Durante la comida Christine comentó que quería recuperar la figura lo antes posible. Jim sirvió champán para los adultos y sonrió a su hija. Siempre había algo ligeramente irónico en la forma que tenía de mirarla, como si compartieran un chiste, o como si ella fuera un chiste. Victoria nunca estaba muy segura de cuál de las dos opciones era la correcta, pero de todas formas le gustaba que su padre le sonriera. Y ahora, además, estaba contenta de tener a Grace. Era la hermanita que había soñado toda la vida, alguien en quien volcar su amor y que la querría a ella tanto como ella la quería ya.

3

Su madre enseñó a Victoria todo sobre los cuidados de la niña. Cuando Grace cumplió tres meses, su hermana ya sabía cambiarle el pañal, bañarla, vestirla, jugar con ella durante horas y hasta darle de comer. Las dos eran inseparables, lo cual proporcionaba a Christine un respiro muy necesario los días que estaba atareada. Como Victoria la ayudaba tanto con la niña, ella tenía tiempo de jugar al bridge con sus amigas, ir a clases de golf y ver a su entrenador personal cuatro veces por semana. Ya se había olvidado del gran trabajo que suponía cuidar de un bebé, y a Victoria le encantaba ayudar. En cuanto llegaba a casa del colegio, cogía a su hermana en brazos y se ocupaba de cualquier cosa que necesitase. Fue ella quien recibió la primera sonrisa de Grace, y era evidente que la pequeña la adoraba y Victoria estaba loca por ella.

Grace siguió siendo una niña de anuncio. Cuando tenía un año, cada vez que Christine se las llevaba a las dos al supermercado, siempre había alguien que las paraba. Como vivían en Los Ángeles, era frecuente que encontraran a cazatalentos del mundo del cine en cualquier lugar. Querían contratar a Grace para películas, programas de televisión, anuncios de televisión o de prensa, carteles y todo lo relacionado con el mundo de la publicidad; también a Jim le habían presentado ofertas, y no pocas, cuando enseñaba una fotografía de su niña. Victoria contemplaba fascinada cómo se les acercaba la gente para intentar convencer a su madre para que les dejara trabajar con Grace en toda clase de anuncios, programas o películas, pero Christine siempre decía que no con mucha gentileza. Jim y ella no tenían ningún deseo de explotar a su pequeña, aunque siempre les halagaba recibir esas ofertas y después se lo explicaban a sus amigos. Mientras observaba esos encuentros y oía a sus padres relatarlos más tarde, Victoria se sentía invisible. Cuando los cazatalentos se acercaban a su madre, era como si ella no existiera. La única niña a quien veían era a Grace. A ella no le importaba demasiado, aunque a veces se preguntaba cómo sería salir por la tele o en una película. Le hacía gracia que Grace fuese tan guapa, y a ella le encantaba vestirla como si se tratara de una muñeca y ponerle cintas en sus rizos oscuros. Era un bebé precioso y se convirtió en una niña igualmente encantadora. Victoria estuvo a punto de derretirse la primera vez que su hermanita la llamó por su nombre. Grace estaba tan unida a su hermana mayor que soltaba risitas de felicidad nada más verla.

Cuando la niña tenía dos años y Victoria nueve, la abuela Dawson murió tras un breve período de enfermedad, lo cual dejó a Christine sin más ayuda con la pequeña que la que podía proporcionarle Victoria. La única persona que les había hecho de canguro era la madre de Jim, así que, tras el fallecimiento de su suegra, Christine tuvo que buscar a alguien en quien pudieran confiar cuando salían por la noche. A partir de ese momento las hermanas presenciaron un desfile de adolescentes que se presentaban en su casa para hablar por teléfono, ver la tele y dejar que fuese Victoria quien se encargara de la niña, lo cual de todas formas era lo que ellas preferían. Victoria era cada vez más responsable a medida que crecía, y Grace, más guapa cada año que pasaba. Tenía un carácter muy alegre, sonreía y reía constantemente, sobre todo gracias a su hermana, que era la única de la familia que sabía arrancarle una risa cuando aún le caían lágrimas, o poner fin a una de sus pataletas. Christine era mucho menos hábil con ella que su hija mayor, así que estaba encantada de dejar que Victoria se ocupase de Grace. Por aquel entonces su padre todavía la incordiaba de vez en cuando con su bromita de la receta de prueba, y Victoria era muy consciente de lo que quería decir con ello: que Grace era guapa y ella no, y que a la segunda por fin lo habían conseguido. Una vez se lo había explicado a una amiguita, que se había horrorizado muchísimo más que la propia Victoria, porque a esas alturas ella ya estaba acostumbrada. Su padre no dudaba en repetírselo a menudo. Christine había protestado un par de veces, pero Jim le aseguraba que Victoria sabía que solo lo decía para incordiarla. Sin embargo, lo cierto era que Victoria lo creía. Estaba convencida de que ella había sido el error de sus padres, y Grace, su éxito más esplendoroso. Y esa impresión se veía reforzada por todas las personas que admiraban a la pequeña Grace. Victoria acabó por sentirse completamente invisible. En cuanto la gente hacía un comentario sobre lo adorable y lo guapa que era Gracie, no sabían qué decir sobre Victoria, así que callaban y no le hacían caso.

Victoria no era fea, pero sí del montón. Tenía unos rasgos naturales, dulces, claros, una melena rubia y lisa que su madre siempre le recogía en trenzas y que contrastaba con la aureola de tirabuzones oscuros de Grace. El cabello de Victoria había ido perdiendo las ondas con el paso de los años. Tenía unos ojos grandes e inocentes, del mismo azul que el cielo en verano; pero los de Grace y sus padres, oscuros, siempre le habían parecido más exóticos y llamativos. Ellos tres compartían el mismo color de iris y también de cabello. Ella era la única diferente. Sus padres y Grace tenían un cuerpo esbelto: su padre era alto; su madre y la niña, delicadas, menudas y de huesos finos. Grace y sus padres eran como un reflejo unos de otros. Victoria era distinta. Toda ella resultaba más bien fornida, tenía un cuerpo grandote y los hombros demasiado anchos para una niña. Su aspecto era el de alguien saludable, con mejillas sonrosadas y pómulos prominentes. La única característica extraordinaria que poseía eran sus piernas, largas como las patas de un potro joven. A ella sus piernas siempre le habían parecido demasiado largas y delgadas para un cuerpo tan achaparrado, como le había dicho su abuela una vez. Su torso corto hacía que se vieran todavía más largas. Sin embargo, pese a su cuerpo robusto, Victoria era ágil y tenía mucho garbo. Ya de niña siempre había sido muy grande para su edad, aunque no lo bastante para que la consideraran gorda, pero nunca había tenido ningún rasgo que resultara grácil. Su padre no dejaba de repetir que pesaba demasiado para cogerla en brazos, mientras que a Grace la lanzaba al aire como una pluma. Christine, incluso después de haber tenido a las niñas, solía estar por debajo de su peso ideal y se mantenía en buena forma gracias a su entrenador y a sus clases de gimnasia. Jim era alto y esbelto, y Grace nunca fue una niña demasiado rellenita.

De todos modos, lo más llamativo de Victoria era lo distinta que era a todos ellos. Tanto como para que todo el mundo se diera cuenta. Más de una vez, la gente había preguntado a sus padres si era adoptada, y ella estaba lo bastante cerca para oírlo. Se sentía como una de esas fichas ilustradas que se utilizaban en el colegio y en las que se veía una manzana, una naranja, un plátano y un par de botas de plástico, y la profesora preguntaba cuál era el elemento que sobraba. En su familia Victoria siempre había sido las botas de plástico. Toda la vida había tenido esa extraña sensación: la de ser diferente, la de no encajar. Si al menos uno de sus padres se hubiese parecido a ella, entonces habría sentido que formaba parte de la familia, pero las cosas no eran así. La única que no encajaba allí era ella. Nunca nadie le había dicho que era guapa, al contrario de Gracie, a quien le recordaban constantemente que poseía una belleza de película. Victoria era la hermana mayor poco agraciada, la que desentonaba con el resto de la familia.

Además, por si eso fuera poco, también tenía un apetito muy saludable, lo cual hacía que su cuerpo fuese más ancho aún de lo que podría haber sido. Se servía grandes raciones en todas las comidas y siempre rebañaba el plato. Le gustaban los pasteles y los dulces, el helado y el pan, sobre todo recién salido del horno. A mediodía, en el colegio, tomaba un buen almuerzo. Nunca se resistía a un plato de patatas fritas, ni a un perrito caliente, ni tampoco a un helado cubierto de chocolate caliente. A Jim también le gustaba comer bien, pero era un hombre grande y nunca engordaba. Christine subsistía sobre todo a base de pescado hervido, verdura al vapor y ensalada: todas las cosas que Victoria detestaba. Ella prefería las hamburguesas, los espaguetis y las albóndigas y, aun siendo muy pequeña, a menudo repetía a pesar de que su padre la miraba frunciendo el ceño, o incluso se reía y se burlaba de ella. En su familia parecía que nadie más que ella engordaba. Y nunca se saltaba una comida. La saciedad le servía de consuelo.

—Un día vas a arrepentirte de ese apetito tuyo, jovencita —le advertía siempre su padre—. No te gustará tener sobrepeso cuando vayas a la universidad.

Pero todavía faltaba una vida entera para la universidad, y el puré de patatas estaba justo delante de ella, al ladito de la bandeja de pollo frito. Christine, sin embargo, siempre cuidaba mucho qué le daba de comer a su hija pequeña. Explicaba que Grace tenía una constitución diferente y que estaba hecha más como ella, aunque Victoria le pasaba piruletas y caramelos a escondidas, y a Grace le encantaban. Gritaba con deleite cada vez que veía un chupa-chups saliendo de uno de los bolsillos de su hermana. Aunque tuviera solo uno, Victoria siempre se lo daba a su hermana pequeña.

Victoria nunca había sido popular en el colegio, y sus padres rara vez dejaban que invitara a sus amigas a casa, así que su vida social era bastante limitada. Su madre decía que con dos niñas revolviéndolo todo ya tenía suficiente. Además, nunca le gustaban las amigas de Victoria cuando se las presentaba. Por una u otra razón, siempre les encontraba alguna pega, así que su hija dejó de pedirle permiso para que fueran a jugar. La consecuencia fue que sus amigas dejaron de invitarla a ella después del colegio, puesto que Victoria nunca les devolvía la invitación. De todas formas ella prefería llegar pronto a casa para ayudar con el bebé. Sí que tenía amigas en el colegio, pero su amistad no se prolongaba fuera de las horas lectivas.

La primera gran tragedia de sus primeros años de escuela consistió en ser la única chica de cuarto a la que nadie le había regalado una tarjeta de San Valentín. Llegó a casa llorando, pero su madre le dijo que no fuera tonta, que Gracie le haría una tarjeta de San Valentín. Al año siguiente Victoria se dijo que no le importaba y se preparó mentalmente para la decepción, pero resultó que esa vez sí recibió una tarjeta, de una niña que era alta, como ella. Todos los niños eran más bajitos que ambas. La otra niña era larguirucha y aún más alta que Victoria, y esta más grandota que ella.

La siguiente tragedia que hubo de superar fue que a los once años ya le crecieron los pechos. Hacía lo que podía por ocultarlos, se ponía sudaderas holgadas encima de la ropa, y al final incluso camisas de leñador, todo siempre dos tallas más grande. Sin embargo, para gran dolor de Victoria, sus pechos continuaron creciendo. Cuando iba a séptimo ya tenía cuerpo de mujer. A menudo pensaba en la abuela de su padre, en sus anchas caderas y su gruesa cintura, su enorme busto y su oronda constitución. Victoria rezaba por no llegar nunca a ser tan corpulenta como lo había sido su bisabuela. Lo único que las diferenciaba eran sus piernas largas y delgadas, que parecían no dejar de crecer. Victoria no lo sabía aún, pero eran su mejor característica. Los amigos de sus padres siempre comentaban que estaba hecha una «grandullona», y ella nunca estuvo muy segura de a qué parte de ella se referían con eso, si a sus largas piernas, a sus grandes pechos o al conjunto de su cuerpo, que no dejaba de ensancharse. Pero aun antes de que pudiera averiguar qué querían decir, ellos ya volvían la mirada hacia Gracie, que era como un duendecillo. A su lado Victoria se sentía igual que un monstruo o que un gigante. Con su altura y un cuerpo tan desarrollado, parecía mucho mayor de lo que era. Su profesor de arte de octavo le comentó un día que era «rubensiana», y ella no se atrevió a preguntarle qué quería decir eso, y tampoco le apetecía saberlo. Estaba convencida de que solo sería una forma más artística de llamarla «grandullona», un adjetivo que había llegado a odiar. Ella no quería ser grande. Quería ser pequeña, como su madre y su hermana. Victoria medía un metro setenta cuando dejó de crecer, en octavo, lo cual no era una barbaridad, pero sí más que la mayoría de sus compañeras de clase y que todos los niños de su edad. Se sentía como una atracción de feria.

Ella iba a séptimo cuando Gracie entró en parvulario, y el primer día la llevó a su clase. Su madre las había dejado a las dos en el colegio y Victoria tuvo el honor de acompañar a Grace para que conociera a su profesora. Se quedó allí, mirando a su hermanita, que entró en el aula con cautela y se volvió para enviarle un beso por el aire a su hermana mayor. Pasó todo el año ocupándose de ella durante el recreo, y cada tarde se la llevaba a casa después de las horas de acogida. Lo mismo sucedió durante octavo, cuando Gracie iba a primero.

No obstante, al otoño siguiente Victoria empezaría en el instituto, iría a un centro diferente, en un edificio distinto, y ya no estaría cerca para ayudar a Gracie ni asomarse a verla cuando pasaba por delante de su clase durante el día. Iba a echarla de menos. Y Gracie a ella también, porque dependía mucho de su hermana mayor y le encantaba verla aparecer por la puerta del aula entre clases. Las dos niñas lloraron el último día que Victoria pasó en octavo curso, y Gracie dijo que en otoño no quería volver al colegio sin ella, pero su hermana la convenció de que no tendría más remedio. Octavo marcaba el final de una era para Victoria, una etapa en la que había disfrutado mucho. Siempre le hacía feliz saber que Gracie andaba por allí cerca.

El verano antes de empezar en el instituto Victoria se puso a dieta por primera vez. Había visto un anuncio de unas infusiones de hierbas en la contraportada de una revista y se había decidido a comprarlas con su paga. El anuncio decía que garantizaban una pérdida de cinco kilos, y ella quería entrar en el instituto más delgada y más esbelta de lo que había estado en el colegio. Con la pubertad en marcha y una figura más bien curvilínea, había engordado y pesaba unos cinco kilos de más de lo que debería, según le había dicho el médico. El efecto de las infusiones fue mayor de lo previsto y Victoria estuvo gravemente indispuesta durante varias semanas. Grace le decía que estaba verde y que se la veía muy, muy enferma, y le preguntaba por qué se tomaba un té que olía tan mal. Sus padres no tenían ni idea de qué le ocurría porque no les había explicado que estaba haciendo dieta. Aquel brebaje maligno le había provocado una grave disentería, así que tuvo que quedarse en casa durante semanas, diciendo que debía de ser un virus. Christine aseguró a Jim que eran los típicos nervios de una adolescente a punto de empezar en el instituto. Al final, a base de tenerla tan enferma, la infusión de hierbas logró que adelgazara cuatro kilos, y Victoria estuvo encantada al ver el cuerpo que se le había quedado.

Los Dawson vivían en los límites de Beverly Hills, en un bonito barrio residencial. La casa era la misma que poseían desde que había nacido Victoria. Jim había llegado a ser el jefe de la agencia de publicidad y tenía una carrera profesional muy satisfactoria, mientras que Christine se ocupaba de las niñas. A ellos les parecía que eran la familia perfecta, no querían más hijos. Tenían cuarenta y dos años, llevaban veinte casados y disfrutaban de una vida muy cómoda. Estaban contentos de no haber tenido más descendencia y eran felices con sus dos hijas. A Jim le gustaba decir que Grace era la belleza de la casa y que Victoria había heredado el cerebro. En el mundo había lugar para ambas. Quería que Victoria fuese a una buena universidad y estudiase una carrera importante.

—Dependerás de tu inteligencia —le aseguró, como si no tuviera nada más que ofrecer a la vida.

—Necesitarás más que eso —añadió Christine, a quien a veces le preocupaba que Victoria fuese demasiado inteligente—. A los hombres no siempre les gustan las chicas listas —dijo, con cara de preocupación—. También tienes que ser atractiva.

Llevaba todo ese año insistiendo a su hija que vigilara su peso y estaba muy contenta de que hubiera perdido cuatro kilos, aunque no tenía ni idea de lo que había pasado Victoria durante ese último mes para conseguirlo. Christine no quería que su hija fuese solo inteligente, sino también delgada.

Ambos estaban mucho menos preocupados por Gracie, quien, con su encanto y su belleza, incluso a los siete años parecía capaz de conquistar el mundo. Jim era como un esclavo rendido a sus pies.

La familia se fue dos semanas a Santa Bárbara al final del verano, antes de que Victoria empezara en el instituto, y todos lo pasaron muy bien. Jim había alquilado una casa en Montecito, que era lo que solía hacer antes de tener a las niñas. Como iban a la playa todos los días y su padre siempre hacía algún que otro comentario a Victoria sobre su figura, ella acabó poniéndose una camiseta encima del bañador y se negó a volver a quitársela. Jim le decía que le había crecido mucho el busto, y luego lo suavizaba añadiendo que tenía unas piernas de infarto. Hablaba mucho más sobre el cuerpo de su hija que sobre las excelentes notas que sacaba. Eso ya lo daba por hecho; en cambio, siempre se esforzaba por dejar claro cuánto le decepcionaba su físico, como si de alguna forma le hubiese fallado y ese fracaso lo perjudicara también a él. Victoria ya lo había oído antes, muchas veces.

Todos los días sus padres daban largos paseos por la playa mientras ella ayudaba a Gracie a construir castillos de arena decorados con flores y rocas y palitos de helado. A su hermana le encantaba jugar con ella en la arena, lo cual hacía muy feliz a Victoria. Sin embargo, los comentarios de su padre acerca de su cuerpo siempre la entristecían y, además, su madre fingía no oírlos y nunca salía en su defensa, jamás intentaba transmitirle seguridad. Victoria sabía instintivamente que también a ella le disgustaba su aspecto.

Ese verano Victoria conoció en Montecito a un chico que vivía en una casa al otro lado de la calle. Jake le gustaba, tenía su misma edad y en otoño iba a entrar en el internado Cate School, en el sur de California. Jake le preguntó si podría escribirle desde la escuela, y ella le dijo que sí y le dio su dirección de Los Ángeles. Todas las noches hablaban hasta muy tarde sobre lo nerviosos que estaban por empezar en el instituto. Victoria, charlando con él en la oscuridad, admitió que nunca había sido demasiado popular. Él no entendía por qué. Pensaba que era muy lista, una chica muy divertida. Le gustaba hablar con ella y opinaba que era muy simpática. Victoria nunca había bebido cerveza ni había fumado, así que vomitó nada más llegar a casa la noche que lo probó. Pero nadie se dio cuenta. Sus padres ya estaban acostados, y Gracie profundamente dormida en la habitación de al lado. Jake se marchó al día siguiente. Su familia quería ir a visitar a sus abuelos al lago Tahoe antes de que empezara el curso. Victoria ya no tenía abuelos, cosa que a veces le parecía una suerte, puesto que de esta forma solo sus padres podían criticar su aspecto. Su madre opinaba que le hacía falta un corte de pelo y que debería empezar un programa de ejercicios en otoño. Quería apuntarla a gimnasia o a ballet, y no se daba cuenta de lo mucho que incomodaba a Victoria la idea de verse en mallas delante de otras chicas. Habría preferido morirse. Creía que era mejor quedarse con la figura que tenía que verse obligada a perderla de esa forma. Había sido mucho más sencillo provocarse una descomposición con aquella horrible infusión de hierbas.

Montecito se convirtió en un sitio aburrido tras la marcha de Jake. Victoria se preguntaba si tendría noticias de él cuando empezaran las clases. El resto del tiempo que estuvieron allí lo pasó jugando con Grace. No le importaba que su hermana fuese siete años menor, siempre se divertía con ella. Sus padres solían decir a sus amigos que la diferencia de siete años entre las dos funcionaba muy bien. Victoria no había tenido celos de su hermana pequeña ni por un segundo y, con los catorce ya cumplidos, era la canguro perfecta. Dejaban a Gracie con su hermana mayor cada vez que salían, lo cual hacían más a menudo a medida que las niñas iban creciendo.

Durante aquellas vacaciones sufrieron un gran susto una tarde que Grace, con la marea baja, se alejó mucho de la orilla. Victoria estaba con ella, pero regresó un momento a su toalla para buscar más crema solar y ponérsela a su hermana. Entonces la marea empezó a subir y la corriente aumentó. Una gran ola volcó a Gracie y, un instante después, había desaparecido bajo la superficie. El océano se la había tragado. Victoria vio cómo sucedía y gritó mientras echaba a correr hacia el agua; se zambulló rápidamente bajo la espuma y emergió resoplando con Grace cogida de un brazo justo cuando otra ola gigantesca las alcanzaba. En ese momento sus padres también las vieron y Jim corrió hacia el agua, con Christine unos pasos por detrás. Su padre se lanzó contra las olas, agarró a las dos niñas con sus poderosos brazos y las sacó de allí mientras su madre los contemplaba horrorizada desde la orilla, petrificada en la arena sin poder decir nada. Jim se volvió primero hacia Gracie.

—¡No vuelvas a hacer eso! ¡Ni se te ocurra jugar en el agua tú sola! —Y luego se dirigió a Victoria con una expresión feroz en los ojos—: ¿Cómo has podido abandonarla así?

Victoria, impresionada por lo que acababa de ocurrir, lloraba con la camiseta mojada y pegada a su cuerpo por encima del bañador.

—Había ido a buscar crema para ella, para que no se quemara —se defendió entre sollozos.

Christine guardó silencio y tapó con una toalla a Grace, que tenía los labios azules. Había estado en el agua demasiado tiempo, incluso antes de que la marea empezara a cambiar.

—¡Casi se ahoga! —gritó su padre, temblando de miedo y rabia. Muy pocas veces se enfadaba con sus hijas, pero estaba muy afectado, igual que todos, por lo cerca que había estado Grace de morir. No dijo ni una palabra sobre cómo había salido corriendo Victoria a salvar a su hermana y cómo la había sacado de debajo de la ola antes de que llegara él. Se sentía demasiado alterado por lo que había estado a punto de ocurrir, y Victoria también.

Grace se había refugiado en los brazos de su madre, que la estrechaba con fuerza mientras la tapaba con la toalla. Tenía los oscuros tirabuzones mojados y pegados completamente a la cabeza.

36

—Lo siento, papá —dijo Victoria en voz baja, pero Jim le dio la espalda y se alejó mientras su madre consolaba a su hermana pequeña. Victoria se enjugó las lágrimas de los ojos con el dorso de la mano—. Lo siento, mamá —dijo con un hilo de voz.

Christine asintió con la cabeza y le pasó una toalla para que se secara ella sola.

El mensaje de ese gesto era muy claro.

El instituto fue más fácil de lo que Victoria había esperado en algunos sentidos. Las clases estaban bien organizadas, le gustaban casi todos sus profesores, y las asignaturas eran mucho más interesantes que las del colegio. En la vertiente académica, su nuevo centro le encantaba y estaba entusiasmada con el trabajo que hacía allí. En la vertiente social, se sentía como un pez fuera del agua. El primer día de clase se sorprendió muchísimo al ver a las otras chicas. Parecían mucho más desvergonzadas que ninguna de las compañeras con quienes había ido al colegio hasta entonces. Algunas llevaban ropa provocativa y parecían mayores de lo que eran. Todas llevaban maquillaje, y muchas parecían estar demasiado delgadas. La anorexia y la bulimia habían entrado en sus vidas, estaba claro. Ese primer día Victoria se sintió tan fuera de lugar que solo podía desear ser «guay», como todos los demás. Observó con atención la ropa que más éxito tenía entre las chicas: a ella la mayoría de esas prendas le quedarían fatal, solo las minifaldas le sentarían de fábula. Victoria se había decidido por unos vaqueros y una camisa holgada que tapaba su figura. Llevaba la melena rubia suelta sobre los hombros, la cara bien lavada, y unas zapatillas de baloncesto que su madre y ella habían comprado el día anterior. Una vez más, desentonaba. Se había equivocado al elegir su vestuario y se

la veía diferente a las demás. Al llegar se encontró con algunas alumnas reunidas en grupitos a la entrada del instituto, pero parecía que estuvieran a punto de presentarse a una especie de concurso de moda. Aparentaban dieciocho años, y era evidente que algunas los tenían, pero incluso las de su edad parecían mucho mayores. Lo único que Victoria lograba ver era una manada de niñas delgadas y sexys. Sintió ganas de llorar.

—Buena suerte —le dijo su madre con una sonrisa al dejarla allí—. Que tengas un primer día fantástico.

Victoria quería quedarse escondida en el coche. Su mano temblorosa apretaba el horario de clases junto con un plano del instituto. Esperaba poder encontrarlo todo sin tener que preguntar. Sentía un terror despiadado que le encogía el corazón y tuvo miedo de echarse a llorar de repente.

—Todo irá bien —le aseguró Christine mientras ella bajaba del coche a regañadientes.

Intentó no parecer impresionada al subir corriendo la escalera y al pasar junto a las otras chicas sin mirarlas a los ojos ni detenerse a saludar. Parecían un ejército de gente «guay», y «guay» era lo último que se sentía ella.

Ese mismo día vio a más de aquellas chicas en la cafetería a la hora de comer, y dio un gran rodeo para evitarlas. Se sirvió una bolsa de patatas fritas, un bocadillo y un yogur, cogió un paquete de galletas con pepitas de chocolate para más tarde y buscó una mesa donde pudiera estar sola. Pero otra chica se sentó con ella. Era más alta que Victoria, aunque estaba muy flaca, y parecía capaz de enfrentarse a cualquier chico jugando al baloncesto.

—¿Te importa si me siento aquí? —preguntó, pidiéndole permiso para ocupar su sitio.

—No, tranquila —respondió Victoria mientras abría sus patatas fritas.

La otra chica llevaba en su bandeja dos bocadillos, pero daba la sensación de que nada de lo que comiera se notaría en su cuerpo. De no ser por su larga melena castaña, casi habría parecido un chico. Tampoco llevaba nada de maquillaje, y se había puesto vaqueros y unas Converse, igual que Victoria.

—¿Eres nueva, de noveno? —preguntó la chica mientras desenvolvía el primero de sus bocadillos. Victoria asintió con la cabeza, casi paralizada por la timidez—. Yo me llamo Connie. Soy la capitana del equipo de baloncesto femenino, como habrás imaginado. Mido un metro ochenta y ocho. Voy a undécimo. Bienvenida al instituto. ¿Qué tal te ha ido de momento?

—Bien —respondió Victoria, intentando que no se le notara la impresión. No quería decirle que estaba muerta de miedo y que se sentía como una atracción de feria. Se preguntó si Connie también habría pasado por eso a los catorce años. Se la veía muy relajada y cómoda con quien era en ese momento; aunque también se había sentado con una novata, lo cual hizo que Victoria se preguntara si tenía amigas. Y, en ese caso, ¿dónde estaban? Parecía más alta que casi todos los chicos de la cafetería.

—Llegué a mi tope de altura a los doce —explicó Connie, tratando de entablar conversación—. Mi hermano mide un metro noventa y ocho y está en UCLA, con una beca para jugadores de baloncesto. ¿Tú juegas a algún deporte?

—Al voleibol, a veces, pero no mucho. —Siempre había sido más académica que atlética.

—Aquí hay muy buenos equipos. A lo mejor te apetece probar el de baloncesto. Tenemos a muchas chicas de tu altura —comentó.

«Pero no de mi peso», estuvo a punto de añadir Victoria. No hacía más que fijarse en el físico de todo el mundo. Al entrar en la cafetería se había sentido el doble de grande que

39

ellos. Con aquella chica, que por lo menos no parecía anoréxica ni vestía como si quisiera ligar, se encontraba menos fuera de lugar. Le pareció simpática y agradable.

—Se tarda un poco en pillarle el truco al instituto —dijo Connie para tranquilizarla—. Yo, el primer día, me sentí bastante rara. Todos los chicos que veía eran la mitad de altos que yo. Y las chicas, mucho más guapas. Pero aquí hay sitio para todo el mundo: musculitos, *fashion victims*, reinas de la belleza... Hay incluso un club de gays y lesbianas. Al final acabarás adaptándote y harás amigos.

De pronto Victoria se alegró mucho de que aquella chica se hubiera sentado con ella. Era casi como si hubiera hecho una nueva amiga. Connie ya se había acabado sus dos bocadillos, y a ella le dio vergüenza ver que estaba tan nerviosa que solo se había comido las patatas fritas y las galletas. Decidió seguir con el yogur y guardarse el resto.

—¿Dónde vives? —preguntó Connie con interés.

—En Los Ángeles.

—Yo vengo en coche desde Orange County todos los días. Vivo allí con mi padre. Mi madre murió el año pasado.

—Lo siento —dijo Victoria, que enseguida se compadeció de ella.

Connie se levantó, y Victoria, al ver lo alta que era, se sintió como una enanita a su lado. Entonces le ofreció un papel con su número de teléfono, y ella le dio las gracias y se lo guardó en el bolsillo.

—Llámame si necesitas cualquier tipo de ayuda. Los primeros días siempre son duros, pero después la cosa mejora. Y no te olvides de probar suerte con el equipo.

Victoria no se veía jugando al baloncesto, pero estaba agradecida por la amable bienvenida de aquella chica, que se había molestado en hacer que se sintiera cómoda. Ya no creía que se hubiera sentado a su mesa por casualidad. Mientras charlaban, un chico muy guapo se había acercado sonriendo a Connie.

—¿Qué hay, Connie? —dijo al pasar a toda velocidad con los libros en la mano—. ¿Buscando ya reclutas para el equipo?

—Y que lo digas. —Ella le devolvió la sonrisa—. Es el capitán del equipo de natación —explicó cuando el chico ya se había ido—. A lo mejor también te apetece. Pruébalo.

—Seguro que me ahogaría —dijo Victoria, roja de vergüenza—. No sé nadar muy bien.

—Al principio no tienes por qué, pero se aprende. Para eso están los entrenadores. Yo estuve con el equipo de natación el primer año, pero no me gusta madrugar. Entrenan a las seis de la mañana, y a veces a las cinco, si tienen competición.

—Creo que paso —dijo Victoria con una gran sonrisa, aunque le gustaba saber que tenía opciones. Aquel era un mundo completamente nuevo.

Todos parecían sentirse a gusto y haber encontrado su propio hueco. Solo esperaba hallar ella también el suyo, fuera cual fuese. Connie le dijo que encontraría papeletas de inscripción para todos los clubes en el tablón de anuncios principal, justo a la entrada de la cafetería. Se lo señaló al salir, y Victoria se detuvo a echar un vistazo. Un club de ajedrez, un club de póquer, un club de cine, clubes de idiomas extranjeros, un club gótico, un club de películas de terror, un club literario, un club de latín, un club de novelas románticas, un club de arqueología, un club de esquí, un club de tenis, un club de viajes... La lista contenía decenas de clubes diferentes. Los dos que más le interesaron fueron el de cine y el de latín, pero era demasiado tímida para apuntar su nombre en la lista de ninguno de ellos. El año anterior, en el colegio, había tenido clase de latín y le había gustado. Y le dio la sensación de que el club de cine tenía que ser divertido. Para ninguno de ellos había que quitarse la ropa ni llevar un uniforme que la hiciera parecer gordísima, motivos por los que jamás se habría apuntado al club de natación, aunque en realidad se le daba bastante bien nadar, más de lo que había reconocido delante de Connie. Tampoco le apetecía demasiado la idea de ponerse los pantalones cortos del equipo de baloncesto. Pensó que el club de esquí podría resultar entretenido. Todos los años iba a esquiar con sus padres. Su padre había sido campeón de esquí en su juventud, y su madre también era bastante buena. Gracie había ido a clases desde los tres años, igual que Victoria antes que ella.

—Ya nos veremos —se despidió Connie, que se alejó dando tranquilas zancadas con sus piernas de jirafa.

—¡Gracias! —exclamó Victoria, y se fue corriendo a su siguiente clase.

Estaba muy animada cuando su madre pasó a recogerla a las tres.

—¿Qué tal te ha ido? —le preguntó con dulzura, aliviada al comprobar que se la veía contenta. Era evidente que no había sido una experiencia tan terrible como había temido.

—Bastante bien —contestó Victoria con cara de satisfacción—. Me han gustado las clases. Esto es muchísimo mejor que el cole. He tenido biología y química por la mañana, luego literatura inglesa y español después de comer. El profe de español es un poco especial, no te deja hablar en inglés en su clase, pero los demás son bastante simpáticos. He echado un vistazo a los clubes y a lo mejor me apunto a esquí y a cine, y puede que también a latín.

—Pues yo diría que ha sido un primer día bastante aceptable —comentó Christine mientras iban con el coche hacia su viejo colegio, a recoger a Grace después de las horas de acogida.

Al aparcar delante de su antiguo centro, de pronto Victoria tuvo la sensación de que había madurado mil años desde junio. Se sentía muy mayor por ir ya al instituto, y eso no estaba nada mal. Cuando entró corriendo a buscar a Gracie, se la encontró llorando.

—¿Qué ha ocurrido? —preguntó a su hermana mientras se agachaba para cogerla en brazos. Era tan pequeñita que Victoria podía cargar con ella sin dificultad.

—Ha sido un día horrible. David me ha tirado una lagartija, Lizzie me ha robado el sándwich de mantequilla de cacahuete, ¡y Janie me ha pegado! —explicó con cara de indignación—. Me he pasado todo el día llorando —añadió, por si no había quedado claro.

—Yo habría hecho lo mismo si me hubiese pasado todo eso —le aseguró su hermana mientras la acompañaba al coche.

—Quiero que vuelvas —dijo Gracie, haciéndole pucheros—. Aquí no me lo paso bien sin ti.

—Ojalá pudiera —le aseguró Victoria, aunque de pronto no estaba tan convencida. El instituto le había gustado, ese primer día había resultado mejor de lo esperado. Era evidente que tenía posibilidades, y ella quería explorarlas. Tal vez sí había esperanza de encontrar por fin dónde encajar—. Yo también te he echado de menos. —Era triste darse cuenta de que nunca volverían a ir a la misma escuela. La diferencia de edad entre ambas era demasiado grande.

Victoria le abrió la puerta de atrás y Grace empezó a relatar los problemas que había tenido a su madre, que enseguida se compadeció de ella. Victoria no pudo evitar fijarse en que, como siempre, su madre nunca era tan dulce con ella como con Grace. Ellas tenían una relación diferente, y más sencilla para Christine. El hecho de que Gracie se pareciera a sus padres hacía que a ambos les resultara más fácil tratar con ella. Gracie era una de «ellos», mientras que Victoria siempre había sido como una extraña en la familia. Se preguntó si tal vez sería porque Christine aún no sabía ser madre cuando nació ella, mientras que con Gracie ya había aprendido, o si sencillamente sentía que tenía más en común con su hija pequeña. Era imposible saberlo pero, fuera cual fuese la respuesta, su madre siempre había sido más seca con Victoria, más crítica y distante, y le había exigido más, igual que su padre. A ojos de él, además, Gracie nunca hacía nada mal. Puede que solo se hubieran ablandado con la edad, pero el hecho de que Grace fuese clavadita a ambos sin duda había tenido también algo que ver. Cuando Victoria nació, sus padres tenían veintitantos años; en ese momento ya pasaban de los cuarenta. Quizá en eso residiera la diferencia, o quizá, simplemente, ella no les gustaba tanto como su hermana. Al fin y al cabo, a Grace no le habían puesto el nombre de una reina espantosa, ni siquiera en broma.

Aquella noche su padre le preguntó cómo le había ido el instituto y ella le informó sobre sus clases y volvió a mencionar los clubes. A él le pareció que todas sus opciones estaban bien, sobre todo el club de latín, aunque creía que el de esquí podía ser divertido y una buena forma de conocer a chicos. Su madre comentó que lo del latín le parecía demasiado intelectual y que haría mejor apuntándose a una actividad más sociable para hacer amigos. Los dos eran muy conscientes de que Victoria había tenido muy pocas amigas en el colegio, pero en el instituto podría conocer a gente. Además, cuando fuera a undécimo ya conduciría su propio coche y no los necesitaría a ellos para que la llevaran y la trajeran. Estaban impacientes por que llegara ese momento, y también a Victoria le gustaba la idea. No quería que su padre soltase más comentarios sarcásticos sobre ella delante de sus amigas, cosa que hacía cada vez que las acompañaba a alguna parte. Aunque él creyera que sus bromas eran graciosas, a ella nunca se lo parecían.

Al día siguiente se apuntó a los tres clubes que le interesaban, pero a ningún equipo de deporte. Decidió que su dosis de ejercicio quedaría cubierta yendo únicamente a clase de educación física. También podría haberse apuntado a ballet, pero eso habría sido como una pesadilla hecha realidad: saltar de un lado para otro del gimnasio en mallas y tutú. Se estremeció solo con pensarlo cuando la profesora de refuerzo de educación física se lo propuso.

Le costó un poco, pero al final Victoria hizo amigos. Terminó por dejar el club de cine, porque no le gustaban las películas que escogían. Se apuntó a una de las salidas que organizó el club de esquí a Bear Valley, pero los demás chicos eran muy engreídos y ni siquiera le dirigieron la palabra, así que decidió cambiarlo por el club de viaje. El club de latín le encantaba, pero todas eran chicas y ella ya tenía clase de latín durante todo noveno. Aunque conoció a gente, tampoco en el instituto era fácil hacer amigos. Muchas chicas parecían pertenecer a grupitos herméticos de reinas de la belleza, y ese no era su estilo. Las más estudiosas eran tan tímidas como ella, así que resultaba difícil llegar a entablar amistad con alguien. Connie acabó siendo una buena amiga durante dos años, hasta que consiguió una beca para ir a la Universidad de Duke, adonde se marchó después de graduarse. Para entonces, sin embargo, Victoria ya se sentía cómoda en el centro. También recibía noticias de Jake desde Cate de vez en cuando, aunque nunca volvieron a verse. Siempre decían que lo harían, pero no lo consiguieron.

Victoria tuvo su primera cita en décimo, cuando un chico de su clase de español la invitó a ir al baile del instituto, que era todo un acontecimiento. Connie le dijo que era un tipo genial, y lo fue hasta que se emborrachó en el baño con unos amigos y los expulsaron a todos del baile, tras lo cual Victoria tuvo que llamar a su padre para que la llevara a casa.

Le compraron su primer coche el verano antes de empezar undécimo y, como ya había ido a la autoescuela el año anterior, tenía el permiso de conductora en prácticas y estaba más que preparada. A partir de ese momento iría ella sola al instituto en su propio coche. Era un viejo Honda que le había regalado su padre, y Victoria estaba emocionadísima.

En undécimo, se volvió aún más corpulenta de lo que ya era. Jamás se le habría ocurrido hablarlo con nadie, pero durante el verano había ganado cinco kilos. Había conseguido un trabajo de temporada en una heladería, así que comía helado en todas las pausas. Su madre estaba muy disgustada y decía que ese trabajo no le convenía. Para Victoria era una tentación demasiado grande, tal como demostraba lo mucho que había engordado.

—Cada día te pareces más a tu bisabuela —fue lo único que le dijo su padre, pero transmitió el mensaje con claridad.

Victoria llevaba a casa tartas heladas con forma de payaso todos los días para Gracie. A ella le encantaban y, por mucho que comiese, jamás engordaba ni un gramo. Para entonces ya tenía nueve años, y Victoria dieciséis.

Con todo, la mayor ventaja de su trabajo de verano fue que ganó suficiente dinero para irse a Nueva York con el club de viaje durante las vacaciones de Navidad, y eso le cambió la vida. Jamás había estado en una ciudad tan emocionante, y le gustó muchísimo más que Los Ángeles. Se alojaron en el hotel Marriott, cerca de Times Square, y caminaron kilómetros y kilómetros. Fueron al teatro, a la ópera, al ballet, viajaron en metro, subieron a lo alto del Empire State, visitaron el Museo Metropolitano, el Museo de Arte Moderno y las Naciones Unidas. Victoria nunca se lo había pasado tan bien. Incluso vivieron la experiencia de presenciar una tormenta de nieve cuando se encontraban allí. Al regresar a Los Ángeles, estaba deslumbrada: Nueva York era el mejor sitio en el que había estado nunca, y quería vivir allí algún día. Incluso dijo que le gustaría estudiar allí una carrera, si conseguía entrar en la Universidad de Nueva York o en Barnard, lo cual, a pesar de sus buenas notas, podía resultar algo complicado. Aun así, Victoria estuvo como en una nube durante meses tras la experiencia.

A su primer novio de verdad del instituto lo conoció justo después de Fin de Año. Mike también era miembro del club de viaje y, aunque se había perdido la visita a Nueva York, tenía pensado ir a Londres, Atenas y Roma con el club durante el verano. A ella sus padres no querían dejarla ir: decían que era demasiado joven, y eso que estaba a punto de cumplir los diecisiete. Mike ya iba a duodécimo, el último curso, era hijo de padres divorciados y su padre le había firmado la autorización. A Victoria le parecía muy maduro, un chico con mucho mundo, y se enamoró perdidamente de él. Mike decía que le encantaba su físico, con lo cual, por primera vez en su vida, alguien la hacía sentirse guapa. En otoño se iría a la Universidad Metodista del Sur, así que intentaban pasar juntos todo el tiempo posible aunque los padres de ella no aprobaban la relación. Creían que Mike no era lo bastante listo para su hija. A Victoria no le importaba. Ella le gustaba a él, y él la hacía feliz a ella. Casi siempre estaban montándoselo en el coche de Mike, pero Victoria no quiso llegar hasta el final. Le daba mucho miedo dar ese último paso, y le dijo que no estaba preparada. En abril él la dejó por una chica que sí estaba dispuesta y llevó a su nueva conquista al baile de último curso. Victoria se quedó en casa, curando las heridas de su corazón roto. Había sido el único chico que le había pedido para salir en todo el año.

Nunca había tenido demasiadas citas ni muchos amigos, y ese verano lo pasó haciendo la dieta South Beach. Fue muy disciplinada y logró perder más de tres kilos, pero en cuanto dejó el régimen volvió a engordarlos, más otro de propina. Quería estar delgada para su último año en el instituto, y su profesora de educación física le había dicho que tenía un sobrepeso de casi siete kilos. Después de perder dos a principios de curso comiendo raciones más pequeñas y con menos calorías, se prometió que adelgazaría más aún antes de la graduación. Y lo habría conseguido si en noviembre no hubiese pillado una mononucleosis que la obligó a quedarse en casa tres semanas enteras, comiendo helado porque le aliviaba el dolor de garganta. Los hados habían conspirado en su contra. Fue la única chica de su clase que engordó casi cuatro kilos con la mononucleosis. Por lo visto, era incapaz de ganar la batalla a su peso. Aun así, estaba decidida a vencer de una vez por todas y decidió ir a nadar todos los días durante las vacaciones de Navidad y un mes entero después. También salía a correr por la pista todas las mañanas antes de clase, y su madre se sintió orgullosa de ella porque consiguió adelgazar cuatro kilos.

Victoria tenía el firme propósito de perder los tres kilos que le faltaban, pero una mañana su padre la miró y le preguntó cuándo iba a empezar a hacer ejercicio para adelgazar un poco. Ni siquiera se había dado cuenta de esos cuatro kilos de menos que pesaba ya. Después de eso dejó de nadar y de correr, y volvió a comer helado y patatas fritas en la comida, y raciones más abundantes, que la satisfacían más. ¿De qué servía? Nadie notaba el cambio, ningún chico la había invitado a salir. Su padre se ofreció a llevarla a su gimnasio, pero ella le dijo que tenía mucho trabajo que hacer para el instituto, lo cual era cierto.

Se estaba esforzando todo lo posible por seguir sacando buenas notas. Había enviado solicitudes a siete universidades: la de Nueva York, Barnard, la Universidad de Boston, la del Noroeste, la George Washington —en Washington, D. C.—, la Universidad de New Hampshire, y Trinity. Todas ellas estaban en el Medio Oeste o en la costa Este. No había enviado ni una sola solicitud a universidades de California, y eso había disgustado a sus padres. Victoria no sabía muy bien por qué, pero estaba convencida de que tenía que alejarse de allí. Llevaba demasiado tiempo sintiéndose diferente y, aunque sabía que los echaría de menos, sobre todo a Gracie, deseaba empezar una nueva vida. Aquella era su oportunidad y pensaba aprovecharla al máximo. Ya se había cansado de competir y de ir a clase con chicas que parecían estrellas de cine y modelos, y que precisamente eso esperaban llegar a ser algún día. Su padre habría preferido que solicitara plaza en la Universidad del Sur de California y en UCLA, pero ella se había negado. Sabía que sería más de lo mismo. Quería ir a una facultad con gente de verdad, gente que no estuviera obsesionada con su físico. Quería ir a una facultad con personas a quienes les importaran las ideas, como ella.

No consiguió entrar en ninguna de sus primeras opciones de Nueva York y tampoco en la Universidad de Boston, que le habría gustado mucho, ni en la George Washington. Al final tuvo que elegir entre la del Noroeste, New Hampshire o Trinity. Trinity tenía muy buena pinta, pero ella prefería una universidad más grande, y en New Hampshire había buenas pistas de esquí, pero al final la del Noroeste le pareció la más adecuada. Lo mejor de decidirse por esa era que, aparte de ser una universidad muy buena, quedaba lejos de su casa. Sus padres le dijeron que estaban orgullosos de ella, aunque les preocupaba que se marchase de California. No podían entender que quisiera irse. Ni siquiera sospechaban lo fuera de lugar y extraña que la habían hecho sentir durante todos aquellos años. Era como si Gracie fuese su única hija, y ella se sentía como un perro al que la familia había recogido. Ni siquiera se les parecía en los rasgos, y ya no lo soportaba más. Puede que regresara a Los Ángeles cuando acabara la universidad, pero de momento sabía que tenía que alejarse de allí.

Como Victoria fue una de las tres mejores alumnas de su clase, le pidieron que diera un discurso después de las palabras de despedida del mejor de la promoción, y dejó al público asombrado con la profundidad y el gran valor que demostró con lo que dijo. Habló de lo diferente y lo fuera de lugar que se había sentido toda la vida, de lo mucho que se había esforzado por encajar. Explicó que nunca había sido deportista, ni había querido serlo. No era una chica «guay», ni tampoco muy popular. Al llegar al instituto, en noveno, no vestía igual que todas las demás. No se maquilló hasta décimo, y ni siquiera llegado el último curso lo hacía todos los días. Le encantaba la clase de latín, a pesar de que por eso todos pensaran que era una empollona... Victoria fue repasando la lista de todo aquello que la había hecho diferente sin decir que en su casa era donde más sentía que sobraba.

Entonces dio las gracias al instituto por ayudarla a ser quien era, a encontrar su camino. Dijo que, a partir de ese día, saldrían a un mundo en el que todos ellos sin excepción serían diferentes, en el que nadie encajaría del todo, en el que tendrían que ser ellos mismos para triunfar, en el que cada cual debería seguir su propia senda. Deseó suerte a sus compañeros en el viaje de encontrarse a sí mismos, de descubrir quiénes eran y de convertirse en quienes deseaban ser, y esperó que volvieran a verse algún día.

—Hasta entonces, amigos —dijo, mientras las lágrimas caían por las mejillas de alumnos y padres—, que Dios os acompañe.

Ese discurso hizo que muchos de sus compañeros desearan haberla conocido mejor. La elocuencia de sus palabras también impresionó mucho a sus padres, pero además les hizo darse cuenta de que pronto se marcharía de casa, así que ambos estuvieron muy cariñosos al felicitarla por el discurso. Christine acababa de comprender que iba a perderla y que a lo mejor nunca volvería a vivir con ellos. Su padre, en contra de su costumbre, se mantuvo muy callado cuando se reunieron con ella acabada la ceremonia, después de que los chicos lanzaran los birretes al aire y guardaran las borlas para conservarlas junto a sus diplomas. Jim le dio unas afectuosas palmadas a Victoria en la espalda.

—Un gran discurso —la felicitó—. Has hecho que todos los memos de tu clase se sientan mejor —añadió con brutalidad mientras ella lo miraba con los ojos muy abiertos.

A veces se preguntaba si su padre era tonto, o quizá mala persona. Nunca dejaba pasar la oportunidad de herirla. Por fin lo veía claro.

—Sí, memos como yo, papá —dijo con calma—. Porque yo soy una de ellos. Una mema y una pringada. Lo que he querido decir es que no pasa nada por ser diferente, y que a partir de ahora más nos vale serlo si queremos llegar a algo en la vida. Eso es lo que he aprendido en el instituto: que ser diferente es bueno.

—Pero no demasiado diferente, espero —comentó él, algo nervioso. Jim Dawson llevaba toda la vida amoldándose a las convenciones, siempre le había importado mucho lo que los demás pensaran de él y nunca había tenido ni una sola idea original.

Era un hombre de empresa de la cabeza a los pies. No estaba de acuerdo con la filosofía de su hija, aunque admiraba el discurso que había dado y cómo lo había pronunciado. Podía ver que Victoria había heredado algo de él por lo bien que le había quedado. Jim también era conocido por sus grandes dotes de orador, pero a él nunca le había gustado destacar por ser diferente. Le hacía sentirse incómodo. Victoria era muy consciente de ello porque era precisamente eso lo que había hecho que jamás se sintiera a gusto con su familia, y en esos momentos menos que nunca. Se sentía diferente de sus padres en muchísimos aspectos, y por eso quería comenzar la mayor aventura de su vida y marcharse de casa para emprenderla. Estaba deseando salir del terreno conocido, si así, por fin, lograba encontrarse a sí misma, y también un lugar donde sentirse aceptada. Por el momento solo sabía que ese lugar no era allí, con su familia. Por mucho que se esforzase, nunca sería igual que ellos.

Victoria también se daba cuenta de que Gracie, al crecer, estaba convirtiéndose en una auténtica Dawson. Ella sí que encajaba, y a la perfección. Sus padres y ella parecían clones. Aun así, esperaba que un día su hermana pequeña desplegara las alas y echara a volar. Ella, de todos modos, tenía que hacerlo ya. Estaba muy impaciente y, aunque a ratos también tenía un miedo mortal a marcharse de casa, su entusiasmo era aún mayor. La chica que toda la vida había oído decir que se parecía a la reina Victoria estaba a punto de abandonar el nido. Sonrió al salir del instituto por última vez.

—¡Prepárate, mundo, que allá voy! —susurró para sí.

4

Aquel verano en casa, a la espera de empezar la universidad, fue agridulce para Victoria en muchos sentidos. Sus padres se mostraron más cariñosos con ella de lo que lo habían hecho en años, aunque su padre volvió a presentarla a un socio de la empresa con la broma de la receta de prueba. Sin embargo, también dijo que estaba orgulloso de ella (y más de una vez), lo cual la sorprendió, porque jamás había imaginado que su padre sintiera eso. Su madre, aunque no llegó a decírselo abiertamente, también parecía triste ante la idea de su marcha. Victoria se sentía como si para todos ellos ya fuera demasiado tarde. Ella dejaba atrás sus años de infancia e instituto, y se preguntaba por qué habían desperdiciado sus padres tantísimo tiempo, fijándose solo en lo que no debían: su aspecto, sus amigas o su falta de ellas. Su peso siempre había sido su principal preocupación, junto con lo mucho que se parecía a su bisabuela —a quien nadie conocía ni le apetecía conocer—, solo porque tenían la misma nariz. ¿Por qué les importaban tanto cosas que eran insignificantes? ¿Por qué no habían estado más cerca de ella, por qué no habían sido más afectuosos y la habían apoyado más? Ya no tenían tiempo para tender ese puente que debería haber existido entre ellos pero que nunca los había unido. Eran extraños, y Victoria no lograba imaginar que eso pudiera cambiar algún día. Se marchaba de casa y tal vez nunca volvería a vivir con su familia.

Todavía quería mudarse a Nueva York cuando terminara la universidad, ese seguía siendo su sueño. Regresaría a casa por vacaciones, vería a su familia en Navidad y Acción de Gracias, y cuando ellos fueran a visitarla, si es que lo hacían. Sin embargo, ya no había tiempo para acumular a toda prisa el amor que deberían haberle dado desde un principio. Victoria creía que sus padres la querían, porque al fin y al cabo eran sus padres y había vivido con ellos durante dieciocho años. Pero Jim se había reído de ella toda la vida, y Christine siempre se había sentido decepcionada porque no era guapa, se quejaba de que era demasiado lista y le explicaba que a los hombres no les gustaban las mujeres inteligentes. Su infancia junto a ellos había sido como una terrible maldición. Y, ahora que se marchaba, le decían que iban a echarla de menos. Sin embargo, al oír aquellas palabras, Victoria no podía evitar preguntarse por qué no le habían prestado más atención mientras había vivido allí. Ya era demasiado tarde. ¿De verdad la querían? Nunca había estado segura. Sí que querían a Grace, pero ¿y a ella?

De quien más pena le daba separarse era de su hermana, ese pequeño ángel que le había caído del cielo cuando ella tenía siete años y que desde entonces la había querido incondicionalmente, igual que Victoria a ella. No soportaba la idea de alejarse de Gracie y no verla cada día, pero sabía que no había más remedio. Su hermana ya había cumplido once años y había comprendido lo diferente que era Victoria del resto de ellos, y también lo cruel que podía ser a veces el padre de ambas. Detestaba que le dijera a Victoria cosas que le hacían tanto daño, o que se riera de ella, o que siempre estuviera insistiendo en lo poco que se parecían. A ojos de Gracie, Victoria era guapísima, y no le importaba si estaba gorda o delgada. Gracie pensaba que era la chica más bonita del mundo y la quería más que a nadie.

Victoria no soportaba la idea de vivir lejos de ella e intentó disfrutar al máximo de sus últimos días juntas. La sacaba a comer por ahí, se la llevaba a la playa y organizaba picnics. Incluso fue con ella a Disneyland. Pasaba con su hermana todo el tiempo que podía. Una tarde, estando las dos tumbadas en la playa de Malibú la una junto a la otra, tomando el sol, Gracie se volvió hacia ella y le hizo una pregunta que Victoria también se había planteado muchas veces siendo niña.

—¿Crees que a lo mejor eres adoptada y que nunca te lo han dicho? —Lo dijo con una mirada inocente mientras su hermana mayor sonreía.

Llevaba una camiseta holgada por encima del bañador, como siempre, para ocultar lo que había debajo.

—Cuando era pequeña pensaba que sí —reconoció Victoria—, porque no me parezco en nada a ellos. Pero no, no creo que sea adoptada. Supongo que no soy más que una extraña combinación de genes que ha retrocedido hasta la abuela de papá, o hasta quien sea. Creo que soy hija suya, aunque no tengamos casi nada en común. —Tampoco se parecía a Gracie, pero ellas eran almas gemelas. Lo habían sido durante toda la corta vida de Grace, y ambas lo sabían.

Victoria únicamente había esperado que Grace, al crecer, no se convirtiera en una de ellos, aunque no sabía muy bien cómo iba a evitarlo, porque tenían muchísima influencia sobre ella y, en cuanto Victoria se hubiese marchado, se aferrarían a su hija pequeña con más fuerza todavía para moldearla a su imagen y semejanza.

—Me alegro de que seas mi hermana —dijo Gracie con voz triste—. Ojalá no te marcharas a la universidad, preferiría que te quedaras aquí.

—Yo también, cuando pienso en que tenemos que separarnos. Pero vendré a casa por Acción de Gracias, y en Navidad, y tú también puedes venir a visitarme.

—No será lo mismo —repuso Gracie mientras una única lágrima resbalaba por su mejilla. Las dos sabían que tenía razón.

Cuando Victoria hizo al fin las maletas para irse a la universidad, parecía que la familia estuviera de luto. La noche antes de marchar, su padre se las llevó a las tres a cenar al hotel Beverly Hills y lo pasaron muy bien juntos. Esa vez no hubo bromas a costa de nadie. Al día siguiente los tres la acompañaron al aeropuerto y, en cuanto bajaron del coche, Gracie se echó a llorar y se abrazó con fuerza a la cintura de Victoria.

Su padre facturó el equipaje mientras las dos niñas seguían llorando abrazadas en la acera y Christine miraba a su hija mayor con ojos tristes.

—Ojalá no te fueras —le dijo su madre en voz baja, quizá porque le habría gustado intentarlo otra vez, haber tenido otra oportunidad. Sentía que Victoria se le escapaba entre los dedos para siempre. Todavía no se había parado a pensar lo que representaría ese día para ella, así que el dolor la había pillado por sorpresa.

—Pronto volveré a estar en casa —dijo Victoria, y la abrazó, llorando aún. Después volvió a abrazar a su hermana pequeña—. Te llamaré esta noche —le prometió—, en cuanto esté en mi habitación.

Gracie asintió, pero no podía dejar de llorar. Incluso los ojos de su padre estaban húmedos cuando se despidió de ella con la voz entrecortada.

—Cuídate mucho. Llama si necesitas algo. Y si no te gusta aquello, siempre puedes pedir el traslado de expediente a una universidad de aquí. —Eso esperaba él que hiciera. Era como si el hecho de que su hija prefiriera una universidad que no estaba en California fuese en realidad un rechazo hacia él. Todos habían deseado que Victoria se quedara en Los Ángeles, o cerca, pero no era eso lo que ella quería ni necesitaba.

Después de darles otro beso a cada uno de ellos, Victoria pasó por el control de seguridad y les dijo adiós con la mano hasta que dejó de verlos. Ellos no se movieron de allí. Lo último que Victoria vio fue a Gracie, de pie entre sus padres. Eran los tres iguales, con su cabello oscuro y sus cuerpos esbeltos. Su madre entonces le dio la mano, y Victoria vio que su hermana seguía llorando.

Embarcó en el vuelo hacia Chicago pensando en todos ellos y, cuando el avión despegó, contempló por la ventanilla la ciudad de la que huía en busca de las herramientas que necesitaría para empezar una vida nueva en otro lugar. Todavía no sabía dónde sería, pero de lo que sí estaba segura era de que no podría ser allí, ni con ellos.

Los años de Victoria en la universidad fueron exactamente como había esperado. La facultad resultó aún mejor de lo que había soñado y deseado. Era un campus grande y espacioso, y las clases a las que iba y en las que sobresalía eran como un billete hacia la libertad. Quería adquirir los conocimientos que necesitaría para encontrar un trabajo y una vida en cualquier lugar que no fuera Los Ángeles. Echaba de menos a Gracie, claro, y a veces incluso a sus padres, pero cuando pensaba en vivir con ellos, hasta el último centímetro de su ser le decía que jamás podría volver a compartir su hogar. También le encantaba acercarse a Chicago bastante a menudo y descubrir todo lo que podía sobre esa ciudad. Era elegante, con mucha vida, y Victoria la disfrutaba intensamente a pesar del frío glacial que hacía allí.

El primer año volvió a casa por Acción de Gracias y al instante vio que Grace estaba más alta y más guapa, si eso era posible. Su madre por fin había cedido y le había dado permiso para salir en un anuncio de moda de Gap Kids. La fotografía de Grace de pronto estuvo por todas partes. De hecho, podría haber empezado una carrera como modelo, pero su padre quería para ella una vida mejor. Jim juró que jamás volvería a permitir que una hija suya fuese a la universidad tan lejos de casa y le dijo a Grace que tendría que escoger entre UCLA, Pepperdine, Pomona, Scripps, Pitzer o la Universidad del Sur de California, porque él no pensaba dejarla salir de Los Ángeles. A su manera, añoraba mucho a Victoria. Nunca tenía gran cosa que decirle cuando llamaba, solo que esperaba que volviera pronto a casa, y enseguida le pasaba el teléfono a su madre, que le preguntaba qué hacía y si había adelgazado algo. Era la pregunta que Victoria más detestaba, porque no había perdido ni un gramo. Dos semanas antes de volver a casa se puso a hacer dieta desesperadamente.

Cuando regresó a Los Ángeles por las vacaciones de Navidad, su madre notó que había adelgazado un poco. Victoria había estado haciendo ejercicio en el gimnasio del campus, pero confesó que no había tenido ni una sola cita. Se estaba aplicando tanto en los estudios que ni siquiera le importaba. Les dijo que había decidido licenciarse en Pedagogía, y su padre enseguida comentó que no le parecía bien. Eso les dio un nuevo tema para discutir, así que por lo menos la dejaron tranquila en cuanto a su peso y la falta de novios.

—Nunca ganarás dinero de verdad siendo profesora. Tendrías que especializarte en Ciencias de la Comunicación y trabajar en publicidad o relaciones públicas. Yo podría conseguirte un buen empleo.

Victoria entendía el punto de vista de su padre, pero no era lo que ella deseaba estudiar. Cambió de tema y siguieron hablando sobre el frío que hacía en el Medio Oeste: ni siquiera había podido imaginarlo hasta que fue a vivir allí. Habían estado a varios grados bajo cero durante toda la semana anterior a su visita, y Victoria había descubierto que le gustaban los partidos de hockey. No era que le encantase su compañera de habitación, pero estaba decidida a aprovechar la experiencia al máximo y había conocido a varias personas en su residencia. Pero, sobre todo, estaba intentando acostumbrarse a la facultad y a estar tan lejos de casa. Les explicó que echaba de menos la comida de verdad, y en esa ocasión nadie hizo ningún comentario cuando se sirvió tres cucharones de estofado. También le alegró poder saltarse alguna sesión de gimnasio mientras estuvo en casa. De pronto apreciaba como nunca el clima de Los Ángeles.

Su padre le regaló un ordenador por Navidad, y su madre un chaquetón de plumas. Gracie le había hecho un montaje con fotografías de todos ellos, empezando desde su propio nacimiento, en un tablero de corcho para que lo colgara en su habitación de la residencia. Después de Navidad, cuando se marchó otra vez a la universidad, Victoria no estaba muy segura de si volvería a casa durante las vacaciones de primavera. A ellos les dijo que a lo mejor hacía un viaje con unos amigos. De hecho, lo que quería era ir a Nueva York e intentar conseguir un trabajo para el verano, pero prefirió no decirlo. Su padre decidió que, si ella no iba a casa en marzo, irían ellos a verla y pasarían un fin de semana juntos en Chicago. A Victoria le resultó aún más difícil despedirse de Gracie esa vez. Las dos hermanas se habían echado muchísimo de menos, y también sus padres decían que la añoraban.

El segundo semestre del primer año siguió siendo duro para ella. El invierno del Medio Oeste era frío y deprimente, se sentía sola, no había conocido a mucha gente, todavía no tenía amigos de verdad, y en enero pilló una gripe bastante fuerte. Al caer enferma perdió otra vez la costumbre de ir al gimnasio y empezó a alimentarse con comida rápida. Al final del semestre había engordado los temidos siete kilos típicos de la estudiante de primero, y ninguna de las prendas que se había llevado de casa le valía ya. Tenía la sensación de estar enorme, y de hecho le sobraban unos doce kilos. No tenía más remedio que empezar a entrenar otra vez, así que decidió ir a nadar todos los días. Consiguió adelgazar casi cinco kilos bastante deprisa gracias a una dieta purgante y a unas pastillas que le había dado una compañera de la residencia y que le provocaron una terrible descomposición, pero al menos consiguió volver a entrar en su ropa. Después empezó a pensar en apuntarse a un programa de adelgazamiento de Weight Watchers para perder los otros siete kilos que le faltaban, pero siempre encontraba una excusa para no hacerlo. Estaba ocupada, hacía frío, o tenía que entregar un trabajo. Libraba una batalla constante contra su peso. Incluso sin su madre achuchándola y sin su padre burlándose de ella, seguía descontenta con su talla y no tuvo ni una sola cita en todo el año.

Durante las vacaciones de primavera, tal como había planeado, se fue a Nueva York y consiguió un trabajo de recepcionista en un bufete de abogados para todo el verano. El sueldo no estaba mal, y se moría de ganas de empezar. No dijo nada a su familia hasta mayo, y entonces Gracie la llamó sollozando. Acababa de cumplir los doce; Victoria tenía diecinueve.

—¡Quiero que vengas a casa! No quiero que vayas a Nueva York.

—Iré a veros en agosto, antes de que empiece otra vez la universidad —prometió, pero Gracie estaba triste porque no vería a su hermana hasta el final del verano.

Grace acababa de posar para otro anuncio, esta vez para una campaña nacional. Sus padres estaban guardando el dinero en un fondo para cuando fuera mayor, y a ella le gustaba trabajar de modelo porque le parecía divertido. De todos modos, echaba de menos a su hermana. La vida en su casa no era ni muchísimo menos igual de divertida sin ella.

Jim, Christine y Grace fueron a visitar a Victoria a Chicago, tal como habían prometido, y pasaron con ella un fin de semana. Aunque estaban en abril, había nevado; por lo visto el invierno no acababa de irse.

A finales de mayo, después de finalizar los exámenes, Victoria estaba emocionadísima porque el fin de semana del día de los Caídos cogería un vuelo de Chicago a Nueva York. Empezaba a trabajar el lunes siguiente. Se había comprado varias faldas, blusas y algún vestido de verano, ropa adecuada para su puesto de recepcionista en el bufete. También había vuelto a controlar su peso a base de no tomar postre, ni pan, ni pasta. Era una dieta baja en carbohidratos y parecía que estaba funcionando. Por lo menos iba en la dirección adecuada, y hacía ya un mes que no comía helado. Su madre habría estado orgullosa de ella. Entonces se le ocurrió pensar que su madre, a pesar de quejarse de todo lo que comía, siempre tenía generosas existencias de helado en el congelador y le preparaba todas aquellas comidas que tanto engordaban y que a ella le gustaban. Siempre le había puesto la tentación delante. Sin ella, se dijo Victoria, por lo menos no podría culpar a nadie más que a sí misma de lo que comía. Además, estaba intentando ser cuidadosa y sensata, y no hacer ningún régimen descabellado ni aceptar pastillas de nadie. Todavía no había tenido tiempo de ir a Weight Watchers, pero se prometió que en Nueva York iría todos los días a trabajar a pie. El bufete estaba en Park Avenue con la Cincuenta y tres Este, y ella se hospedaría en un pequeño hotel-residencia que quedaba en Gramercy Park, lo cual suponía un trayecto de treinta manzanas para ir al trabajo. Dos kilómetros y medio. Cinco, contando la ida y la vuelta.

Le gustaba su empleo de verano, y la gente del bufete se mostraba muy amable con ella. Victoria era competente, responsable y eficiente. Su cometido consistía sobre todo en contestar al teléfono, entregar sobres a mensajeros o recogerlos en nombre de los abogados. También indicaba a los clientes cuándo podían pasar a un despacho, cogía recados y saludaba a la gente desde el mostrador de recepción. Era un trabajo fácil pero que la mantenía ocupada, y casi todos los días acababa quedándose hasta más tarde de su hora. Sin embargo, con aquel calor estival tan abrasador, cuando volvía al hotel estaba demasiado cansada para caminar, así que casi siempre cogía el metro hasta Gramercy Park. Lo que sí consiguió fue ir andando a trabajar los días que no se le hacía tarde, o por lo menos algunos. Cuando se entretenía más de la cuenta en vestirse o en arreglarse el pelo, tenía que coger el metro para llegar a su hora.

Victoria era bastante más joven que la mayoría de las secretarias del bufete, así que no hizo muchas amigas. Allí todo el mundo estaba muy ocupado y no tenía tiempo de hacer vida social ni de charlar. A mediodía hablaba con algunos compañeros en el comedor de empleados, pero todos iban siempre con prisa y tenían cosas que hacer. Victoria no conocía absolutamente a nadie en Nueva York, pero no le importaba. Los fines de semana daba largos paseos por Central Park, o se tumbaba con una manta sobre la hierba a escuchar los conciertos que organizaban allí. Visitó todos los museos, se recorrió los Claustros, exploró el SoHo, Chelsea y el Village, y paseó por el campus de la Universidad de Nueva York. Aún le habría gustado trasladarse a estudiar allí, pero pensó que perdería créditos y no sabía si tendría suficiente nota. Había pensado aguantar en la Universidad del Noroeste durante tres años más, o terminar antes apuntándose a las clases de verano, si podía, y luego irse a vivir a Nueva York y buscar un empleo.

Después de pasar un mes en aquella ciudad, ya sabía que era allí donde quería trabajar, sin lugar a dudas. A veces, durante la hora de la comida estudiaba listas de los colegios de Nueva York. Estaba decidida a dar clases en alguna de las escuelas privadas, y nada conseguiría desviarla de su plan.

Cuando terminó su trabajo en el bufete de abogados, cogió un vuelo a Los Ángeles para pasar allí las últimas tres semanas de sus vacaciones de verano, y Gracie se lanzó a sus brazos nada más verla entrar por la puerta. Victoria se sorprendió, porque de repente la casa le parecía más pequeña, sus padres mayores y Gracie más adulta que apenas cuatro meses antes. Su hermana no era ni mucho menos como había sido Victoria a su edad, con ese cuerpo que se había dado tanta prisa en madurar, su figura rellenita y sus grandes pechos. Gracie era menuda como su madre, con su misma constitución ágil y una cara estrecha y en forma de corazón. Sin embargo, a pesar de lo delgada que estaba, era cierto que se la veía más mayor.

La primera noche que Victoria pasó allí, Grace le confesó que estaba enamorada de un chico. Tenía catorce años y lo había conocido en el club de tenis y natación al que su madre la llevaba todos los días. A Victoria le dio demasiada vergüenza reconocer delante de su hermana pequeña y de sus padres que ella no había tenido ni una sola cita desde hacía más de un año. Ellos, pensando que solo estaba siendo tímida, empezaron a presionarla con el tema y al final tuvo que inventarse a un chico imaginario con quien supuestamente había salido en la universidad. Les explicó que jugaba al hockey y que estudiaba para ser ingeniero. Su padre la informó de inmediato de que todos los ingenieros eran unos aburridos, pero al menos creyeron que había estado con alguien. Victoria dijo que el chico había pasado el verano con su familia, en Maine. Todos parecieron aliviados al oír que había tenido algo parecido a un novio, y ella reconoció que en Nueva York no había salido con nadie más. Sin embargo, tener un novio en la universidad la hacía parecer más normal que pasarse las noches estudiando sola en la residencia, como había hecho en realidad.

Su madre se la llevó un momento aparte y le susurró que creía que había engordado un poco en Nueva York, así que, cuando iban al club para que Gracie pudiera ver a su «novio», Victoria se dejaba puesta la camiseta y los pantalones cortos en lugar de quedarse en bañador, como hacía siempre que había ganado algo de peso. Grace y ella se tomaban un helado casi todos los días de camino a casa, pero Victoria ni siquiera tocó las existencias de Häagen-Dazs que su madre guardaba en el congelador. No quería que la vieran hartándose de helado.

Las semanas en California pasaron volando, y todos se entristecieron de nuevo cuando llegó la hora de despedirse de Victoria. Gracie estuvo más serena esta vez, pero se les hacía duro saber que no la verían hasta al cabo de otros tres meses, por Acción de Gracias. Ella, no obstante, estaría muy ocupada con el montón de trabajo que tendría en la universidad. Gracie ya iba a empezar séptimo, y a Victoria le costaba creer que a su hermanita le faltasen solo dos años para ir al instituto.

Su compañera de habitación de segundo era una neoyorquina de aspecto nervioso. Estaba espantosamente delgada y era evidente que padecía un trastorno alimentario. Tras algunos días de convivencia, le confesó que había pasado todo el verano en un hospital, y Victoria la veía adelgazar más cada día que pasaba. Sus padres la llamaban a todas horas para saber cómo estaba. La chica le explicó que tenía un novio en Nueva York. Parecía muy desdichada en la universidad, y Victoria intentó no dejarse llevar por la atmósfera de estrés que generaba. Era una crisis ambulante a punto de estallar. Solo con mirarla, a Victoria le entraban ganas de comer más.

Cuando se fue a Los Ángeles por Acción de Gracias, su compañera ya había decidido dejar los estudios y regresar a Nueva York. Era un alivio saber que no estaría allí cuando Victoria volviera a la residencia. Resultaba difícil vivir en aquella habitación con la tensión que transmitía.

Fue entre Acción de Gracias y Navidad cuando Victoria conoció al primer chico que le interesó desde que iba a la universidad. Estaba en el primer curso de los estudios preparatorios de Derecho y también iba a clase de literatura inglesa con ella. Era alto, guapo, pelirrojo y con pecas, un chico de Louisville, Kentucky, y a Victoria le encantaba oírlo hablar con ese peculiar acento que arrastraba las palabras. Estaban en el mismo grupo de estudio, y un día él la invitó a un café al salir. Su padre tenía muchos caballos de carreras y su madre vivía en París. Él había pensado ir a visitarla y pasar la Navidad con ella. Hablaba francés con soltura y había vivido en Londres y en Hong Kong. Todo él le resultaba muy exótico a Victoria, y además era amable y buena persona.

Los dos hablaron de sus familias, y él le explicó que había tenido una vida algo desordenada desde el divorcio. Su madre no hacía más que trasladarse de una ciudad a otra por todo el mundo. Se había casado con otro hombre después de su padre, pero ya se había vuelto a divorciar. A él le parecía que la vida de Victoria era mucho más estable que la suya, y era cierto, pero ella creía que, aun así, no había tenido una infancia feliz. Siempre se había sentido como una marginada en su propio hogar; él, por su parte, siempre había sido el recién llegado. Había ido a cinco institutos diferentes después de octavo. Su padre acababa de casarse con una chica de veintitrés años. Él tenía veintiuno y le confesó a Victoria que su madrastra se le había insinuado, y que casi se había acostado con ella. Había sido un día que los dos estaban muy borrachos, pero algún milagro había hecho que actuara con sensatez y logró no caer en la tentación. Aun así, le ponía nervioso tener que verla de nuevo. Por eso había decidido pasar la Navidad en París con su madre, aunque ella tenía un nuevo novio francés que tampoco le hacía demasiada gracia.

Siempre lo explicaba todo de una forma muy divertida, pero sus historias que lo convertían en un chico perdido y atrapado entre unos padres locos e irresponsables desprendían algo casi trágico. Le dijo a Victoria que él era la prueba viviente de que la gente con demasiado dinero fastidiaba la vida de sus hijos. Iba al psicólogo desde los doce años. Se llamaba Beau, y a pesar de que habían compartido algún momento romántico y un poco de magreo la noche antes de que Victoria se marchara, todavía no se habían acostado cuando ella se fue a Los Ángeles por Navidad. Él le prometió que la llamaría desde París. A Victoria le parecía maravillosamente romántico y exótico. Estaba fascinada con él. Y esta vez, cuando sus padres le preguntaron con quién salía, pudo contestarles que con un estudiante de primero de especialización en Derecho. Su respuesta les pareció bastante respetable, aunque ella estaba segura de que ni a su padre ni a su madre les caería bien. Era demasiado poco convencional para su gusto.

Beau la llamó durante las vacaciones. Había ido a Gstaad con su madre y su novio, y parecía aburrido y un poco perdido. Gracie quería saber si era guapo, aunque dijo que a ella no le gustaban los pelirrojos. Esta vez Victoria sí que cuidó su alimentación y se abstuvo de tomar postres, aunque su padre expresara sorpresa al ver que su «grandullona» decía que no a un dulce. Era imposible hacerle olvidar la imagen de su hija como alguien que comía siempre lo que no debía y a quien siempre le sobraba peso.

Victoria adelgazó algo más de dos kilos durante los diez días que estuvo en Los Ángeles, y ella y Beau regresaron a la universidad el mismo día, con solo unas horas de diferencia.

No había hecho más que pensar en él durante todas las vacaciones, y se preguntaba cuánto tardarían en acostarse. Estaba contenta de haberse reservado para él. Beau sería su primer amante, y ya lo imaginaba tratándola con cariño y sensualidad en la cama. En cuanto Beau se presentó ante la puerta de su habitación, empezaron a besarse, a reír y a acariciarse, pero él le dijo que estaba hecho polvo por el *jet lag* y aquella noche no ocurrió nada. Tampoco durante varias semanas después. Pasaban todo el día juntos, luego iban a estudiar a la biblioteca y, como ella ya no tenía compañera de habitación, a veces él se quedaba a dormir en la otra cama. No hacían más que besarse y acariciarse, y a él le encantaban sus pechos, pero nunca pasaban de ese punto. Beau le decía que debería ponerse minifaldas, porque tenía las piernas más increíbles que había visto nunca. Parecía estar totalmente cautivado por ella, y por primera vez en su vida Victoria estaba adelgazando de verdad. Quería estar guapísima para él, lo cual también la hacía sentirse muy bien consigo misma.

Hacían guerras de bolas de nieve y salían a patinar sobre hielo, veían partidos de hockey, iban a restaurantes y a bares. Él le presentó a sus amigos. Iban a todas partes juntos y lo pasaban en grande. Sin embargo, por muy unidos que estuvieran, nunca llegaban a hacer el amor. Ella no sabía muy bien por qué, pero le daba miedo preguntarlo. Temía que él creyera que estaba demasiado gorda, o tal vez que la respetara demasiado, o a lo mejor que tuviera miedo, o que la experiencia frustrada con su madrastra lo hubiese traumatizado, o quizá el divorcio de sus padres. Había algo que lo detenía, y Victoria no tenía ni idea de qué podía ser. Estaba claro que el chico la deseaba. Cada vez eran más apasionados cuando se enrollaban, pero el hambre que sentían el uno por la otra nunca acababa de saciarse, y eso a Victoria la estaba volviendo loca. Una noche, en su habitación, se habían quedado en ropa interior, pero entonces él la abrazó y permaneció quieto y en silencio un buen rato. Después se levantó de la cama.

—¿Qué pasa? —preguntó Victoria en voz baja, convencida de que era por ella, que ella tenía la culpa. Seguramente era por su peso. Todos sus sentimientos de inseguridad, de no ser lo bastante buena, volvieron a abrumarla de pronto, allí, sentada en el borde de su cama.

—Que me estoy enamorando de ti —dijo él con tristeza, mientras dejaba caer la cabeza en las manos.

—Y yo de ti. ¿Qué tiene eso de malo? —Victoria le sonrió.

—No puedo hacerte esto —contestó él en voz baja, y ella le tocó el mechón pelirrojo que le caía sobre los ojos. Se parecía a Huckelberry Finn o a Tom Sawyer. Solo era un niño.

—Claro que puedes. No pasa nada. —Quería tranquilizarlo, sentados allí como estaban, en ropa interior.

—No, sí que pasa. No puedo... No lo entiendes. Es la primera vez que me pasa esto... con una mujer... Soy gay, y no importa lo muy convencido que esté de que te quiero, tarde o temprano acabaré otra vez con un hombre. No quiero hacerte eso. Por mucho que ahora te desee, lo nuestro no va a durar.

Durante un buen rato Victoria no supo qué decir. Aquello superaba con mucho toda su experiencia vital y era más complicado que cualquier relación que hubiera imaginado con Beau. Él estaba siendo justo. Sabía que tarde o temprano volvería a desear a un hombre, como le había ocurrido siempre.

—Nunca debería haber permitido que esto empezara, pero me enamoré de ti el día en que nos conocimos.

—Entonces ¿por qué no va a funcionar? —preguntó Victoria con un hilo de voz, agradecida por su sinceridad, pero herida de todas formas.

—Porque no funcionará. Yo soy así. Esto es una especie de fantasía descabellada y deliciosa, pero para mí no es real.

Jamás podría serlo. Me equivoqué al pensar que sí. Te haré daño, y eso es lo último que quiero. Tenemos que dejarlo —dijo, mirándola con sus grandes ojos verdes—. Por lo menos seamos amigos.

Pero ella no quería ser su amiga. Estaba enamorada de él, y todo su cuerpo gritaba de deseo. Ya hacía un mes que era así. Él parecía sentirse dolorosamente confundido y culpable por lo que había estado a punto de hacer, por esa farsa que había mantenido durante un mes entero.

—Pensé que podría funcionar, pero no. En cuanto vea a un chico que me atraiga, desapareceré. Esa no es forma de tratarte, Victoria. Tú mereces mucho más.

—¿Por qué tiene que ser tan complicado? Si dices que te estás enamorando de mí, ¿por qué no podría funcionar? —Estaba a punto de echarse a llorar con lágrimas de frustración y rabia.

—Porque no eres un hombre. Supongo que para mí eres algo así como la fantasía femenina suprema, con tu cuerpo voluptuoso y tus grandes pechos. Eres lo que creo que debería desear, pero que en realidad no deseo. Me atraen los hombres.

Estaba siendo todo lo sincero que podía con ella, y «voluptuoso» era lo más bonito que nadie le había dicho nunca. Sin embargo, por muy voluptuoso que fuera su cuerpo y muy grandes que fueran sus pechos, él no los deseaba. Era un rechazo empaquetado con exquisitez, pero un rechazo al fin y al cabo.

—Será mejor que me marche —dijo Beau mientras se vestía ante a la mirada perdida de Victoria, que seguía tumbada en la cama. Enseguida terminó y se quedó de pie, mirándola. Ella no se había movido, no había dicho ni una palabra más—. Te llamaré mañana —aseguró, y ella se preguntó si de verdad lo haría y, en ese caso, qué le diría.

Ya no había nada más que decir. Victoria no quería ser solo su amiga. Juntos, para ella, eran más que eso. Durante un tiempo él le había parecido perdidamente enamorado.

—Supongo que debería habértelo dicho desde un principio, pero deseaba que funcionara y no quería espantarte.

Victoria asintió con la cabeza, incapaz de encontrar palabras. Tampoco quería llorar. Habría sido muy humillante, allí tendida en la cama, en bragas y sujetador. Beau la miró un momento desde la puerta y luego desapareció. Victoria se tapó con el edredón y se echó a llorar. Era una experiencia frustrante y deprimente a la vez, pero también sabía que era lo correcto. Habría sido aún peor si se hubiera acostado con él y hubiese querido algo que él no podía darle. Era mejor así, aunque de todas formas se sentía abatida y rechazada.

Estuvo horas despierta, pensando en el tiempo que habían pasado juntos y en las confidencias que habían compartido, en los interminables ratos que habían estado enrollándose: una actividad que no había ido a ninguna parte pero que a ambos, mientras se encontraban enredados el uno en brazos de la otra, encendidos, los había excitado. Qué inútil le parecían de pronto esos momentos. Apagó la luz y por fin se quedó dormida. Por la mañana no fue Beau sino Gracie quien la llamó. A Victoria le pesaba el corazón como un ladrillo dentro del pecho al recordar la noche anterior.

—¿Qué tal está Beau? —preguntó su hermana con su alegre voz de doce años.

—Hemos roto —explicó Victoria, transmitiendo con su tono lo destrozada que estaba.

—Ay... Qué pena... Parecía majo.

—Lo era. Lo es.

—¿Os habéis peleado? A lo mejor vuelve. —Quería dar esperanzas a su hermana mayor. No soportaba la idea de que Victoria estuviera triste.

—No, no volverá, pero no pasa nada. Y a ti ¿qué tal te va todo? —preguntó Victoria, cambiando de tema.

Gracie le hizo un informe completo de todos los chicos de séptimo y, cuando por fin colgaron, Victoria pudo llorar su pérdida en paz.

Beau no la llamó aquel día, ni tampoco los siguientes, y entonces ella comprendió que tendría que verlo en clase. Le daba pánico el encuentro, pero por fin logró armarse de valor para ir a literatura inglesa, donde el profesor mencionó como de pasada que Beau había dejado la asignatura. Victoria sintió que se le encogía el corazón otra vez. Apenas lo conocía, pero para ella era una gran pérdida. Más tarde, cuando salió del aula, se preguntó si volvería a verlo algún día. Quizá no. Y entonces levantó la mirada y se lo encontró al final del pasillo, observándola. Beau se acercó lentamente a ella, que estaba inmóvil, esperando. Le tocó la cara con dulzura y casi pareció que quisiera besarla, pero no lo hizo.

—Lo siento —dijo. Sus palabras parecían sinceras—. Siento haber sido tan imbécil y egoísta. He pensado que sería mejor para ambos que dejara la asignatura. Si te sirve de consuelo, tampoco a mí me está resultando fácil, pero es que no quería provocar un desastre aún mayor más adelante.

—No pasa nada —repuso ella en voz baja, y le sonrió—. No pasa nada. Te quiero, aunque no sé si eso significará algo para ti.

—Mucho —aseguró él, y le acarició la mejilla con los labios. Después se marchó.

Victoria regresó sola a su residencia. Estaba nevando, hacía un frío glacial y ella recorrió las calles heladas pensando en Beau, con la esperanza de que sus caminos volvieran a cruzarse algún día. El frío era tal que ni siquiera sentía las lágrimas que le caían por las mejillas. Lo único que podía hacer por el momento era quitárselo de la cabeza e intentar superar esa sensación de fracaso. Fueran cuales fuesen sus motivos, Beau no la deseaba, y esa sensación de no ser deseada ni amada le resultaba demasiado conocida. Lo de Beau no era más que la confirmación de algo que había temido durante toda la vida.

5

Los últimos dos años de Victoria en la universidad pasaron volando. Entre segundo y tercero, de nuevo se buscó un trabajo de verano en Nueva York. Esta vez hizo de recepcionista en una agencia de modelos, y fue una experiencia tan alocada como sosegado había sido su primer empleo en el bufete de abogados. Lo pasó en grande. Se hizo amiga de algunas de las modelos que eran de su misma edad, y la gente que hacía los *books* también era muy divertida. Todos ellos pensaban que estaba loca cuando les decía que quería ser profesora en una escuela, y Victoria tenía que admitir que trabajar en una agencia de modelos era mucho más emocionante.

Dos de las chicas le propusieron que compartiera piso con ellas, así que al final dejó la horrorosa habitación del hotel. A pesar de las fiestas a las que iban, los horarios que hacían, la ropa que llevaban y los hombres con quienes salían, a Victoria le impresionó lo mucho que se esforzaban en su trabajo. Las modelos tenían que deslomarse trabajando si querían tener éxito, y siempre daban el máximo en todos los encargos que recibían. Aunque por la noche hubiesen hecho locuras, las que eran buenas siempre llegaban puntuales a las sesiones de fotos y trabajaban sin descanso hasta que se daba por terminada la jornada, a veces doce o catorce horas después. No era tan divertido como parecía.

Lo que no dejaba de sorprenderla era lo delgadas que estaban. Las dos chicas con quienes vivía en Tribeca no comían casi nunca. Eso hacía que ella se sintiera culpable cada vez que se llevaba algo a la boca, así que intentó seguir su ejemplo, pero se moría de hambre antes de llegar a la cena. Sus compañeras, por el contrario, o no comían nada o compraban productos agresivamente dietéticos, y en muy poca cantidad. Casi parecían subsistir con aire, y habían probado todas las purgas y lavativas habidas y por haber para conseguir perder peso. Victoria tenía una constitución diferente a la suya y no podía sobrevivir con lo poco que consumían ellas. Sin embargo, empezó a seguir lo mejor que pudo sus consejos dietéticos más razonables: evitaba los hidratos de carbono y se servía raciones mucho más pequeñas. Así que, cuando regresó a Los Ángeles un mes antes de volver a la universidad, estaba estupenda. Le costó una barbaridad dejar Nueva York, donde lo había pasado en grande, y el jefe de la agencia le dijo que, si alguna vez quería trabajar con ellos, volverían a contratarla sin dudarlo. Cuando regresó a casa a visitar a su familia, Gracie escuchó embelesada todas las historias que tenía para explicar. Su hermana pequeña iba a empezar octavo aquel año, y Victoria su tercer año de carrera. Ya había llegado a la mitad de sus estudios y seguía con la firme intención de encontrar un trabajo de profesora en Nueva York. Más que nunca, sabía que era allí donde quería vivir. Sus padres habían perdido toda esperanza de conseguir que regresara a casa, y también Gracie era consciente de ello.

Las dos hermanas pasaron un maravilloso mes juntas hasta que Victoria volvió a la universidad. Ese año Gracie estaba más guapa que nunca. No tenía ni una pizca de la torpeza de la mayoría de las chicas a su edad. Era esbelta y grácil, iba a clases de ballet y tenía una piel impecable. Sus padres todavía le permitían hacer algún trabajo de modelo de vez en cuando. Ella enseguida le explicó a Victoria que detestaba el instituto, aunque era evidente que tenía una vida social envidiable: una horda de amigas y media docena de chicos la llamaban a todas horas al móvil que sus padres por fin le habían comprado. Su día a día no tenía ni remotamente nada que ver con la vida monástica de Victoria en la universidad, aunque las cosas mejoraron un poco en tercero.

Victoria salió con dos chicos seguidos, aunque con ninguno de ellos fue muy en serio. Al menos, eso sí, consiguió tener planes casi todos los fines de semana, lo cual era un avance enorme con respecto a los primeros dos años. Por fin perdió la virginidad con uno de ellos, aunque no lo quería. Jamás había vuelto a encontrarse con Beau, y tampoco estaba segura de que siguiera en la universidad. De vez en cuando veía a algunos de sus amigos, desde lejos, pero nunca hablaba con ellos. Se había tratado de una experiencia extraña y todavía la incomodaba recordarla. Beau había sido como un sueño precioso; los chicos con los que salió después de él fueron mucho más reales. Uno era jugador de hockey, como el novio que se había inventado en primero, y Victoria le gustaba más a él que él a ella. Había crecido en Boston, a veces era un poco bruto y tenía tendencia a beber demasiado y a ponerse algo agresivo, así que rompió con él. Su siguiente ligue, con el que terminó acostándose, era un chico agradable pero algo aburrido. Estudiaba Bioquímica y Física Nuclear, y Victoria no tenía mucho de que hablar con él. Lo único que les gustaba a los dos del otro era el sexo. Así que ella se concentró en sus estudios y, al final, al cabo de unos meses, terminó por dejar de salir también con él.

A finales de tercero Victoria decidió quedarse en la universidad para ir a la escuela de verano. Quería tener menos carga de asignaturas el último año para poder dedicarse a las prácticas de docencia. Costaba creer lo deprisa que había pasado el tiempo. Ya solo le quedaba un año para licenciarse, y quería concentrarse en conseguir un trabajo en Nueva York cuando terminara la universidad. Empezó a enviar cartas en otoño. Tenía una lista de escuelas privadas en las que esperaba poder dar clases en cuanto tuviera la licenciatura. Sabía que el sueldo no era tan bueno como en la enseñanza pública, pero le daba la sensación de que era lo más adecuado para ella. Llegada la Navidad, ya había escrito a nueve centros. Incluso estaba dispuesta a hacer sustituciones en varios de ellos a la vez, si tenía que esperar hasta que le saliera un puesto de jornada completa.

Las respuestas empezaron a llegar en enero, como bolas de chicle salidas de una máquina a monedas. Ocho escuelas la habían rechazado. Solo una no le había contestado aún y, al ver que no sabía nada de ellos en las vacaciones de primavera, Victoria perdió toda esperanza. Ya estaba pensando en llamar a la agencia de modelos para ver si querían contratarla durante un año, hasta que saliera una plaza en algún colegio. El sueldo, de todos modos, sería mejor que el de maestra, y quizá pudiera volver a compartir piso con algunas modelos.

Y entonces llegó la carta. Victoria se quedó sentada mirando el sobre igual que había hecho al recibir las respuestas a las solicitudes para entrar en la universidad antes de abrirlas una a una con alegría, intentando adivinar su contenido. Le parecía más que improbable que le ofrecieran un puesto en aquella escuela, porque era uno de los centros privados más exclusivos de toda Nueva York, y no conseguía imaginarlos contratando a una profesora recién salida de la universidad. Fue a buscar una chocolatina que había guardado en su escritorio y volvió a sentarse para abrir el sobre. Desdobló la única hoja que contenía y se preparó para recibir un nuevo rechazo. «Estimada señorita Dawson, gracias por su solicitud, pero lamentamos informarle de que en estos momentos...», formuló Victoria mentalmente, y luego empezó a leer la carta con muy poca fe. No le ofrecían ninguna plaza, pero sí la invitaban a ir a Nueva York para hacerle una entrevista. Explicaban que una de sus maestras de lengua inglesa iba a cogerse una baja por maternidad bastante larga el otoño siguiente, así que, aunque no podían ofrecerle un puesto fijo, era posible que la contrataran por un único curso si la entrevista salía bien. Victoria no daba crédito a lo que acababa de leer. Soltó un alarido de alegría y se puso a bailar por la habitación con la chocolatina todavía en la mano. Le pedían que los avisara en caso de poder viajar a Nueva York para reunirse con ellos algún día de las dos semanas siguientes.

Victoria corrió a su ordenador y redactó una carta en la que les decía que estaría encantada de ir a verlos. La imprimió, la firmó y la metió en un sobre. Después se puso el abrigo y salió corriendo en busca de un buzón. Les había dado su número de móvil y también su dirección de correo electrónico. Estaba impaciente por ir a Nueva York. Si conseguía ese trabajo, su sueño se habría hecho realidad. Era justo lo que había deseado siempre. Nueva York, no Los Ángeles. Se había pasado cuatro años en la Universidad del Noroeste soñando con ir a la Gran Manzana, así que dio las gracias interiormente a la profesora que iba a cogerse esa baja por maternidad y esperó que la contrataran para sustituirla. El solo hecho de haber recibido noticias suyas ya era motivo de celebración, por lo que, después de tirar la carta al buzón, fue a comprarse una pizza. Luego se preguntó si no debería haberlos llamado por teléfono, pero, ahora que ya tenían su número, ellos mismos podían concertar la reunión cuando quisieran, y ella enseguida cogería un vuelo a Nueva York. Se llevó la pizza a su habitación de la residencia y se sentó a comerla sonriéndole a su carta. La mera oportunidad de aspirar a una plaza de maestra en una escuela privada de Nueva York ya hacía que fuese el día más feliz de su vida.

Tres días después la llamaron al móvil y le dieron cita para el lunes siguiente. Ella prometió estar allí y decidió que iría algo antes para pasar todo el fin de semana en la ciudad. Entonces se dio cuenta de que la cita que acababa de concertar caía en el día de San Valentín, una fecha horrenda para ella desde cuarto de primaria. No obstante, si conseguía el trabajo, su opinión sobre el día de San Valentín cambiaría para siempre. Esperó que fuera una especie de buen presagio. Reservó el vuelo nada más colgar, y luego se tumbó en la cama de su habitación sin dejar de sonreír, intentando imaginarse qué ropa se pondría para la entrevista. Quizá una falda con jersey y tacón alto, o unos pantalones de sport con jersey y zapato plano. No sabía si debía presentarse muy elegante para trabajar en una escuela privada de Nueva York, y no tenía a quién preguntar. Tendría que arriesgarse y adivinarlo ella sola. Lo único que podía hacer por el momento era intentar no echar a correr pasillo arriba y pasillo abajo gritando de emoción. En lugar de eso, se quedó echada en la cama sonriendo igual que el gato de Cheshire.

6

La Escuela Madison estaba en la calle Setenta y seis Este, cerca del East River, y era uno de los centros privados más exclusivos de toda Nueva York. En ella se estudiaba desde noveno hasta duodécimo curso: toda la enseñanza secundaria. Era una escuela cara y con una reputación excelente, era mixta y sus alumnos procedían de la élite de Nueva York. También había unos cuantos que habían tenido la suerte de aprobar el examen de ingreso y recibir una beca. Una vez dentro, los alumnos disfrutaban de todas las oportunidades académicas y extracurriculares imaginables y, al terminar, entraban en las mejores universidades del país, por lo que la escuela estaba considerada como uno de los mejores institutos de enseñanza privada de la ciudad. Contaba con sobrados fondos, así que su laboratorio de ciencias y su sala de informática disponían de equipos de última tecnología que competían con los de cualquier universidad. El departamento de idiomas era excepcional: además de todas las lenguas europeas, impartía mandarín, ruso y japonés. También el departamento de lengua inglesa era extraordinario. Muchos de sus estudiantes habían llegado a ser escritores famosos con el tiempo. Y su cuerpo docente era de primera, todos eran licenciados de universidades importantes. Eso sí, como era típico en la mayoría de las escuelas privadas, los profesores tenían un sueldo más bien bajo, pero la sola oportunidad de trabajar allí se consideraba un gran honor. El simple hecho de haber conseguido aquella entrevista ya era todo un logro para Victoria; y conseguir el trabajo, aunque solo fuese temporal y por un año, superaba sus sueños más alocados. Si hubiese tenido que elegir una escuela por la que habría estado dispuesta a todo, habría sido esa.

El viernes cogió un avión después de su última clase y llegó a Nueva York aquella misma noche, aunque bastante tarde. Estaba nevando, todos los vuelos llevaban varias horas de retraso y el aeropuerto cerró justo después de que ella aterrizara. Victoria dio gracias de que no la hubieran redirigido a ninguna otra ciudad. Frente al aeropuerto la gente se peleaba por conseguir un taxi. Ella había reservado habitación en el mismo hotel de Gramercy Park donde ya se había alojado otras veces. Eran las dos de la madrugada cuando consiguió llegar, y le habían guardado una habitación pequeña y fea, pero al menos podía permitirse pagarla. Sin molestarse en deshacer siquiera la maleta, se puso el camisón y se lavó los dientes, se metió en la cama y durmió hasta el mediodía del sábado.

Al despertar, el sol brillaba radiante sobre medio metro de nieve, que había continuado cayendo durante toda la noche. La ciudad parecía una postal. Bajo su ventana había varios niños a quienes sus madres arrastraban en trineos, y otros que hacían guerras de bolas de nieve y se agachaban buscando refugio detrás de coches sepultados por una capa blanca que sus propietarios tardarían horas o quizá días en retirar. Los quitanieves intentaban limpiar las calles y esparcían sal por el suelo. A Victoria le parecía un perfecto día de invierno en Nueva York, y por suerte tenía consigo el par de botas de nieve que llevaba casi a diario en la Universidad del Noroeste, así que estaba preparada y, a la una en punto, echó a andar hacia la misma estación de metro y la misma línea que había cogido cada día para ir a trabajar las dos veces que había vivido allí. Bajó en la calle Setenta y siete Este y siguió en dirección al río. Quería echar un vistazo a la escuela antes que nada.

Era un edificio enorme, con varias entradas y muy bien conservado. Bien podría haber sido una embajada o alguna importante residencia. Hacía poco que lo habían remodelado y estaba impecable. En la discreta placa de bronce que había en la entrada decía solamente «ESCUELA MADISON». Victoria sabía que no llegaban ni a cuatrocientos los alumnos matriculados. El jardín de la azotea les proporcionaba un espacio al aire libre para el recreo y la hora de comer, y no hacía mucho que habían construido un gimnasio de última generación para toda clase de actividades deportivas en lo que antes había sido el aparcamiento que quedaba al otro lado de la calle. La escuela ofrecía todos los servicios y las oportunidades imaginables. Aquella tarde soleada y nevada, se alzaba sólida y silenciosa mientras el solitario conserje abría un camino en la nieve desde la puerta de entrada. Victoria, que se había detenido a contemplar la escuela, le sonrió, y el hombre le correspondió con otra sonrisa. Ni siquiera era capaz de imaginarse teniendo la gran suerte de trabajar en su ciudad preferida, la que más le gustaba en todo el mundo. Allí de pie, mirando el edificio con el grueso chaquetón de plumas que le había comprado su madre, se sentía casi como un muñeco de nieve. El chaquetón no era demasiado favorecedor, pero abrigaba mucho. Cuando lo llevaba, Victoria se sentía como el muñeco de Michelin o la mascota de la repostería Pillsbury, pero le había resultado muy práctico para las gélidas temperaturas de su universidad, porque era la prenda de más abrigo que tenía. También llevaba un gorro de lana blanco, calado hasta los ojos y con un mechón de pelo rubio asomando justo sobre las cejas.

Victoria estuvo una eternidad contemplando la escuela y luego se volvió y se alejó caminando de vuelta al metro para ir a Midtown. Le apetecía comprarse algo de ropa para ponerse el lunes. No estaba satisfecha con los conjuntos que había llevado consigo, uno de los cuales le quedaba demasiado estrecho. Quería estar perfecta cuando la entrevistaran para el puesto, aunque era muy poco probable que contrataran a alguien recién salido de la universidad. Debían de tener muchos otros aspirantes, pero sus notas y sus cartas de recomendación eran buenas, y además poseía todo el ímpetu y el entusiasmo de la juventud para conseguir su primer puesto como profesora. No les había dicho a su padres que estaba allí porque su padre seguía empeñado en que buscara trabajo en otro campo, con un salario mejor y más posibilidades de ascenso en el futuro. Su sueño de labrarse una carrera en la enseñanza no satisfacía las aspiraciones de la familia, que deseaba algo de lo que pudieran alardear y que mejorase su imagen. «Mi hija es maestra» no significaba nada para ellos; pero trabajar en la Escuela Madison de Nueva York suponía el mundo entero para Victoria. Había sido su primera elección al enviar solicitudes a los mejores centros privados de Nueva York y, por muy bajo que fuera el sueldo, tenía todas las características del trabajo de sus sueños. Ya conseguiría llegar a fin de mes de alguna forma si le daban la oportunidad.

Victoria regresó al metro caminando sobre la nieve y fue hasta la calle Cincuenta y nueve Este, donde subió la escalera mecánica de Bloomingdale's y empezó a buscar algo que ponerse el lunes. La ropa que le gustaba casi nunca estaba en su talla. En esos momentos llevaba una 44, aunque le quedaba algo estrecha. A veces, en invierno, se abandonaba más y engordaba sin pretenderlo, y entonces se veía obligada a ponerse la ropa que tenía de la 46. En verano, en cambio, la presión de llevar menos prendas y no poder ocultar nada bajo un abrigo, de mostrar más su cuerpo (con un bañador o unos pantalones cortos, por ejemplo), solía hacer que bajara de talla. Ese día deseó haber sido más disciplinada con su peso últimamente. Se había prometido a sí misma que antes de la graduación perdería algunos kilos, sobre todo si conseguía ese trabajo en Nueva York. No quería estar más rellenita de la cuenta cuando empezara su primer trabajo de profesora.

Después de probarse varias prendas y de una búsqueda interminable y desalentadora que la dejó más deprimida que al principio, encontró unos pantalones grises y un blazer azul oscuro, más bien largo, ideal para llevar sobre una camiseta de cuello alto azul cielo, a juego con sus ojos. También se compró un par de botas de tacón alto que daban un aire más juvenil al conjunto. Estaba digna, respetable, no demasiado formal pero sí lo bastante elegante para que vieran que se tomaba el trabajo en serio. Era el estilo que imaginaba que llevarían los demás profesores de la escuela. Al bajar otra vez al metro para regresar al hotel con sus bolsas, se sentía satisfecha con su nuevo conjunto. Las calles seguían atascadas por quitanieves, coches enterrados y enormes montones de nieve paleada por todas partes. La ciudad estaba hecha un desastre, pero Victoria se sentía muy animada gracias a sus compras. Había pensado ponerse unos pendientes de pequeñas perlas que le había regalado su madre. Además, la buena hechura del blazer azul marino ocultaría muchos de sus defectos. El conjunto le daba un aspecto joven, profesional y estilizado.

La mañana de la entrevista Victoria se despertó con un nudo en el estómago. Se duchó, se secó el pelo con secador y después se lo cepilló para hacerse una coleta tirante que se ató con una cinta de raso negro. Se vistió con detenimiento, se puso su gran chaquetón de plumas y salió al sol de febrero. El día era algo más cálido, y la nieve empezaba a derretirse en ríos helados que desembocaban en las alcantarillas. De camino al metro tuvo que ir con cuidado para que los coches no la salpicaran al pasar. Pensó en coger un taxi, pero sabía que el metro sería más rápido. Llegó a la escuela diez minutos antes de su cita de las nueve de la mañana, justo a tiempo para ver a cientos de jóvenes desfilando por las puertas. Casi todos llevaban vaqueros, y algunas chicas se habían puesto minifalda y botas a pesar del frío. Iban hablando y riendo con los libros en la mano, cada una con un peinado y un color de pelo diferente —había una increíble variedad—. Eran como los niños de cualquier otro instituto, no parecían los vástagos de la élite. Y los dos profesores que aguardaban en la puerta principal mientras ellos iban entrando vestían el mismo estilo de ropa que los chavales: vaqueros y chaquetas de plumas, zapatillas de deporte o botas. Todos ellos en conjunto desprendían una agradable sensación de informalidad que resultaba muy saludable. Los profesores eran un hombre y una mujer. Ella llevaba la larga melena recogida en una trenza; él, la cabeza rasurada. Victoria vio que tenía un pequeño pájaro tatuado en la nuca. Charlaban muy animados y entonces siguieron a los últimos rezagados hacia el interior del edificio. Victoria entró justo detrás de ellos con su conjunto nuevo y la esperanza de causar una buena primera impresión. Tenía cita con Eric Walker, el director, y le habían dicho que querrían que conociera también al jefe de estudios. Dio su nombre a la recepcionista y esperó en el vestíbulo, sentada en una silla. Cinco minutos después salió a saludarla un hombre de cuarenta y tantos, con vaqueros y un jersey negro, chaqueta de tweed y botas de montaña que le sonrió con calidez y la invitó a pasar a su despacho, donde hizo un vago gesto hacia un maltrecho sillón de cuero que había frente al escritorio.

—Gracias por venir desde la Universidad del Noroeste —dijo, mientras ella se quitaba el abultado chaquetón para enseñar su blazer nuevo. Esperaba no dar la impresión de ser demasiado envarada para la escuela, que había resultado bastante más informal de lo que había supuesto—. Temía que, con esta tormenta de nieve, no hubiera conseguido llegar —comentó el hombre con voz agradable—. Feliz día de San Valentín, por cierto. El sábado íbamos a dar un baile, pero tuvimos que cancelarlo. Los chicos de las afueras y de Connecticut no podrían haber asistido. Alrededor de una quinta parte de nuestros alumnos vienen cada día de fuera de la ciudad. Hemos tenido que reprogramarlo para el fin de semana que viene.

Victoria vio que el director tenía su currículo sobre la mesa y se sintió completamente preparada para la entrevista. Vio también que el hombre había consultado el expediente académico que les había enviado. Ella ya lo había buscado a él en Google y sabía que había estudiado en Yale y se había sacado el máster y el doctorado en Harvard. Era el «doctor» Walker, aunque no había utilizado ese título en la correspondencia que habían cruzado. Sus credenciales eran impresionantes y, por si fuera poco, también había publicado dos libros sobre enseñanza secundaria para el gran público y una guía para padres y alumnos sobre el proceso de solicitud de entrada a la universidad. Victoria se sentía insignificante en su presencia, pero el hombre tenía una expresión cálida y afable, y le dedicaba toda su atención.

—Bueno, Victoria —dijo reclinándose en el viejo sillón de cuero que también él tenía al otro lado del hermoso escritorio doble de estilo inglés que había sido de su padre, según le comentó. Todo lo que había en aquel despacho parecía caro aunque desgastado, hasta el punto de estar casi roto. También había estanterías abarrotadas de libros—. ¿Qué le hace pensar que quiere ser maestra? ¿Y por qué aquí? ¿No preferiría regresar a Los Ángeles, donde no tendría que apartar la nieve a paladas para llegar a su escuela?

El hombre sonreía al hablar, y Victoria también. El director le había caído bien y quería impresionarlo, aunque no sabía muy bien cómo conseguirlo. Lo único que había llevado consigo eran su entusiasmo y la verdad.

—Me encantan los chavales. Cuando me preguntaban qué quería ser de mayor, yo siempre decía que maestra. Sé que es el trabajo perfecto para mí. No me interesan los negocios, ni ascender dentro de una empresa, aunque eso es lo que mis padres creen que debería intentar y lo único que respetan. Sin embargo a mí me parece que, si consigo influir en la vida de un joven, podría lograr algo más significativo que nada de todo eso.

En los ojos del hombre vio que era la respuesta correcta y se quedó contenta. Lo había dicho con total sinceridad.

—¿Aunque eso implique que tendrá un sueldo miserable y ganará menos que todos sus conocidos?

—Sí, aunque tenga un sueldo miserable. No me importa. No necesito demasiado para vivir.

El director no le preguntó si sus padres iban a ayudarla. No era problema suyo.

—Ganaría muchísimo más trabajando en el sistema de escuelas públicas —le informó con franqueza, aunque ella ya lo sabía.

—No es lo que quiero. Y tampoco regresar a Los Ángeles. Desde que iba al instituto he querido vivir en Nueva York. Habría venido a estudiar aquí si hubiese entrado en la Universidad de Nueva York o en Barnard. Sé que es lo que debo hacer. Y Madison siempre ha sido mi primera opción.

—¿Por qué? No es más fácil enseñar a un niño rico que a cualquier otro. Son listos, y están expuestos a muchísimos estímulos. No importa qué notas saquen; aunque también nosotros tenemos estudiantes a quienes les cuesta aprobar, en general son muy espabilados y no se les puede enredar fácilmente. Si un profesor no sabe enseñar, se dan cuenta y le llaman la atención. Son más seguros y atrevidos que los chicos con menos facilidades en la vida, y eso puede ser duro para los docentes. También el trato con los padres es complicado a veces. Son muy exigentes y quieren lo mejor que podamos ofrecer. Así que estamos firmemente comprometidos con dar lo mejor de nosotros mismos. ¿No le incomoda pensar que tendría solo cuatro o cinco años más que sus alumnos? La plaza que tenemos vacante es para dar clases a undécimo y a duodécimo, y puede que le pidamos también que cubra un grupo de décimo curso. Los adolescentes pueden ser de armas tomar, sobre todo en una escuela como esta, donde son bastante maduros para su edad. Estos chavales están acostumbrados a un estilo de vida muy refinado, con todo lo que ello supone. ¿Cree que estará usted a la altura? —preguntó el director sin rodeos.

Victoria asintió con la cabeza, mirándolo con sus serios y enormes ojos azules.

—Creo que sí, doctor Walker. Creo que sabré manejar la situación. Estoy convencida de ello, si me dan la oportunidad.

—La profesora a la que sustituirá solo estará fuera un año. No puedo prometerle nada después de ese tiempo, por muy bueno que haya sido su trabajo aquí. Así que no le estoy ofreciendo un contrato a largo plazo, será solo durante un año. Después ya veremos qué surge, si algún otro docente pide una excedencia, por ejemplo. Por eso, si lo que busca es algo más fijo, me temo que debería acudir a otro centro.

Victoria no podía decirle que todos los demás ya la habían rechazado.

—Estaré encantada de pasar un año aquí —dijo con franqueza.

Ella no lo sabía, pero en Madison ya habían comprobado las referencias que les había dado (de la agencia de modelos y el bufete de abogados) y habían quedado impresionados por lo buenas que eran en aspectos como formalidad, responsabilidad, profesionalidad y honradez. También había terminado todas sus prácticas de docencia, y los informes que tenían sobre ella eran igualmente excelentes. Lo único que a Eric Walker le faltaba por decidir era si Victoria sería la profesora adecuada para su escuela. Parecía una chica brillante y afectuosa, y le conmovió ver lo mucho que deseaba el trabajo.

Después de pasar cuarenta y cinco minutos con ella, el director la llevó a ver a su secretaria, que la acompañó a dar una vuelta por todo el centro. Era un edificio impresionante, con aulas muy bien cuidadas y llenas de alumnos atentos, y en todas ellas utilizaban un equipo muy caro y de última tecnología. Cualquier profesor habría dado lo que fuera por trabajar en un ambiente así, y todos los alumnos parecían inteligentes, despiertos, ponían interés y se les veía buenos chicos. Entonces conoció al jefe de estudios, que le explicó algunas cosas sobre su alumnado y el tipo de situaciones a las que se enfrentaban. Eran iguales a los chicos de cualquier otro instituto, solo que con más dinero y oportunidades, y en algunos casos tenían situaciones muy complicadas en casa. Los entornos familiares difíciles no eran exclusivos ni de los ricos ni de los pobres.

Una vez acabada la entrevista con el jefe de estudios, le agradecieron que hubiera ido hasta allí y le dijeron que todavía tenían que ver a algunos candidatos más y que ya la llamarían. Después de darles a ellos las gracias, Victoria se encontró de nuevo en la calle, alzó la vista hacia la escuela y rezó para conseguir el trabajo. No había forma de saber si lo conseguiría o no, y todo el mundo había sido tan amable que le resultaba difícil decidir si simplemente la habían tratado con educación o si de verdad les había gustado. No tenía ni idea. Echó a andar hacia el oeste hasta llegar a la Quinta Avenida, y luego cinco manzanas al norte, hasta el Museo Metropolitano, donde vio una nueva ala de la exposición egipcia. Comió sola en la cafetería y después se dio el lujo de volver al hotel en taxi.

Desde el asiento de atrás fue viendo pasar Nueva York por la ventanilla; las corrientes de personas que recorrían las calles parecían hormigas. Ella esperaba poder formar parte de aquel ajetreo algún día, pero supuso que tardaría varias semanas en recibir noticias de Madison. Entonces se dio cuenta de que, si no conseguía ese puesto, tendría que empezar a solicitar entrevistas de trabajo en escuelas de Chicago, y puede que incluso de Los Ángeles. Aunque lo último que deseaba era volver a casa de sus padres, si no le salía nada más puede que no tuviera más remedio. Detestaba la idea de vivir otra vez en Los Ángeles y, peor aún, la perspectiva de volver a su casa y enfrentarse a los mismos problemas que siempre la aguardaban allí. Vivir con sus padres sería demasiado deprimente.

Hizo la maleta y cogió un taxi para ir al aeropuerto. Aún tenía una hora libre antes de que saliera su vuelo, y estaba tan nerviosa después de la entrevista, preguntándose si habría causado una buena impresión o no, que se fue directa al restaurante que quedaba más cerca de su puerta de embarque, pidió una hamburguesa con queso y un helado con sirope de caramelo y los devoró. Al acabar se sintió estúpida. No los necesitaba, como tampoco las patatas fritas que le habían servido de guarnición, pero estaba ansiosa y hambrienta, y la comida que había engullido le ofrecía cierto consuelo y alivio ante el terror que sentía. ¿Y si no le daban el trabajo? Se dijo que, en tal caso, encontraría otra cosa. Pero la Escuela Madison era donde deseaba trabajar. Ojalá le dieran una oportunidad, aunque sabía que era más que improbable, recién salida de la universidad como estaba.

Cuando anunciaron por megafonía el embarque del vuelo, se levantó, cogió su equipaje de mano y se dirigió a la puerta. Bien mirado, por una vez no había sido un día de San Valentín tan desastroso. Y si al final le daban la plaza, acabaría siendo el mejor de su vida. Al subir al avión, a pesar de la hamburguesa y del helado, aún seguía nerviosa por la entrevista. La comida no la había ayudado a sentirse mejor. Mientras se abrochaba el cinturón se recordó que tendría que ponerse otra vez en serio con la dieta y empezar a correr. Solo faltaban tres meses para la graduación. Sin embargo, cuando le ofrecieron una bolsita de cacahuetes y otra de galletitas saladas, no fue capaz de rechazarlas. Se las comió distraída mientras repasaba mentalmente la entrevista con la esperanza de no haberla fastidiado de alguna forma. Una vez más, rezó por que le dieran el puesto.

7

El propio Eric Walker, el director de la Escuela Madison, llamó a Victoria la primera semana de marzo. Le explicó que les había costado mucho decidirse entre ella y varios profesores más, pero dijo que le alegraba mucho comunicarle que el trabajo era suyo. Victoria no cabía en sí de alegría. El director le comentó que ya le habían enviado el contrato por correo.

Iba a ser la profesora más joven del departamento de lengua y daría clases a cuatro grupos, de décimo, undécimo y duodécimo. Tendría que asistir a las reuniones de profesores a partir del 1 de septiembre, y el curso empezaría una semana después. Al cabo de seis meses exactamente estaría dando clases en la Escuela Madison de Nueva York. Victoria no se lo podía creer e, incapaz de guardarse la buena noticia, aquella noche llamó a sus padres.

—Ya me temía que fueras a hacer algo así —comentó su padre con reproche. En realidad sonaba incluso decepcionado con ella, como si la hubiesen detenido por desnudarse en un supermercado y estuviera llamándolo desde la cárcel. Como diciendo: «¿En qué estabas pensando para hacer semejante tontería?»—. Siendo profesora nunca vas a ganar ni un centavo, Victoria. Tienes que buscarte un trabajo de verdad, algo en publicidad o relaciones públicas, o en el campo de las comunicaciones. Hay montones de cosas que podrías hacer. Podrías entrar en el departamento de relaciones públicas de una gran empresa, o incluso trabajar en McDonald's y ganar más dinero del que conseguirás jamás siendo maestra. Es una absoluta pérdida de tiempo. Además, ¿por qué en Nueva York? ¿Por qué no aquí? —Ni siquiera le preguntó qué clase de escuela era, y tampoco la felicitó por haber conseguido su primer empleo en un centro de primera categoría y con una competencia tan fuerte. Lo único que tenía que decirle era que se había equivocado de trabajo, que había elegido mal la ciudad y que siempre sería pobre.

Pero la enseñanza era la carrera que había escogido Victoria, y aquella escuela era uno de los mejores centros privados de todo el país.

—Lo siento, papá —dijo, disculpándose como si hubiese hecho algo malo—. Pero es una escuela buenísima.

—¿De verdad? ¿Y cuánto van a pagarte? —preguntó él sin rodeos. Victoria no quería mentirle, así que le dijo la verdad. Sabía perfectamente que le costaría vivir con aquel sueldo, pero para ella todos esos sacrificios merecían la pena y no pensaba ocultarle nada de aquello a su padre—. Es una ridiculez —opinó él, casi indignado, y le pasó el teléfono a su madre.

—¿Qué ha ocurrido, cariño? —preguntó Christine con un deje de preocupación en la voz nada más coger el auricular.

—Nada, que he conseguido un trabajo estupendo. Daré clase en una escuela maravillosa de Nueva York. Es que papá cree que no me pagan lo suficiente, nada más. Pero solo haber conseguido una plaza allí ya es todo un logro.

—Qué lástima que te conformes con ser una simple maestra —comentó su madre, haciéndose eco de la opinión general. Así le transmitió a Victoria, igual que toda la vida, hasta qué punto había fracasado y lo mucho que los había decepcionado. Lo único que hacían era anular la parte buena de todo lo que emprendía, como siempre, y borrar toda sensación de éxito de lo que había conseguido—. Podrías ganar mucho más dinero en cualquier otro campo.

—Me parece que ese trabajo va a gustarme de verdad, mamá. Me encanta esa escuela —insistió ella con la voz de una joven llena de esperanzas, intentando no perder la alegría, el entusiasmo y el orgullo que había sentido justo antes de llamar.

—Supongo que eso está muy bien, hija, pero no puedes ser profesora para siempre. En algún momento tendrás que buscar un trabajo de verdad. —¿Desde cuándo dar clases no era un trabajo «de verdad»? Solo les importaba el dinero y la riqueza que pudiera acumularse—. Tu hermana acaba de ganar cincuenta mil dólares por dos días de sesiones fotográficas para una campaña nacional —explicó su madre.

Eso era más de lo que Victoria ganaría en todo un año, y Grace lo hacía por diversión y para contribuir con algo al fondo que sus padres le habían abierto para ir a la universidad. Gracie opinaba que hacer de modelo era como un juego por el que le pagaban una fortuna y en el que participaba solo de vez en cuando. Victoria trabajaría duro todos los días para ganarse el sueldo. Ese contraste y esa gran desigualdad le resultaban abrumadores, pero no era ningún secreto que dando clases uno no se hacía rico, y ella lo había sabido perfectamente al escoger la enseñanza como carrera. De todas formas, tampoco habría tenido la oportunidad de trabajar de modelo como Gracie. Eso no era una opción para ella, y dar clases era su vocación, no solo un empleo. Esperaba que se le diera bien.

—¿De qué vas a vivir? —le preguntó su madre, a quien también eso parecía preocuparle—. ¿Podrás permitirte un apartamento con un sueldo de maestra? Nueva York es una ciudad cara.

—Buscaré algo compartido. Volveré allí en agosto para instalarme antes de empezar el curso.

—¿Cuándo vas a venir a casa?

—Justo después de la graduación. Quiero pasar este verano con vosotros.

Ese año no pensaba trabajar. Le apetecía organizar salidas con Gracie y disfrutar de algo de tiempo en familia antes de trasladarse oficialmente a Nueva York. Puede que nunca volviera a vivir en Los Ángeles o a disponer de tanto tiempo para compartir con ellos, aunque, si seguía en la enseñanza, siempre tendría los veranos libres. Pero quizá se vería obligada a buscar otro trabajo de temporada para complementar sus ingresos. Así que aquel era el último verano que podría estar en casa sin trabajar, y a sus padres les pareció muy buena idea.

Victoria no fue a verlos durante las vacaciones de primavera, sino que estuvo trabajando de camarera en una cafetería que quedaba justo al lado del campus, para conseguir un pequeño colchón económico. En Nueva York iba a necesitar hasta el último penique que pudiera ahorrar. Pero la comida gratis que le daban en la cafetería volvió a hacerle olvidar la dieta una vez más. Aquellas dos semanas se estuvo alimentando a base de pastel de carne y puré de patatas con salsa, merengue de limón y tarta de manzana. Era muy difícil resistirse, sobre todo a desayunar crepes de arándanos a las seis de la mañana, cuando empezaba el turno. Su sueño de perder peso antes de la graduación se estaba esfumando sin remedio; además, era deprimente estar siempre a régimen, depender de un programa de ejercicios y pasarse la vida esclavizada para expiar sus pecados.

Después de matarse en el gimnasio durante todo el mes de abril y controlar estrictamente lo que comía, por fin consiguió adelgazar cuatro kilos y medio. Victoria estaba orgullosa de sí misma. El 1 de mayo se fue a alquilar su birrete y su toga, y se encontró una cola interminable en el establecimiento. Cuando por fin le tocó a ella, el dependiente la miró de arriba abajo para asignarle la talla correcta.

—Eres grandullona, ¿eh? —comentó con una amplia sonrisa, y ella tuvo que contener las lágrimas.

No respondió, y tampoco abrió la boca cuando el hombre le tendió una talla extra grande que no necesitaba. Como era lo bastante alta para llevarla, prefirió no protestar. Le iba enorme. Para asistir a la graduación había pensado ponerse una minifalda roja, sandalias de tacón alto y una blusa blanca. La falta era corta, pero nadie la vería hasta que se quitara la toga. Le encantaba el color, y le hacía unas piernas impresionantes.

Empaquetó todas sus pertenencias y las envió a casa cuando faltaban dos días para la ceremonia, el día antes de que llegaran sus padres. Gracie también los acompañaba, por supuesto, y, al verla con una camiseta blanca de manga corta y unos pantalones muy, muy cortos, Victoria se dio cuenta de que estaba más guapa que nunca. Ya tenía quince años y, a pesar de lo bajita que era, aparentaba dieciocho. Aun así todavía podía posar para anuncios de ropa infantil, y a menudo lo hacía. Victoria se sentía como un elefante al lado de su madre y de su hermana, pero de todas formas quería muchísimo a Gracie. Las dos hermanas casi se dejaron sin aire en los pulmones de la fuerza con que se abrazaron al reencontrarse en la residencia.

Esa noche salieron todos juntos a cenar fuera, a un restaurante muy agradable donde encontraron a varios estudiantes de último curso cenando también. Victoria había preguntado a su padre si podían acompañarlos algunos amigos suyos, pero Jim dijo que prefería estar solo con la familia, y lo mismo pensaba sobre la comida de celebración del día siguiente. Le explicó que querían tenerla para ellos solos, pero lo que en realidad quería decir, como siempre, era que no le interesaba en absoluto conocer a los amigos de su hija. Para Victoria no era nada nuevo y, aun así, se alegraba de estar con su familia. Además, Gracie no hacía más que acurrucarse a su lado. Las dos hermanas siempre eran inseparables cuando estaban juntas. También Grace empezaba a pensar en sus estudios superiores. Quería ir a la Universidad del Sur de California, y sus padres estaban encantados porque así la tendrían cerca de casa. Jim comentó que era una auténtica chica del sur de California, lo cual hizo que Victoria se sintiera una traidora por haberse ido a estudiar al Medio Oeste, en lugar de felicitarse por haber preferido lanzarse a la aventura y haber escogido una universidad tan exigente como la suya.

La ceremonia de graduación de la Facultad Weinberg de Humanidades y Ciencias de la Universidad del Noroeste tuvo lugar al día siguiente y estuvo caracterizada por la pompa, el fausto y las emociones a flor de piel. Christine ya estaba llorando en cuanto empezó la procesión de alumnos, y Jim se mostró extrañamente orgulloso mientras su hija pasaba junto a ellos con el birrete y la toga, e incluso tenía los ojos húmedos. Gracie sacó una foto a Victoria, que sonreía a la vez que intentaba parecer solemne.

Poco más de mil estudiantes recibieron aquel día su diploma de Weinberg, por orden alfabético. Victoria estrechó la mano al decano cuando se lo entregó y, dos horas después, gritó tanto como el que más cuando lanzaron los birretes hacia el cielo y se abrazaron unos a otros. Aunque había sido una chica más bien solitaria durante gran parte del tiempo que había pasado en la universidad, de todas formas tenía algunos amigos con los que intercambió direcciones de correo electrónico y números de móvil. Todos prometieron mantenerse en contacto, pero no parecía muy probable que lo consiguieran. Y así, de repente, salieron al mundo: licenciados y dispuestos a hacerse un sitio en las profesiones que habían elegido.

Victoria cenó otra vez con su familia en Jilly's Café, y esa noche la vivió como una verdadera celebración, sobre todo porque otros licenciados hacían lo propio en las demás mesas. A la mañana siguiente, su familia y ella cogieron un vuelo para regresar a Los Ángeles juntos. Victoria había pasado la noche en el hotel Orrington con ellos y había compartido habitación con Gracie, porque había tenido que dejar libre la de la residencia justo después de la graduación. Las dos estuvieron casi toda la noche charlando, hasta que se quedaron dormidas una junto a otra. Estaban impacientes por compartir los siguientes tres meses. Victoria no se lo había dicho a nadie, pero tenía pensado seguir un estricto programa de control de peso durante todo el verano para estar estupenda en septiembre, cuando empezara a trabajar en Madison. Su padre, al verla quitarse la toga para devolverla tras la ceremonia, había comentado que la veía más grandullona que nunca. Lo había dicho con una enorme sonrisa y luego lo había suavizado con un piropo sobre sus largas piernas, como de costumbre, pero el primer comentario fue mucho más impactante que el segundo. Victoria nunca oía el cumplido después de haber recibido la bofetada del insulto.

En el avión se sentó entre su padre y Grace. Su madre estaba al otro lado del pasillo, leyendo una revista. Las dos hermanas habían querido ir juntas. Ni siquiera parecían familia; a medida que crecía, Gracie era cada vez más la viva imagen de su madre. Victoria, en cambio, no había sido la imagen de nadie a ninguna edad.

Gracie y Victoria estaban charlando en voz baja y tenían pensado ver una película, pero su padre se inclinó para hablar con ella nada más despegar.

—Bueno, cuando estés otra vez en Los Ángeles tendrás tiempo para buscar un trabajo como Dios manda. Siempre puedes decirle a esa escuela de Nueva York que has cambiado de opinión. Piénsatelo —comentó en tono de complicidad.

—Es que me gusta el trabajo de Nueva York, papá —insistió Victoria—. Es una escuela fantástica y, si me echo atrás ahora, mi nombre quedará manchado para siempre dentro de la comunidad educativa. Quiero ese trabajo.

—Pero no querrás ser pobre el resto de tu vida, ¿verdad? —preguntó él con cara de desdén—. No puedes permitirte ser profesora, y yo no pienso mantenerte siempre —añadió con brusquedad.

—Tampoco espero que lo hagas, ni siquiera ahora, al principio, papá. Hay más gente que vive con un sueldo de profesor. También yo podré.

—Pero ¿por qué conformarte con eso? Yo podría conseguirte algunas entrevistas para la semana que viene. —Jim seguía despreciando su gran logro de haber conseguido ese puesto en Nueva York. Para él aquello ni siquiera era un trabajo. No hacía más que decirle a su hija que se buscara un empleo «de verdad» con un sueldo decente.

—Gracias por el ofrecimiento —repuso ella con educación—, pero de momento prefiero quedarme con lo que tengo. Siempre puedo cambiar de opinión más adelante, si veo que no me da para vivir. También podría buscar algo en verano y ahorrar lo que gane.

—Eso es una ridiculez. A lo mejor te parece buena idea a los veintidós años, pero, créeme, no será lo mismo cuando tengas treinta o cuarenta años. Si quieres, puedo concertarte una entrevista con la agencia de publicidad.

—No quiero trabajar en publicidad —repitió ella con firmeza—. Quiero ser profesora. —Era la enésima vez que se lo decía, pero su padre no hizo más que encogerse de hombros y mostrarse molesto.

Después de eso Gracie y ella enchufaron los auriculares y vieron la película. Victoria se sintió aliviada al no tener que seguir hablando de lo mismo. A sus padres solo les interesaban dos cosas de ella: su peso y cuánto dinero ganaría en su trabajo. Un tercer tema que sacaban de vez en cuando era la inexistencia de su vida amorosa, lo cual, en opinión de ambos, era consecuencia del primer punto: su peso y su talla. Su padre, cada vez que tenían esa conversación, decía que si perdiera unos kilos seguro que encontraría novio. Ella sabía que no era necesariamente así, ya que muchas chicas con una figura perfecta y mucho más bajas que ella tampoco tenían pareja. En cambio, había otras que, con sobrepeso, estaban felizmente casadas, prometidas, o tenían un compañero sentimental. Ella sabía que no existía una relación directa entre el amor y el peso, sino que había una multitud de factores más en juego. Su falta de autoestima y el hecho de que siempre estuvieran metiéndose con ella y criticándola tampoco la ayudaba a resolver el problema. Nunca se mostraban orgullosos ni satisfechos con lo que hacía, aunque tanto su padre como su madre le habían dicho que estaban entusiasmados al verla graduarse en la Universidad del Noroeste. Simplemente habrían preferido que fuese en UCLA o en la Universidad del Sur de California, y que hubiese encontrado otro trabajo en lugar del de Nueva York; a poder ser en Los Ángeles y en otro campo. Lo que hacía Victoria nunca estaba bien ni era suficiente para ellos, quienes por lo visto no se daban cuenta de lo mucho que le dolían sus constantes críticas, ni veían que precisamente por eso no quería volver a vivir en Los Ángeles. Victoria deseaba poner todo un país de distancia entre sus padres y ella. Así solo tendría que verlos por Acción de Gracias y en Navidad, y puede que llegara el día en que ni siquiera los visitara en esas fechas. De momento, sin embargo, le apetecía estar con Gracie. En cuanto su hermana se fuese de casa, Victoria no estaba segura de cuándo iría verlos, ni de si lo haría muy a menudo. Habían conseguido ahuyentarla, y sus padres ni siquiera eran conscientes de ello.

En el trayecto del aeropuerto a casa, Gracie y ella se sentaron en el asiento de atrás del coche mientras sus padres hablaban en la parte de delante sobre lo que iban a preparar para cenar. Jim se ofreció a hacer unos filetes en la barbacoa del jardín trasero, y se volvió para guiñarle un ojo a su hija mayor.

—A ti no tengo que preguntarte, ya sé que tendrás hambre. ¿Tú qué dices, Gracie? ¿Te apetece un filete para cenar? —le preguntó a su hija menor.

Victoria se puso a mirar por la ventanilla con cara de haber recibido un puñetazo en el estómago. Esa era su reputación allí, la imagen que tenían de ella: la chica que siempre estaba hambrienta.

—Un filete está bien, papá —contestó Gracie sin entusiasmo—. Aunque también podemos pedir comida china, si no te apetece encender la barbacoa. O Victoria y yo podríamos salir a cenar fuera, si mamá y tú estáis cansados. —Las dos habrían preferido esa opción, pero no querían ofender a sus padres.

Jim insistió en que estaría encantado de preparar la barbacoa, siempre que Victoria y él no fueran los únicos que comieran carne. Era el segundo bofetón que le propinaba en cinco minutos. El verano sería largo si ya empezaba así. Aquello solo le recordaba que nada había cambiado. Cuatro años de vida independiente en la universidad, más un diploma, y ellos seguían tratándola como a la tragona insaciable de casa.

Aquella noche cenaron al aire libre, en el jardín de atrás. Christine decidió saltarse el filete y limitarse a la ensalada. Dijo que había comido demasiado en el avión, y Grace y Victoria disfrutaron de la carne que había preparado su padre. Grace se sirvió una patata asada, pero Victoria solo cogió un poco de ensalada como guarnición.

—¿Te encuentras mal? —preguntó Jim con cara de extrañeza—. Nunca te había visto rechazar una patata.

—Estoy bien, papá —respondió Victoria en voz baja. No le habían gustado los comentarios que había hecho en el coche y había decidido empezar la dieta nada más llegar a casa.

Aunque le ofrecieron helado de postre, se mantuvo firme. Seguro que su padre también habría soltado otro de sus comentarios si lo hubiera aceptado. Después de cenar, las dos hermanas fueron a la habitación de Gracie a escuchar música. Aunque Gracie tenía alocados gustos de jovencita, las dos compartían muchas cosas. Victoria se alegraba de estar en casa con ella.

Aquel verano, en cuanto Grace acabó las clases, unas semanas después de la graduación de Victoria, estuvieron mucho tiempo juntas. Toda la familia se fue a Santa Bárbara a pasar el fin de semana largo del día de los Caídos y, al volver, Victoria llevó a Gracie en coche a todas partes. Se convirtió en su chófer y en su acompañante personal, así que las chicas no se separaron durante dos meses. Victoria vio a algunas de sus antiguas amigas del instituto que habían regresado a Los Ángeles después de licenciarse o que se habían quedado a estudiar allí. No tenía muchas amigas íntimas, pero le resultó agradable ver caras conocidas, sobre todo antes de volver a irse. Dos de ellas iban a seguir los estudios con un posgrado, y Victoria pensó que a ella también le gustaría hacerlo algún día, pero en la Universidad de Nueva York o en la de Columbia. También vio a algunos de los chicos a quienes había conocido en el instituto y que nunca le habían prestado demasiada atención. Uno de ellos la invitó a salir a cenar y al cine, pero resultó que no tenían mucho que decirse. Él se había metido en negocios inmobiliarios y estaba obsesionado con el dinero. No le impresionó nada la elección de ella de dedicarse a la enseñanza. La única que parecía admirarla por ello era su hermana pequeña, que pensaba que era una ocupación muy noble. Todos los demás creían que era tonta y no hacían más que recordarle que sería pobre toda la vida.

Para Victoria, estar en casa ese verano fue una oportunidad de crear recuerdos que atesoraría siempre. Gracie y ella compartieron sus sueños, su miedos y sus esperanzas, y también todo lo que les fastidiaba de sus padres. Gracie pensaba que la malcriaban demasiado, y detestaba la forma que tenían de alardear de ella. El mayor pesar de Victoria era que con ella no hacían nada de eso. Sus experiencias en la misma familia eran diametralmente opuestas. Costaba creer que tuvieran los mismos padres. Y aunque Gracie era la responsable de que Victoria hubiese acabado siendo invisible e inexistente para ellos, jamás se lo echó en cara a su hermana. Quería a Grace como la niña que era y que había sido, aquel bebé que había llegado como un ángel a sus brazos cuando tenía siete años.

Para Grace, el verano que compartieron tras la graduación de Victoria fue la última oportunidad de sentirse cerca de su hermana mayor. Desayunaban juntas todas las mañanas. Se reían muchísimo. Victoria llevaba a Gracie y a sus amigas al club de natación. Jugaba al tenis con ellas, que la ganaban siempre porque corrían más. Ayudaba a Gracie a comprarse ropa nueva para el curso siguiente, y entre las dos decidían lo que era guay y lo que no. Leían revistas de moda juntas y comentaban los estilos nuevos. Iban a Malibú y a otras playas, y a veces se limitaban a tumbarse en el jardín de atrás sin decir nada, solo estando juntas y disfrutando de su compañía mutua hasta el último minuto.

Para Christine fue un verano muy plácido, ya que Victoria se ocupaba de todo lo que necesitaba Gracie, lo cual le dejaba a ella el tiempo libre que quería: no para estar con sus hijas, sino para jugar al bridge con sus amigas, que seguía siendo su pasatiempo predilecto. Y a pesar de las protestas de Victoria, su padre le organizó varias entrevistas para que encontrara un trabajo «mejor» que el de Nueva York. Victoria le dio las gracias y las canceló todas discretamente. No quería hacer perder el tiempo a nadie, y tampoco a sí misma. Su padre se enfadó mucho y volvió a decirle que estaba tomando todas las decisiones equivocadas en cuanto a su futuro y que nunca llegaría a nada trabajando de profesora. Ella ya estaba acostumbrada a escuchar cosas así de su boca, y no le afectaba. Siempre había sido la hija de la que no se sentían orgullosos, a la que no habían hecho caso y de la que se habían reído.

Un día de aquel verano, Victoria le confesó a Gracie que, si tuviera suficiente dinero, le encantaría operarse la nariz, y que a lo mejor algún día se animaba a hacerlo. Le dijo que le gustaba su nariz y que quería una igual, una naricilla «mona». Gracie, que se sintió conmovida al oír eso, le dijo a Victoria que a ella le parecía muy guapa de todas formas, incluso con su nariz. No le hacía falta una nueva. Para Gracie, Victoria estaba perfecta tal como era. Ese era el amor incondicional que se habían profesado siempre la una a la otra y que a Victoria le sentaba de maravilla, igual que a Gracie. El amor de sus padres siempre estaba sujeto a condiciones, dependía de su aspecto, de si sus logros eran válidos según sus estándares particulares y de si con ellos mejoraba también su propio estatus. Gracie llevaba toda la vida recibiendo sus halagos porque era como un accesorio que realzaba su perfección. Victoria, en cambio, como era diferente y desentonaba, había sufrido falta de atención y amor por parte de sus padres, pero no de su hermana. Grace siempre la había cubierto de cariño y la había venerado de todas las formas posibles. Y Victoria también la adoraba a ella, deseaba proteger a su hermana y no quería que acabara siendo como Jim y Christine. ¡Cómo le habría gustado llevarse a Gracie consigo! A ninguna de las dos le apetecía que llegara el día en que Victoria se iría a Nueva York.

Grace ayudó a su hermana a escoger un nuevo vestuario para causar una impresión adecuada a sus alumnos cuando empezara a dar clases en el instituto. Esta vez Victoria se había mantenido firme y había seguido la dieta, así que a finales de verano consiguió meterse dentro de una talla 42. Le quedaba algo estrecha, pero entraba en ella. Había adelgazado bastantes kilos a lo largo de aquellos meses, aunque su padre le preguntaba cada pocos días si no se animaba a perder algo de peso antes de irse a Nueva York. No se había dado cuenta de todos esos kilos que había perdido con tanto esfuerzo, como tampoco su madre, siempre tan angustiada por la talla de su hija, fuera cual fuese. La etiqueta que le habían colgado de pequeña se le había quedado tatuada para siempre. Victoria era la «grandullona» de la casa, que era su forma de llamarla gorda. Ella sabía que, aunque pesara cuarenta kilos y estuviese a punto de desaparecer, sus padres seguirían viéndola enorme. Lo único que le recordaban siempre eran sus deficiencias y sus fallos, nunca sus victorias. Las únicas victorias que valoraban eran las de Grace. Así eran Jim y Christine.

Antes de que Victoria tuviera que marcharse, los cuatro fueron a disfrutar de una semana en el lago Tahoe. Lo pasaron estupendamente. La casa que había alquilado su padre era muy bonita y las dos hermanas practicaron esquí acuático en las heladas aguas del lago mientras su padre conducía la lancha. Lo mejor de que Victoria fuese a trabajar de maestra, comentaba Grace, era que así podrían seguir pasando las vacaciones de verano juntas, y su hermana le prometió que conseguiría llevarla a Nueva York para que le hiciera una visita. Incluso podría ver por dentro la escuela donde daría clases, y a lo mejor asistir a alguna, si se lo permitían. Las dos esperaban que sí.

Por fin llegó el día en que Victoria tenía que irse. Era una fecha que tanto ella como Grace habían temido, porque no querían decirse adiós. Las dos estuvieron extrañamente calladas en el trayecto hacia el aeropuerto. La noche anterior se habían quedado despiertas y tumbadas en la misma cama para poder hablar. Victoria le dijo a Gracie que podía quedarse con su habitación, porque sabía que le gustaba más, pero su hermana le respondió que no quería quitársela. Prefería que tuviera su espacio cada vez que regresara a casa. En el aeropuerto se dieron un larguísimo abrazo mientras las lágrimas les caían por las mejillas. A pesar de que durante el verano se habían asegurado un montón de veces que nada cambiaría, ambas sabían que nada volvería a ser igual. Victoria iba a comenzar una vida de adulta en otra ciudad, y las dos estuvieron de acuerdo en que eso era lo mejor para ella. Lo único que estaban seguras de que jamás cambiaría era lo mucho que se querían. Todo lo demás sería diferente a partir de entonces, y así debía ser. Desde el momento en que Victoria pusiera un pie en el avión, se convertiría en una adulta. Cuando regresara a casa, solo sería de visita. Allí ya no le quedaban más que recuerdos dolorosos y su hermana Grace. Sus padres la habían abandonado emocionalmente el día en que nació y resultó no ser tal como ellos habían planeado y, además, no se les parecía. Para ellos eso era inaceptable, un crimen por el que nunca la perdonarían y ni siquiera estaban dispuestos a intentarlo. En lugar de eso se burlaban de ella, la menospreciaban y la descalificaban. Siempre le habían hecho sentir que estaba de más, que no era lo bastante buena para ellos.

8

Al llegar a Nueva York, Victoria tardó dos semanas en encontrar un apartamento. Al final de la primera semana ya empezaba a sentir que la invadía el pánico. No podía quedarse para siempre en el hotel, aunque el cheque que le había dado su padre la ayudaba bastante. Ella tenía algo de dinero ahorrado gracias a sus anteriores trabajos de verano y el de las vacaciones de aquella primavera, y pronto tendría también un sueldo con el que mantenerse.

Llamó a la escuela para ver si algún otro profesor buscaba compañero de piso, pero le dijeron que nadie lo necesitaba. Llamó a la agencia de modelos donde había trabajado el año anterior, y uno de los agentes le dijo que tenía una amiga que buscaba a alguien para ocupar una habitación. Afortunadamente, el apartamento resultó estar entre la Ochenta y la Noventa Este, lo cual quedaba bastante cerca de la escuela y a Victoria le iba muy bien. El hombre le dio el teléfono de su amiga y ella llamó al instante. Ya había tres personas viviendo en el piso, y buscaban a una cuarta. Dos de ellos eran hombres, y la tercera, una mujer. Le explicaron que la habitación que faltaba por ocupar era pequeña, pero el precio quedaba dentro del presupuesto de Victoria, así que concertó una cita para ir a ver el apartamento aquella misma tarde, cuando todos hubieran vuelto del trabajo. Milagrosamente, el edificio quedaba a solo seis manzanas de la escuela, pero no quiso emocionarse en exceso hasta ver su habitación. Sonaba demasiado bonito para ser cierto.

Al llegar vio que se trataba de un edificio de antes de la guerra pero en bastante buen estado, aunque era evidente que había visto tiempos mejores. Se encontraba en la Ochenta y dos Este, cerca del río. La puerta principal estaba cerrada, así que tuvo que llamar al interfono para que le abrieran, y luego subió en el ascensor. El pasillo era oscuro pero estaba limpio, y una mujer joven le abrió la puerta del piso. Llevaba puesto un chándal porque, según dijo, después pensaba ir al gimnasio. Estaba en buena forma, y Victoria le echó unos treinta años. La mujer siguió explicando que se llamaba Bunny, diminutivo de Bernice, un nombre que odiaba, y que trabajaba en una galería de arte en la parte norte de la ciudad. Los dos hombres también se habían quedado en casa para conocerla. Bill había sido compañero de universidad de Bunny en Tulane, y era analista de Wall Street. Dijo que hacía poco se había prometido con su novia y que al año siguiente dejaría su habitación. También comentó que muchas veces se quedaba a dormir en el apartamento de ella, sobre todo los fines de semana. El otro, Harlan, era gay, hacía poco que había acabado los estudios y trabajaba para el Museo Metropolitano, en el Instituto del Vestido. Los tres parecían personas serias, todos eran agradables y hablaban con educación, y Victoria les explicó que ella iba a dar clases en la Escuela Madison. Bill le ofreció una copa de vino y, unos minutos después, Bunny se fue al gimnasio. Tenía una figura increíble, y los dos hombres eran bastante guapos. Harlan tenía un finísimo sentido del humor y hablaba con un acento sureño que a Victoria le recordó a Beau, a quien no había vuelto a ver desde su frustrada historia de amor. Harlan había nacido en Mississippi. Ella les explicó que era de Los Ángeles y que necesitaba urgentemente encontrar un lugar donde vivir antes de empezar a trabajar, que sería la semana siguiente.

El apartamento era grande y soleado, con un salón doble, un pequeño estudio, un comedor, una cocina que había vivido tiempos mejores y cuatro dormitorios de tamaño modesto. Además era un alquiler de renta antigua. El dormitorio que le enseñaron era pequeño, tal como le habían advertido, pero los otros eran agradables y espaciosos, y le dijeron que no le pondrían ninguna pega si quería recibir visitas, aunque casi ninguno de ellos lo hacía, y en cambio comentaron que sí pasaban muchos días fuera. Ninguno era de Nueva York. La habitación que habían pensado ofrecerle no tenía muebles, y Harlan le propuso que los comprara en Ikea. Eso había hecho él, que solo llevaba un año viviendo allí. Como el alquiler del apartamento era barato, Victoria podía permitirse pagar el precio que le pedían por la habitación aun con su modesto salario de maestra. El barrio estaba en una zona segura, con tiendas y restaurantes cerca. Era un apartamento ideal para gente joven, y le explicaron que en el edificio todo el mundo era o bien muy joven o bien muy mayor, ancianos que llevaban viviendo allí toda la vida. Para Victoria era perfecto y, cuando preguntó si podía quedarse la habitación, a los dos les pareció bien. Bunny ya les había dado su visto bueno antes de irse al gimnasio. Además, el agente de modelos que la había recomendado les había asegurado que era una gran chica y una persona estupenda. Así pues, Victoria estaba aceptada. Sonrió muchísimo al estrecharles la mano a ambos. No le pidieron ningún dinero de fianza y le dijeron que podía trasladarse cuando quisiera. En cuanto comprara una cama, podría quedarse a dormir. Harlan le habló de una empresa que, solo con darles un número de tarjeta de crédito, te entregaba un colchón ese mismo día. ¡Bienvenida a Nueva York!

Victoria les hizo un cheque por valor del primer mes de alquiler y ellos le dieron un juego de llaves. La cabeza le daba vueltas cuando regresó al hotel: tenía trabajo, tenía piso y una nueva vida. Lo único que le quedaba por hacer era comprar muebles para su habitación y ya podría instalarse. Aquella noche llamó a sus padres para contárselo, y Gracie se alegró muchísimo por ella. Su padre le hizo preguntas muy concretas sobre la ubicación del apartamento y la clase de gente que eran sus compañeros de piso. A su madre no le hizo mucha gracia que dos de ellos fueran hombres. Victoria la tranquilizó diciéndole que uno estaba prometido y que al otro no le interesaban las mujeres, y que sus tres nuevos compañeros de piso le habían parecido personas estupendas. Sus padres se mostraron cautos. Habrían preferido cien veces que viviera sola antes que con desconocidos, pero sabían que no podía permitírselo, y su padre no estaba dispuesto a pagarle un alquiler en Nueva York. Había llegado el momento de que ella misma se abriera camino en la vida.

Al día siguiente Victoria alquiló una furgoneta y se fue a Ikea. Compró el mobiliario básico que necesitaría para su dormitorio y se quedó asombrada de lo barato que resultó. Se hizo con dos lámparas, una alfombra, cortinas, dos espejos de pared, ropa de cama, un silloncito cómodo, dos mesitas de noche, una cajonera muy bonita y un pequeño armario con espejos, ya que la habitación solo tenía uno también pequeño empotrado. Esperaba que sus cosas cupieran ahí. La mala noticia era que había que montar todos aquellos muebles, pero Harlan le había dicho que el encargado de mantenimiento del edificio la ayudaría a cambio de una buena propina.

En Ikea le echaron una mano para cargar todas sus compras en la furgoneta y, una hora después, ya estaba en el apartamento, descargando los muebles con la ayuda del portero. Tardaron una hora más en conseguir subirlo todo arriba y, tal como había dicho Harlan, el de mantenimiento se presentó con su caja de herramientas y empezó a montar las piezas que lo necesitaban. Victoria llamó a la empresa que servía colchones y somieres, y le entregaron su cama antes aún de que el de mantenimiento terminara con los muebles. A las seis en punto, cuando Bunny llegó del trabajo, Victoria ya estaba sentada en su nueva habitación, admirando lo bien que había quedado. Había elegido muebles blancos y unas cortinas de visillo, blancas también, con una alfombra azul y blanca. Todo el conjunto transmitía un aire muy californiano. Incluso había comprado una colcha a rayas azules y blancas con cojines a juego. En una esquina había colocado el cómodo sillón azul, donde podría quedarse a leer si no le apetecía estar en el salón. También había comprado un pequeño televisor que podría ver desde la cama. El cheque de su padre había dado mucho de sí y la había ayudado con sus adquisiciones. Sentada en su nueva cama, Victoria no cabía en sí de alegría y sonrió a Bunny al verla entrar.

—¡Caray! ¡Pero si pareces una excursionista feliz! —comentó su compañera de piso, sonriéndole también—. Me gustan tus cosas.

—Sí, y a mí —contestó Victoria la mar de contenta.

Era su primer apartamento de verdad. Lo único que había tenido hasta entonces habían sido habitaciones de residencia, y aquel dormitorio era bastante más grande, aunque tampoco fuera ni mucho menos enorme. Ella compartía el cuarto de baño con Bunny, y los dos chicos tenían otro para ellos. Victoria ya se había dado cuenta de que el baño estaba impecable y que Bunny era meticulosamente ordenada. Le pareció ideal.

—¿Te quedarás ya esta noche? —preguntó su compañera de piso con interés—. Yo voy a estar en casa, por si quieres que te ayude a deshacer maletas.

Victoria se había pasado toda la tarde montando muebles

y tenía sábanas para quedarse a dormir allí, además de un juego de toallas nuevas que quería lavar en la lavadora comunitaria del sótano antes de estrenarlas.

—Solo tengo que ir a buscar mis cosas al hotel. —Aquella mañana ya había dejado la habitación para ahorrarse algo de dinero, y tenía las maletas en una salita, al cuidado del portero—. Saldré dentro de un rato y después volveré aquí.

Justo entonces llegaron los dos chicos, que admiraron su nueva habitación. Tenía un aire fresco, limpio y moderno, y Harlan dijo que parecía una casa de Malibú. Victoria había comprado incluso una fotografía enmarcada de una larga playa de fina arena y aguas azules que transmitía mucha paz, y la había colgado en una pared. La habitación, que estaba pintada desde hacía poco, olía también a muebles nuevos. Desde sus ventanas se veía la calle y los tejados de los edificios vecinos. El suyo quedaba en la acera norte, con la fachada mirando al sur, así que Victoria sabía que sería un dormitorio soleado.

Sus nuevos compañeros de piso le dijeron que aquella noche estarían todos en casa y que habían pensado preparar algo para cenar, si ella quería apuntarse, así que Victoria se marchó poco después para ir a buscar sus cosas al hotel, devolver la furgoneta y llegar a tiempo para la cena.

Los deliciosos aromas de la cocina llenaban el apartamento cuando regresó; por lo visto, los tres eran buenos cocineros. La prometida de Bill, Julie, también se les había unido, y los cuatro estaban en la cocina, riendo y bebiendo vino, cuando Victoria entró con sus cuatro maletas. Se había llevado consigo todo su vestuario de invierno por si lo necesitaba antes de volver a casa por Acción de Gracias. Bunny comentó que había hecho bien, porque en octubre ya empezaba a refrescar bastante.

Victoria había parado de camino a comprar una botella de vino y la dejó en la mesa de la cocina. Era un vino español, y todos dijeron que les encantaba y lo descorcharon enseguida. Ya habían vaciado la primera botella, lo cual no era difícil, puesto que la habían compartido entre los cuatro. Victoria había estado tentada de comprar también algo de helado, pero al final decidió no hacerlo. Trasladarse era un poco estresante, pero de momento todo había salido bien.

Los cinco se sentaron a cenar a las diez de la noche, cuando ya estaban muertos de hambre. Hasta esa hora no habían hecho más que entrar y salir de la cocina. Bunny era la que más había cocinado, porque los dos chicos habían aprovechado para ir al gimnasio antes de cenar. Todos ellos se tomaban muy en serio lo del ejercicio, y la prometida de Bill, Julie, tenía un cuerpo estupendo. Trabajaba para una empresa de cosméticos. A todos ellos les parecía fantástico que Victoria fuese a dar clases en un instituto. Le dijeron que era muy valiente, ya que sus alumnos tendrían casi la misma edad que ella.

—A mí los niños me aterrorizan —confesó Bunny—. Cada vez que vienen a la galería, yo corro a esconderme. Siempre rompen algo, y entonces soy yo la que tiene problemas. —Explicó que se había licenciado en Bellas Artes y que tenía un novio en Boston que estudiaba Derecho en la universidad de allí. Los fines de semana iba a visitarla, o ella a él.

Todos parecían tener su vida más que encarrilada. En el transcurso de la cena, Harlan comentó que había roto con su compañero hacía seis meses, justo antes de instalarse en el apartamento, y que desde entonces se estaba dando un respiro con su vida amorosa. Dijo que no salía con nadie, y Victoria confesó que ella tampoco. Les explicó que ninguna de sus historias había funcionado hasta la fecha, y que a ella no le gustaba la teoría que tenía su padre de que todo era por culpa de su peso y su físico. Se sentía como si le hubieran echado una maldición. Su padre pensaba que no era lo bastante guapa; y su madre, que era demasiado lista y que la mayoría de los hombres la rechazarían por ello. O demasiado fea o demasiado inteligente, pero el caso era que nadie había perdido la cabeza por ella, y ella tampoco por nadie. Lo único que había experimentado en el pasado era lo que Victoria definía como amoríos pasajeros, salvo por el desafortunado intento fallido con Beau y aquel breve romance con el estudiante de Física, además de alguna que otra cita que no había llegado a ninguna parte. Esperaba que su suerte mejorara un poco en Nueva York, y creía que ya había empezado a hacerlo: había encontrado un apartamento genial y tres magníficos compañeros de piso. Le caían muy bien. La cena que habían preparado estaba deliciosa. Bunny había hecho una paella con marisco fresco, un plato que resultaba perfecto para un caluroso día de verano, y había preparado también una sangría de la que disfrutaron después de terminarse el vino. Como entrante, antes del arroz, les sirvió un gazpacho frío, y de postre había comprado dos litros de helado de *cookies* y nata, que por desgracia era uno de los preferidos de Victoria. En cuanto lo vio en la mesa, no pudo resistirse a él.

—Esto es como darle heroína a una drogadicta —se lamentó, pero se sirvió un cuenco entero cuando la tarrina que iban pasándose unos a otros llegó a ella.

Antes de eso habían dejado los platos bien limpios, porque la paella estaba estupenda. Igual que el helado.

—A mí también me encanta el helado —confesó Harlan, aunque no lo parecía. Más bien daba la sensación de que hacía diez años que no comía nada, y eso que medía un metro noventa, lo cual le daba mucho margen.

Hacía siglos que Victoria no probaba el helado, así que decidió hacer una excepción y darse un homenaje. Al fin y al cabo, estaban de celebración. Más tarde se felicitó en silencio por no haber repetido, aunque la primera ración ya había sido bastante generosa. Entre los cinco se acabaron toda la tarrina. Julie también se había servido una ración sustancial, pero ninguno de ellos parecía tener un problema con la comida. Eran personas delgadas, muy esbeltas y en buena forma física. Todos decían tomarse el gimnasio con una seriedad religiosa, y tanto Bill como Bunny aseguraban que les iba bien para combatir el estrés. Harlan reconoció que detestaba el ejercicio pero que sentía la obligación de mantenerse tonificado. Y Bunny explicó a Victoria que habían estado pensando en comprar una cinta de correr entre todos para no tener que salir al gimnasio todos los días. Ella dijo que le parecía una idea estupenda. Con la máquina en el apartamento, no podría eludir el ejercicio tan fácilmente. Eran un grupo de personas activas y alegres, llenas de proyectos, planes e ideas. Victoria estaba impaciente por convivir con ellos. Representaba una circunstancia mucho más feliz que verse viviendo sola en un apartamento minúsculo. Así podría disponer de más espacio y también de compañía siempre que la necesitara. Y si un día no le apetecía, podía quedarse en su habitación, que había quedado bonita y relajante, gracias a Ikea. Estaba encantada con lo que había comprado y con el resultado de la decoración. Había sido una gran idea, y dio las gracias a Harlan por habérsela propuesto.

—De nada, ha sido un placer —dijo él, sonriéndole—. Antes hacía algunos trabajos de escaparatismo de vez en cuando. Me ocupaba de varias tiendas del SoHo, incluso de los escaparates de Chanel. Siempre quise ser diseñador de interiores, pero ahora estoy muy ajetreado con el trabajo en el Instituto del Vestido. Aun así, sigo teniendo muchas ideas y proyectos en la cabeza. —Por lo visto era una persona muy creativa, y a Victoria le gustaba su forma de vestir.

Mientras disfrutaba de la velada en la cocina, nació en ella la esperanza de que tal vez viviendo con ellos y yendo al gimnasio con su misma regularidad podría mantener su talla bajo control. Sabía que su peso fluctuaba y que siempre era mayor de lo que debería, pero tenía la sensación de que sus nuevos compañeros de piso serían una buena influencia, siempre que consiguiera mantenerse alejada de los postres. Todos ellos eran delgados. Victoria, una chica grande por naturaleza, llevaba toda la vida envidiando a la gente así. Gracias a la herencia de su bisabuela paterna, sus pechos la hacían parecer muy robusta. Quizá su figura de reloj de arena habría causado furor en otra época, pero ya no, y a menudo se preguntaba si su bisabuela había tenido unas piernas largas y delgadas como las suyas. En las fotografías no podía verse, porque en aquellos tiempos se llevaban faldas muy largas. Ahora que Victoria había adelgazado durante el verano, podía empezar a ponerse faldas más cortas, pero sabía que nunca llegaría a conseguirlo si seguía comiendo tanto helado. Ya se sentía culpable por el Ben & Jerry's de *cookies* y nata que acababa de devorar. Tendría que buscar un gimnasio al día siguiente, o salir a correr. A lo mejor Bunny podía llevarla al suyo. De pronto se sintió abrumada con todo lo que le quedaba por hacer. Además, solo faltaban unos días para empezar en la escuela, y esta vez como profesora, no como alumna. ¡Qué emocionante!

A eso de la una de la madrugada, después de haber compartido largas conversaciones, cada cual se retiró a su dormitorio. Julie pasó la noche con Bill. Victoria, al acomodarse en su nueva cama grande, se acurrucó bajo las sábanas y se quedó tumbada con una sonrisa en la cara. En aquella habitación todo le parecía bonito, todo era tal como ella había deseado. Estaba en su nuevo mundo, en un pequeño rincón acogedor de la nueva vida que estaba construyéndose. Y aquello no era más que el principio. Pronto empezaría en su nuevo trabajo, tendría nuevos amigos, nuevos alumnos, y puede que algún día incluso un novio. Le costaba imaginarlo. Encontrar el apartamento había sido un primer paso: de pronto se había convertido en una neoyorquina.

Aquella noche, al dormirse, echó de menos a Gracie y pensó en llamarla, pero tenía demasiado sueño y ya había hablado con ella por la mañana, mientras estaba comprando en Ikea. Gracie se había alegrado muchísimo por ella, y Victoria le había prometido que le enviaría fotos del apartamento y de su habitación. Se fue quedando dormida mientras pensaba en su hermana y en cuándo podría ir a verla a Nueva York. En el sueño de Victoria iban de compras juntas y ella estaba mucho más delgada, casi como si tuviera un cuerpo nuevo a juego con su nueva vida. La dependienta le sacaba un vestido de la talla 44 y Victoria le decía que ahora llevaba una 38; en la tienda, todo el mundo se ponía a aplaudir.

9

Antes del primer día de clase, Victoria tenía dos días de reuniones en los que conoció a los demás profesores e intentó recordar de qué departamento eran, qué asignaturas impartían y en qué cursos enseñaban. También tuvo ocasión de estudiar los libros que utilizaría, todos ellos seleccionados por la profesora a la que sustituiría durante aquel curso, quien incluso había esbozado ya el plan de estudios, algo que llevaba varios días inquietando a Victoria. El trabajo iba a ser mucho más sencillo de lo que había pensado, así que se animó a presentarse y a conversar distendidamente con sus compañeros de trabajo. El departamento de lengua era uno de los más grandes y contaba con ocho profesores, todos ellos considerablemente mayores que ella. Casi todos eran mujeres y solo había tres hombres. Victoria se fijó en que todos los profesores varones que trabajaban en Madison eran gays o estaban casados, pero ella no había ido allí para buscar novio, se reprendió, había ido allí para enseñar.

Por la noche, después de haber asistido a las reuniones, volvió a repasar los libros y el plan de estudio, e hizo unas cuantas anotaciones sobre las tareas que deberían hacer los alumnos y las pruebas que quería ponerles. Aunque antes le apetecía conocerlos y hacerse una idea de quiénes eran. Daría clases de inglés a cuatro grupos: uno de décimo, uno de undécimo y dos de duodécimo. En la universidad, durante sus prácticas de docencia, le habían advertido que dar clases a los chicos de último año siempre era complicado. Ardían en ganas de acabar el instituto y seguir adelante con su vida en la universidad, así que hacia la segunda mitad del curso, cuando ya habían recibido las cartas de aceptación de sus respectivas facultades, era casi imposible conseguir que prestaran atención y trabajaran un poco. Aquel año supondría todo un desafío para ella, pero se moría de ganas de hincarle el diente. Apenas consiguió pegar ojo la noche antes de empezar.

El primer día de clase Victoria estaba en pie a las seis de la mañana. Se preparó un sano desayuno a base de huevos, tostada, cereales y zumo de naranja, y puso también una cafetera para compartirla con sus compañeros de piso. A las siete ya estaba vestida y lista para desayunar, y a las siete y media había vuelto a su habitación para escribir algunas notas. A las ocho menos cuarto salía por la puerta y echaba a andar hacia la escuela. Llegó puntual, a las ocho de la mañana, aunque los alumnos no entrarían hasta las ocho y media.

Se fue directa a su aula, la recorrió con pasos nerviosos y luego se quedó quieta mirando por la ventana. Esperaba a veinticuatro alumnos en su primera clase. Había pupitres para todos ellos, y algunos más de sobra, además de un gran escritorio que ocuparía ella al frente de la sala. Tenía que darles clases de redacción, y ya había preparado las tareas escritas que les pediría. Sabía que sería difícil que le prestaran atención después de las vacaciones de verano. Además, los alumnos a quienes daría clase aquella mañana estaban en la recta final. Eran los de duodécimo, el último curso, y pasarían el otoño visitando facultades y presentando solicitudes de entrada a la universidad. Ella tendría que redactarles cartas de recomendación. Eso la convertía en un elemento importante de sus vidas y le otorgaba una influencia directa sobre su futuro, así que deberían comportarse con seriedad y diligencia en su clase. Victoria ya conocía sus nombres, solo le faltaba emparejarlos con el rostro que los acompañaba. Estaba mirando al infinito por la ventana cuando de pronto oyó una voz tras ella.

—¿Lista para el asalto?

Se volvió y vio a una mujer de pelo cano. Llevaba vaqueros, una desgastada camiseta de manga corta con el nombre de un grupo musical y sandalias. Entre su vestuario y el calor que hacía todavía en Nueva York, parecía que siguiera de vacaciones. Cuando Victoria se volvió con una mirada de asombro, la mujer le sonrió. Ella se había puesto una falda corta de algodón negro con un top holgado de lino blanco y zapatos planos. El top suelto ocultaba una multitud de pecados, y la falda, razonablemente corta, dejaba ver sus piernas, aunque no pensaba seducir a sus alumnos, sino darles clases.

—Hola —dijo Victoria con expresión de sorpresa. Aunque había visto a la mujer en las reuniones de profesores, no la había conocido personalmente y no recordaba en qué departamento estaba, pero tampoco se lo quería preguntar.

—Soy de humanidades. Estoy en el aula de al lado, así que si les da por empezar una guerra de bandas, podré ayudarte. Me llamo Helen. —Sonrió y se acercó a Victoria tendiéndole la mano. Parecía más o menos de la edad de su madre, de unos cuarenta y tantos años, o casi cincuenta. La madre de Victoria acababa de cumplirlos—. Llevo veintidós años aquí, o sea que, si te hace falta una chuleta o una guía, pregúntame lo que quieras. En este centro hay buena gente, salvo por los niños y sus padres. Algunos, por lo menos. Los hay que son buenos chicos, a pesar de las circunstancias privilegiadas en las que viven. —La interrumpió un timbre estridente y, unos segundos después, oyeron los pasos que subían corriendo la escalera. Parecía que llegaban todos a la carrera.

—Gracias —dijo Victoria sin saber aún muy bien cómo reaccionar. Ese comentario sobre los alumnos y sus padres había sido bastante crítico, y una postura algo extraña para una mujer que trabajaba en una escuela llena de niños ricos.

—Adoro a mis alumnos, pero a veces cuesta conseguir que pongan los pies en el mundo real. ¿Cuánta realidad pueden conocer si sus padres tienen un barco, un avión y una casa en los Hamptons, y todos los veranos se van al sur de Francia a pasar las vacaciones? Así es la vida de estos chicos. Las dificultades que afronta el resto de la gente a ellos les quedan muy lejanas. Nuestra labor consiste en presentarles el mundo tal como es. Y eso a veces no es fácil. Con la mayoría de ellos llegas a conseguirlo tarde o temprano, pero con sus padres no sucede a menudo. Se sienten por encima de todo eso, no quieren saber cómo vive el resto del planeta. Supongo que imaginan que no es problema suyo, pero los chicos tienen derecho a saber y a tomar sus decisiones.

Victoria no estaba en desacuerdo con ella, pero no había reflexionado mucho sobre el estilo de vida de aquellos niños ni sobre cómo afectaría eso a su visión del mundo. Helen, sin embargo, parecía algo amargada, e incluso resentida con los chavales. Victoria se preguntó si sentiría celos de sus vidas privilegiadas y, justo cuando se hacía esa pregunta, la primera alumna entró en el aula y Helen regresó a la suya.

La chica se llamaba Becki y tenía una melena rubia y larga hasta la cintura. Llevaba una camiseta rosa, vaqueros blancos y unas sandalias italianas muy caras. Tenía una cara preciosa y un cuerpo como Victoria no había visto jamás. Se sentó hacia la mitad de la clase, lo cual indicaba que no se moría de ganas por participar pero que tampoco era de los vagos de la última fila. Sonrió a Victoria al sentarse. Se la veía muy despreocupada y daba la sensación de que creía que el mundo era suyo, incluso irradiaba ese engreimiento de último curso que ella ya había presenciado otras veces. A las dos solo las separaban cuatro años, y Victoria sintió un estremecimiento al percibir la absoluta seguridad de Becki, pero se recordó que allí ella era la jefa. Además, sus alumnos no sabían cuántos años tenía exactamente. Comprendió que tendría que ganarse su respeto.

Mientras se hacía esas reflexiones, cuatro chicos irrumpieron corriendo por la puerta casi al mismo tiempo y se sentaron. Todos ellos miraron a Becki, era evidente que la conocían, y echaron un vistazo a Victoria con cierta curiosidad. Una bandada de chicas entró entonces en el aula riendo y charlando. Saludaron a Becki, pero a los chicos no les hicieron ni caso, miraron a Victoria y se sentaron todas juntas al fondo. Para Victoria eso significaba que pensaban seguir hablando y pasándose notitas, o incluso enviándose mensajes de texto durante la clase. No podría perderlas de vista. Luego entraron algunas chicas más, y chicos. Unos cuantos solitarios rezagados, pero la mayoría en grupos. Y por fin, después de unos buenos diez minutos, su primera clase estaba a punto de comenzar. Victoria los saludó con una gran sonrisa y les dijo su nombre. Lo escribió en la pizarra y luego se volvió hacia ellos.

—Me gustaría que os presentarais para que yo pueda poner cara a los nombres de la lista. —Señaló a una chica de la primera fila, la que estaba sentada más a su izquierda—. Iremos por orden.

Y así lo hicieron. Cada uno dijo su nombre mientras ella comprobaba la lista de clase que tenía sobre el escritorio.

—¿Quién sabe ya en qué universidad quiere solicitar plaza? —Se levantaron menos de la mitad de las manos del aula—. ¿Qué os parece si nos lo explicáis? —Señaló a un chico de la última fila que ya parecía estar aburriéndose.

Victoria todavía no lo sabía, pero había sido el novio de Becki el año anterior y habían roto justo antes del verano. Los dos estaban sin pareja desde entonces. Becki acababa de regresar de la villa que tenía su padre en el sur de Francia y, al igual que muchos de los alumnos de Madison, era hija de padres divorciados.

El chico al que Victoria había preguntado por la universidad a la que quería ir recitó una lista de un tirón. Harvard, Princeton, Yale, Stanford, Duke, Dartmouth y quizá el MIT. Sus opciones consistían en las mejores universidades del país, y Victoria se preguntó si le estaba diciendo la verdad o le había tomado el pelo. Todavía no conocía al elenco de personajes, pero ya llegaría el momento.

—¿Y qué me dices de la facultad de Artes Circenses de Miami? —le preguntó con una expresión muy seria, y todo el mundo se echó a reír—. Podría ser divertido.

—Quiero hacer Ingeniería Química con optativas de Física, o a lo mejor al revés.

—¿Qué tal son tus notas en lengua? —se interesó Victoria. Era el tipo de chico que seguramente pensaba que la clase de redacción era una lata. Pero se trataba de una asignatura obligatoria, incluso para él.

—No demasiado buenas —confesó con timidez, respondiendo a su pregunta—. Se me dan mejor las ciencias.

—¿Y qué me decís vosotros? —preguntó a los demás—. ¿Cómo vais en redacción?

Era una pregunta razonable, y fueron sinceros con ella. Algunos dijeron que se les daba fatal y otros que eran buenos escribiendo, pero ella no tenía forma de saber la verdad, sobre todo tan pronto.

—Bueno, pues si queréis entrar en esas universidades, y supongo que muchos de vosotros querréis, vais a necesitar buenas notas en lengua. Así que este año trabajaremos juntos en ello. Yo estoy aquí para mejorar vuestra redacción. Debería ayudaros con el texto de solicitud de acceso a la universidad y estaré encantada de echar una mano a todo el que quiera. —Era un giro interesante del objetivo de la clase, y a ellos no les había pasado por alto. Todos estaban erguidos en sus sillas y escuchaban con gran atención qué más tenía que decirles su profesora.

Victoria les habló del valor que tenía poder escribir de forma clara y coherente, no con una prosa pomposa, sino redactando una historia interesante con un principio, un nudo y un desenlace.

—Yo creo que este año también tendríamos que divertirnos un poco. Escribir no tiene por qué ser un tostón. Ya sé que para algunos es difícil. —Miró al chico que quería ir al MIT: era evidente que la redacción no era lo suyo—. Podéis poner algo de humor a lo que escribáis, o redactarlo con cierta ironía. Podéis elaborar un comentario social sobre el estado del mundo o crear una historia inventada de principio a fin, pero, escribáis lo que escribáis, que sea simple y claro, y también algo especial, algo que los demás sientan ganas de leer. Así que, siguiendo esa línea, voy a pediros que escribáis algo que todos disfrutemos leyendo.

Mientras lo decía, se volvió hacia la pizarra que ocupaba toda la pared de detrás de su escritorio y, con una letra clara que todos podrían leer con facilidad, escribió: «Mis vacaciones de verano». Al ver lo que ponía, los chicos empezaron a refunfuñar, y ella se volvió de nuevo en dirección a la clase.

—Pero vamos a introducir un cambio, una vuelta de tuerca. No quiero saber nada acerca de vuestras verdaderas vacaciones, que a lo mejor han sido igual de aburridas que las mías, con mi familia en Los Ángeles. Lo que quiero es que escribáis sobre las vacaciones de verano que preferiríais haber tenido. Y cuando terminéis con vuestra redacción, me gustaría desear que esas vacaciones hubieran sido las mías, y quiero que me demostréis por qué. ¿Por qué son esas las vacaciones que querríais haber vivido, que habríais deseado para vosotros? Podéis escribir la redacción en primera persona o convertirla en un relato en tercera. Y quiero que me entreguéis algo bueno de verdad. Sé que seréis capaces si lo intentáis. —Les ofreció una gran sonrisa y entonces dijo algo que no esperaban—: Fin de la clase.

Se la quedaron mirando durante un momento, algo asombrados, luego soltaron un alarido de alegría y se levantaron para empezar a salir del aula sin demasiado alboroto. Victoria dio unos golpes en su escritorio y les dijo que tenían que entregarle el trabajo en la siguiente clase, al cabo de tres días. Al oír eso volvieron a protestar, y entonces Victoria les dio más detalles.

—Y no tiene por qué ser demasiado largo —dijo, y los vio sonreír.

—Pues a mí me gustaría haber pasado las vacaciones de verano en un burdel de Marruecos —soltó un chico, y todo el mundo se echó a reír por su irreverencia.

Burlarse de una profesora era algo que entusiasmaba a los niños de todas las edades. Victoria no podía imaginar a aquel chico desarrollando esa idea, pero no reaccionó mal. A esa edad, todos los chicos querían escandalizar a los adultos, y ella no dio ninguna muestra de que lo hubiera logrado.

—Podría funcionar —repuso con calma—, siempre que me crea lo que escribas. Si no, se te habrá acabado la suerte. Ese es el truco. Tienes que conseguir que te crea, que me importe, que me enamore de los personajes o de ti. En eso consiste cualquier clase de escritura, en convencer al lector de que lo que has escrito es real. Y, para lograrlo, también tú tienes que creértelo. Que os divirtáis —dijo mientras los demás alumnos salían del aula.

Victoria tenía una pausa entre clases y se quedó sentada a su escritorio anotando algunas cosas cuando Helen, la profesora del aula de al lado, volvió a visitarla. Parecía interesada en todo lo que hacía la recién llegada. Carla Bernini, la profesora que estaba de baja por maternidad, era su mejor amiga, y Victoria se preguntó si estaría defendiendo el territorio de su compañera o si solo quería echarle un ojo de vez en cuando.

—¿Qué tal ha ido? —preguntó mientras se sentaba en una de las sillas.

—Bastante bien, me parece —contestó Victoria con sinceridad—. No me han lanzado nada a la cabeza ni me han disparado ningún proyectil casero. Tampoco bombas fétidas. Además, he hecho una clase corta y eso siempre ayuda. —Ya había probado ese truco en sus prácticas de docencia. Ningún profesor podía pasarse todo el rato sentado, pontificando sobre cómo se escribe. Los alumnos tenían que experimentar, por muy difícil y abrumador que resultara—. Les he puesto una tarea fácil. Así veré qué nivel tienen.

—Debe de ser difícil ocupar el lugar de otra persona —dijo Helen como de pasada.

Victoria se encogió de hombros.

—Intento no pensarlo. Cada cual tiene su estilo.

—¿Y cuál es el tuyo? —preguntó Helen con interés, como si la estuviera entrevistando.

—Todavía no lo sé. Hoy es mi primer día. Me licencié en mayo.

—¡Caray! Debes de estar bastante nerviosa. Eres una chica muy valiente. —Su tono le recordó a Victoria a su padre, pero no le importó. Sabía que había hecho un buen trabajo, así que Helen podía desafiarla cuanto quisiera y por los motivos que deseara. Ella era consciente de que también tendría que demostrar su valía delante de los demás profesores, no solo de los alumnos. Aun así, le parecía que de momento todo había ido bien.

Su siguiente clase fue una hora después, y esta vez muchos de los alumnos, que también eran de último curso, llegaron con bastante retraso. La tarea que les puso a ellos fue diferente a la primera. En esta ocasión el tema fue qué querían ser de mayores y por qué.

—Quiero que reflexionéis en ello detenidamente, y quiero respetaros y admiraros cuando lea vuestras redacciones. Está bien que me hagáis reír. No os pongáis demasiado profundos, a menos que queráis ser directores de pompas fúnebres o embalsamadores. Salvo en esos dos casos, me gustaría reírme. —Y entonces también su segunda clase salió del aula.

Se había defendido estupendamente con ambos grupos. Ya había conocido a todos sus alumnos de duodécimo y le habían parecido buenos chicos. No se lo habían hecho pasar mal, aunque sabía que eran muy capaces si querían, y ella era muy joven. Todavía no la tenían en especial estima, pero sabía que era muy pronto. Esperaba ganárselos con el tiempo y era consciente de que el grado de respeto que consiguiera dependería de ella. Su trabajo consistía en hacer que les importara.

Helen se quedó a hablar con ella unos minutos más, y luego las dos recogieron sus cosas y salieron del aula. Victoria comprobó su buzón y estuvo un rato en la sala de profesores, enfrascada en unos cuantos comunicados que había recibido del director y del jefe de estudios, la mayoría sobre cambios de políticas que afectaban a la escuela. Por la tarde asistió a una reunión del departamento de lengua y, tras salir del edificio, tardó solo diez minutos en llegar andando a casa. Le encantaba vivir tan cerca. Quería ir al trabajo a pie todos los días.

Cuando llegó a su apartamento, todos le preguntaron qué tal le había ido el día. Los tres estaban allí.

—La verdad es que ha sido genial —respondió Victoria con alegría.

Gracie la llamó y le preguntó lo mismo una hora más tarde, y ella le dio la misma respuesta. Básicamente, todo había ido muy bien y sus alumnos le habían gustado. Puede que hubieran viajado por todo el mundo con sus padres y hubieran aprendido todas las lecciones conocidas por el hombre, pero aun así desprendían ese aire inocente y simpático de la adolescencia. Ella quería enseñarles a pensar de forma inteligente, a usar el sentido común y a conseguir la vida que soñaban para sí, fuera cual fuese. Su trabajo, en aquella escuela o en cualquier otra, tal como Victoria lo entendía, consistía en abrirles la puerta al mundo. Y ella deseaba abrir muchas, muchísimas puertas. Por fin había empezado.

10

Victoria conoció a sus alumnos de décimo y undécimo el segundo y tercer día de clases, y le sorprendió que le resultaran más difíciles de controlar que los de último año. Los de undécimo ya estaban estresadísimos por toda la carga de trabajo que tendrían ese curso, cuyas notas contarían más que las de ningún otro año para sus solicitudes de acceso a la universidad, y tenían miedo de que les pusiera demasiados deberes. Los de décimo la recibieron con una actitud antipática y casi beligerante, y ningún grupo le resultó más complicado a la hora de dar clases que las quinceañeras. Era la edad que menos gustaba a todos los profesores, y Victoria estaba de acuerdo con ellos. Solo se salvaba su hermana Grace, que evidentemente era más agradable que la mayoría de las chicas de su edad. Le dieron la impresión de ser unas maleducadas, e incluso oyó a dos de ellas haciendo comentarios sobre su aspecto mientras salían del aula, y en voz lo bastante alta para que ella pudiera oírlas. Victoria tuvo que recordarse que no eran más que unas mocosas, pero sus críticas se clavaron en ella como puñaladas. Una la había llamado gorda; la otra dijo que parecía una cisterna con ese vestido que llevaba. Aquella noche se lo quitó y lo puso en una pila con otras prendas para regalar. Sabía que no volvería a sentirse cómoda llevándolo.

Después fue a la cocina del apartamento y se terminó una tarrina de Ben & Jerry's que alguien había dejado en la nevera, y eso que ni siquiera era de un sabor que le gustara.

—¿Un mal día? —preguntó Harlan, que justo en ese momento entraba en la cocina para prepararse un té y ofrecerle otro a ella.

—Sí, más o menos. Las quinceañeras pueden ser bastante desagradables. Hoy he tenido a los de décimo por primera vez. —Allí sentada en la cocina, se la veía más que derrotada mientras daba algún que otro sorbo al té y se comía los *brownies* que había comprado de camino a casa.

—Debe de resultar complicado ser tan joven y dar clases en un instituto, donde los alumnos casi tienen la misma edad que tú —comentó Harlan en tono comprensivo.

—Supongo que sí. Aunque la verdad es que los de último curso estuvieron bastante bien. De momento los peores han sido los más jóvenes. Han tenido muy mala baba. Los de undécimo están muertos de miedo porque empiezan el curso más importante antes de entrar en la universidad, así que tienen encima muchísima presión, por nuestra parte y por la de sus padres.

—No querría estar en tu lugar —dijo Harlan sonriendo con tristeza—. Los niños pueden ser muy crueles. Verme delante de treinta de ellos acabaría conmigo.

—Yo no tengo demasiada experiencia todavía —admitió Victoria—, pero me parece que al final lo disfrutaré. Mis prácticas docentes fueron muy divertidas, pero me asignaron a un grupo de noveno, claro. Esto es bastante diferente, y además estos chicos son de clase alta. Son más sofisticados que los que tuve en las prácticas, en Chicago. Los de aquí van a tenerme todo el curso pendiente de ellos. Yo solo quiero que mis clases les resulten interesantes. A esa edad los adolescentes pueden ser implacables.

—A mí eso me suena peligroso. —Harlan fingió estremecerse, y Victoria rió.

—Tampoco son tan horribles —dijo para defenderlos—. Solo son niños.

Sin embargo, al día siguiente, cuando volvió a tener a los de duodécimo, se sintió tentada de darle la razón a Harlan. Esperaba que los dos grupos le entregaran sus redacciones, pero solo las había hecho menos de la mitad de cada clase. Al darse cuenta de ello Victoria se sintió decepcionada.

—¿Hay alguna razón para que no hayas hecho la tarea? —preguntó a Becki Adams.

—Es que tenía muchos deberes de otras asignaturas —dijo la chica, encogiéndose de hombros mientras la alumna que se sentaba a su lado soltaba una risilla.

—¿Puedo recordaros que esta asignatura es obligatoria? Vuestra nota de lengua de este semestre dependerá de lo que hagáis aquí.

—Sí, lo que tú digas —espetó Becki, y se volvió hacia su compañera para cuchichearle algo sin dejar de mirar a Victoria, por lo que le dio la sensación de que estaban hablando de ella.

Victoria intentó recuperar la compostura, recogió las redacciones y dio las gracias a los alumnos que sí habían hecho los deberes.

—Los que aún no habéis traído la redacción —dijo con serenidad— tenéis hasta el lunes. Y a partir de ahora espero que me entreguéis los deberes a tiempo.

Con eso se veía obligada a cancelar la tarea que había pensado pedirles para hacer durante el fin de semana, pero no había más remedio si menos de la mitad de la clase había entregado la primera redacción. Entonces empezó a hablarles del poder de la prosa y repartió varios párrafos de ejemplo para explicar cómo funcionaban y señalar los puntos fuertes de cada fragmento. Esta vez nadie en todo el grupo le hizo caso. Había dos chicas en la última fila que estaban escuchando música en sus iPods, tres chicos se reían de una bromita privada, varias chicas se pasaban notas de una punta a otra de la clase, y Becki sacó su BlackBerry y se puso a enviar mensajes de texto. Victoria se sentía como si acabaran de darle un bofetón, no sabía cómo reaccionar. Aquellos chicos tenían cinco años menos que ella y se estaban comportando como verdaderos mocosos.

—Veo que tenemos un problema —dijo al fin con voz tranquila—. ¿Pensáis que no tenéis por qué prestar atención en esta clase? ¿Ni tampoco ser educados? ¿Es que os importan un comino vuestras notas? Ya sé que estáis en último curso, y que es el expediente de undécimo el que se adjuntará a vuestras solicitudes para entrar en la universidad, pero suspender esta asignatura no os va a dejar en muy buen lugar precisamente, y puede que no os acepten en la facultad que os gustaría.

—Tú solo eres la sustituta hasta que vuelva la señora Bernini —exclamó un chico desde la última fila.

—La señora Bernini no va a volver en todo el curso. Eso podrían ser malas noticias tanto para vosotros como para mí. O buenas noticias si decidís colaborar para sacar adelante la asignatura. De vosotros depende. Si preferís boicotear la clase, es cosa vuestra, pero tendréis que dar explicaciones al jefe de estudios. Y a vuestros padres. En realidad es muy sencillo: si hacéis el trabajo, os pongo nota; si no os molestáis en intentarlo y no entregáis las redacciones, suspendéis la asignatura. Estoy segura de que la señora Bernini también lo vería así —dijo Victoria, que se acercó a Becki y le quitó la Black-Berry.

—¡Eh, no puedes hacer eso! ¡Estaba enviando un mensaje a mi madre! —protestó, con expresión indignada.

—Pues hazlo cuando termine la clase. Si tienes una emergencia, ve a las oficinas, pero en esta aula no se envían mensajes. Eso también va por ti —dijo, señalando a una chica de la segunda fila, que en realidad era con quien se estaba comunicando Becki—. Vamos a dejar una cosa clara: nada de BlackBerrys, ni móviles, ni iPods en mi clase. Nada de enviar mensajitos. Estamos aquí para trabajar y mejorar vuestra redacción.

No parecían muy impresionados. Mientras Victoria seguía hablándoles, sonó el timbre y todos se pusieron de pie. Nadie esperó a que ella anunciara el fin de la clase.

Cuando el aula quedó vacía, Victoria se sintió muy desanimada y guardó en su maletín las redacciones que le habían entregado. Al ver entrar a su segundo grupo de duodécimo y comprobar que estaban igual de alborotados, se sintió más deprimida todavía. La habían catalogado como la profesora a la que se podía fastidiar, con quien podían ser crueles y a quien no había que hacer ni caso.

Era como si todos los alumnos de último curso hubiesen recibido una circular en la que se les pedía que la pusieran a prueba. Victoria estaba a punto de echarse a llorar cuando Helen entró en el aula. Ya no quedaba ningún alumno, ella estaba recogiendo sus cosas y se la veía disgustada.

—¿Un mal día? —preguntó Helen con expresión compasiva. Hasta ese momento Victoria no había sabido si podía contar con ella como aliada, pero al verla entrar le pareció cordial.

—No muy bueno, la verdad —confesó mientras levantaba su maletín con un suspiro.

—Tienes que conseguir controlarlos antes de que te venzan ellos a ti. Los de último curso pueden ser muy crueles si se te escapan de las manos. Los de undécimo siempre están que no pueden más de estrés, y los de décimo son unos críos.

Los de noveno son bebés, y se pasan la primera mitad del curso muertos de miedo. Son más fáciles de llevar. —Helen se lo sabía a la perfección, y Victoria no pudo evitar sonreír.

—Qué lástima que la señora Bernini no diera clases a los de noveno. Además, tengo a los de duodécimo por partida doble: dos grupos.

—Si les dejas, se te comerán para desayunar —le advirtió Helen—. Tienes que darles caña. No seas demasiado simpática y no intentes ser su amiga. Sobre todo siendo tan joven como tú. Los chicos de Madison pueden ser fantásticos, y la mayoría son muy listos, pero muchos son también unos manipuladores y creen que el mundo es suyo. Te usarán para limpiar el suelo si no te andas con ojo, y sus padres también. No dejes que te traten mal. Créeme, tienes que ser más dura. —Hablaba con mucha seriedad.

—Supongo que tienes razón. No me han entregado los deberes ni la mitad de ellos, y se han pasado toda la hora enviándose mensajes de texto, escribiendo notitas y escuchando música en el iPod. Han pasado completamente de la clase.

Helen sabía lo complicado que resultaba empezar para una profesora tan joven. Ella también se había visto en esa misma situación.

—Tienes que ser más estricta —insistió mientras salía del aula detrás de Victoria y regresaba a la suya—. Cárgalos de deberes, desafíalos, suspéndelos si no te entregan una tarea. Expúlsalos si no prestan atención o no hacen el trabajo. Confíscales los aparatos electrónicos. Así, despertarán. —Victoria iba asintiendo con la cabeza. Detestaba tener que llegar a esos límites, pero sospechaba que Helen tenía razón—. El fin de semana olvídate de esos monstruitos. Haz algo que te apetezca —dijo en tono maternal—. Y el lunes a primera hora, vuelve a la carga. Hazme caso, verás como se sientan erguidos en su sitio y te prestan atención.

—Gracias —dijo Victoria, y volvió a sonreírle—. Que pases un buen fin de semana. —Estaba realmente agradecida a Helen por sus consejos, que le habían levantado un poco el ánimo.

—¡Igualmente! —exclamó la profesora, y entró en su aula para recoger sus cosas.

Victoria regresó a casa caminando. Estaba bastante abatida, sentía que había fracasado por completo con sus dos clases de duodécimo. Y las de décimo y undécimo tampoco le habían ido demasiado bien. Casi tenía tentaciones de preguntarse por qué había querido ser profesora. Era una idealista y una ingenua, y con eso no estaba haciendo ningún bien a sus alumnos. El final de la semana se le había torcido. Victoria temía no lograr controlar a sus grupos, como le había sugerido Helen que hiciera, y que la cosa fuese a peor. Mientras meditaba sobre todo ello se detuvo a comprar algo para cenar y acabó con tres porciones de pizza, tres tarrinas pequeñas de Häagen-Dazs de sabores diferentes y un paquete de galletas Oreo. Sabía que esa no era la solución, pero la comida le proporcionaba consuelo. Al llegar a casa metió la pizza en el horno y abrió el helado de chocolate. Se había comido ya más de la mitad cuando Bunny llegó del gimnasio. Victoria había pensado ir con ella toda la semana, pero no había tenido tiempo porque había estado preparando sus planes de clase y por la noche estaba demasiado cansada. Aunque Bunny no hizo ningún comentario al encontrársela comiendo helado, Victoria se sintió culpable inmediatamente. Tapó la tarrina y la guardó en el congelador con las otras dos.

—¿Qué tal la primera semana? —preguntó Bunny con dulzura. Le pareció que Victoria estaba disgustada.

—Dura. Los chicos son difíciles y yo soy nueva.

—Lo siento. Busca un plan divertido para este fin de semana. Va a hacer un tiempo estupendo. Yo me voy a Boston,

Bill estará en casa de Julie, y me parece que Harlan se va a Fire Island. Tendrás todo el piso para ti.

Eso no era del todo una buena noticia para Victoria, que se sentía sola, añoraba su casa y estaba deprimida. Echaba de menos a Gracie.

Cuando Bunny se marchó al aeropuerto para coger el avión hacia Boston, Victoria se comió la pizza y llamó a casa para hablar con su hermana. Contestó su madre, que le preguntó cómo estaba. Ella le dijo que bien, y entonces su padre se puso al teléfono.

—¿Ya estás lista para tirar la toalla y volver a casa? —preguntó con una sonora carcajada.

Victoria jamás lo habría reconocido ante él, pero lo cierto era que casi había acertado. Se sentía completamente fuera de lugar en el aula, como una auténtica fracasada. Sin embargo, las palabras de su padre la habían devuelto a la realidad, y todavía no pensaba tirar la toalla ni mucho menos.

—Aún no, papá —contestó, intentando que su voz sonara más alegre de lo que estaba.

Entonces Gracie se puso al teléfono y a Victoria le faltó poco para echarse a llorar. La añoraba muchísimo y de pronto se sintió muy sola en aquel apartamento vacío, en una ciudad nueva y sin amigos.

Estuvieron hablando un buen rato. Gracie le explicó lo que hacía en el instituto, charlaron sobre sus profesores y sus clases, y sobre un chico nuevo que le dijo que le gustaba y que iba a undécimo. Siempre había un chico nuevo en la vida de Gracie, y nunca en la de su hermana. Hacía mucho tiempo que Victoria no estaba tan desanimada, sentía incluso lástima de sí misma, pero no explicó nada a Gracie sobre el desastre que había resultado aquella semana. Después de colgar, sacó el helado de vainilla, lo abrió, se fue a su habitación, encendió la tele y se metió en la cama vestida. Buscó un canal de películas y se terminó el helado mientras veía una. Más tarde, al fijarse en la tarrina vacía junto a la cama, se sintió culpable. Esa había sido su cena. Estaba más que asqueada consigo misma. Poco después se puso el pijama, volvió a meterse en la cama, se tapó con la colcha hasta la cabeza y no despertó hasta la mañana siguiente.

Para expiar sus pecados de la noche anterior, el sábado salió a dar un largo paseo por Central Park e incluso hizo un poco de footing a lo largo del camino que bordeaba el mayor estanque, el Reservoir. Hacía un día magnífico. Victoria vio a numerosas parejas paseando por allí y eso la entristeció, porque ella no tenía a un hombre en su vida. Al mirar a su alrededor le dio la sensación de que todo el mundo estaba emparejado y que ella era la única que iba sola, como siempre. Regresó corriendo y llorando hasta el borde del parque, y desde allí caminó hasta el piso con su camiseta, sus pantalones de deporte y sus zapatillas. Se prometió que no comería más helado aquella noche. Era una promesa que tenía el firme propósito de cumplir y, sentada sola en casa, en el apartamento vacío, viendo otra película, consiguió no recurrir al helado. En lugar de eso se acabó el paquete de galletas Oreo.

El domingo lo pasó corrigiendo las redacciones que le habían entregado parte de los alumnos de duodécimo. Le sorprendió lo buenas que eran, y muy creativas. Algunos de ellos tenían talento de verdad, y los textos que habían escrito eran muy elaborados. Estaba impresionada, y así se lo dijo a ellos el lunes siguiente por la mañana, en clase. Los alumnos se habían dejado caer repantigados en sus sillas con evidente desinterés. Se veían por lo menos una docena de BlackBerrys sobre sus pupitres. Victoria recorrió el aula y fue cogiéndolas una a una para dejarlas luego en su escritorio. Sus propietarios reaccionaron de inmediato, y ella les dijo que podrían recuperarlas al terminar la clase. Muchas de ellas ya estaban vibrando sobre la mesa por los mensajes que recibían.

Antes de recoger las redacciones que faltaban, Victoria felicitó por su trabajo a quienes ya las habían entregado. Solo dos alumnos seguían sin haber hecho la tarea. Dos chicos altos y guapos, que se enfrentaron a ella con arrogancia y cinismo al decir que, una vez más, no le habían llevado ninguna redacción.

—¿Ha habido algún problema? ¿El perro se ha comido vuestros deberes? —preguntó Victoria con calma.

—No —dijo un chico que se llamaba Mike MacDuff—. El sábado fui a los Hamptons con mi familia y me pasé el día jugando al tenis. Luego estuve en el campo de golf con mi padre todo el domingo. El sábado por la noche, además, tuve una cita.

—Pues me alegro muchísimo por ti, Mike. Yo nunca he estado en los Hamptons, pero tengo entendido que es un sitio precioso. Está muy bien que hayas pasado un fin de semana tan agradable. Tienes un suspenso en la redacción. —Y dicho eso, volvió la atención hacia el resto de la clase mientras repartía copias de un relato que quería que leyesen.

Mike no dejaba de fulminarla con la mirada. El chico que se sentaba a su lado parecía incómodo, seguramente porque imaginaba que también él había suspendido.

Victoria los ayudó a analizar en detalle el relato y les mostró por qué tenía sentido. Era una buena historia y pareció gustarles, porque esta vez le prestaron más atención, y ella se sintió algo mejor con la clase. Incluso Becki participó con algunos comentarios sobre la lectura.

Como deberes, les pidió que escribieran su propio cuento. Mike se detuvo frente a su escritorio antes de salir del aula y le preguntó con voz ronca si podía recuperar ese suspenso entregándole la redacción que no había hecho.

—Esta vez no, Mike —repuso ella con amabilidad, aunque por dentro se sentía un monstruo.

Sin embargo, recordó la advertencia que Helen le había hecho el viernes de que no los dejara salirse con la suya. Tenía que dar ejemplo castigando a los dos chicos que no se habían molestado en hacer la redacción.

—¡Menuda mierda! —exclamó Mike levantando la voz mientras se alejaba a zancadas. Dio un portazo al salir.

Victoria ni se inmutó. En lugar de eso se preparó para su segunda clase, que empezaría unos minutos después.

Ese grupo resultó ser más complicado que el primero. Había una chica en clase que estaba decidida a burlarse de ella y a humillarla, e hizo varios comentarios sobre las mujeres con sobrepeso antes de que Victoria empezara a hablar. Ella fingió no oír nada. La chica se llamaba Sally Fritz, tenía el cabello castaño rojizo, pecas y un tatuaje de una estrella en el dorso de la mano.

—¿A qué universidad fuiste tú? —preguntó a Victoria con muy mala educación cuando la clase ya había empezado. Había interrumpido sin contemplaciones a su profesora.

—A la del Noroeste. ¿Estás pensando en solicitar plaza allí?

—¡Qué va, ni loca! —dijo Sally en voz bien alta—. Hace un frío que pela.

—Cierto, pero a mí me encantó. Es una buena universidad en cuanto te acostumbras al clima.

—Voy a pedir plaza en California y en Texas.

Victoria asintió con la cabeza.

—Yo soy de Los Ángeles. En California hay varias universidades estupendas —comentó con simpatía.

—Mi madre fue a Stanford —informó Sally sin que nadie le hubiera preguntado, como si no estuvieran en clase o no le importara lo más mínimo. Era muy presuntuosa.

Victoria retomó entonces la clase y repartió el mismo relato que había trabajado con el grupo anterior de aquella mañana. Estos alumnos parecían más participativos y fueron más críticos con el texto, lo cual propició un debate más interesante en la clase. Algunos incluso seguían comentándolo mientras salían del aula, lo cual satisfizo mucho a Victoria. No le importaba que sus alumnos la desafiaran, ni siquiera que discutieran con ella si tenían puntos de vista válidos. El objetivo de sus clases era conseguir que cuestionaran lo que sabían y aquello en lo que pensaban que creían, y el relato que les había presentado había conseguido justamente eso. Para ella fue toda una victoria y, antes de irse a la sala de profesores a corregir redacciones, pasó a ver a Helen.

—Gracias por el consejo del otro día —dijo con timidez—. Me ha ido muy bien.

—¿Les has dado caña?

Victoria se echó a reír antes de responder.

—No creo que haya hecho eso, no, pero he suspendido a dos alumnos del primer grupo por no entregar los deberes.

Aquella segunda semana del curso le estaba resultando mucho más dura de lo que había imaginado.

—Por algo se empieza. —Helen le sonrió—. Estoy orgullosa de ti. Con eso despertarás a los demás.

—Creo que así ha sido. También estoy confiscando todos los iPods y las BlackBerrys que veo.

—Eso les da mucha rabia —confirmó Helen—. Prefieren cien veces enviar mensajes de texto a sus amigos que prestarte atención a ti, o a mí, o a quien sea. —Las dos se echaron a reír—. ¿Lo pasaste bien el fin de semana?

—Bastante. El sábado salí al parque y el domingo estuve corrigiendo redacciones. —«Y me comí dos tarrinas de helado, varios trozos de pizza y un paquete entero de galletas», pero no lo dijo. Sabía que aquello mostraría lo desanimada que estaba.

Siempre comía más cuando se sentía angustiada, por mucho que se prometiera no hacerlo. Ya se veía recuperando de manera inminente la talla 44 o la 46 de su fondo de armario. A Nueva York se había llevado ropa de todas las tallas y quería evitar acabar otra vez con una 46, pero tenía muchas probabilidades de alcanzarla, al paso que iba. Sabía que debía volver a hacer régimen; era como un tiovivo constante del que, por lo visto, nunca podía bajarse. Sin amigos, sin novio, sin vida social y con la inseguridad que sentía en su trabajo, el riesgo de acabar engordando en Nueva York era alto, a pesar de su declaración de intenciones. Al fin y al cabo, esas intenciones nunca duraban. A la primera señal de crisis se lanzaba de cabeza a una tarrina de helado, un paquete de galletas o una pizza. Y durante el fin de semana había recurrido a esas tres cosas a la vez, lo cual había disparado la alarma mental que le decía que debía andarse con cuidado o la situación se le iría de las manos.

Helen intuía que Victoria se sentía sola, y le parecía una chica muy joven e inocente, además de buena persona.

—A lo mejor podríamos ir a ver una película el fin de semana que viene. O a un concierto en el parque —propuso.

—Me gustaría mucho —dijo Victoria, algo más alegre. Se sentía como la chica nueva del barrio, y lo era. También era la profesora más joven de la escuela.

Helen le doblaba la edad, pero Victoria le caía bien. Le parecía una joven brillante, y se daba perfecta cuenta de lo mucho que se estaba esforzando y la devoción que sentía por la enseñanza. Era un poco ingenua, pero Helen pensaba que enseguida le cogería el tranquillo. Los principios siempre eran desafiantes para cualquiera, sobre todo en los grupos de último curso. Los alumnos de instituto eran difíciles, pero Victoria podría con ellos si conseguía tenerlos controlados.

—¿Vienes a la sala de profesores? —preguntó a Helen, esperando una respuesta afirmativa.

—Tengo otra clase. Te veo luego allí.

Victoria asintió y echó a andar por el pasillo. La sala de profesores estaba desierta. Todos habían salido a comer, y ella intentaba no hacerlo. Aquella mañana había metido una manzana en su maletín y había prometido portarse bien. Se sentó a mordisquearla mientras leía las redacciones. Una vez más le sorprendió lo buenas que eran. Tenía algunos alumnos muy brillantes. Solo esperaba serlo ella también para poder enseñarles algo y mantener vivo su interés durante todo el curso. Se sentía muy insegura. Ahora que se veía ante una clase llena de alumnos de verdad, las cosas eran mucho más difíciles de lo que había supuesto; iba a hacer falta algo más que disciplina para mantenerlos a raya. Helen le había dado algunos consejos muy útiles, y Carla Bernini le había preparado el plan de estudios antes de coger la baja por maternidad, pero Victoria sabía que tendría que imprimir vida y emoción a sus clases para conseguir entusiasmar a los chavales. Tenía un miedo horroroso a que no se le diera bien la enseñanza y acabar fracasando. Quería ser buena en eso más que ninguna otra cosa. No le importaba lo poco que cobraba; aquella era su vocación y quería convertirse en una gran profesora, de esas a las que los alumnos recuerdan durante años. No tenía ni idea de si lo lograría, pero haría todo lo que estuviera en su mano. Y aquello era solo el principio. El curso no había hecho más que empezar.

Durante las siguientes dos semanas Victoria luchó por mantener despierta la atención de sus alumnos. Confiscó teléfonos móviles y BlackBerrys, les puso deberes difíciles y, un día que la clase de décimo estaba especialmente alborotada, se llevó a los chicos a dar una vuelta por el barrio y luego les pidió que escribieran sobre ello. Intentaba que se le ocurrieran cuantas más ideas creativas mejor, y conocer a todos y cada uno de los alumnos de sus cuatro grupos y así, por fin, dos meses después, empezó a tener la sensación de que a algunos de ellos les caía bien. Los fines de semana se devanaba los sesos en busca de ideas que proponerles, libros nuevos que leer y proyectos originales. A veces los sorprendía con pruebas o trabajos inesperados. Sus clases eran cualquier cosa menos aburridas. A finales de noviembre empezó a tener la impresión de que estaba llegando a alguna parte con ellos y se estaba ganando su respeto. No a todos sus alumnos les gustaba, pero al menos le prestaban atención y respondían bien. Cuando cogió un avión para regresar a casa por Acción de Gracias, estaba convencida de haber conseguido algo. Hasta que vio a su padre.

Jim la miró con sorpresa al ir a buscarla al aeropuerto junto a su madre y a Grace, que se lanzó a los brazos de Victoria rebosante de alegría mientras su hermana mayor le daba un beso.

—¡Caray! El helado debe de ser muy bueno en Nueva York —espetó su padre con una amplia sonrisa.

Su madre puso una cara avergonzada, no por el comentario de él, sino por el aspecto de Victoria, que, corrigiendo redacciones y trabajando en sus clases por las noches y los fines de semana, había recuperado los kilos que había perdido.

Se había alimentado a base de comida china para llevar y batidos de chocolate dobles, y el régimen que siempre tenía intención de empezar no había llegado a materializarse. Había volcado toda la energía en las clases y en los alumnos, no en sí misma. Ella, mientras tanto, no había hecho más que comer lo que no debía para darse fuerza, consuelo y valor.

—Supongo que sí, papá —respondió con vaguedad.

—¿Por qué no te haces pescado y verduras al vapor, cariño? —dijo su madre.

Victoria no se lo podía creer: después de casi tres meses sin verla, lo único en lo que se fijaban era en su peso. Salvo

Gracie, que la miraba llena de alegría. A ella no le importaba la talla que llevara Victoria; la quería y punto. Las dos hermanas se alejaron cogidas del brazo hacia la cinta de equipajes, contentas de volver a estar juntas.

El día de Acción de Gracias, Victoria ayudó a su madre a cocinar el pavo y disfrutó de la celebración y de la comida con su familia, milagrosamente sin ningún comentario negativo más por parte de su padre. Hacía un día cálido y apacible, y al terminar salieron a descansar un rato al jardín de atrás, donde su madre le preguntó cómo le iba en la escuela.

—¿Te gusta el trabajo? —Seguía sin entender que su hija quisiera ser profesora.

—Me encanta. —Dedicó una gran sonrisa a su hermana—. Y eso que mis alumnos de décimo son horribles. Son unos monstruitos espantosos, igual que tú. No hago más que confiscarles los iPods para que presten atención.

—¿Por qué no les pides que escriban la letra de una canción? —propuso Gracie mientras su hermana mayor se la quedaba mirando sin salir de su asombro—. Mi profe nos lo puso de deberes y a todos nos gustó un montón.

—¡Qué gran idea! —Se mostró impaciente por probarlo con sus alumnos. Había planeado pedir a los de undécimo y duodécimo que escribieran un poema las semanas antes de Navidad, pero una canción para los de décimo era una idea estupenda—. Gracias, Gracie.

—Tú pregúntame lo que quieras de los de décimo —dijo ella con orgullo, sintiéndose representante de su curso.

Su padre consiguió evitar el tema del peso de Victoria durante el resto de su visita, y su madre comentó discretamente que quizá debería ir a Comedores Compulsivos Anónimos, lo cual hirió mucho los sentimientos de Victoria, pero, aparte de eso, fue un fin de semana cálido y acogedor, sobre todo gracias a su hermana. El domingo todos la acompañaron al aeropuerto. Ella había pensado regresar al cabo de cuatro semanas a pasar la Navidad con ellos, así que en esa ocasión su adiós no estuvo acompañado de lágrimas. Estaría en casa todas las vacaciones, puesto que en la escuela le daban dos semanas libres. Ya en el avión de vuelta a Nueva York, pensó de nuevo en esa idea de Gracie de hacer escribir una canción a los de décimo.

El miércoles por la mañana explicó la tarea en su clase y todos estuvieron encantados. Era algo en lo que les apetecía estrujarse la cabeza y, por una vez, se los veía casi eufóricos con los deberes. Aunque a los de undécimo y duodécimo no les entusiasmó tanto el poema que tenían que escribir, Victoria empezaba a ayudar ya a alguno de ellos con sus redacciones para la solicitud de entrada a la universidad. Estaba cargadísima de trabajo.

Las canciones que compusieron los de décimo fueron estupendas. Un chico llevó incluso una guitarra a clase e intentó poner música a sus palabras. La idea fue un éxito total y sus alumnos le preguntaron si podían alargar el proyecto hasta las vacaciones de Navidad. Victoria estuvo de acuerdo. Además, les puso muy buenas notas por su trabajo. Nunca había repartido tantos excelentes. Los trabajos de poesía también resultaron extraordinarios. Llegadas las vacaciones de Navidad, Victoria sentía que se había ganado su confianza porque todos se portaban mucho mejor en sus clases. También Helen lo había notado. Los alumnos parecían contentos y entusiasmados cuando salían del aula.

—¿Qué has hecho con ellos? ¿Los has drogado?

—He seguido un consejo de mi hermana, que tiene quince años. He pedido a los de décimo que compongan una canción —anunció Victoria con orgullo, y Helen quedó impresionada por su creatividad.

—Eso es genio en estado puro. Ojalá pudiera hacerlo yo en mi clase.

—He robado la idea a la profesora de mi hermana, pero ha surtido efecto. Y los mayores están escribiendo poemas. Hay unos cuantos que tienen talento de verdad.

—Igual que tú —dijo Helen con una mirada de admiración—. Eres una profesora estupenda, caray. Espero que lo sepas. Y me alegro de que estés aprendiendo a controlar a la clase. Es mejor para ellos, y para ti también. Incluso a su edad necesitan límites, disciplina y organización.

—He estado trabajando en ello —reconoció Victoria abiertamente—, pero a veces creo que meto la pata hasta el fondo. Ser profesora conlleva muchísima más creatividad de lo que yo pensaba al principio.

—Todos metemos la pata alguna vez —comentó Helen con franqueza—. Eso no te convierte en una mala maestra. Hay que seguir intentándolo y descubrir qué funciona, hasta que consigues ganártelos. Es todo lo que podemos hacer.

—Me encanta este trabajo —repuso ella, feliz—, aunque a veces me saquen de quicio. Últimamente ya no están tan impertinentes. Incluso tengo a un alumno que quiere ir al Noroeste porque comenté que a mí me había encantado esa universidad.

Helen sonreía mientras Victoria le explicaba todo aquello, veía en sus ojos la pasión que sentía por su profesión, y eso le alegró el corazón.

—Espero que Eric sea lo bastante listo para ofrecerte un contrato fijo cuando vuelva Carla. Estará loco si te deja marchar —comentó con cariño.

—Me encantaría quedarme aquí, pero ya veremos qué sucede el año que viene. —Era consciente de que en marzo y en abril se ofrecerían los contratos para el curso siguiente, y aún no sabía si habría una plaza para ella. Esperaba que sí, pero no era nada seguro.

De momento lo que tenía que hacer era trabajar. Por sí misma, por los chicos y por la escuela. A Eric Walker, el director, le habían llegado buenos comentarios sobre Victoria por parte de los alumnos. También dos de los padres le habían hecho saber que les gustaban los trabajos que les pedía. Inspiraba mucho a los chicos y, cuando hacía falta, también los presionaba. Se salía de lo preestablecido y no le asustaba probar cosas nuevas. Era justamente la clase de profesora que querían.

Además, después de Acción de Gracias Victoria había dejado de comer de una forma tan voraz. El comentario de su padre y la insinuación de su madre sobre Comedores Compulsivos Anónimos habían aplacado un poco su apetito. Todavía no había empezado ningún nuevo régimen infalible, pero pensaba hacerlo durante las Navidades. Había sopesado la opción de ir a Weight Watchers, pero se dijo que no tenía tiempo. De momento había frenado un poco el consumo de helado y pizza, y en cambio compraba más ensaladas y se hacía pechuga de pollo a la plancha para cenar en la cocina con sus compañeros de piso al volver a casa. También se obligaba a merendar fruta a media tarde. Seguía sin tener demasiada vida social, aparte de salir de vez en cuando con Helen al cine, pero pasaba buenos ratos en el piso. Veía a Harlan más que a ningún otro, porque Bill siempre estaba con Julie, y Bunny se marchaba a Boston casi todos los fines de semana para ver a su novio. Tenía en mente irse a vivir con él. Harlan, sin embargo, pasaba mucho tiempo en casa. Casi tanto como ella. También estaba soltero y sin compromiso, y trabajaba tanto como Victoria. Por las tardes a menudo llegaba a casa exhausto y le encantaba desmoronarse delante de la tele que tenía en su habitación, y luego reunirse con ella en la cocina para cenar algo ligero.

—Bueno, y ¿qué vas a hacer estas Navidades? —le preguntó Victoria una noche mientras tomaban un té.

—Me han invitado a South Beach, pero no sé si ir. No es que el ambiente de Miami sea lo mío. —Él era un hombre serio que trabajaba con gran diligencia en el museo. Victoria sabía que no estaba muy unido a su familia y que no pensaba regresar a Mississippi durante las vacaciones. Una vez le había explicado que no era bien recibido en su casa porque a sus padres no les gustaba que fuera gay, lo cual a ella le pareció muy triste.

—Yo volveré a Los Ángeles a ver a mis padres y a mi hermana —explicó Victoria, pensativa, haciéndose la reflexión de que sus padres tampoco la habían aceptado nunca por completo.

Llevaba toda la vida siendo una inadaptada y una marginada en su propia familia. Incluso su talla los molestaba y la hacía parecer diferente. Su madre habría preferido morir a pesar lo que pesaba ella; jamás lo habría permitido. Y su padre seguía sin poder resistirse a soltar comentarios a su costa, sin darse cuenta de lo mucho que la herían. Aun así, Victoria nunca había pensado que su crueldad fuese consciente.

—¿Los echas de menos cuando estás aquí? —preguntó Harlan. Sentía curiosidad por la familia de ella.

—A veces. Son los míos. Sobre todo a mi hermana. Siempre ha sido mi niña pequeña. —Sonrió.

—Yo tengo un hermano mayor que me odia —dijo Harlan mientras servía dos tazas más de té—. Ser gay no era lo más agradable del mundo en Tupelo, Mississippi, cuando yo era pequeño, y sigue sin serlo ahora. Sus amigos y él me daban palizas cada dos por tres. Ni siquiera supe por qué hasta los quince años, cuando empecé a darme cuenta. Hasta entonces solo me sentía diferente. Después lo comprendí. Me marché en cuanto cumplí los dieciocho y me vine a la universidad. Creo que se sintieron aliviados al verme marchar. Solo vuelvo una vez cada varios años, cuando se me acaban las excusas.

A Victoria le parecía una vida triste y muy solitaria, pero su vida familiar también lo habría sido de no ser por Gracie.

—Yo también soy la oveja negra de la familia —reconoció—. Todos ellos son delgados, tienen los ojos castaños y el pelo oscuro. Soy el monstruo de la familia. Mi padre siempre está metiéndose conmigo por mi peso, y mi madre me deja recortes de periódico sobre nuevas dietas sobre mi escritorio.

—Qué crueles —comentó Harlan con tristeza, aunque se había fijado en lo que comía Victoria, y en qué cantidad, cuando estaba cansada o deprimida. Él creía que tenía una cara muy bonita y unas piernas estupendas, a pesar de su generoso busto. Sin embargo, aun así era una mujer guapa. Le sorprendía que no saliera con nadie—. Algunos padres hacen mucho daño —añadió, pensativo—. Me alegra saber que nunca tendré hijos. No querría hacer a nadie lo que ellos me hicieron a mí. Mi hermano es un auténtico imbécil. Trabaja en un banco y es más aburrido que una lavadora. Está casado y tiene dos niños. Cree que ser gay es una enfermedad. Siempre está deseándome que me recupere, como si tuviese amnesia y de pronto fuese a recordar que soy hetero, lo cual sería mucho menos vergonzoso para él, claro. —Harlan rió mientras lo explicaba. Tenía veintiséis años y estaba cómodo con su identidad. Esperaba llegar a ser comisario del Met algún día, aunque el sueldo no era para tirar cohetes. Aun así, se dedicaba en cuerpo y alma a su trabajo, igual que Victoria a la enseñanza—. ¿Y tú? ¿Te lo pasarás bien en Los Ángeles por Navidad? —le preguntó con expresión nostálgica.

Victoria asintió. Se lo pasaría bien por Gracie.

—Me encantaba cuando mi hermana era pequeña y aún creía en Santa Claus. Todavía le dejamos galletas, y zanahorias y sal a los renos.

Harlan sonrió al oírlo.

—¿Tienes algún plan para Fin de Año? —preguntó con genuino interés, intentando imaginar su vida en California.

Ella nunca explicaba mucho sobre sus padres, solo hablaba de su hermana pequeña.

—La verdad es que no. Normalmente me quedo en casa con mi hermana. Uno de estos días ya será lo bastante mayor para tener una cita de verdad, y entonces sí que estaré acabada.

—A lo mejor podríamos hacer algo, si los dos hemos vuelto ya a Nueva York —dijo Harlan, y a ella le gustó la idea—. Podríamos ir a Times Square a ver cómo cae la bola, con todos los turistas y las fulanas. —Se echaron a reír solo con imaginarlo.

—Puede que vuelva de Los Ángeles a tiempo para eso —dijo Victoria, pensándolo mejor—. Las clases empiezan unos días después. Así veré cómo es la Nochevieja aquí.

—Envíame un mensaje de texto cuando decidas qué vas a hacer —repuso Harlan.

Ella asintió y luego metieron las tazas en el lavavajillas.

Victoria dejó un regalito a cada uno de sus compañeros de piso encima de la cama antes de irse a California, y también llevaba regalos para Gracie y para sus padres en la maleta. Estaba contenta de volver a casa para estar con su familia, sobre todo con su hermana. Cuando llegaron del aeropuerto decoraron el árbol todos juntos y bebieron un delicioso ponche de ron. Estaba fuerte y quemaba un poco en la lengua, pero a Victoria le gustó. La cabeza le daba vueltas cuando se fue a la cama. Le sentaba bien estar en casa. Gracie se coló en su cama y se tumbó a su lado, y las dos estuvieron riendo y charlando hasta que se quedaron dormidas. También sus padres parecían de muy buen humor. Su padre le dijo que había conseguido un cliente nuevo muy importante para la agencia, y su madre acababa de ganar un torneo de bridge. Gracie estaba entusiasmada porque tenía vacaciones y podría estar con Victoria en casa todos esos días. Se alegraba de tenerla allí.

Todo fue como la seda el día de Navidad. A sus padres y a Gracie les gustaron sus regalos. Su padre le regaló a ella una cadena de oro larga porque, según le dijo, así no tenía que preocuparse de si era de su talla. Y su madre le regaló un jersey de cachemir y dos libros, uno sobre ejercicios y otro sobre una nueva dieta. Ninguno se había dado cuenta de que había adelgazado desde Acción de Gracias. Solo su hermana le dirigió varios cumplidos, pero sus amables palabras nunca le calaban tan hondo como los insultos de sus padres.

Dos días después de Navidad a Gracie la invitaron a una fiesta de Nochevieja en casa de una amiga de Beverly Hills, pero Victoria no tenía nada que hacer. La gente a la que conocía estaba trabajando en otras ciudades, y dos amigas que seguían viviendo en Los Ángeles se habían ido a esquiar. Lo único que hizo durante todas las vacaciones fue estar con Grace, que se ofreció a quedarse con ella la noche de Fin de Año.

—No seas tonta... tienes que salir con tus amigas. Yo, de todas formas, había pensando volver a Nueva York.

—¿Tienes una cita? —Gracie la miró con interés. Era la primera noticia que tenía.

—No, solo es uno de mis compañeros de piso. No sé si estará allí, pero habíamos hablado de hacer algo juntos por Nochevieja.

—¿Le gustas? —quiso saber Gracie con una miradita maliciosa, y Victoria se echó a reír al oír la pregunta.

—No de esa forma, pero es un buen amigo y lo pasamos muy bien juntos. Trabaja en el Museo Metropolitano.

—Menudo rollo —comentó Gracie, poniendo los ojos en blanco. Estaba decepcionada porque no parecía una historia demasiado prometedora. Se daba cuenta de que su hermana no lo veía como una opción real de aventura amorosa.

Al final Victoria se marchó de Los Ángeles el día de Fin de Año por la mañana. Gracie iría a la fiesta de casa de su amiga, y a sus padres los habían invitado a una cena. Ella se habría quedado sola en casa, así que decidió regresar a Nueva York. Además, tenía que prepararse para las clases. Envió un mensaje de texto a Harlan esperando que también él hubiese regresado a Nueva York. Su padre la acompañó al aeropuerto mientras su madre y su hermana estaban en la peluquería. Victoria y Gracie ya se habían despedido esa mañana.

—¿Crees que volverás a casa después de este año en Nueva York? —le preguntó su padre durante el trayecto.

—Todavía no lo sé, papá. —No quería decirle que seguramente no, porque allí se sentía feliz. Aún no tenía un gran círculo de amistades, pero le gustaban sus compañeros de piso, el apartamento y su trabajo. Era un comienzo.

—Te iría muchísimo mejor en otro campo —le repitió por enésima vez.

—Me gusta dar clases —repuso ella con calma.

Jim se echó a reír y la miró fijamente.

—Al menos sabemos que nunca te morirás de hambre.

Victoria seguía sin poder creer que su padre no desperdiciara ni una oportunidad para clavarle una puñalada o meterse con ella. Esa era una de las principales razones por las que estaba en Nueva York. No contestó nada y se quedó callada en su asiento el resto del trayecto hasta el aeropuerto internacional de Los Ángeles. Como hacía siempre, su padre la ayudó con las maletas y le dio una propina al portero de su parte. Después volvió a abrazarla como si no hubiese hecho semejante comentario en el coche. Nunca se daba cuenta.

—Gracias por todo, papá.

—Cuídate mucho —dijo él con voz sincera.

—Tú también. —Victoria le dio un abrazo y se alejó hacia el control de seguridad.

Subió al avión y, justo entonces, vio que tenía un mensaje de texto de Harlan. «Llegaré a Nueva York a las seis de la tarde», le había escrito. Ella aterrizaría a las nueve, hora local. «Yo estaré en el piso a las diez», contestó.

«¿Times Square?», fue el siguiente mensaje.

«Ok.»

«Tenemos una cita.» Victoria sonrió y apagó el móvil. Al menos era agradable saber que tendría algo que hacer en Nochevieja, y alguien con quien pasarla. Comió algo en el avión, vio una película y durmió las últimas dos horas de vuelo. Cuando aterrizaron en Nueva York estaba nevando; las suaves ráfagas de copos de nieve convertían el paisaje en una felicitación de Navidad mientras se dirigía en taxi a su casa. Aunque siempre le entristecía separarse de Gracie, estaba entusiasmada por haber vuelto. Había prometido a su hermana que podría ir a verla a la Gran Manzana en las vacaciones de primavera. Sus padres dijeron que la acompañarían. Victoria habría preferido que no lo hiciesen.

En el piso la esperaba Harlan: recién llegado de Miami y bronceado. Le explicó que no le había gustado el ambiente gay de allí, que era demasiado glamouroso y superficial, y que también a él le alegraba estar de vuelta.

—¿Qué tal por Los Ángeles? —le preguntó mientras ella entraba en casa.

—Bien. Me he divertido mucho con mi hermana. —Victoria le sonrió, y él descorchó una botella de champán y le alargó una copa.

—¿Se han portado bien tus padres?

—Ni mejor ni peor que de costumbre. Lo he pasado bien con mi hermana, pero me alegro de estar otra vez aquí.

—Y yo. —Harlan sonrió y bebió un sorbo de champán—. Será mejor que te pongas las botas de nieve para ir a Times Square.

—Pero ¿de verdad vamos a ir? —Fuera estaba nevando, pero eran unos copos suaves que flotaban en el aire antes de caer en el suelo.

—Joder, ya lo creo. No me lo perdería por nada del mundo. Tenemos que ver cómo cae la gran bola. Ya volveremos después a casa para entrar en calor.

Victoria rió y apuró su copa de champán.

Salieron del apartamento y cogieron un taxi a las once y media, con lo que llegaron a Times Square diez minutos antes de la medianoche. Había una muchedumbre enorme contemplando la gran bola de espejos, y Victoria sonrió a Harlan mientras la nieve se les posaba en el cabello y las pestañas. Parecía la forma perfecta de pasar aquella noche. Después, al tocar las doce, la bola de espejos cayó y todo el mundo se puso a gritar de alegría. Ellos se quedaron de pie, riendo y abrazándose, y se dieron un beso en la mejilla.

—Feliz año nuevo, Victoria —dijo Harlan, muy alegre. Le encantaba estar con ella.

—Feliz año nuevo —contestó Victoria mientras lo abrazaba.

Los dos levantaron la mirada hacia el cielo como dos niños para ver caer la nieve. Parecía un decorado. Ambos sintieron la perfección de aquel momento: eran jóvenes y estaban disfrutando de la Nochevieja en Nueva York. De momento, al menos, no podía pedirse más. Estaban más que contentos de tener a un amigo cerca aquella noche, así que se quedaron allí hasta que tuvieron el cabello y el abrigo cubiertos de nieve, y después se alejaron unas cuantas manzanas de Times Square, rodeados de luces brillantes y gente, y pararon un taxi para volver a casa. Había sido una velada perfecta.

11

De vuelta en la escuela, en enero, los alumnos de undécimo de Victoria estaban tensos. Tenían hasta dos semanas después de las vacaciones para acabar sus solicitudes a la universidad, y muchos de ellos no las habían terminado y necesitaban ayuda. Ella se quedó todos los días al terminar las clases para darles consejos sobre sus redacciones, y los chicos le agradecieron su excelente guía y sus consejos. Eso la unió más a los alumnos con quienes trabajaba, y algunos le hablaron de sus planes y sus esperanzas, de su familia, de su vida en casa y de sus sueños. Incluso Becki Adams le pidió ayuda, igual que muchos chicos. Unos cuantos reconocieron que necesitaban becas, pero la mayoría de los alumnos de Madison no tenían problemas económicos, y todos ellos se sintieron aliviados cuando terminaron sus solicitudes y las enviaron por correo. No sabrían nada hasta marzo o abril, y ya solo tenían que acabar el curso sin suspender ni meterse en ningún lío.

Los dos últimos días de enero Victoria asistió a un congreso educativo en el Javits Center con algunos profesores más de la escuela. Había varias mesas redondas a las que podían inscribirse, discusiones en grupo y conferencias de pedagogos famosos. Le pareció muy interesante y agradeció a la escuela la oportunidad de participar en algo así. Acababa de salir de una conferencia sobre la identificación de señales de alerta del suicidio adolescente que impartía un psiquiatra infantil, cuando se topó con un joven que no miraba por dónde iba y casi la hizo caer al suelo. Él se disculpó profusamente y la ayudó a recoger los folletos y los impresos que le había hecho caer. Al verlo erguirse, Victoria se quedó sin palabras de lo atractivo que era.

—Lo siento, no era mi intención tirarte al suelo —le dijo él con una voz agradable y una sonrisa deslumbrante. Era difícil no quedárselo mirando embobada, y Victoria se fijó en que había varias mujeres cerca que también lo observaban—. Una conferencia estupenda, ¿verdad? —añadió él, todavía con esa sonrisa tan afable.

La charla había despertado en Victoria toda una nueva línea de pensamiento. Nunca se le había ocurrido pensar que uno de sus alumnos pudiera tener ideas suicidas o que ocultase graves problemas, pero comprendía que se trataba de una inquietud muy real.

—Sí, sí que lo ha sido.

—Yo doy clases a chicos de undécimo y duodécimo, y por lo que parece son los que se encuentran en mayor riesgo.

—También yo —dijo ella mientras echaba a andar en la misma dirección que él, hacia el bufet que tenían para las pausas. De momento el congreso estaba resultando fascinante.

—¿Dónde das clases? —Se le veía perfectamente cómodo hablando con ella y parecía tener ganas de seguir cuando ambos se detuvieron frente al bufet.

—En la Escuela Madison —dijo Victoria con orgullo, sonriéndole.

—He oído hablar de ella. Niños pijos, ¿eh? Yo estoy en un centro público. Es un mundo diferente.

Siguieron charlando unos minutos, tras los cuales él le presentó a una conocida suya, Ardith Lucas, y luego invitó a

Victoria a sentarse a una mesa con ellos. Todo el mundo competía por conseguir una silla antes de que empezara el siguiente debate o la próxima conferencia. Por toda la sala había muchas mesas dispuestas con publicaciones gratuitas y también libros que podían comprarse. El profesor con el que había tropezado Victoria llevaba una bolsa llena, y ella ya había recopilado los folletos que más le interesaban (los que se le habían caído y él le había ayudado a recoger). Él le dijo que se llamaba John Kelly, y parecía algunos años mayor que ella. Ardith era bastante mayor que ambos, y comentó que no veía la hora de jubilarse. Tras cuarenta años dedicada a la enseñanza, había cumplido su cupo y deseaba ser libre. Victoria y John aún estaban empezando.

Los tres conversaron durante la comida. John era guapísimo, muy agradable y una persona brillante. Después de comer le apuntó su número de teléfono y su dirección de correo electrónico y le dijo que le encantaría que quedaran algún día. Victoria no tuvo la impresión de que le estuviera pidiendo una cita, sino que más bien quería ser su amigo. De hecho, le dio la sensación de que era gay. Ella también le pasó sus datos de contacto. No sabía si volvería a saber algo de él, así que lo olvidó y, una semana después, se sorprendió de que la llamara y la invitara a comer un sábado.

Había una nueva exposición de pintores impresionistas en el Museo Metropolitano, y los dos querían verla. Se encontraron en el vestíbulo y luego recorrieron la exposición. Tras disfrutarla juntos, fueron a la cafetería a comer algo. Victoria lo estaba pasando estupendamente con él, y entonces mencionó que uno de sus compañeros de piso trabajaba en el Instituto del Vestido y que estaba preparando una exposición nueva aquel día, así que después de comer decidieron pasar a hacer una visita a Harlan. Él se sorprendió de ver a Victoria y quedó impresionado por su nuevo amigo. Era imposible no fijarse en lo apuesto y rubio que era John y en su cuerpo absolutamente atlético, y, cuando Victoria los vio a ambos mirándose, confirmó su primera impresión sobre John. Aquellos dos hombres se atraían el uno al otro como dos imanes. Harlan les ofreció una visita guiada por el Instituto del Vestido y, cuando llegó la hora de despedirse, parecía que a John le costara separarse de él. Mientras bajaban la escalera de la entrada del museo, le comentó a Victoria que Harlan le había parecido un tipo fantástico, y ella le aseguró que lo era. De pronto se sentía como Cupido, le encantaba la idea de haberlos presentado. Sin pensarlo mucho, invitó a John a cenar en el apartamento el domingo por la noche. Él pareció encantado de aceptar, y luego cogió un autobús para ir al centro, donde vivía, mientras Victoria regresaba a casa a pie.

Harlan no llegó hasta las diez de la noche porque tenía que acabar de preparar la exposición, pero se asomó a la habitación de Victoria, que estaba tumbada en la cama viendo la tele.

—¿Quién era esa bella aparición que me has traído hoy al Instituto? Casi me desmayo cuando os he visto entrar. ¿De qué lo conoces?

Vitoria se echó a reír al verle la cara.

—Nos conocimos la semana pasada en un congreso de profesores. Estuvo a punto de tirarme al suelo, literalmente.

—Qué suerte tienes. Parece un tipo estupendo.

—Sí, yo también lo creo —dijo, sonriente—, y me parece que juega en tu equipo.

—Entonces ¿por qué te ha invitado a salir? —Harlan no parecía tenerlo tan claro, creía que a lo mejor John era hetero.

—Porque le caigo bien como amiga. Hazme caso, a mí no me mira como te ha mirado a ti. —Los hombres nunca lo hacían, por lo menos que ella supiera—. Y, por cierto, lo he invitado a cenar aquí mañana por la noche. —Soltó una carcajada al ver la expresión de Harlan. Parecía que acabara de decirle que le había tocado la lotería.

—¿Va a venir aquí?

—Sí. Y será mejor que prepares algo para cenar. Si cocino yo, nos envenenaré a todos. A menos que pidamos una pizza.

—Cocinaré encantado —repuso Harlan, contento, y se fue a su habitación como si estuviera flotando en una nube. Nunca había visto a nadie tan guapo como John.

Harlan también era un joven atractivo, y Victoria creía que hacían muy buena pareja. Se preguntó si había sido una especie de premonición o puro instinto lo que la había impulsado a presentarlos. Se le había ocurrido sobre la marcha, pero de pronto le parecía una inspiración divina, igual que a Harlan.

Después de comprar una pierna de cordero, patatas, judías verdes y una tarta de chocolate en una pastelería que tenían cerca de casa, Harlan, como el experto cocinero que era, se pasó todo el día siguiente en la cocina. A la hora de la cena, los aromas que salían de allí dentro eran deliciosos. John Kelly fue puntual y se presentó con un pequeño ramo de flores y una botella de vino tinto. Dio las flores a Victoria y el vino a Harlan, que lo abrió y sirvió una copa para cada uno antes de que pasaran todos a la sala de estar. Entre los dos hombres hubo una conexión inmediata: no pararon de hablar hasta que se sentaron a cenar, una hora después. Harlan había preparado una mesa muy bonita en el comedor, con manteles individuales y servilletas de lino, además de velas. Se había empleado a fondo. Hacia el final de la cena Victoria se sentía como una intrusa en una cita, así que los dejó solos. Dijo que tenía que evaluar unos trabajos antes de la clase del día siguiente y, tras asegurar a Harlan que lo ayudaría a fregar los platos más tarde, cerró la puerta con suavidad. En su cuarto encendió el televisor y se echó en la cama. Estaba medio dormida cuando John llamó a su puerta para despedirse y darle las gracias por todo. Cuando Victoria oyó la puerta de entrada, fue a la cocina para ayudar a Harlan con los platos.

—Bueno, ¿qué tal ha ido? —le preguntó, sonriendo.

—¡Madre mía! —exclamó Harlan con una sonrisa de oreja a oreja—. Es el hombre más extraordinario que he conocido jamás.

A sus veintiocho años, John parecía tener las cosas muy claras; era serio, responsable y también muy divertido cuando se conversaba con él. Harlan dijo que lo había pasado en grande.

—Le gustas —comentó Victoria mientras aclaraba los platos que le pasaba su compañero.

—¿Cómo lo sabes?

—Cualquiera se daría cuenta —le aseguró ella—. Se le iluminaba la cara cada vez que os mirabais.

—Podría haberme pasado la noche entera hablando con él —añadió Harlan en tono soñador.

—¿Te ha invitado a salir? —quiso saber Victoria, divirtiéndose ya con el romance que empezaba a desplegarse ante ella. Le encantaba la idea de haberlos presentado.

—Todavía no. Me ha dicho que llamará mañana. Espero que lo haga.

—Seguro que sí.

—Cumplimos años el mismo día —dijo Harlan, y Victoria se echó a reír.

—Eso tiene que ser una señal. Vale, pues me debes una bien grande. Si acabáis juntos, quiero que pongan mi nombre a una calle o algo así.

—Si acabamos juntos, puedes quedarte con todos los cromos de béisbol autografiados de cuando era pequeño, y con la plata de mi abuela.

—Yo solo quiero que seáis felices —dijo ella con cariño.

—Gracias, Victoria. Parece un tipo encantador.

—Igual que tú.

—Yo nunca me siento así. Siempre tengo la sensación de que los demás son mejores que yo, más listos, más simpáticos, más guapos, más enrollados. —Parecía nervioso mientras decía aquello.

—Yo también —repuso ella con tristeza. Conocía esa sensación y sabía muy bien por qué. Procedía de todos esos años en los que sus padres la habían convencido de que no valía para nada, todas las veces que su padre le había hecho saber que era gorda y fea. Habían minado su seguridad y su autoestima desde el día en que nació, y todavía era una cruz con la que tenía que cargar. En el fondo Victoria siempre había creído que su padre tenía razón.

—Supongo que se lo tenemos que agradecer a nuestros padres —dijo Harlan en voz baja—. Aunque creo que John tampoco lo ha pasado bien. Su madre se suicidó cuando él era pequeño, y su padre no quiere saber nada de él porque es gay. Pero parece una persona bastante cuerda y normal, a pesar de todo. Acaba de salir de una relación de cinco años. Su compañero lo engañó con otro, así que cortaron.

Victoria se alegró por Harlan y deseó a ambos que saliera algo bueno de todo ello. Él se deshizo otra vez en agradecimientos y luego apagaron las luces y cada uno se fue a su habitación. Habían disfrutado de una cena deliciosa y de una velada encantadora. Victoria lo había pasado muy bien conversando con ellos, aunque no tanto como ellos dos habían disfrutado hablando el uno con el otro.

Por la mañana salió temprano y no vio a Harlan en todo el día, ni al siguiente. Era ya miércoles cuando se lo encontró en la cocina, al llegar los dos del trabajo. A ella le daba miedo preguntar si había tenido noticias de John por si aún no sabía nada de él, pero Harlan le informó de todo antes de que tuviera tiempo de preguntar.

—Anoche cenamos juntos —dijo, resplandeciente.

—¿Y qué tal fue?

—Espectacular. Ya sé que es muy pronto para decir esto, pero me he enamorado.

—No tengas prisa y ya irás viendo cómo va.

Harlan asintió, pero no parecía capaz de seguir su consejo. Victoria volvió a encontrarse a John en la cocina del apartamento aquel fin de semana. Harlan y él estaban preparando la cena. John había llevado su propio wok y había propuesto dejarlo allí. La invitaron a cenar, pero ella dijo que tenía otros planes y salió sola a ver una película para dejarles intimidad. Al volver del cine no estaban en casa. Victoria no sabía adónde habían ido y tampoco hacía falta. Aquella era la historia de ellos dos, su vida. Ella solo esperaba que acabase siendo una relación afectuosa para ambos, y de momento parecía que así era. El comienzo estaba siendo muy prometedor. Sonrió para sí al pensarlo y se fue a su habitación. Normalmente no había nadie en casa el fin de semana, y eso le recordó que ella no había tenido ni una sola cita desde que vivía en Nueva York. Nadie la había invitado a salir desde el verano anterior, en Los Ángeles, hacía por lo menos seis meses.

Nunca iba a ningún sitio donde pudiera conocer a hombres, salvo aquel congreso de profesores en el que se había tropezado con John. Aparte de eso, no iba a ningún gimnasio ni estaba apuntada a ningún club. No salía a bares. En su escuela no había profesores solteros, heterosexuales y de la edad adecuada. Nadie le había presentado a ningún amigo, y todavía no había conocido a nadie por su cuenta. Pensó entonces que habría estado bien que sucediera, pero lo único que tenía para llenar su vida, de momento, era el trabajo. Esta vez, por lo visto, era el turno de Harlan, y también de John. Se alegraba por ellos y sabía que tarde o temprano ella conocería a alguien. Con veintidós años, no era probable que fuese a pasar sola el resto de su vida, por mucho sobrepeso que su padre creyera que tenía. Victoria recordó entonces un viejo dicho de su abuela: no hay olla tan fea que no tenga su cobertera. Esperaba que Harlan hubiese encontrado la suya. Y, con algo de suerte, quizá también ella la encontraría algún día.

12

En marzo, durante las vacaciones de primavera de su hermana pequeña, sus padres y Gracie fueron a verla a Nueva York. Se quedaron una semana, y las dos hermanas lo pasaron de fábula juntas mientras sus padres hacían visitas a amigos o andaban de un lado a otro ellos solos por la ciudad. Salieron varias veces a cenar. Victoria eligió restaurantes de una guía que le había dejado alguien, y a todos les gustaron mucho. A Gracie le encantaba estar en Nueva York con ella y se quedó a dormir en su apartamento, mientras que sus padres se hospedaron en el Carlyle, un hotel que quedaba justo enfrente del trabajo de Victoria. La Escuela Madison también estaba cerrada por vacaciones de primavera, así que disponía de muchísimo tiempo libre para estar con su familia. Sus padres fueron varias veces a su apartamento y conocieron a sus compañeros de piso. A su padre le cayó bien Bill, y Bunny le pareció muy guapa, pero ni Jim ni Christine se mostraron muy entusiasmados con Harlan. Más tarde, durante la cena, su padre hizo varios comentarios homófobos y Victoria salió en defensa de su compañero.

Antes de regresar a Los Ángeles, Gracie ya estaba convencida de que ella también quería vivir en Nueva York, e incluso ir allí a la universidad, si lograba entrar en alguna. Sus notas no eran tan buenas como las de su hermana mayor, y Victoria dudaba de que consiguiera plaza en la Universidad de Nueva York o en Barnard. Aun así, había otras buenas facultades en la ciudad. Victoria se entristeció al verla marchar al final de unos días en los que ambas habían disfrutado muchísimo.

Dos semanas después de la visita de su familia, Eric Walker la llamó a su despacho y Victoria se sintió como una niña que había hecho algo malo. Se preguntó si alguien se habría quejado de ella, algún padre, quizá. Sabía que muchos de los padres pensaban que ponía demasiados deberes a sus hijos, e incluso habían llamado para negociar con ella. Pero sus deberes eran innegociables. Los alumnos tenían que hacer todas las tareas que les mandaba. Helen le había enseñado bien la lección, y Victoria había hecho suyo el lema de «Sé dura». No lo era tanto como Helen, pero en aquellos últimos seis meses había conseguido que sus alumnos acataran la disciplina y la respetaran. Ya no tenía problemas con ninguno de ellos en clase, y todo gracias al buen consejo de su compañera.

—¿Cómo crees que van tus clases, Victoria? —le preguntó el director con expresión afable.

No parecía enfadado ni molesto, y ella seguía sin imaginar qué podía haber motivado su presencia allí. A lo mejor solo quería sondearla. El curso estaba llegando a su fin, y su estancia en Madison terminaría en junio.

—Me parece que van bien —respondió ella. Sinceramente creía que así era, y esperaba no estar equivocada. No le habría gustado terminar su paso por la escuela con una mala noticia. Sabía que, si no la contrataban para el año siguiente, pronto tendría que empezar a buscar otro centro, pero le entristecería mucho dejar su trabajo allí. Madison era una escuela perfecta para ella, le encantaba lo brillantes que eran sus alumnos y los echaría de menos a todos.

—Como ya sabes, Carla Bernini se reincorpora a la escuela en otoño —siguió diciendo el director—. Nos alegraremos mucho de tenerla de nuevo entre nosotros, pero tú has hecho un trabajo estupendo, Victoria. Todos los alumnos te adoran, no hacen más que hablar de tus clases. —También los padres le habían hecho llegar comentarios positivos sobre ella, a pesar de sus miedos por el exceso de deberes—. Lo cierto es que te he hecho venir hoy porque ha habido un cambio de planes. Fred Forsatch va a cogerse un año sabático el curso que viene. Quiere asistir a unas clases en Oxford y pasar algunos meses en Europa. Normalmente tendríamos que buscarle un sustituto. —Era el profesor de español—. Pero Meg Phillips tiene doble especialidad, en inglés y español, y está dispuesta a ocuparse de sus clases durante el próximo curso, lo cual nos deja con otra vacante que llenar en el departamento de lengua inglesa. Como sabes, ella solo daba clases a los chicos de duodécimo, y he oído decir por ahí que tú tienes un don especial con ellos. Me preguntaba si querrías ocupar su lugar el próximo curso, hasta que regrese Fred. Eso significa que podrías quedarte un año más con nosotros, y después ya veríamos. ¿Qué te parece la idea?

Victoria había puesto unos ojos como platos mientras lo escuchaba: era la mejor noticia que le habían dado desde que le ofrecieron ese puesto el año anterior. Estaba emocionada.

—Madre mía, ¿me toma el pelo? ¡Me encantaría! ¿De verdad? —Parecía una de sus propios alumnos, y el director se echó a reír.

—No, no te tomo el pelo. Sí, de verdad. Y sí, te estoy ofreciendo un trabajo para el año que viene. —Estaba encantado de verla tan entusiasmada. Era justamente lo que había esperado oír.

Estuvieron charlando un rato más, y después Victoria regresó a la sala de profesores para decírselo a todo el mundo.

Más tarde, en cuanto vio al profesor de español, le dio las gracias profusamente y el hombre se echó a reír al ver lo contenta que estaba, porque también él estaba encantado con la perspectiva de pasar un año en Europa. Era algo que llevaba mucho tiempo queriendo hacer.

Victoria regresó a casa sintiéndose como en una nube y comunicó la noticia a sus compañeros de piso cuando llegaron. Todos lo celebraron. Cuando llamó a sus padres aquella noche para compartirlo también con ellos, su reacción fue más o menos la que había esperado, pero de todas formas quería que lo supieran. A pesar de su predecible decepción, aún se sentía obligada a tenerlos informados sobre su vida, y esa vez no fue diferente.

—Solo estás postergando el momento de buscar un trabajo de verdad, Victoria. No puedes vivir con ese sueldo para siempre —dijo su padre, aunque en realidad ya se mantenía ella sola.

No le había pedido ayuda ni una vez desde que se había marchado de casa. Tenía cuidado con lo que gastaba e incluso había conseguido conservar algo de sus ahorros. Lo poco que pagaba de alquiler le había permitido mantener su presupuesto en buena forma casi todos los meses.

—Esto ya es un trabajo de verdad, papá —insistió ella, a pesar de saber que de nada servía intentar convencerlo—. Me encanta lo que hago, los niños y la escuela.

—Podrías estar ganando tres o cuatro veces más de lo que te pagan en cualquier agencia de por aquí, y seguro que muchas empresas estarían dispuestas a contratarte. —Su tono era de reproche. No le había impresionado en absoluto que en la mejor escuela privada de Nueva York le hubiesen ofrecido contratarla por segundo año consecutivo y estuviesen tan contentos con su trabajo.

—Es que no se trata de dinero —dijo Victoria con decepción en la voz—. Soy buena en lo mío.

—Todo el mundo puede dar clases, hija. Lo único que haces es sentarte a vigilar a esos niños ricos. —En una sola frase había tirado por los suelos toda su capacidad y su carrera profesional.

Además, lo que decía no era cierto y Victoria lo sabía. No todo el mundo podía dar clases. Era una habilidad muy específica, y ella tenía talento. Lo que hacía ella no sabía hacerlo cualquiera, pero eso no significaba nada para sus padres. No pudo hablar con su madre porque había salido a jugar al bridge, pero Victoria sabía que tampoco a ella la habría impresionado. Nunca lo conseguía. Su madre siempre repetía las opiniones de su marido y se hacía eco de todo lo que él decía sobre cualquier tema.

—Me gustaría que lo pensaras un poco más y con seriedad antes de firmar el contrato —le pidió su padre.

Victoria suspiró.

—Ya he firmado. Esto es lo que quiero, aquí es donde quiero estar.

—Tu hermana se disgustará mucho si no vuelves a casa —dijo él, jugando la baza del chantaje emocional.

Pero durante las vacaciones de primavera Victoria ya había advertido a Grace de que a lo mejor se quedaba otro año, si le daban la oportunidad, y Gracie lo había entendido. Además, sabía de primera mano por qué Victoria no era feliz en su casa. Sus padres no perdían ocasión de despreciarla, y su hermana siempre se sentía culpable de que fueran tan agradables con ella y, en cambio, nunca lo hubieran sido con su hija mayor. Lo había visto durante toda su vida. No era de extrañar que, de niña, hubiera pensado incluso que Victoria era adoptada. Costaba creer que fuesen tan críticos y poco benévolos con su propia hija, pero así era. Nada de lo que hacía los impresionaba ni era nunca lo bastante bueno, y esta vez no era diferente. Su padre estaba disgustado, en lugar de orgulloso de ella. Y, como de costumbre, solo Gracie se alegró por su hermana y le dio la enhorabuena cuando la llamó para contarle lo del trabajo.

Harlan y John también se emocionaron con la noticia y le dieron un abrazo enorme para felicitarla. Desde hacía dos meses ya, John era un visitante habitual del apartamento. La relación entre ambos empezaba a ser sólida, y a Bill y a Bunny también les caía bien.

Victoria cenó con John y con Harlan aquella noche y les explicó la reacción de su padre. Les dijo que no era nada nuevo, que era muy típico de él.

—Deberías ir a un psicólogo para sacar lo que tienes dentro —opinó John con calma, pero Victoria se sorprendió.

No tenía problemas mentales, no sufría de depresión y siempre había gestionado sus penas ella sola.

—No creo que lo necesite —dijo. Se la veía horrorizada y algo herida—. Estoy perfectamente.

—Claro que sí —repuso John sin especial énfasis, y la creía—, pero esa clase de gente es muy tóxica en la vida de cualquiera, sobre todo si son tus padres. Llevan diciéndote cosas así toda la vida, y tú mereces poder deshacerte de esos mensajes que te han dejado en el cerebro y en el corazón. A largo plazos podrían coartarte y hacerte mucho daño.

Harlan, a quien Victoria había explicado que le habían puesto su nombre por la reina Victoria y por qué, estuvo de acuerdo con John.

—Podría hacerte mucho bien. —Los dos estaban convencidos de que su problema con el peso estaba causado por los constantes desprecios de su padre, sumados a la actitud de su madre, que no parecía mucho mejor, por lo que Victoria les había contado de ella. A ellos les parecía evidente. Harlan detestaba lo que Victoria explicaba de sus padres y de su infancia, todo el maltrato emocional que había soportado durante años. No la habían agredido con las manos, sino con palabras.

—Lo pensaré —dijo ella en voz baja, y se lo quitó de la cabeza en cuanto pudo.

La sola idea de ir a un terapeuta la inquietaba, y a ninguno de sus amigos le sorprendió que, sin darse cuenta, se sirviera un cuenco de helado después de cenar, aunque nadie más tomara postre. Aquella noche no insistieron con lo del psicólogo, y Harlan prefirió no mencionarlo más.

Antes de que llegara el verano Victoria buscó un trabajo para junio y julio, porque así no tendría que ir a Los Ángeles. Aceptó un empleo muy mal pagado supervisando a niños desfavorecidos en un centro de menores, donde vivían a la espera de encontrar un hogar de acogida. A Harlan le pareció una ocupación muy deprimente, pero ella estaba entusiasmada. Empezaría un día después de que Madison cerrara hasta el curso siguiente.

Gracie también había encontrado un trabajo de verano aquel año. Tenía dieciséis años y era su primer empleo: en la recepción del club de tenis y natación al que iban todos. Ella estaba emocionada, y sus padres parecían satisfechos. En cambio, pensaban que el trabajo de Victoria era desagradable. Su madre le dijo que se lavara a menudo las manos para que esos niños que cuidaba no le contagiaran nada. Ella le dio las gracias por el consejo, pero no le había sentado nada bien que no les impresionara en absoluto el trabajo que iba a hacer, como tampoco les impresionaba su labor como docente; que Gracie trabajara en la recepción de un club de tenis, por el contrario, era motivo de celebración y de interminables elogios. No estaba enfada con Gracie, sino con sus padres.

Antes de empezar en la recepción, Gracie iría a Nueva York a visitar a Victoria.

Esta vez fue sola, sin sus padres, y juntas se lo pasaron mejor aún que el marzo anterior. Durante el día Grace se entretenía visitando galerías y museos, o yendo de compras, y luego Victoria se la llevaba al cine o a cenar a algún restaurante. Incluso fueron a ver una obra de Broadway.

Como de costumbre, Victoria tenía pensado volver a Los Ángeles en agosto, que ya se había convertido en la visita más larga que hacía a su familia en todo el año. Esta vez, sin embargo, solo estaría con ellos dos semanas, que ya le parecían mucho más que suficiente. Una vez allí, como siempre, su padre no dejó de criticar su trabajo, y su madre la incordió constantemente con la cuestión del peso porque, tras un pequeño paréntesis de adelgazamiento en primavera, Victoria había vuelto a engordar otra vez. Antes de marcharse de Nueva York había empezado una dieta a base de col que la ayudó a perder algún kilo, pero, aunque funcionaba, era un régimen espantoso, y poco después volvió a engordar todo lo que había perdido. Era una batalla que, por lo visto, no ganaría nunca. Resultaba desalentador.

Cuando regresó a Nueva York estaba muy baja de ánimo por todo lo que le habían dicho sus padres y por los kilos que había ganado, así que recordó aquella sugerencia de Harlan de que fuese a ver a un terapeuta. Un día antes de que empezaran las clases, y de bastante mal humor, llamó a un teléfono que le había dado su compañero de piso. Era una doctora a la que él conocía porque un amigo suyo se había tratado con ella y le había gustado mucho. Antes de poder cambiar de opinión, Victoria llamó y concertó una cita para la semana siguiente. Nada más hacerlo empezó a dar vueltas a la cabeza y a arrepentirse. Le parecía una locura y estuvo pensando en cancelarlo, pero ni siquiera tenía fuerzas para eso. Estaba atascada. La noche antes de la visita se comió medio pastel de queso ella sola en la cocina. ¿Y si esa mujer descubría que estaba loca, o que sus padres tenían razón y era un completo desastre como ser humano? Lo único que evitó que cancelara la cita era la esperanza de que estuvieran equivocados.

Cuando Victoria acudió a la consulta de la psiquiatra, estaba temblando literalmente. Llevaba todo el día con dolor de estómago, no lograba recordar por qué había pedido cita y deseaba no haberlo hecho. Allí sentada, tenía la boca tan seca que le daba la sensación de que la lengua se le había pegado al paladar. La doctora Watson parecía una persona sensata y afable. Tenía cuarenta y tantos años e iba vestida con un traje de chaqueta azul marino que parecía hecho a medida. Llevaba un buen corte de pelo, maquillaje y, en general, era más elegante de lo que había esperado Victoria. Además, tenía una sonrisa muy agradable que nacía de su mirada. Le preguntó unos cuantos detalles sobre dónde había crecido, a qué colegio y a qué universidad había ido, cuántos hermanos tenía y si sus padres seguían casados o se habían divorciado. Todas ellas eran preguntas sencillas de responder, sobre todo la de Gracie. A Victoria se le iluminó la cara al decir que tenía una hermana, describió su carácter y habló de lo guapa que era. Entonces le explicó a la psiquiatra que ella era muy diferente a toda su familia; tanto, que de niña incluso había creído que era adoptada. También su hermana lo había sospechado.

—¿Qué te hizo pensar algo así? —preguntó la doctora sin otorgarle demasiada importancia. Estaba frente a Victoria, sentadas ambas en unos sillones muy cómodos. No había diván en su consulta, solo una caja de pañuelos de papel, lo cual a Victoria le pareció terrible y le hizo preguntarse si la gente lloraba mucho cuando estaba allí.

—Es que siempre he sido tan distinta... —explicó—. No nos parecemos en ningún sentido. Todos ellos tienen el pelo oscuro. Yo soy rubia. Mis padres y mi hermana tienen los ojos castaños. Los míos son azules. Yo soy una persona grande, ellos tres son delgados. No solo engordo con facilidad, también recurro a la comida cuando estoy disgustada. Siempre he tenido un problema con... con mi peso. Hasta tenemos diferente la nariz. Yo me parezco a mi bisabuela. —Y entonces se le escapó algo que no esperaba decir—: Toda mi vida me he sentido como una extraña entre ellos. Mi padre me puso el nombre por la reina Victoria, porque creía que me parecía a ella. Yo siempre había creído que, siendo reina, sería muy guapa, pero a los seis años vi una fotografía suya y me di cuenta de lo que quería decir mi padre. Quería decir que yo era gorda y fea, como esa mujer.

—¿Qué hiciste entonces, cuando lo supiste? —preguntó la doctora con serenidad y una expresión comprensiva.

—Lloré. Se me partió el corazón. Siempre había creído que mi padre me veía guapa, hasta entonces. Y a partir de ese momento fui consciente de la verdad. Él siempre se reía de mí y, al nacer mi hermana, cuando yo tenía siete años, empezó a decir que conmigo habían probado la receta, por si les salía mal, y que a la segunda habían conseguido un pastelito perfecto. Gracie siempre fue una niña de postal, y se parece mucho a ellos. No como yo. Yo solo serví para que probaran la receta, con todos sus fallos. Ella fue su éxito.

—¿Y cómo te hizo sentir eso? —Su mirada serena seguía fija en el rostro de Victoria, que ni siquiera se había dado cuenta de que le caían lágrimas por las mejillas.

—Me hizo sentir fatal conmigo misma, pero quería tanto a mi hermanita que no me importó. Siempre he sabido lo que pensaban de mí. Nunca hago nada lo bastante bien, no importa cuánto me esfuerce. Y a lo mejor tienen razón. No sé, solo hay que verme, estoy gorda. Cada vez que adelgazo, enseguida vuelvo a ganar todos los kilos que he perdido. Mi madre se disgusta mucho cuando me ve, siempre está diciéndome que debería hacer dieta o ir al gimnasio. Mi padre me pasa el puré de patatas y luego se burla de mí porque me lo como. —Lo que estaba diciendo habría horrorizado a cualquiera, pero el rostro de la psiquiatra no mostraba ninguna emoción. Se limitaba a escuchar con comprensión y dejaba escapar algún murmullo de asentimiento de vez en cuando.

—¿Por qué crees que lo hacen? ¿Crees que se trata de ti, o de ellos? ¿No dice eso más de ellos como personas? ¿Harías tú algo así a un hijo tuyo?

—Jamás. A lo mejor es solo que les gustaría que fuese mejor de lo que soy. Lo único que les parece bonito de mí son mis piernas. Mi padre dice que tengo unas piernas de infarto.

—¿Y el interior? ¿Y la persona que eres? A mí me parece que eres una buena persona.

—Creo que lo soy, sí... Eso espero. Me esfuerzo mucho por hacer lo correcto. Salvo con la comida. Pero, con los demás, siempre. Siempre me he ocupado muy bien de mi hermana. —Victoria habló con tristeza al decirlo.

—Te creo, y creo que haces siempre lo correcto —repuso la doctora Watson, por primera vez con una expresión cálida—. ¿Y qué me dices de tus padres? ¿Crees que ellos hacen lo correcto? ¿Contigo, por ejemplo?

—La verdad es que no... Bueno, a veces... Me pagaron los estudios. Y nunca han reparado en gastos. Solo que mi padre dice cosas que me hacen daño. Detesta mi aspecto y cree que mi trabajo no es lo bastante bueno.

—¿Y qué hace tu madre entonces?

—Siempre está de su parte. Yo creo que, para ella, su marido siempre ha sido más importante que mi hermana y que yo. Él lo es todo en su vida. Además, mi hermana fue un accidente. Yo no supe lo que quería decir eso hasta que tuve unos quince años. Les oí decirlo antes de que naciera, y pensé que iba a venir al mundo toda magullada. Pero no, claro. Fue el bebé más hermoso que he visto jamás. Ha salido en varios anuncios y ha participado en campañas de moda.

El retrato que pintaba Victoria de su familia iba quedando más que claro, y no solo para la psiquiatra, sino también para ella misma a medida que se oía hablar. Era el retrato de un narcisista de manual y de su complaciente esposa, que habían sido inconcebiblemente crueles con su hija mayor, a quien habían rechazado y ridiculizado durante toda su vida por no ser un complemento aceptable para su imagen. Su hija pequeña, en cambio, sí que reunía todas las condiciones que habían esperado. La única sorpresa era que Victoria nunca hubiera odiado a su hermana, sino que la quisiera tanto como lo hacía. Eso demostraba lo cariñosa que era y cuán generoso era su corazón. Disfrutaba viendo lo guapa que era Grace, y había aceptado las monstruosidades que su padres decían de ella como si fueran la pura verdad. Llevaba toda la vida coartada por su insensibilidad. Victoria se avergonzaba de algunas de las cosas que había explicado, pero todas eran ciertas. También a la psiquiatra debieron de parecérselo, porque no las puso en duda ni por un segundo.

Entonces miró el reloj que quedaba justo por encima del hombro de Victoria y le preguntó si querría volver otra vez la semana siguiente. Antes de poder impedirlo, Victoria asintió con la cabeza y luego dijo que tendría que ser por la tarde, después de clase, porque era profesora. La psiquiatra le aseguró que por la tarde le iba bien, le dio cita y le entregó una tarjeta con su nombre.

—Me parece que hoy hemos hecho un muy buen trabajo, Victoria —le dijo, sonriendo—. Espero que tú también lo creas.

—¿De verdad? —Parecía asombrada.

Había sido totalmente abierta y sincera con ella, y de pronto sentía que había traicionado a sus padres por todo lo que había explicado. Pero no había dicho nada que no fuera verdad. Así la habían tratado durante todos aquellos años. Puede que no pretendieran ser tan crueles como había parecido, pero ¿y si era así? ¿Qué decía eso de ella, o de sus padres? De repente lo veía como un misterio para cuya resolución tendría que esperar una semana más, hasta que volviera a la consulta de la psiquiatra. Pero al salir no se sentía una loca, tal como había temido. Se sentía más cuerda de lo que había estado jamás, y dolorosamente lúcida respecto a sus padres.

La doctora Watson la acompañó a la salida y, cuando Victoria salió a la luz del sol, se quedó un instante aturdida y cegada por la brillante luz. La doctora cerró tras ella sin hacer ruido, y Victoria echó a caminar despacio. Tenía la sensación de haber abierto una puerta aquella tarde y, con ello, haber dejado entrar la luz hasta los rincones más oscuros de su corazón. Sucediera lo que sucediese a partir de ese momento, sabía que ya no podría volver a cerrar esa puerta y, al pensarlo, lloró de alivio mientras regresaba a casa.

13

Aquel curso, al ser el segundo año de Victoria en la Escuela Madison, le concedieron un respetable aumento de sueldo. Seguía sin ser una cantidad que impresionara a su padre, pero a ella le daba algo más de margen para vivir. Además, solo tendría grupos de duodécimo, que era su curso preferido. Los chavales de undécimo estaban mucho más revolucionados y también estresados, y los de décimo eran muy inmaduros y bastante complicados de llevar. Seguían siendo niños en muchos sentidos: siempre estaban poniendo a prueba los límites y se comportaban con muy mala educación. Los de duodécimo, en cambio, ya estaban en la recta final y habían empezado a posicionarse ante la vida y a desarrollar el sentido del humor. También disfrutaban del último año en que serían los niños de su casa. Eso hacía que fuese mucho más divertido trabajar con ellos. La nostalgia empezaba a invadirlos durante sus últimos meses en el instituto, y a Victoria le gustaba ser partícipe de ello y compartir aquel último curso con sus alumnos. Ya casi estaban listos para abandonar el nido.

Carla Bernini se reincorporó a la escuela después de un año de baja por maternidad y quedó impresionada por todo lo que Victoria había conseguido con sus alumnos. Sintió un gran respeto por ella, a pesar de su juventud, y se hicieron buenas amigas. De vez en cuando llevaba a su hijo a la escuela para que lo vieran, y a Victoria le parecía una monada. Era un niño feliz y alegre que le recordaba a Gracie a su edad.

Ella siguió acudiendo a la consulta de la doctora Watson una vez a la semana. Creía que estaba consiguiendo cambios sutiles en su forma de ver la vida, de mirarse a sí misma y de considerar la relación que había tenido durante todos aquellos años con sus padres. Jim y Christine habían sido dos personas tóxicas y perjudiciales para ella, y por fin empezaba a enfrentarse a ese hecho. Victoria había dado muchos pasos positivos desde el inicio de su terapia. Volvía a cuidar su dieta y se había apuntado a un gimnasio. A veces, en las sesiones en que recordaba todo lo que le habían hecho y dicho sus padres, sus emociones quedaban tan a flor de piel que no podía evitar volver a casa y atiborrarse de comida en busca de consuelo. El helado siempre era su droga preferida y, a veces, su mejor amigo. Sin embargo, al día siguiente comía poquísimo y alargaba la hora de gimnasio para compensar sus excesos. La doctora Watson le había recomendado a una nutricionista que le había aconsejado muy bien sobre cómo planificar sus comidas. Victoria había probado incluso con terapia de hipnosis, pero no le había gustado y, además, no había tenido ningún efecto en ella.

Con lo que más disfrutaba era con su trabajo, con los chicos a quienes daba clases. Victoria estaba aprendiendo muchísimo sobre docencia y sobre la vida. Desde que había empezado a ver a su psiquiatra cada vez tenía más confianza en sí misma y, aunque todavía no había vencido las dificultades que le proporcionaba la comida, esperaba conseguirlo algún día. De todas formas, era muy consciente de que jamás tendría un físico como el de Gracie o su madre, pero, desde que trabajaba con la psiquiatra, estaba más satisfecha consigo misma.

Al empezar el curso se encontraba en un buen momento. Aquel año llegó un profesor de química nuevo para sustituir al anterior, que se había jubilado. Parecía buena persona, y físicamente no estaba nada mal. No era que pareciera un actor de cine, pero tenía un aire agradable y afectuoso, y era muy simpático, tanto con los demás profesores como con los niños. Desde el principio se esforzó mucho por conocerlos a todos, y a todo el mundo le cayó bien.

Un día Victoria estaba en la sala de profesores comiendo una ensalada que había comprado en una tienda del barrio mientras intentaba corregir la última redacción que le quedaba, porque quería devolver a sus alumnos una tarea que les había mandado. Aún tenía algo de tiempo libre antes de su siguiente clase, y entonces vio cómo él se sentaba a su mesa, frente a ella, y desenvolvía su bocadillo. Victoria no pudo evitar fijarse en que olía de maravilla y, mientras se comía su ensalada, se sintió como un conejo. Había aliñado las hojas de lechuga con un poco de limón en lugar de echarle la generosa dosis de salsa preparada que habría preferido. Intentaba portarse bien y tenía una cita con su psiquiatra al día siguiente.

—Hola, me parece que no habíamos coincidido todavía. Soy Jack Bailey —se presentó él entre mordisco y mordisco de bocadillo.

Tenía el cabello entrecano aunque no debía de pasar de los treinta años, y llevaba barba, lo cual le daba un aspecto muy maduro ante los chicos. Era fácil tomárselo en serio, y Victoria le sonrió y se presentó mientras masticaba su lechuga.

—Ya sé quién eres —le dijo él con una sonrisa—. Todos los alumnos de duodécimo te adoran. Es bastante duro intentar estar a tu altura cuando vienen a mi clase después de haberte tenido a ti. No sé cómo se te ocurren esas ideas. Aquí eres una verdadera estrella.

Fue muy amable por su parte decirle eso, Victoria estaba encantada.

—No siempre están tan locos por mí —le aseguró—. Y menos cuando les pongo exámenes sorpresa.

—De adolescente no sabía si quería ser físico o poeta. Me parece que tú elegiste mejor.

—Tampoco soy poetisa —repuso ella con sencillez—, solo profesora. ¿Qué te parece la escuela?

—Me encanta. El año pasado di clases en una pequeña escuela rural de Oklahoma. Los niños de aquí son mucho más refinados. —Victoria sabía que también él lo era: había oído decir que se había licenciado en el MIT—. Y lo estoy pasando en grande descubriendo Nueva York. Yo soy de Texas. Viví un par de años en Boston después de licenciarme, y luego emigré a Oklahoma. Me encanta esta ciudad —comentó con voz cálida, y se terminó el bocadillo.

—A mí también. Yo soy de Los Ángeles. Llevo aquí un año y todavía hay un montón de cosas que me gustaría hacer y ver.

—Quizá podríamos ir juntos a verlas —propuso él, mirándola con expectación.

Por un instante Victoria sintió palpitar su corazón. No sabía muy bien si lo había insinuado en serio o si solo lo decía por ser amable. A ella le habría encantado salir con alguien como él. Había tenido alguna que otra cita los meses anteriores, entre ellas una con aquel antiguo compañero de instituto de Los Ángeles, y todas habían resultado ser un desastre. Su vida amorosa seguía siendo inexistente, y Jack era el único buen partido de la escuela. Desde su llegada las profesoras no hacían más que hablar de él, e incluso lo habían bautizado como «el tío bueno». Victoria era muy consciente de todo ello mientras charlaban en la sala de profesores.

—Estaría bien —repuso sin darle importancia por si no se lo había propuesto en serio.

—¿Te gusta el teatro? —le preguntó Jack cuando ya se levantaban. Era bastante más alto que ella, pasaba del metro ochenta.

—Mucho, pero no puedo permitírmelo —confesó Victoria con sinceridad—. Aun así voy alguna que otra vez, solo por darme un lujo.

—Hacen una obra en un teatro independiente que tenía intención de ir a ver. Es algo oscura, pero me han dicho que está genial. Conozco al autor. Quizá podríamos ir juntos este fin de semana, si estás libre.

Victoria no quería decirle que estaría libre el resto de su vida, sobre todo para él. Se sintió halagada por su interés.

—Me parece un plan fantástico —dijo, y sonrió con simpatía, convencida de que él no seguiría adelante con la invitación. Estaba acostumbrada a que los hombres fuesen amables con ella y luego no volvieran a llamarla.

Victoria tenía muy pocas oportunidades de conocer a hombres solteros. Vivía y trabajaba entre mujeres, niños y hombres casados o gays. Un buen partido soltero era una rareza en su universo. Su psiquiatra la había animado a salir y a conocer a más gente, no solo a hombres, porque su mundo se limitaba a la escuela y estaba definido por ella.

—Te enviaré un correo electrónico —le prometió Jack mientras los dos salían ya de la sala de profesores para volver al trabajo.

Tenían clase en el mismo horario, así que se él despidió con la mano y desapareció por el pasillo en dirección contraria, hacia donde estaban los laboratorios de ciencias, y ella pasó por delante del aula de Helen de camino a la suya. Helen estaba hablando con Carla Bernini, y ambas levantaron la mirada y sonrieron al verla pasar. Victoria se detuvo un momento en la puerta.

—Hola, chicas. —Le encantaba la camaradería que compartían. Las dos eran mayores que ella, pero trabajar en una escuela muchas veces era como formar parte de una familia, con muchos hermanos mayores, que eran sus compañeros, y muchos hermanos pequeños, que eran los alumnos. Todos estaban juntos en el mismo barco.

—Corre el rumor de que has comido con el tío bueno en la sala de profesores —dijo Carla con una sonrisa de oreja a oreja.

Victoria sonrió también, algo avergonzada.

—¿Te burlas de mí? Estábamos sentados a la misma mesa. Deja al pobre chico en paz, media escuela va detrás de él. Solo ha sido amable. ¿Vosotras dos tenéis un radar, o es que habéis puesto micrófonos en la sala de profesores?

Las tres se echaron a reír. Sabían perfectamente que todas las escuelas eran nidos de cotilleo donde los profesores chismorreaban acerca de sus compañeros, de los alumnos y de cualquier cosa que sucediera en sus vidas. Todo el mundo estaba al tanto de todo.

—Es muy mono —dejó caer Carla, y Helen le dio la razón mientras Victoria ponía los ojos en blanco.

—No va detrás de mí, creedme. Estoy segura de que hay mejores peces en el mar. —Además, de todos era sabido que la nueva profesora de francés, una parisina guapísima, le había echado el ojo. ¿Qué posibilidades tenía ella?

—Pues tendría suerte de acabar contigo —dijo Carla con dulzura. Había cogido cariño a su joven compañera y sentía un gran respeto por Victoria como profesora. Aunque todavía le quedaba mucho por aprender, sin duda había hecho un estupendo trabajo el primer año.

—Gracias por el voto de confianza —repuso Victoria, y siguió camino hacia su aula.

Siempre le sorprendía lo deprisa que corrían los rumores en el instituto. Casi superaban la velocidad del sonido. Se preguntó si Jack de verdad le enviaría ese correo electrónico. Lo dudaba; aunque había sido bonito charlar con él durante la comida, no esperaba que saliera nada de ello, y así se lo dijo a su psiquiatra al día siguiente.

—¿Y por qué no? —le preguntó la doctora—. ¿Por qué crees que no va a cumplir lo que te ha dicho?

—Porque no fue nada en firme, solo un comentario sin importancia durante la comida. Seguramente no lo decía en serio.

—¿Y si te equivocas? ¿Qué significaría eso?

—Pues... que le gusto, o que se siente solo.

—O sea, que crees que únicamente vales como premio de consolación para tipos solitarios. ¿Y si de verdad le gustas?

—Yo creo que solo quería ser amable —dijo Victoria con firmeza. Los hombres ya la habían decepcionado otras veces. Ella había creído que les interesaba, pero no la habían vuelto a llamar.

—¿Qué te hace pensar eso? —preguntó la psicóloga con tranquilo interés—. ¿No crees que mereces salir con un hombre agradable?

Se produjo un largo silencio mientras Victoria meditaba la respuesta.

—No lo sé. Tengo sobrepeso. No soy tan guapa como mi hermana. Odio mi nariz, y mi madre dice que a los hombres no les gustan las mujeres inteligentes.

La psiquiatra sonrió al oír su respuesta, y Victoria soltó una risita nerviosa por lo que ella misma acababa de decir.

—Bueno, estamos de acuerdo en que eres inteligente. Eso es un buen comienzo. Pero yo no coincido con tu madre. A los hombres inteligentes les gustan las mujeres inteligentes. Puede que a los superficiales no, porque se sienten amenazados por ellas, pero tú tampoco querrías unirte a un tipo así. A mí tu nariz me parece normal, y el peso no es un fallo de tu carácter, es algo que puedes cambiar. Al hombre a quien le gustes y le importes de verdad no le preocupará tu peso, ni por exceso ni por defecto. Eres una mujer muy atractiva, Victoria, y cualquier hombre tendría mucha suerte de estar contigo.

Era agradable oír eso, pero Victoria no acababa de creer sus palabras. Había tenido pruebas de que era todo lo contrario de una forma demasiado contundente y durante demasiado tiempo: los insultos de su padre, el constante desdén de sus dos progenitores y su propia sensación de fracaso.

—Vamos a esperar, a ver si te llama —propuso la psiquiatra—. Aunque si no lo hace, eso solo querrá decir que tiene otros intereses, y no que ningún hombre vaya a quererte jamás.

Victoria tenía veintitrés años y, de momento, ningún chico que hubiera conocido se había enamorado de verdad de ella. Todos habían pasado de largo sin hacerle caso durante años, excepto algún amigo. Se sentía como un objeto sin forma, sin sexualidad y que no era deseable. Así que haría falta mucho empeño y trabajo duro para darle la vuelta a la situación. Por eso estaba allí, para cambiar la imagen que sus padres habían hecho que se formara de sí misma. Ella decía que estaba dispuesta a lo que hiciera falta aunque el proceso resultara doloroso. Vivir con aquella sensación de derrota era aún peor. Ese era el legado que le habían dejado Jim y Christine: conseguir que se sintiera incapaz de ser amada porque ellos no la habían querido. Todo había empezado el día en que nació. Después de sufrir veintitrés años de comentarios negativos sobre su persona, había llegado el momento de borrarlos, uno a uno. Por fin estaba dispuesta a enfrentarse a ello.

Victoria se sintió un poco desanimada después de la sesión. Era muy duro escarbar en el pasado, sacar a la luz todos esos feos recuerdos y contemplarlos largo rato y con ojo crítico. Todavía se sentía algo abatida cuando llegó a casa. Detestaba recordar todas aquellas cosas, todas las ocasiones en que su padre había herido sus sentimientos mientras su madre hacía oídos sordos y cerraba los ojos sin salir en su defensa. Su propia madre. La única que la había querido siempre era Gracie.

¿Qué decía eso de Victoria, que su propia madre no la quisiera? Y su padre tampoco. Para ella la única fuente de amor había sido una niña que no sabía nada de la vida. Eso le había transmitido la idea de que ningún adulto inteligente podía quererla, ni siquiera sus padres. Tendría que aprender a recordarse que era un fallo de la personalidad de ellos, no de la suya.

Al llegar a casa encendió el ordenador y abrió el correo electrónico. Tenía un mensaje de Gracie, que le explicaba cómo le iba en el instituto y le hablaba de un drama con un nuevo chico del que se había enamorado. Con dieciséis años, tenía más chicos pululando a su alrededor de los que Victoria había tenido en toda su vida, aunque no fueran más que unos críos. Cuando acabó de leer el mensaje de Grace con una sonrisa, la voz de su ordenador le informó de que tenía un correo nuevo, así que cambió de ventana para ver de quién era. Al principio no reconoció la dirección, pero al releerla enseguida supo quién era: Jack Bailey. El nuevo profesor de química con quien había comido en la sala de profesores. Abrió a toda prisa el mensaje, intentando no ponerse nerviosa. Podía tratarse de algo de la escuela, o de alguno de los estudiantes que compartían. Después de leerlo se quedó allí sentada mirando la pantalla.

Hola. Fue muy agradable comer contigo ayer y tener tiempo de charlar. He conseguido dos entradas para esa obra de la que te hablé. ¿Hay alguna posibilidad de que te animes a venir conmigo el sábado? ¿Cenamos antes o después? Algo rápido en una cafetería que hay cerca, por cortesía de un hambriento profesor de química. Ya me dirás si estás libre y si te interesa. Nos vemos por la escuela.

JACK

Victoria estuvo una eternidad mirando el mensaje y preguntándose qué implicaba. ¿Amistad? ¿Una cita? ¿Alguien que no tenía amigos en Nueva York y que simplemente se sentía solo? ¿De verdad le gustaba ella? Se sentía como Gracie con sus romances de instituto, intentando leer entre líneas. Se había puesto muy nerviosa, pero quizá el plan no era más que lo que parecía: una cena y una obra de teatro el sábado por la noche, propuesta por un tipo simpático. El resto podrían ir decidiéndolo más adelante, si les apetecía volver a salir juntos. Esperaría para contárselo a Harlan cuando llegara a casa.

—Eso es lo que la gente llama una cita, Victoria. Un tipo te invita a salir. Te ofrece comida y probablemente también algo de entretenimiento, en este caso una obra de teatro. Y si los dos os divertís, pues lo repetís otro día. ¿Qué le has contestado? —preguntó con interés. Se alegraba por ella, que parecía emocionada.

—Nada. Es que no sé muy bien qué decirle. ¿Cómo sabes que es una cita?

—Por la hora. El ofrecimiento de comida. El entretenimiento propuesto. Un sábado por la noche. Vuestro respectivo sexo, vuestra edad, la profesión en común. Los dos estáis solteros. Yo diría que es bastante seguro suponer que es una cita. —Estaba riéndose de ella, que cada vez estaba más nerviosa.

—A lo mejor solo quiere que seamos amigos.

—A lo mejor, pero muchas historias de amor empiezan con una amistad. Ya que los dos trabajáis en una escuela de categoría, no creo que sea un asesino en serie. No parece tener ninguna adicción grave, ni problemas con el abuso de sustancias tóxicas. Seguramente tampoco lo ha detenido la policía en los últimos tiempos. No creo que me equivoque si te digo que puedes salir a cenar y al teatro sin correr ningún peligro. Y, en caso de duda, siempre puedes llevarte a tu amigo el spray de pimienta.

Victoria sonrió al oír su propuesta.

—Además, aquí no solo importa lo que piense él, ¿sabes? Puede que seas tú quien opine que no te gusta. —Quería que supiera que también ella tenía poder de decisión.

—¿Por qué iba a hacer algo así? Es listo, es guapo. Estudió en el MIT. Tiene muchos más puntos positivos que yo. Podría salir con quien quisiera.

—Sí, igual que tú. Además, es él quien te lo ha pedido. Vamos a dejar claras las reglas del juego. Tú tienes tanta libertad de elección como él. No es como si fuera un señor feudal con derecho de pernada.

Era un buen consejo y Victoria lo sabía. Le sirvió para ver las cosas claras. Era muy consciente de que casi siempre se sentía tan fuera de lugar y tan poco digna de ser amada que se le olvidaba que también ella tenía voz en ese asunto. La decisión no le concernía solo a él.

—Y no te olvides del factor «chuleta de cordero» —añadió Harlan con gravedad, mientras preparaba dos tazas de té.

—¿Y eso qué es? —preguntó Victoria, completamente desconcertada.

—Conoces a un tipo tan estupendo que te caes de culo al suelo y te cuesta respirar solo con verlo. Es brillante, encantador y divertido, además del hombre más guapo que has visto en la vida. Puede que incluso conduzca un Ferrari. Pero entonces lo ves devorando una chuleta de cordero igual que si hubiera nacido en un establo y comiera como un cerdo en la piara, y ya no te apetece volver a verlo. Nunca más.

Victoria se echó a reír a carcajadas con la explicación.

—¿No se le pueden enseñar modales? —preguntó en tono inocente.

Harlan sacudió la cabeza con decisión.

Jamás. Es demasiado bochornoso. Imagina que presentas a un tipo así a tus amigos y tienen que verlo en la mesa, babeando encima de su chuleta de cordero, sorbiendo la sopa y chupeteándose los dedos. Olvídate de cualquier tío que coma como en una porqueriza. En esa cafetería podrás ver qué tal se defiende—dijo Harlan, muy serio, mientras Victoria sonreía.

—Vale. Pediré costillas de cordero y le ofreceré una.

—Confía en mí. Es la prueba definitiva. Con prácticamente todo lo demás se puede convivir. —A esas alturas ya estaban riéndose los dos.

Harlan siguió incordiándola un poco, aunque lo que decía no dejaba de tener su parte de verdad. Al conocer a alguien era difícil predecir qué te derretiría el corazón y qué te repelería de esa persona. A Victoria, los hombres que dejaban poca o ninguna propina y eran maleducados o toscos con los camareros siempre le habían parecido malas personas, pero hasta entonces nunca había pensado en las costillas de cordero.

—Bueno, ¿y qué vas a hacer ahora? —le preguntó Harlan—. Te sugiero que aceptes la invitación. No recuerdo la última vez que tuviste una cita, y seguramente tú tampoco.

—Sí que lo recuerdo —dijo Victoria a la defensiva—. Tuve una cita en Los Ángeles el verano pasado. Era un antiguo compañero de clase de octavo con el que me encontré por casualidad en el club de natación.

—¿Y qué? Hasta ahora no me habías hablado de él.

—Es que fue aburridísimo. Trabaja para su madre vendiendo propiedades inmobiliarias y se pasó toda la cena hablando de lo mucho que le dolían las lumbares, de sus migrañas y de sus juanetes heredados. Fue una cita bastante sosa.

—¡Madre de Dios, a saber cómo conseguirá un tipo así echar un polvo de vez en cuando! Dudo que tenga muchas segundas citas. —Los dos reían de nuevo después de la descripción que acababa de hacer Victoria—. Espero que no te acostaras con él.

—No —dijo, remilgada—. Le dolía la cabeza. Y a mí también, llegados a los postres. Me terminé la cena y me fui. Me llamó un par de veces, pero mentí y le dije que ya había vuelto a Nueva York. Por suerte no volví a encontrármelo en ninguna parte.

—Después de esa experiencia, me parece que deberías salir con el profesor de química. Si no tiene programada ninguna operación de juanetes y no sufre de migraña durante la cena, habrás progresado una barbaridad.

—Me parece que tienes razón —repuso Victoria, y se fue a responder al mensaje de Jack Bailey.

Le dijo que estaba encantada de aceptar y que le parecía un plan muy entretenido. Se ofreció a pagar su parte de la cena, ya que ambos eran humildes profesores castigados por la pobreza, pero él contestó que no era necesario, siempre que no le importara cenar en aquella cafetería, y le dijo que el sábado pasaría a buscarla. Ya estaba hecho. Lo único que quedaba por decidir, como comprendió Victoria mientras se lo explicaba a Harlan, era qué se pondría.

—Una falda muy, muy, pero que muy corta —propuso él sin dudarlo—. Con esas piernas que tienes no deberías llevar nada que no fuesen minifaldas. Ojalá tuviera yo unas piernas así —dijo medio en broma, aunque no faltaba a la verdad.

Victoria tenía unas piernas largas, bonitas y esbeltas que llamaban la atención y restaban protagonismo a su torso, más grueso. Harlan también creía que tenía una cara preciosa, de un estilo saludable y rubio, típicamente estadounidense. Era una mujer bastante atractiva, muy agradable, con un intelecto brillante, divertido y agudo, y muchísimo sentido del humor. ¿Qué más podía querer cualquier hombre? Harlan esperaba que la cita le fuese bien. Sobre todo porque él llevaba ocho meses de felicidad con John Kelly gracias a ella. Juntos formaban una combinación perfecta, y su relación se había convertido en algo serio. Empezaban a hablar de irse a vivir juntos y les encantaba llevar a Victoria a cenar con ellos. Harlan se había convertido en su mejor amigo en Nueva York y en su único confidente de verdad, aparte de su hermana. Siempre le daba magníficos consejos.

Cuando Jack, puntual, se presentó en el apartamento a las siete, Victoria estaba sola. Todos los demás habían salido aquella tarde, así que él pudo recorrer el piso y admirar lo agradable y espacioso que era.

—Caramba, comparado contigo, vivo en una caja de zapatos —dijo con algo de envidia.

—Es un alquiler de renta antigua. Tuve suerte, y vivo aquí con tres personas más. Lo encontré nada más llegar a Nueva York.

—Tuviste una suerte increíble.

Victoria le ofreció una copa de vino y, unos minutos después, salieron a cenar. Cogieron el metro para ir a aquella cafetería del Village. Jack dijo que la obra empezaba a las nueve, así que tenían el tiempo justo para cenar antes de entrar.

Victoria había seguido el consejo de Harlan, que le había pasado revista antes de salir a encontrarse con John. Se había puesto una minifalda negra, una camiseta blanca y una cazadora vaquera, además de unas sandalias de tacón alto que le realzaban las piernas. Estaba muy guapa. Se maquilló un poco y se soltó la melena rubia. Harlan dijo que era el atuendo perfecto para una primera cita. Sexy, juvenil, sencillo, sin que pareciera que se había esforzado demasiado. También le había anunciado con solemnidad que los escotes estaban prohibidos en las primeras citas, por mucho que ella tuviera uno estupendo. Le aconsejó que lo reservara para más adelante, pero de todas formas Victoria tampoco había tenido ninguna intención de presumir de escote aquel día. Estaba contenta con su camiseta holgada. Jack y ella no dejaron de hablar animadamente de camino al centro. Era un tipo muy entretenido y con un gran sentido del humor. La hizo reír describiéndole las escuelas en las que había estado, y era más que evidente que trabajar con niños le gustaba de verdad. Como también lo era que le gustaba Victoria.

Ya en la cafetería, ella consultó el menú arrugando la frente. Siempre había sentido debilidad por el pastel de carne con puré de patatas, que le recordaba a la cocina de su abuela (el mejor recuerdo que tenía de ella), pero no quería pasarse y comer demasiado. El pollo frito también parecía apetecible. Al final se decidió por la pechuga de pavo, y pidió unas judías verdes como guarnición. La comida estaba muy rica. Casi se echó a reír al oír que Jack pedía costillas de cordero y una patata asada. Se las comió con cuchillo y tenedor. Ni rastro de la porqueriza. Podría decirle a Harlan que había pasado la prueba. Ella también esperaba haberla superado. De postre, compartieron un trozo de tarta de manzana casera.

—Me gustan las mujeres que tienen un buen apetito —comentó él cuando terminaron de cenar, y le explicó que la última chica con quien había salido era anoréxica, y que a él eso le sacaba de quicio. Nunca comía nada, y por lo visto también era muy neurótica en muchos otros aspectos. Jack no parecía encontrar nada negativo al hecho de que Victoria disfrutara con la comida.

A ambos les agradó la obra y estuvieron hablando de ella durante todo el trayecto de vuelta a casa de Victoria en metro.

Tenía un argumento algo deprimente, pero estaba muy bien escrita y los actores habían hecho un gran trabajo.

Victoria había pasado una velada genial con él y, cuando se detuvieron en el cálido aire nocturno ante la puerta de su edificio, le dio las gracias. No lo invitó a subir al apartamento; era demasiado pronto, pero sin duda aquello había sido una cita. Jack, que también parecía muy contento, le dijo que le gustaría volver a verla. Victoria le dio las gracias, él la abrazó y ella entró en el apartamento vacío dando pequeños saltitos y con una enorme sonrisa. Por un momento lamentó no haberlo invitado a subir a tomar una copa, pero decidió que era mejor así.

Para gran sorpresa suya, Jack la llamó al día siguiente. Le dijo que había una exposición de arte a la que pensaba ir, y quería saber si a ella le apetecería acompañarlo. Victoria enseguida dijo que sí. Se encontraron en el centro de la ciudad, donde acabaron cenando juntos otra vez. Cuando volvió a la escuela el lunes por la mañana, Victoria había disfrutado de dos citas y estaba impaciente por contárselo a su psiquiatra. Lo sentía como una auténtica victoria, un halago gigantesco hacia su persona. Por lo visto Jack y ella eran compatibles en muchos sentidos. A la hora de comer se encontraron en la sala de profesores y ella agradeció que fuese discreto y no mencionara que se habían visto durante el fin de semana. No le apetecía que toda la escuela supiese que habían salido y habían hecho algo juntos fuera del ámbito escolar, sobre todo porque habían sido dos citas en toda regla. Él estuvo relajado y simpático, pero nada más, y aquella misma noche la llamó para invitarla a cenar el viernes siguiente y a ver luego una película. Victoria estaba entusiasmada cuando se lo contó a sus compañeros de piso mientras cenaban en la cocina.

—Parece que tenemos a un tipo con muchos puntos —dijo Harlan, sonriéndole—. Y además ha pasado la prueba de la costilla de cordero. ¡Caray, Victoria, te has puesto en marcha!

Ella se echó a reír y se sintió algo tonta. A punto estuvo de servirse otra rebanada de pan de ajo para celebrarlo. John cocinaba de maravilla, pero Victoria logró controlarse. Quería perder peso de verdad, y por fin tenía una buena razón para hacerlo. ¡Una cita!

El viernes por la noche lo pasaron muchísimo mejor que las anteriores dos ocasiones, y repitieron el domingo para ir a dar un paseo por el parque. Jack le cogió de la mano mientras caminaban. Compraron unos helados en un puesto ambulante, pero ella se obligó a tirarlo a la basura antes de acabárselo. Aquella semana había perdido casi un kilo y había estado haciendo abdominales todas las noches delante del televisor. Incluso su psiquiatra estaba entusiasmada con ese romance en ciernes, aunque Victoria todavía no se había acostado con él. Jack no lo había intentado, y ella no quería hacerlo tan pronto. Quería estar segura de cuáles eran sus sentimientos por él antes de lanzarse, necesitaba saber que había algo auténtico entre ambos. No quería solo sexo. Deseaba una relación, y Jack, después de cuatro citas, empezaba a parecer el candidato perfecto. Aquel domingo por la tarde regresaron a su apartamento y Victoria le presentó a Bunny y a Harlan. Jack fue encantador con ambos y les cayó muy bien.

Octubre fue el mes más emocionante y prometedor que había vivido en años porque Jack y ella siguieron saliendo todos los fines de semana y, al tercero, él la besó. Lo hablaron, y ambos estuvieron de acuerdo en que preferían esperar un poco antes de llevar la relación a otro nivel. Querían ser cautelosos y maduros, llegar a conocerse mejor antes de dar el gran paso. Victoria se sentía segura y cómoda con él, nada la presionaba. Jack era respetuoso, y cada vez que se veían lo pasaban estupendamente y se sentían más unidos. La doctora Watson veía la relación con buenos ojos.

Victoria había hablado a Jack sobre sus padres, pero sin entrar en demasiados detalles. No le había explicado lo de que con ella solo habían probado la receta, ni que le habían puesto el nombre por la reina Victoria, pero sí le contó que nunca la habían elogiado y que siempre habían criticado su elección de carrera.

—Eso es algo que tenemos en común —repuso Jack—. Mi madre siempre quiso que fuera médico, porque su padre lo fue, y mi padre todavía quiere que me haga abogado como él. A mí me encanta la enseñanza, pero no dejan de advertirme constantemente que jamás tendré un sueldo decente ni seré capaz de mantener a una mujer y a hijos. Sin embargo, hay más gente que lo hace, y es a lo que yo quiero dedicarme. Cuando fui al MIT, mi padre creyó que como mínimo sería ingeniero.

—Mi padre me dice lo mismo a mí, salvo por lo de mantener a mujer y a hijos. Supongo que nadie cree que un profesor merezca ser felicitado. A mí, en cambio, me parece un trabajo importante. Tenemos mucha influencia en los niños.

—Lo sé. Se pagan cinco millones de dólares por batear una pelota de béisbol y sacarla del campo, pero educar a los jóvenes no merece el menor respeto a nadie, salvo a nosotros. Algo va muy mal. —Los dos estaban de acuerdo en eso.

Estaban de acuerdo en casi todo. A principios de noviembre la temperatura de la relación empezó a subir. Llevaban poco más de un mes saliendo, se veían una o dos veces cada fin de semana, y Victoria presentía que pronto se acostarían juntos. El momento se estaba acercando. Ella se sentía muy a gusto con él, se estaba enamorando. Era un tipo estupendo, claro, sincero, inteligente, cariñoso y divertido. Era todo lo que había soñado encontrar en un hombre y, como habría dicho Gracie, también le parecía muy mono. A su hermana pequeña se lo había explicado todo, y ella estaba emocionada, aunque Victoria no había contado nada a sus padres y había pedido a Gracie que tampoco ella lo hiciera. No quería enfrentarse a sus comentarios negativos ni a sus malos augurios. Para ellos seguía siendo inconcebible que un hombre pudiera enamorarse de su hija. Sin embargo, ella notaba que Jack la encontraba guapa, y la calidez de su relación la hizo florecer como un jardín en primavera. Se la veía relajada, más segura de sí misma y siempre alegre.

La doctora Watson estaba preocupada: no le gustaba que su autoestima procediera de un hombre, quería conseguir que irradiara de su interior. Pero lo cierto era que Jack estaba ayudándola a sentirse bien consigo misma. Victoria había perdido casi cinco kilos solo con controlar las raciones y los alimentos que elegía. Recordaba la advertencia de su nutricionista de que no se saltara comidas y eligiera siempre platos saludables. Esta vez no hubo dietas milagrosas, infusiones de hierbas ni purgas. Simplemente estaba feliz, y todo lo demás llegó solo. Victoria y Jack comentaron sus planes de visitar a sus familias por Acción de Gracias y se plantearon regresar a Nueva York durante el fin de semana para poder pasar juntos parte de la festividad.

Ella estaba pensando justamente en eso una noche cuando entró en la cocina y vio a John y a Harlan muy pensativos, teniendo una conversación muy seria. Los dos parecían tristes, y ella enseguida encontró una excusa para dejarlos solos. No quería interrumpirlos, debían de tener algún problema, pero Harlan la detuvo justo antes de que volviera a su habitación con una taza de té.

—¿Tienes un minuto? —le preguntó, y la vio dudar.

Victoria se daba cuenta de que John estaba disgustado. Se preguntó si estarían en plena discusión y esperó que no fuera nada grave. Su relación había ido muy bien hasta entonces y ya llevaban casi un año juntos. A ella le habría dado mucha pena que rompieran, y seguro que a Harlan lo destrozaría.

—Claro —dijo. Aunque no sabía qué podía hacer por ellos, estaba dispuesta a intentar ayudarlos. Harlan le indicó con la mano que se sentara con ellos a la mesa de la cocina, y John soltó un suspiro—. Parece que tenéis algún problema, chicos —añadió Victoria en tono comprensivo mientras su corazón se abría para echar una mano a sus amigos.

—Sí, más o menos —admitió John—. Es más bien un dilema moral.

—¿Entre vosotros dos? —Parecía sorprendida. No era capaz de imaginar que ninguno de los dos estuviera engañando al otro. Estaba segura de que Harlan era fiel, y suponía lo mismo de John. Ambos eran esa clase de personas, con valores, moralidad y una gran integridad; además, se querían.

—No, es sobre una amiga —explicó Harlan—. Nunca me ha gustado entrometerme en los asuntos de los demás. Sin embargo, siempre me he preguntado qué haría en el caso de que descubriese algo que pudiera hacer daño a un ser querido pero, al mismo tiempo, creyera que esa persona debía saberlo. Es una situación en la que nunca he querido encontrarme.

—¿Y ahora estás ahí? —preguntó Victoria con ingenuidad.

Ambos asintieron a la vez. John volvió a suspirar, y esta vez fue él quien habló. Sabía que a Harlan le resultaba demasiado difícil y, además, era él quien disponía de la información de primera mano. Llevaban dos semanas debatiéndolo con la esperanza de que todo se solucionara por sí solo. Pero no había sido así. Había ido a peor, y a ninguno de ellos le apetecía ver a Victoria estrellándose contra una pared. La querían demasiado, casi como a una hermana.

—No conozco todos los detalles, pero es sobre Jack. Tu Jack. La vida es algo extraña a veces, pero el otro día estuve hablando con una profesora que trabaja en mi centro. Nunca me ha caído bien porque es una arpía. Está pagada de sí misma y siempre anda detrás de algún tipo. Últimamente no hace más que hablar de un profesor con el que tiene una aventura. Trabaja en otra escuela. Se ven todos los fines de semana, pero por lo visto solo una noche, y ella empieza a estar mosqueada. Siempre quedan una noche y una tarde, y ella cree que está engañándola con otra, aunque él lo niega. Aparte de eso, le parece un tipo estupendo y asegura que está loco por ella. Han pensado pasar Acción de Gracias juntos en lugar de ir a ver cada uno a su familia, pero él le ha dicho que el sábado siguiente volvería a casa para ver a sus padres el fin de semana. Y entonces, no sé, se me encendió una bombillita. Le pregunté cómo se apellidaba ese tipo y en qué escuela daba clases. No me había preocupado de preguntarle nada antes porque en realidad me traía sin cuidado. Me dijo que se llama Jack Bailey y que enseña química en Madison. —John se volvió con ojos tristes hacia Victoria, que parecía a punto de desmayarse o de echarse a llorar—. Según parece, tu chico está jugando a dos bandas, o lo intenta. Yo quería decirte algo antes de que llegarais más lejos. Por lo visto ha estado repartiéndose los fines de semana entre vosotras dos, y ahora también Acción de Gracias. Eso es portarse como un cerdo, a menos que te lo haya contado y tú hayas accedido a ello. Además, sinceramente, ella es una auténtica arpía. No es una persona decente. No sé qué está haciendo con ella cuando te tiene a ti.

—Tanto John como Harlan estaban asqueados por ella.

También Victoria pareció sentirse así de pronto. Se puso a llorar, sentada con ellos en la cocina, y Harlan le pasó un pañuelo de papel. Se sentían fatal por habérselo contado, pero creían que tenía que saber a qué y a quién se enfrentaba.

—¿Qué voy a hacer? —preguntó entre lágrimas.

—Yo creo que debes hablar con él —opinó John—. Tienes derecho a saber qué está haciendo. Sale mucho contigo, pero parece que con ella también. Todos los fines de semana. Ella dice que se acuestan desde hace dos meses. —Para no echar sal en las heridas, prefirió no decirle a Victoria que la otra afirmaba que era un fiera en la cama. No necesitaba oírlo, sobre todo porque ella todavía no se había acostado con él, aunque todos sabían que pronto iba a hacerlo.

Victoria había dado por hecho que acabaría sucediendo el fin de semana de después de Acción de Gracias, cuando ambos regresaran de ver a sus familias, con todos sus compañeros de piso fuera de escena. Aunque ahora sabía que la intención de él había sido pasar esos días con la otra mujer, y mentirle a ella también sobre dónde iba a pasar el fin de semana. Jack tenía suerte de que Nueva York fuese una ciudad tan grande y no se hubiera encontrado con ninguna de ellas estando con la otra, pero el mundo era pequeño, a fin de cuentas, y por pura casualidad estaba saliendo con una profesora que trabajaba con uno de los mejores amigos de Victoria. La probabilidad de que sucediera algo así era escasa, pero había sucedido. La providencia lo había querido así.

—¿Qué voy a decirle? ¿Crees que cuenta la verdad? —Victoria esperaba que no, pero John fue sincero con ella de nuevo, aunque resultara doloroso.

—Sí, lo creo. Es una bruja, pero no hay motivo para creer que mienta o se lo haya inventado. Creo que es él quien no está siendo franco. Y es asqueroso que te haga algo así, aunque no os hayáis acostado todavía. Llevas saliendo con él casi tanto como ella. A mí me parece que está jugando con las dos.

Victoria empezó a encontrarse mal mientras lo escuchaba. Seguía sentada en la silla, inmóvil, y de pronto sintió muchísimo frío. Los chicos la vieron temblar.

—¿Creéis que querrá decirme la verdad? —preguntó con voz lastimera.

—Seguro que sí. Lo hemos pillado prácticamente con las manos en la masa. Me gustaría oír qué tiene que decir y cómo lo explica. Le resultará complicado justificarse o intentar lavar su reputación.

—Nunca le he preguntado si estaba saliendo con alguien más —dijo Victoria con franqueza—. No pensé que hiciera falta. Di por hecho que no.

—Es una buena pregunta —añadió Harlan, abatido—. Hay gente que no dice nada a menos que le pregunten. Pero a estas alturas, si estáis viéndoos todos los fines de semana y construyendo una relación, tendría que habértelo explicado aunque no se lo hubieras preguntado directamente.

Ella asintió y dio las gracias a John por la información, aunque detestaba saber lo que sabía, y él parecía deshecho por ser quien se lo había explicado.

Sin embargo, todos comprendían que era lo correcto. Victoria debía saberlo. Se quedó en la cocina con ellos un buen rato más, dándole vueltas, repasando los detalles. Estaba desconcertada, herida y también enfadada. Al día siguiente, en la escuela, consiguió evitar a Jack. Aún no se sentía preparada para enfrentarse a él.

Aquella noche Jack la llamó por teléfono.

—¿Dónde te has metido todo el día? Te he buscado por todas partes y no te he encontrado —dijo, cariñoso como siempre.

Ya era jueves, y se suponía que iban a cenar juntos al día siguiente. Ella intentó que no se le notara nada al hablar, pero era difícil. No quería que sospechara lo que sabía de él hasta que pudieran verse cara a cara. No era una conversación que quisiera mantener por teléfono. Llevaba todo el día encontrándose mal, y la noche anterior no había dormido. Costaba creer que alguien que le importaba tanto y con quien había sido tan abierta, alguien en quien confiaba tanto, hubiese actuado con tan poca honestidad. Esa revelación le había partido el corazón. Todos sus miedos a no ser lo bastante buena para merecer amor habían regresado. Esperaba que Jack tuviera alguna explicación razonable, pero no lograba imaginar ninguna. Estaba dispuesta a oír lo que tuviera que decirle, quería escucharlo, pero las pruebas que le había presentado John eran bastante condenatorias.

Le dijo a Jack que había estado muy ocupada todo el día reuniéndose con alumnos y con sus padres para hablar del proceso de solicitudes para la universidad, y lo invitó a que, la noche siguiente, subiera a tomar algo a su apartamento antes de salir a cenar. Él, tan encantador como siempre, respondió que le parecía una idea estupenda. Victoria nunca lo había presionado para que pasaran juntos las dos noches del fin de semana para no resultar avasalladora, pero esta vez decidió intentarlo y ver cuál era su reacción.

—Podríamos hacer algo también el sábado por la noche. Dan unas películas muy buenas en el cine —dijo en tono inocente.

—Quizá mejor dejarlo para la tarde del domingo —repuso él como si lo lamentara—. El sábado tengo que pasarme el día corrigiendo exámenes, incluso por la noche. Voy muy retrasado.

Ahí tenía su respuesta. Victoria podía tenerlo la noche del viernes y la tarde del domingo, pero no el sábado, ni el sábado por la noche.

Así pues, con el corazón destrozado y un nudo gigantesco en el estómago, supo que lo que John le había contado era cierto. No era que dudara de su palabra, pero tenía la esperanza de que, de alguna forma, estuviera equivocado. Por lo visto no era así.

El viernes pasó todo el día distraída y nerviosa en la escuela. Vio a Jack un momento en la sala de profesores a la hora de comer, pero prefirió salir corriendo por la puerta y decirle que llegaba tarde a una reunión con un alumno. Por la noche él se presentó puntual en el piso. Parecía tan agradable y relajado como siempre. Irradiaba algo que lo hacía parecer honrado y sincero. Transmitía integridad y tenía el aspecto de ser alguien en quien se podía confiar. Y Victoria lo había hecho de todo corazón. Pero, por lo visto, Jack no era exactamente lo que aparentaba ser, y eso había supuesto un trago amargo para ella. Estaban solos en el apartamento. Los demás habían salido porque era viernes por la noche. Harlan y John, además, sabían lo que Victoria tenía pensado hacer, así que se habían ido a casa de John para dejarle el terreno libre, pero le habían dicho que estarían disponibles si los necesitaba.

Victoria, que estaba sirviendo dos copas de vino, no tenía ni idea de cómo empezar la conversación. Se había puesto unos pantalones de sport y un jersey viejo. De pronto no se sentía tan guapa como solía cuando estaba con él. Se sentía fea, no querida. Y traicionada también. Era una sensación espantosa. No se había molestado en lavarse el pelo ni en ponerse maquillaje. La idea de competir con aquella otra mujer le resultaba ajena. Su ánimo y la seguridad en sí misma se habían venido abajo como un castillo de naipes. Jack estaba demostrándole que su padre tenía razón, que no era merecedora de su amor, mientras que otra mujer sí.

Jack la miró atentamente con su copa de vino en la mano. Se daba cuenta de que estaba molesta, pero no tenía ni idea de por qué.

—¿Pasa algo? —preguntó en tono inocente.

A Victoria le temblaban las manos y dejó su copa. Sintió que se le encogía el estómago.

—Puede —dijo en voz baja, y levantó la mirada hacia él—. Dímelo tú. No te lo había comentado, pero resulta que el novio de Harlan trabaja en la escuela Aguillera del Bronx. Por lo visto, una amiga tuya también. Supongo que tú sabrás quién es mejor que yo. Dice que hace dos meses que tiene una aventura contigo y que os veis todos los fines de semana. Imagino que eso me deja a mí como una idiota y a ti como un cabrón, o algo así. Así que, dime, Jack, ¿qué está pasando? —Lo miró fijamente a los ojos.

Él se quedó de piedra un buen rato, luego dejó la copa y cruzó la sala para acercarse a la ventana. Después se volvió de nuevo hacia ella. Victoria se dio cuenta de que estaba furioso. Lo había pillado.

—No tienes ningún derecho a fisgonear en mi vida —empezó a decir a la defensiva, aunque eso no lo llevara a ninguna parte.

Victoria no mordió el anzuelo.

—No lo he hecho. La información me ha caído en las manos, y supongo que tengo suerte de que John me lo contara. Esa mujer va presumiendo de ti y el mundo es muy pequeño, Jack, incluso en una ciudad del tamaño de Nueva York. ¿Durante cuánto tiempo más pensabas seguir jugando a dos bandas? ¿Por qué no me lo explicaste?

—No me lo preguntaste. Nunca te he mentido —contestó él, enfadado—. Nunca dijimos que no pudiéramos salir con nadie más. Si querías saberlo, tendrías que habérmelo preguntado.

—¿No crees que, a estas alturas, podrías habérmelo contado tú solo? Hace dos meses que nos vemos todos los fines de semana. El mismo tiempo, parece ser, que llevas liado con ella. ¿Qué cree ella que tenéis?

—A ella tampoco le he dicho que no hubiera nadie más —soltó Jack con ira—. Y, de todas formas, no es asunto tuyo. No me he acostado contigo, Victoria. No te debo nada, solo disfrutamos de una agradable compañía cuando salimos y de una bonita velada.

—¿Así es como funciona? Porque esas no son las reglas con las que yo juego. Si yo hubiese estado saliendo con otra persona, con sexo o sin sexo, te lo habría contado. Habría creído que te lo debía solo para que no te sintieras desconcertado o herido. Yo tenía derecho a saberlo, Jack. Como ser humano, como persona que supuestamente te importaba. Me lo merecía. No se trataba solo de salir a cenar. Estábamos intentando construir una relación, pero supongo que haces lo mismo con ella. ¿Y quién más hay? ¿Tienes huecos libres también entre semana? Me parece que has estado muy ocupado y que no has sido muy sincero. Te has portado como un cerdo, Jack, y lo sabes. —Tenía lágrimas en los ojos.

—Sí, lo que tú digas —repuso él. Por primera vez estaba siendo desagradable con ella y le hablaba con frialdad. No le gustaba que le echaran la bronca ni tener que rendir cuentas a nadie de su conducta. Quería hacer lo que le viniera en gana sin preocuparse de si alguien salía herido, siempre que ese alguien no fuera él. Las costillas de cordero no habían sido un problema, pero sí su integridad. Carecía de ella. El hecho de que Victoria no le hubiera preguntado no era excusa para que él le tomara el pelo—. No te debo ninguna explicación —dijo, erguido, mirándola con crueldad desde su altura—. Salir con gente conlleva esto, ni más ni menos. Si no te gusta quemarte, no juegues con fuego. Me voy. Gracias por el vino —terminó.

Caminó hasta la puerta y cerró de un portazo. Ya estaba. Dos meses con un hombre que le gustaba y en quien había creído... Y él la había engañado y le había mentido, y no tenía ninguna clase de remordimientos. Victoria no le importaba en absoluto, eso estaba claro. Después de que Jack se marchara, ella se sentó en una silla, temblando pero orgullosa de sí misma por haberse enfrentado a él. Había sido desagradable y doloroso y, aunque se repitió que había sido mejor enterarse cuanto antes, sentía una pena como si un ser querido hubiese muerto. Se encerró en su habitación, se tumbó en la cama y sollozó sobre la almohada. Odiaba que Jack le hubiera hecho aquello, pero aún peor era lo mal que se sentía consigo misma. Lo único en lo que podía pensar al recordar la mirada de sus ojos justo antes de marcharse era que, si ella hubiese merecido la pena, Jack la habría amado. Y no la amaba.

14

Victoria todavía seguía destrozada por el desengaño que había sufrido con Jack Bailey cuando voló a Los Ángeles por Acción de Gracias. Le alegró ver a Grace y compartir la festividad con su familia, pero se sentía fatal consigo misma. Gracie se dio cuenta y eso la entristeció. Veía lo disgustada que estaba su hermana por lo mucho que comía. Sus padres, en cambio, lo único que notaron fue que, una vez más, había engordado, así que Victoria regresó a Nueva York el sábado. No aguantó más.

Al lunes siguiente llamó a la doctora Watson y fue a verla. Habían hablado mucho de Jack las semanas anteriores. No importaba las vueltas que le diera, Victoria todavía sentía que, de algún modo, ella había tenido la culpa. Creía que si de verdad fuese merecedora del amor de alguien, Jack la habría tratado de otra forma.

—Esto no tiene que ver con quién eres tú —le repitió su psiquiatra con serenidad—, tiene que ver con quién es él. Con su falta de integridad, con su deslealtad. No ha sido culpa tuya, ha sido culpa de él.

Victoria pensaba que era razonable, pero emocionalmente era incapaz de asimilarlo. Para ella todo se reducía a si era digna de ser amada o no. Y si sus padres no la habían querido,

¿quién iba a hacerlo? Lo mismo sucedía con sus sentimientos por Jim y Christine: su incapacidad de quererla tal como era no decía nada bueno de los dos, pero Victoria seguía sintiendo que la responsable era ella. Cuando regresó a Los Ángeles por Navidad intentó llenar su vacío con litros y litros de helado. Seguía deprimida y no lograba sobreponerse.

Sus padres no sabían nada de su relación con Jack. Victoria no había compartido nada con ellos y suponía que, de haberlo hecho, sin duda habrían encontrado la forma de echarle la culpa del fracaso. ¿Cómo iba a amarla Jack si estaba gorda? Seguro que la otra mujer estaba delgada. Victoria no había tenido el valor de preguntar a John cómo era la otra profesora. Creía a ciencia cierta en los mensajes que le habían transmitido sus padres por activa y por pasiva: que a los hombres solo les gustaban las chicas que eran como Gracie, ninguno quería a una mujer inteligente. Ella no se parecía en nada a su hermana y, además, era una chica brillante. Así que ¿quién iba a amarla? Todavía seguía con una grave depresión cuando regresó a Nueva York por Fin de Año. Pasó la Nochevieja en el avión y, cuando el capitán deseó a los pasajeros un feliz Año Nuevo, Victoria se tapó la cabeza con su manta y se echó a llorar.

Ver a Jack en la escuela entre Acción de Gracias y Navidad había sido una auténtica tortura. Victoria ya nunca comía en la sala de profesores; se quedaba en su aula o salía afuera a pasear por el East River. Eso le serviría para recordar por qué no era buena idea liarse con alguien del trabajo. Recoger los pedazos después era complicadísimo. Además, tanto entre los profesores como entre los alumnos corrió el rumor de que habían salido juntos y que él había roto con ella. Era más humillante de lo que nadie podía imaginar. Victoria hacía todo lo posible por desaparecer, aunque era Jack quien tenía de qué avergonzarse. Justo antes de Navidad oyó comentar que salía

con la profesora de francés que lo había estado persiguiéndo-
lo desde el primer día de curso. Victoria lo sintió por ella, ya
que suponía que él seguía viéndose con la profesora del colegio de John y que no sería más sincero con su nueva conquista de lo que había sido con ella. O a lo mejor la francesa era
más lista y sabía qué preguntas hacer, como: «¿Podemos salir
con más gente?». Aunque era probable que de todas formas
él le hubiera mentido. En cualquier caso, ya no era asunto de
Victoria. Jack Bailey no formaba parte de su vida. Era un
sueño que había estado a punto de cumplirse, pero que al final
se había hecho añicos. La consecuencia para Victoria fue, sobre
todo, que perdió la esperanza. Helen y Carla intentaron con-
solarla cuanto pudieron, pero también a ellas las evitaba. No
quería hablar con nadie, ni en la escuela ni fuera. Ni siquiera
con John y Harlan, de momento. Quería dejarlo atrás. Ellos,
sin embargo, veían lo mucho que seguía afectándola.

En enero, Victoria se alegró de tener por fin una distrac-
ción porque pasó un fin de semana largo acompañando a
Gracie a visitar las diferentes facultades que le interesaban.
Fueron a ver tres universidades de la costa Este, pero su hermana estaba decidida a quedarse en la costa Oeste. Era una
chica de California. Aun así las dos disfrutaron mucho del
viaje. Era una oportunidad fantástica para estar juntas. Gracie,
además, no decía nada si Victoria se comía un bistec enorme
y una patata asada con salsa de nata, seguidos de un helado
con chocolate caliente de postre cuando salían a cenar. Sabía
lo triste que estaba por lo de Jack. La propia Victoria era muy
consciente de que hasta sus pantalones más holgados habían
acabado quedándole justos desde Acción de Gracias. Sabía
que tenía que hacer algo al respecto, pero todavía no era el
momento. No se sentía preparada para dejar lo que su psiquiatra llamaba «la botella de debajo de la cama», que en su
caso era todo aquello que engordase. A la larga, la consecuen-

cia de comer todos aquellos alimentos solo sería que se sentiría peor aún, como un alcohólico, pero de momento le ofrecían un consuelo inmediato.

Uno de los puntos álgidos de la visita de Gracie a Nueva York fue pasar un día con Victoria en su escuela. Estuvo incluso en una de sus clases, y se divirtió muchísimo hablando con los demás alumnos. Ellos, al conocer a su hermana pequeña, pudieron comprender mejor a su profesora. Gracie representó todo un éxito en las aulas. Hablaba sin tapujos y enseguida fue el blanco de las miradas de todos los chicos, que le pidieron su correo electrónico y quisieron saber si estaba en Facebook. Sí que estaba. Repartió su dirección como si fueran caramelos, y los chicos no los dejaron escapar. Victoria se alegró de que Gracie se marchara antes de que le revolucionara todos los grupos. A sus casi dieciocho años estaba más guapa que nunca, y Victoria de pronto se sintió mayor, además de enorme. Se deprimía solo con pensar que cumpliría veinticinco al cabo de unos meses. Un cuarto de siglo. ¿Y qué tenía para dar fe de aquellos años? Lo único en lo que se fijaba era en que no había ningún hombre en su vida y que seguía batallando con su peso. Tenía un trabajo que le encantaba y una hermana a la que quería, y nada más. No tenía novio, nunca había tenido ninguno en serio, y su vida social se reducía a Harlan y a John. No parecía suficiente, a su edad.

En su siguiente sesión con la doctora Watson, la psiquiatra decidió pasar al ataque cuando Victoria le habló de la ruta por diferentes universidades que había hecho con Gracie y lo mucho que se habían divertido.

—Quisiera plantearte una pregunta para que la medites —dijo su terapeuta con calma. Ese último año y medio, Victoria había llegado a apoyarse mucho en ella y a valorar todo lo que decía—. ¿Crees posible que te niegues a perder peso para no tener que competir con tu preciosa hermana pequeña?

Te expulsas tú sola de la carrera escondiéndote detrás de tu cuerpo. A lo mejor tienes miedo de perder peso y, aun así, no poder competir con ella, o no querer hacerlo.

Victoria desechó esa idea y enseguida le quitó importancia.

—No tengo por qué competir con una chica de diecisiete años, ni debería hacerlo. Es una niña. Yo soy adulta.

—Ambas sois mujeres, en una familia en la que vuestros padres os enfrentaban la una a la otra y a ti te decían que no eras lo bastante buena, pero que ella sí, desde el día en que nació. Es una carga muy pesada para ambas, y más aún para ti. Así que te retiras de la competición.

Era un punto de vista interesante, pero a Victoria no le apetecía oírlo.

—Yo ya era grandullona antes de que ella naciera —insistió.

—Grande comparada con tu hermana. Pero no nos desviemos del tema, el sobrepeso es otra cuestión.

La psiquiatra insinuaba que Victoria se había puesto encima una capa protectora, un traje de camuflaje que impedía a los demás verla como mujer. Ella era una chica muy guapa, pero no tanto como Gracie, así que evitaba competir con ella y desaparecía dentro de un cuerpo que la hacía invisible para la mayoría de los hombres, salvo para el que sería el adecuado para ella. Su terapeuta, sin embargo, esperaba que se deshiciera de esa carga antes, simplemente porque la hacía desgraciada.

—¿Estás diciendo que no quiero a mi hermana? —preguntó Victoria, enfadada por un momento.

—No —repuso la doctora con serenidad—, estoy diciendo que no te quieres a ti misma.

Victoria se quedó callada un buen rato sin poder contener las lágrimas que le caían por las mejillas. Ya hacía tiempo que había aprendido para qué era la caja de pañuelos de papel y por qué la utilizaba la gente tan a menudo.

En la primavera del segundo año de Victoria en Madison, el director le ofreció un puesto fijo en el departamento de lengua. A ella le alegró saber que el contrato de Jack Bailey no iba a renovarse. Se rumoreaba que le habían dicho que no era «lo que estaban buscando». Su tórrida aventura con la profesora de francés había acabado mal, y todos habían presenciado peleas por los pasillos. La apasionada francesa incluso le había dado un bofetón estando en la escuela. Después de eso Jack se había liado con la madre de un alumno, lo cual todos sabían que en Madison estaba terminantemente prohibido. Victoria se sintió aliviada al saber que se marcharía. Le resultaba muy doloroso cruzárselo por el pasillo, le recordaba que de algún modo había fracasado, que no había sido lo bastante buena para que la amara, y que Jack había resultado ser deshonesto y, en definitiva, un cerdo.

Ella estaba entusiasmada con la seguridad que le daba ese puesto fijo y saber que no tendría que preocuparse de su futuro cada año. Madison ya era su hogar y podía establecerse allí con la certeza de tener el trabajo asegurado. Helen y Carla se habían emocionado al enterarse y la habían invitado a comer. Por la noche Victoria también celebró la noticia con Harlan y John. Por aquel entonces Bill ya se había ido del piso y estaba viviendo con Julie, así que John había ocupado su antiguo cuarto para instalar su despacho, porque compartía habitación con Harlan. John había resultado ser una buena incorporación al grupo, y a Bunny también le caía muy bien. Ella pasaba cada vez más tiempo en Boston con su novio, y Victoria sospechaba que pronto se mudaría allí, donde seguramente se casarían. Como eran solteros, su vida en común estaba sujeta a cambios constantes; pero ella, John y Harlan no tenían intención de irse a ningún lado. Victoria ni siquiera se molestó en llamar a sus padres para contarles lo del trabajo, aunque sí se lo dijo a Gracie, que estaba a dos meses de su graduación y no cabía en sí de alegría porque la habían aceptado en la Universidad del Sur de California. Había pensado trasladarse a una residencia, así que sus padres por fin tendrían el nido vacío. No era que estuvieran muy contentos, pero Gracie se había mostrado inflexible y, como siempre, ellos habían accedido a sus deseos. A Victoria le sorprendió que el hecho de que Gracie se fuera a vivir a una residencia los inquietara más que su propio traslado a casi cinco mil kilómetros de distancia. Sucediera lo que sucediese, Gracie siempre sería la niña de los ojos de su padre, su preferida, y Victoria, nada más que la primera prueba de la receta. No la habían tirado a la basura, pero era casi lo mismo: su falta de afecto y apoyo le habían hecho prácticamente el mismo daño. Para Victoria, esa era la realidad de la relación con sus padres.

15

La graduación de Gracie supuso una celebración por todo lo alto. Mientras que la de Victoria, incluso cuando se licenció en la universidad, había consistido en una tranquila velada familiar, sus padres dejaron que Gracie invitara a un centenar de amigos a una barbacoa que organizaron en el jardín de atrás. Su padre ocupó el lugar de jefe de parrilla y estuvo todo el tiempo asando pollo, filetes, hamburguesas y perritos calientes. Incluso contrataron a varios camareros vestidos con camiseta y tejanos. Los chicos organizaron un baile.

Victoria había cogido un avión para asistir a la fiesta y, al día siguiente, a la graduación en sí. Gracie estaba adorable con su toga y su birrete, y su padre se puso a llorar cuando la vio recibiendo el diploma. Victoria no recordaba que hubiese llorado nunca de emoción por ella; probablemente porque nunca lo había hecho. Su madre estaba hecha un mar de lágrimas porque para ella había sido un acto muy emotivo. También las dos hermanas se abrazaron después y se echaron a llorar.

—¡No lo soporto! —exclamó Victoria, riendo a la vez que lloraba y estrechaba a Gracie—. ¡Mi hermanita ya se ha hecho mayor! ¡Cómo te atreves a ir a la universidad! ¡Te odio!

A ella le habría gustado que Gracie se hubiese esforzado un poco más para entrar en alguna facultad de Nueva York en lugar de quedarse en Los Ángeles. Le habría encantado tenerla más cerca porque así habría tenido familia en Nueva York, pero también se habría alegrado de ver que su hermana pequeña se alejaba de la sofocante influencia de sus padres. Estaban siempre pendientes de ella. Su padre era una fuerza muy poderosa en su vida e intentaba controlar todas sus opiniones. Victoria había logrado mantenerlo a raya, pero Gracie había acabado asimilando en gran parte su estilo de vida, su forma de ver el mundo, sus inclinaciones políticas y su filosofía. Había mucho con lo que estaba de acuerdo e incluso que admiraba de ellos. Pero, claro, Gracie había crecido con unos padres muy diferentes a los de Victoria. Los padres de Gracie la adoraban y la veneraban, apoyaban todos sus pasos y sus decisiones. Eso era muy alentador. No tenía ningún motivo para rebelarse contra ellos o alejarse de su hogar. Hacía todo lo que su padre creía que debía hacer. Él era su ídolo. Victoria, en cambio, había tenido unos padres que no le hacían caso, que la ridiculizaban y que nunca la apoyaban en ninguno de sus propósitos. Victoria sí había tenido muy buenas razones para irse de allí. Gracie tenía todos los motivos del mundo para quedarse cerca de ellos. Era increíble lo diferentes que llegaban a ser sus experiencias y sus vidas, aun compartiendo a los mismos padres. Era como la noche y el día, una imagen en positivo y en negativo. A veces Victoria se obligaba a recordarse que Gracie había tenido una vida mucho más fácil, y que ellos habían sido mucho más cariñosos con su hermana que con ella, para explicarse por qué Gracie no quería salir corriendo. Su hermana pequeña creía que había tomado una gran decisión al irse a vivir a la residencia en lugar de quedarse en casa. Aunque a Victoria le pareciera una nadería, para ella había sido un paso gigantesco. Pero con eso no bastaba. Victoria seguía creyendo que sus padres eran unas personas tóxicas, y su padre un narcisista, y le habría encantado ver que su hermana ponía algo más de distancia entre ellos para respirar. Gracie, sin embargo, no lo deseaba. De hecho, habría peleado por seguir cerca de casa.

Victoria decidió hacerle a su hermana un gran regalo por su graduación. Era muy cuidadosa con el dinero y ahorraba todo lo que podía. Aunque vivía en Nueva York, nunca derrochaba, así que se ofreció a llevar a Gracie a Europa para celebrar su ingreso en la universidad. Ya habían estado allí con sus padres cuando las dos eran más pequeñas, pero a ellos hacía años que no les interesaba viajar. Victoria se llevaría a Grace a conocer París, Londres y Venecia en junio, y también Roma, si tenían tiempo. Su hermana no cabía en sí de la emoción, al igual que Victoria. Pensaban estar fuera tres semanas en total y pasar cuatro o cinco días en cada ciudad. Con su nuevo contrato en Madison, Victoria había recibido un aumento de sueldo que le permitiría no tener que trabajar aquel verano. Después de ir a Europa con Grace en junio, pensaba hacer un viaje por Maine con Harlan y John en agosto.

Gracie tenía un millón de planes propios antes de empezar la universidad a finales de agosto, y Victoria se daba cuenta, igual que su hermana, de que las cosas iban a cambiar mucho para todos. Gracie había crecido y Victoria vivía lejos. Sus padres tenían la oportunidad de vivir de forma más independiente y de realizar actividades ellos solos. La familia se reuniría en vacaciones, pero a lo largo del año cada cual tendría su propia vida. Salvo Victoria, que tenía un trabajo pero no una vida, aunque seguía intentando labrarse una. Con veinticinco años, todavía sentía que tenía un largo camino por recorrer. A veces se preguntaba si algún día llegaría a alguna parte y empezaba a hablar de sí misma, en broma, como de la «hermana solterona» de Gracie. Algunos días tenía la sensación de que eso era lo que le deparaba el futuro.

Gracie, por otro lado, tenía a una decena de chicos que le iban detrás continuamente; algunos le gustaban, otros no tanto, y siempre había un par por los que estaba coladita y no era capaz de decidirse por uno ellos. Conocer a chicos nunca había sido un problema para su hermana. Victoria, en cambio, no hacía más que confirmar que sus padres tenían razón acerca de ella: no era lo bastante guapa para encontrar novio y estaba demasiado gorda para atraer a los hombres, según su padre; según su madre, era demasiado inteligente para conservarlos. De una forma o de otra, el caso era que no tenía a nadie.

Salieron hacia París el día después de que la escuela de Victoria cerrara sus puertas. Gracie ya había volado hasta Nueva York con dos maletas llenas de ropa de verano, y las chicas se presentaron en el aeropuerto a primera hora del día siguiente. Victoria solo llevaba una maleta, pero fue ella la que facturó el equipaje de ambas mientras Gracie hablaba con sus amigos por el móvil. Se sintió un poco como la monitora de un viaje escolar, aunque en realidad estaba impaciente por compartir aquella aventura con su hermana. Subieron al avión muy animadas, y Gracie seguía enviando mensajes de texto como loca cuando la azafata le pidió que apagara el teléfono. Era Victoria quien llevaba los pasaportes. A veces se sentía más como la madre que como la hermana de Grace.

Durante las seis horas que duró el vuelo hasta París charlaron, comieron, durmieron y vieron dos películas. Se les hizo muy corto, y de pronto ya eran las diez de la noche y estaban aterrizando en el aeropuerto Charles de Gaulle. Para ellas, sin embargo, eran las cuatro de la tarde y, como además habían dormido en el avión, no estaban nada cansadas. Mientras iban en el taxi de camino a la ciudad, lo único que les apetecía era dar una vuelta por ahí. Victoria había invertido buena parte de sus ahorros para pagar el viaje, y su padre les había enviado un generoso cheque para contribuir también, lo cual ella le había agradecido mucho.

A petición de Victoria en su torpe francés, el taxista las llevó por la plaza Vendôme, pasó por delante del hotel Ritz, recorrió el esplendor y el bullicio de la plaza de la Concordia, con todas las fuentes encendidas, y luego subió por los Campos Elíseos en dirección al Arco de Triunfo. Allí giraron para enfilar la gran avenida justo cuando la Torre Eiffel estallaba en una explosión de luces destellantes, cosa que hacía cada hora durante diez minutos. Gracie miraba sobrecogida a su alrededor; las dos hermanas estaban sobrecogidas ante tanta belleza. Bajo el Arco de Triunfo, una enorme bandera francesa ondeaba en la suave brisa nocturna.

—¡Ay, mi madre! —exclamó Gracie mirando a su hermana—. No pienso volver nunca a casa.

Victoria sonrió y las dos se dieron la mano mientras el taxista daba la vuelta al Arco de Triunfo entre aquel tráfico caótico y volvía a bajar por los Campos Elíseos en dirección al Sena. Disfrutaron de las vistas de los Inválidos, donde se encontraba la tumba de Napoleón, y cruzaron a toda velocidad el puente Alejandro III hacia la orilla izquierda. Se hospedaban en un minúsculo hotel de la rue Jacob que habían recomendado a Victoria. Tenían pensado viajar de la forma más barata posible, dormir en hoteles pequeños, comer en cafeterías y visitar galerías y museos. Su presupuesto era bastante ajustado para un viaje que ambas sabían que recordarían durante toda la vida. Victoria había hecho un regalo increíble a su hermana.

Aquella noche cenaron sopa de cebolla en una cafetería que quedaba muy cerca del hotel, a la vuelta de la esquina. Después de cenar pasearon por la orilla izquierda del Sena y luego regresaron a su habitación y estuvieron hablando hasta quedarse dormidas. Gracie no había parado de recibir mensajes de texto de sus amigos desde que había encendido el móvil en el aeropuerto, y siguieron llegándole durante toda la noche.

A la mañana siguiente las dos hermanas desayunaron cruasanes y *café au lait* en el vestíbulo del hotel, y después salieron a pie para ir al museo Rodin, en la rue de Varenne, y desde allí al boulevard Saint-Germain, que bullía de actividad. Se tomaron un café en el antiguo y célebre restaurante de artistas, el Les Deux Magots, y después fueron al Louvre y pasaron la tarde viendo tesoros famosos.

Gracie quería ir también al museo Picasso, pero lo dejaron para el día siguiente. Cenaron en la plaza de los Vosgos, que era uno de los rincones más antiguos de la ciudad, en el barrio de Marais, y luego se montaron en un *bateau mouche* con todas las luces encendidas para recorrer el Sena.

Visitaron una exposición en el Grand Palais, pasearon por el Bois de Boulogne, entraron en el vestíbulo del hotel Ritz y caminaron por la rue de la Paix. Ambas tenían la sensación de haber recorrido París entero en los cinco días que estuvieron allí. Habían visto todo lo que querían cuando partieron hacia Londres, donde no bajaron el ritmo. Los dos primeros días estuvieron en la Tate Gallery, en el Victoria and Albert Museum y en el museo de cera de Madame Tussaud. Vieron las joyas de la corona en la Torre de Londres, el cambio de la guardia en el palacio de Buckingham (donde visitaron también los establos), fueron a la abadía de Westminster y tuvieron incluso tiempo de recorrer la exclusiva New Bond Street, fijándose en los escaparates de todas aquellas tiendas tan caras donde no podían permitirse comprar nada. Victoria se había dado el lujo de regalarse un bolso bastante caro de Printemps, en París, y Gracie perdió la cabeza por las alocadas camisetas y los divertidos pantalones vaqueros de King's Road, en Londres, pero las dos se habían portado muy bien y habían gastado el dinero con mucha sensatez. Por las noches cenaban en pequeños restaurantes, y durante el día paraban a comer algo en puestos ambulantes. Consiguieron ver y hacer todo lo que querían. Sus padres iban siguiendo sus peripecias día a día, sobre todo, y Victoria lo sabía, porque Gracie estaba con ella y la echaban muchísimo de menos.

Llevaban casi dos semanas de viaje cuando volaron de Londres a Venecia y, una vez allí, aminoraron el paso radicalmente. Su llegada al Gran Canal fue sobrecogedora, y Victoria contrató una góndola para que las llevara al hotel mientras Gracie se tumbaba la mar de feliz en la barca, con pose de princesa. Desde que habían llegado a Italia, todos los hombres de la calle la miraban, y Victoria se fijo más de una vez, mientras paseaban por Venecia, en que las seguían para poder contemplar a su hermana pequeña.

Fueron a la plaza de San Marcos y se compraron un helado, entraron en la basílica y luego estuvieron horas paseando sin rumbo por las estrechas y sinuosas callejuelas, entrando y saliendo de iglesias. Cuando por fin se detuvieron para comer, Victoria pidió un enorme plato de pasta y se lo terminó entero. Gracie picó algo del suyo y dijo que, aunque estaba delicioso, ella se sentía demasiado emocionada para comer nada, y además hacía demasiado calor. No habían parado ni un minuto, y las dos coincidieron después en que Venecia era su ciudad preferida.

Continuaron pues caminando, comiendo y relajándose. Avanzaban a un ritmo más tranquilo y pasaban horas enteras en las terrazas de los cafés observando a la gente. Gracie insistió en comprar un pequeño broche de camafeo para su madre, algo que a Victoria no se le habría ocurrido, pero tenía que admitir que era muy bonito, y un gesto muy dulce. A su padre le compraron una corbata en Prada, y para ellas escogieron alguna tontería como recuerdo. Victoria se enamoró de una pulsera de oro en una tienda cerca de la plaza de San

Marcos, pero decidió que no podía permitírsela, y Gracie se compró una cajita de música con forma de góndola que tocaba una canción italiana que ninguna de las dos conocía.

Sus días y sus noches en Venecia fueron absolutamente perfectos. Visitaron el Palacio Ducal y todas las iglesias importantes que aparecían en la guía. Cogieron una góndola para pasar por debajo del Puente de los Suspiros y se abrazaron mientras lo cruzaban deslizándose sobre el agua, lo cual, según decían, significaba que estarían juntas para siempre. Aunque en realidad era una promesa pensada para amantes, Gracie insistió en que para ellas dos también valía. La noche que decidieron vestirse de forma elegante fueron al Harry's Bar, donde disfrutaron de una cena opípara. La comida en Venecia era fantástica. Victoria probaba risottos y platos de pasta con salsas deliciosas cada vez que paraban a comer, y siempre pedía tiramisú de postre. No lo hacía en busca de consuelo, sino únicamente porque la cocina italiana era exquisita, pero el efecto en su cuerpo fue el mismo.

A las dos les dio muchísima pena tener que volar hacia Roma para disfrutar de la última etapa de su aventura. Allí caminaron más, compraron más regalos y visitaron iglesias y monumentos. Vieron la Capilla Sixtina, hicieron el tour de las catacumbas y se pasearon por el Coliseo. Las dos estaban exhaustas y felices cuando terminaron el viaje. Había sido tan inolvidable como Victoria había esperado; un recuerdo y un momento de sus vidas que ambas sabían que atesorarían para siempre.

Acababan de buscar sitio en la terraza de un café de via Veneto después de lanzar una moneda a la Fontana di Trevi cuando su padre las llamó. Estaba impaciente por que regresaran a casa, y Gracie también parecía tener muchas ganas de verlo. De vuelta habían planeado volar de Roma a Nueva York, donde Gracie pasaría dos días con su hermana antes de regresar a Los Ángeles ella sola. Victoria había prometido que iría a ayudarla a instalarse en la residencia en agosto, pero aquel año no tenía pensado quedarse ningún día en Los Ángeles. Su vida estaba en Nueva York, y sabía que Gracie querría pasar tiempo con sus amigos antes de que todos separaran sus caminos para ir a facultades diferentes. Era un alivio no tener que quedarse dos o tres semanas en casa de sus padres. Prefería tener tiempo para relajarse en su propia casa.

Durante el vuelo de Roma a Nueva York, las dos hermanas comentaron todo lo que habían hecho y visto, y Victoria se alegró al comprobar que no habían sufrido ni un solo percance en todo el viaje. Gracie había sido una compañera encantadora y, aunque sus opiniones sobre sus padres eran muy distintas, Victoria siempre se cuidaba de no hablar mucho de ellos. Tenían otros temas de conversación. Gracie no dejaba de darle las gracias por la increíble experiencia y, cuando ya estaban a medio camino de Estados Unidos, le entregó un paquetito envuelto en papel de regalo italiano y atado con una cinta verde. Se mostró muy misteriosa y emocionada al dárselo a Victoria, y volvió a agradecerle una vez más aquel fabuloso viaje. Le dijo que había sido el mejor regalo de graduación del mundo.

Victoria abrió el paquetito con cuidado y notó que dentro había algo que pesaba. Era una bolsita de terciopelo negro y, al abrirla, vio la preciosa pulsera de oro de la que se había enamorado en Venecia y que había decidido no comprarse.

—¡Ay, Dios mío! ¡Gracie, esto es una locura! —La generosidad del regalo la dejó sin habla.

Gracie se la puso en la muñeca.

—La he comprado con mi paga y el dinero que me dio papá para el viaje —anunció con orgullo su hermana pequeña.

—No me la pienso quitar nunca —le aseguró Victoria mientras se inclinaba para darle un beso.

—Nunca me lo había pasado tan bien —dijo Gracie, feliz—, y seguramente nunca volveré a vivir algo así. Me entristece que se haya terminado.

—A mí también —reconoció Victoria—. A lo mejor podemos repetirlo algún día, cuando te gradúes en la universidad. —Sonrió con expresión soñadora.

Parecía que faltaba una vida para aquel momento, pero Victoria sabía que los años pasarían muy deprisa a partir de entonces. Aún le daba la sensación de que hacía apenas unos días que ella misma se había graduado en el·instituto, y de pronto había cumplido los veinticinco y ya hacía tres años que se había licenciado en la universidad. Sabía que a su hermana pequeña le sucedería lo mismo.

Estuvieron hablando muchísimo durante aquel vuelo, pero al final se quedaron dormidas. Las dos despertaron justo cuando aterrizaban en Nueva York. Les daba lástima pensar que el viaje había terminado. El tiempo que habían pasado juntas había sido mágico, y ambas se miraron a los ojos y sonrieron con nostalgia mientras el avión tomaba tierra. Cómo les habría gustado empezar otra vez...

Tardaron una hora en recuperar las maletas y pasar por la aduana, y otra en llegar a la ciudad en taxi. Cuando el coche se detuvo frente al edificio de Victoria, Roma, Venecia, Londres y París parecían quedar a una vida de distancia.

—¡No quiero volver! —se lamentó Gracie mientras su hermana abría la puerta del apartamento. Era fin de semana y todo el mundo estaba fuera, así que tenían el piso para ellas solas.

—Yo tampoco —dijo Victoria, que estaba leyendo ya una nota en la que Harlan le daba la bienvenida a casa.

También le había dejado algo de comida en la nevera, para que así pudiera prepararle algo de desayuno a Gracie. Victoria dejó las maletas en su habitación. Se sentía extraña en el piso.

Aquella noche, después de llamar a sus padres para decirles que habían llegado bien, se acostaron temprano. A Gracie siempre le parecía bien avisarlos, no quería que se preocuparan. Nunca había atravesado ninguna fase rebelde, cosa que a Victoria le habría gustado, porque habría sido más sano que estar tan unida a sus padres. Esperaba que, en la universidad, su hermana encontrara por fin cierta independencia, pero le daba la sensación de que sus padres querrían que fuera a casa a visitarlos constantemente. Aunque sus padres y ella nunca habían tenido una relación tan estrecha, Victoria se alegraba de haber estudiado en la Universidad del Noroeste. Gracie, en cambio, era su niña mimada.

A la mañana siguiente Victoria preparó un desayuno europeo a base de torrijas, luego cogieron el metro para ir al SoHo y pasearon entre los vendedores ambulantes, las tiendas y los turistas. Las calles estaban muy concurridas, y las dos hermanas comieron en una pequeña cafetería con terraza. Pero no era comparable a Europa, y las dos coincidieron en que ojalá estuvieran aún en Venecia. Había sido el punto culminante del viaje, y Victoria seguía llevando con orgullo la preciosa pulsera de oro que le había regalado Gracie.

El domingo fueron a ver un concierto en Central Park, y cenaron después de que Gracie hiciera las maletas. Victoria ya había recogido todas sus cosas, y las dos se quedaron charlando en la cocina hasta altas horas de la noche. Los demás volverían el lunes. El fin de semana siguiente era el del Cuatro de Julio y Gracie tenía un millón de planes en Los Ángeles; Victoria, ni uno solo en Nueva York. Harlan y John pensaban ir a Fire Island, y Bunny se marcharía a Cape Cod.

Victoria acompañó a su hermana al aeropuerto a la mañana siguiente, y las dos lloraron al despedirse. Era el final de un viaje precioso, de unos momentos maravillosos que habían compartido, y Victoria, al ver marchar a Grace, se sentía como si le hubieran arrancado el corazón. Cuando estaba en el autobús a punto de regresar a la ciudad, vio que Gracie le había enviado un mensaje de texto aun antes de que el avión despegara. «Las mejores vacaciones de mi vida, y tú la mejor hermana del mundo. Siempre te querré. G.» Se le saltaron las lágrimas al leerlo y, nada más regresar al piso, llamó a la doctora Watson. Le alegró saber que la psiquiatra tenía un hueco aquella misma tarde.

Victoria estaba contenta de verla y le explicó muchas cosas del viaje. Le comentó lo fácil que había sido todo con Gracie, lo mucho que se habían divertido, le enseñó la pulsera que llevaba en la muñeca y se rió cuando le habló de los hombres que habían seguido a su hermana por las calles de Italia.

—¿Y qué me dices de ti? —preguntó la psiquiatra con calma—. ¿A ti no te siguió nadie?

—¿Me tomas el pelo? Pudiendo elegir entre Gracie y yo, ¿a quién crees que seguían?

—Tú también eres una mujer guapa —afirmó la doctora Watson. Se daba cuenta de lo mucho que Victoria había ayudado a su hermana pequeña y esperaba que, a cambio, ella también hubiese hecho acopio de sustento emocional.

—Gracie es estupenda, pero me preocupa lo unida que está a nuestros padres —le confesó Victoria a la terapeuta—. No creo que sea sano. Con ella son más agradables de lo que fueron nunca conmigo, pero la asfixian, la tratan como si fuera de su propiedad. Mi padre le llena la cabeza con todas sus ideas. Necesita formarse las suyas propias.

—Es joven. Ya llegará a eso —dijo la psiquiatra con aire filosófico—. O tal vez no. Puede que se parezca más a ellos de lo que tú crees. Quizá le resulta cómodo.

—Espero que no —dijo Victoria.

La doctora Watson estaba de acuerdo con ella, pero también sabía que no siempre era así y que no todo el mundo era tan valiente como Victoria, que había roto sus ataduras y se había ido a vivir a Nueva York.

—Háblame de ti. ¿Adónde te diriges tú ahora, Victoria? ¿Cuáles son tus objetivos?

Ella se rió al oír la pregunta. A menudo se reía cuando en realidad tenía ganas de llorar. Así la situación daba menos miedo.

—Quedarme hecha un palillo y conseguir una vida. Conocer a un hombre que me quiera y a quien yo quiera también.

—En el viaje había engordado y su plan era perder peso durante el resto del verano.

—¿Y qué estás haciendo para conseguirlo? —preguntó la psiquiatra, refiriéndose a ese hombre al que Victoria quería conocer.

—De momento, nada. Acabo de llegar este fin de semana. No es tan fácil conocer a gente. Todos mis amigos están casados, tienen pareja o son gays.

—Quizá necesites diversificar un poco tus actividades y probar algo nuevo. ¿En qué punto te encuentras ahora mismo con tu peso? —Normalmente, o estaba a dieta o en la más absoluta desesperación.

—Comí mucha pasta en Italia, y cruasanes en París. Supongo que ahora tengo que cumplir penitencia. —Se había comprado el libro de la última dieta famosa antes de salir de viaje, pero todavía no lo había abierto—. Es una lucha constante.

Algo le impedía perder ese peso del que quería deshacerse y, aun así, siempre estaba segura de que al final del arco iris de su peso ideal encontraría al hombre de sus sueños.

—Verás, puede que uno de estos días conozcas a alguien que te ame tal como eres. No tienes por qué seguir un régimen milagroso para encontrar a tu media naranja. Mantenerse en forma es bueno para la salud, pero tu vida amorosa no tiene por qué depender de ello.

—Nadie va a quererme si estoy gorda —dijo ella con el ánimo sombrío. Era el mensaje que su padre le había transmitido durante todos aquellos años, casi en forma de maldición.

—Eso no es cierto —repuso la psiquiatra con serenidad—. El hombre que te quiera, te querrá estando gorda, delgada o de cualquier otra forma.

Victoria no dijo nada, pero era evidente que no creía en la opinión de la doctora Watson. Sabía lo que se decía: no había hombres haciendo cola a su puerta, nadie la paraba por la calle para suplicarle su número de teléfono ni pedirle una cita.

—Siempre puedes volver a la nutricionista. La otra vez te dio bastante buen resultado.

También habían comentado muchas veces los programas de Weight Watchers, pero Victoria nunca había llegado a ir. Siempre decía que estaba demasiado ocupada.

—Sí, supongo que la llamaré dentro de unas semanas.

Primero quería terminar de instalarse, aunque también pretendía perder peso antes de que el curso volviera a empezar. Tras el viaje, otra vez llevaba su ropa de la talla 46.

Entonces Victoria siguió hablando del viaje y la hora terminó.

Al salir a la calle, una vez más tenía la sensación de haberse quedado estancada. Su vida no iba a ninguna parte. De camino a casa se compró un cucurucho de helado. ¿Qué más daba? Ya empezaría a hacer dieta en serio al día siguiente.

Harlan y John estaban en el piso cuando llegó, y Bunny también. Se alegraron mucho de verla y aquella noche, cuando Bunny volvió del gimnasio, cenaron todos juntos. John había preparado un bol enorme de pasta y ensalada de langosta, ambas irresistibles. Harlan se dio cuenta de que Victoria había vuelto a engordar, pero no dijo nada. Estaban muy contentos de tenerla otra vez allí, y Bunny les contó que se había prometido con su novio y les enseñó el anillo. Iban a casarse en primavera. La noticia no pilló a nadie por sorpresa, y Victoria se alegró mucho por su compañera de piso.

Algo antes, por la tarde, Gracie le había enviado un mensaje de texto para decirle que ya había llegado a casa, y por la noche llamó a Victoria antes de acostarse. Le contó que sus padres la habían sacado a cenar y que al día siguiente pensaba ir a Malibú con unos amigos. Tenía un verano lleno de planes por delante. Victoria se fue a dormir soñando con Venecia: estaba sentada en una góndola junto a Gracie, bajo el Puente de los Suspiros. Después soñó con el risotto a la milanesa que había comido en el Harry's Bar.

El resto del verano transcurrió volando. Victoria pasó el fin de semana del Cuatro de Julio en los Hamptons, hospedada en un *bed and breakfast* con Helen y un grupo de profesoras de Madison. En agosto fue a Maine con Harlan y John. En Nueva York tuvo que soportar varios días sofocantes durante los que no hizo nada más que estar tumbada por casa. Hacía demasiado calor para salir a correr, así que alguna vez fue al gimnasio. Más que nada era un esfuerzo para acallar su conciencia, pero en realidad no le apetecía hacer deporte. Lo había pasado tan bien con su hermana que se había quedado muy triste viendo marchar a Gracie después de su viaje juntas. Victoria la echaba mucho de menos y se sentía muy sola sin ella. Fue a una reunión de Comedores Compulsivos Anónimos, pero no volvió más.

Tal como había prometido, voló a California un fin de semana para ayudar a su hermana a instalarse en su residencia de la Universidad del Sur de California. Fue un día lleno de caos, recuerdos agridulces y lágrimas de saludo y despedida. Victoria la ayudó a deshacer las maletas mientras su padre le instalaba el equipo de música y el ordenador, y su madre le doblaba bien toda la ropa interior antes de guardarla en los cajones.

Gracie compartía la diminuta habitación con otras dos compañeras, así que fue toda una hazaña conseguir meter todas las cosas de cada una en sus taquillas, un único armario y tres cajoneras. Entre eso y los tres escritorios con tres ordenadores que acaparaban el espacio de la habitación, además de los tres pares de padres que intentaban ayudar a sus hijas y Victoria, apenas se cabía. A media tarde ya habían hecho todo lo que podía hacerse, y Gracie los acompañó afuera. Parecía a punto de sufrir un ataque de pánico. Su padre estaba al borde de las lágrimas, y Victoria tenía el corazón en un puño. Gracie ya era adulta: tenían que abrir la puertecilla de la jaula para dejarla volar. A sus padres les costaba mucho más que a ella, aunque tampoco para Victoria era fácil.

Estaban frente a la puerta de la residencia, hablando, cuando un chico alto y guapo pasó junto a ellos con una raqueta de tenis en la mano. En cuanto vio a Grace se detuvo como si lo hubiera alcanzado un rayo y no pudiera dar un paso más. Victoria sonrió al verle la cara; ya había visto a otros reaccionar así ante su hermana.

—¿De primero? —preguntó el chico, aunque podía deducirlo por el pabellón en el que se encontraban.

Gracie dijo que sí con la cabeza. Sus ojos tenían la misma expresión que los de él, y Victoria estuvo a punto de echarse a reír. Sería demasiado fácil que Gracie conociera al hombre de su vida nada más llegar a la residencia. ¿De verdad era tan sencillo?

—¿Y tú, de tercero? ¿Cuarto? —le preguntó ella con una mirada llena de esperanza.

El chico sonrió.

—Máster en Administración de Empresas —contestó con una sonrisa de oreja a oreja, lo cual quería decir que tenía por lo menos cuatro años más que ella, aunque seguramente más bien cinco o seis—. Hola —dijo entonces, mirando a los demás—. Me llamo Harry Wilkes.

Todos habían oído hablar del Pabellón Wilkes y se preguntaron si el chico sería de la misma familia que había donado los fondos para construirlo. Estrechó la mano a sus padres y a Victoria, y luego le sonrió embobado a Gracie y le preguntó si le gustaría jugar un partido de tenis a las seis. A ella se le iluminó la cara y aceptó. Harry prometió volver más tarde a buscarla y entonces se fue corriendo.

—Caray, qué facilidad —comentó Victoria cuando el chico se fue—. ¿A alguien le apetece un poco de tenis? De verdad que no sabes la suerte que tienes.

—Sí que lo sé —repuso Grace con una mirada soñadora—. Es monísimo. —Y entonces, como si un alienígena del espacio exterior se hubiese apoderado de su cuerpo, le dijo a Victoria por lo bajo—: Algún día me casaré con él.

—¿Por qué no esperas antes a ver qué tal se le da el tenis?

Victoria sabía muy bien la cantidad de chicos que habían entrado y salido de la vida de su hermana durante los años de instituto. Aquello no era más que el principio de cuatro años de universidad. Solo esperaba que Gracie no siguiera los pasos de su madre y se pasara esos cuatro años buscando marido en lugar de divertirse. A su edad no había motivos para pensar siquiera en el matrimonio.

—No. Lo digo en serio. Me casaré con él. Lo he sentido en cuanto me ha dicho hola —insistió Gracie.

La seriedad de su mirada hizo que Victoria quisiera echarle un vaso de agua por la cabeza para despertarla.

—A ver. Esto es la universidad. Cuatro años de diversión, de cosas por aprender y de tíos fantásticos. No hay que casarse el primer día.

—Tú deja que tu hermana pille al chico más rico del campus —anunció su padre con orgullo, dando ya por hecho que Harry era uno de los Wilkes del Pabellón Wilkes—. Parece que se ha quedado prendado de ella.

—Igual que la mitad de Italia, en junio. No perdamos la cabeza —insistió Victoria, que intentaba ser la voz de la razón, aunque nadie estaba escuchándola.

A su padre le había gustado el nombre del muchacho. A Gracie, su físico. Y su madre había dado su visto bueno en cuanto había oído hablar de matrimonio. El pobre Harry Wilkes estaba perdido, se dijo Victoria, si aquellos tres le echaban el guante.

—Oye, escúchame bien —dijo a su hermana pequeña—, intenta no prometerte antes de que yo vuelva por Acción de Gracias. —Entonces le dio un fuerte abrazo y, mientras se estrechaban, las dos desearon poder congelar aquel momento para siempre—. Te quiero —le susurró Victoria, hablando a su oscura melena rizada.

En brazos de su hermana, Gracie parecía una niña. Entonces levantó la cabeza y la miró con lágrimas en las pestañas.

—Yo también te quiero. Y lo de antes lo he dicho muy en serio. He tenido un extraño presentimiento con él.

—Ay, cállate ya —dijo Victoria, riendo, y le dio un empujón en broma—. Pásatelo bien jugando al tenis. Y llámame luego para explicarme qué tal. —Victoria se iba a Nueva York a la mañana siguiente. Sin Gracie en casa no había nada que la retuviera allí. Hacía años que era así.

Sus padres y ella regresaron al enorme aparcamiento y buscaron el coche. Victoria se sentó en la parte de atrás, y nadie dijo nada durante el trayecto hasta su casa. Cada uno estaba absorto en sus cosas, pensando en lo deprisa que transcurría el tiempo. Victoria recordaba a Gracie de pequeña, un bebé que daba sus primeros pasos a toda velocidad por el salón. Se acordaba de haberla llevado a la clase de párvulos y haberse

despedido de ella con un beso. De repente se había convertido en una adolescente y, poco después, ya estaba yendo a la
universidad. Todos tenían la triste certidumbre de que los
siguientes cuatro años pasarían volando, tan deprisa como
los anteriores.

16

El miedo de todos de que los años universitarios de Gracie pasaran en un suspiro se hizo realidad. Transcurrieron en un abrir y cerrar de ojos, y de repente la pequeña Grace ya estaba graduándose en la Universidad del Sur de California con su toga y su birrete. Sus padres y su hermana mayor vieron cómo lo lanzaba con fuerza hacia el cielo. Se había terminado. Cuatro años de universidad. Grace tenía una licenciatura en Filología Inglesa y Ciencias de la Comunicación, y todavía no había pensado de qué forma la aprovecharía. Quería trabajar en una revista o un periódico, pero aún no había hecho ninguna entrevista. Pensaba tomarse el verano libre y empezar a buscar trabajo en septiembre, y contaba con la bendición de su padre. En julio se iría a Europa con unos amigos, a España e Italia, y su novio también los acompañaría. Después, ellos dos se reunirían con los padres de él en el sur de Francia. La predicción que había hecho Grace su primer día en el campus casi se había cumplido. No estaban casados, pero Harry Wilkes había sido su novio durante aquellos cuatro años, y el padre de Grace aprobaba su relación sin reservas. Al final resultó que sí era de la misma familia que había donado los fondos para la construcción del pabellón que llevaba su nombre. Harry había obtenido su título en Administración de

Empresas un año antes, y trabajaba para su padre en una compañía de banca de inversión. Era firme como una roca, como le gustaba decir a Jim, y muy buen partido. Después de la graduación de Gracie estuvo comiendo con todos ellos en la celebración familiar, igual que media docena de amigos de ella, y Victoria se dio cuenta de que su hermana y él no hacían más que hablar en tono conspirador al otro extremo de la mesa. En cierto momento Harry le dio un beso y ella sonrió.

A Victoria no le desagradaba Harry, aunque le parecía quizá demasiado controlador y habría preferido que su hermana pequeña fuese más aventurera durante sus años universitarios. Grace no se había separado de Harry en ningún momento. En tercero había dejado la residencia para irse a vivir con él a un apartamento fuera del campus, y allí era donde vivían todavía. Victoria pensaba que su hermana era demasiado joven para sentar cabeza tan pronto y limitarse a un solo chico. Además, Harry le recordaba un poco a su padre, lo cual también la inquietaba. El chico tenía una opinión sobre todo, y Gracie las admitía todas sin hacer distinción de las suyas propias. Victoria no quería que acabara convirtiéndose en su madre: una sombra de su marido, venida a este mundo solo para ensalzarlo y hacer que se sintiera bien consigo mismo. ¿Y ella como persona?

Sin embargo, no podía negarse que Gracie era feliz con Harry, y a Victoria le había sorprendido ver que sus padres no ponían ninguna pega a que los dos vivieran juntos. Estaba segura de que no habrían reaccionado igual con ella. En una ocasión en que se lo comentó a su padre, él le dijo que no fuese tan neurótica y anticuada, pero en parte era porque la familia de Harry tenía muchísimo dinero. Victoria estaba convencida de que no habrían sido tan permisivos si Harry Wilkes fuese pobre. Lo había hablado incluso con Helen, y se lo decía a Harlan y a John cada vez que salía el tema. Estaba preocupada por Gracie. Siempre había temido que sus padres le lavaran el cerebro para conseguir que persiguiera unos ideales equivocados.

La comida de celebración empezó tarde, después de la ceremonia, y se alargó hasta pasadas las cuatro. Cuando por fin se levantaron de la mesa, Gracie fue a devolver la toga y el birrete, que eran de alquiler. Dejó el diploma a Victoria para que lo guardara a buen recaudo y dijo que Harry la acompañaría más tarde a casa. Aquella noche iban a salir con unos amigos. Harry conducía el Ferrari que sus padres le habían regalado al licenciarse en la escuela de negocios. Victoria los vio besarse en cuanto se alejaron; parecía que fuera el día anterior cuando se habían conocido a la puerta de la residencia, él con su raqueta de tenis en la mano, el día en que Grace se trasladó allí para empezar la carrera.

—Debo de estar haciéndome mayor —dijo a su padre mientras se subían al coche. Estaba a punto de cumplir veintinueve años—. Hace unos cinco minutos Grace tenía cinco años. ¿Cómo hemos llegado hasta aquí?

—Te confieso que no lo sé. Me siento exactamente igual que tú. —Incluso consiguió sonar sentimental al decirlo, lo cual sorprendió a Victoria.

Durante los cuatro años de universidad de Gracie, Victoria había salido con algunos hombres que había conocido aquí y allá: un abogado, un profesor, un agente de bolsa y un periodista. Ninguno de ellos le había importado demasiado, y las relaciones no habían durado más que unas semanas o un par de meses. Victoria se había convertido en la jefa del departamento de lengua inglesa de Madison y seguía viviendo en el mismo piso, que ya solo compartía con Harlan y John. Cada uno de ellos utilizaba un segundo dormitorio como estudio. Bunny se había casado hacía tres años y tenía dos niños. Acababa de irse a vivir a Washington, D. C., con su marido y los pequeños. Él trabajaba para el Departamento de Estado, aunque en realidad todos sospechaban que era de la CIA, y ella había decidido quedarse en casa para ser madre a tiempo completo. Harlan seguía trabajando en el Instituto del Vestido, y John daba clases en el mismo colegio del Bronx. Hacía dos años que Victoria había dejado de ir a la consulta de la doctora Watson. No tenía nada más que contarle. Habían repasado el mismo terreno varias veces y ambas acordaron que su trabajo había concluido. No quedaban misterios ocultos por descubrir. Los padres de Victoria la habían tratado injustamente y habían colmado de amor a su hermana pequeña sin dejar nada para ella, antes incluso de que naciera Gracie. Le habían fastidiado la vida, hablando en plata. Pero, aun así, Victoria quería a su hermana, y sus padres apenas le provocaban sentimientos, ni de rabia ni de afecto. Eran egoístas, unosególatras que jamás deberían haber tenido hijos, o por lo menos no a ella. Gracie sí encajaba en su familia. Victoria no, pero había conseguido salir adelante a pesar de ello. Sentía que la doctora Watson la había ayudado mucho. Seguía teniendo a los mismos padres y un problema con su peso, pero ambas cosas las gestionaba mejor que antes.

Todavía no había conocido al hombre de sus sueños, y puede que nunca lo conociera, pero le encantaba su trabajo y seguía dando clases a los chicos de último curso. Su peso fluctuaba arriba y abajo, como siempre, porque sus hábitos alimentarios dependían del tiempo, del trabajo, del estado en que se encontraba su vida amorosa, o la falta de ella, y también de su ánimo. En aquellos momentos pesaba más de lo que le gustaría. Llevaba algo así como un año sin tener una cita, pero siempre insistía en que su peso no afectaba para nada a su vida amorosa y que ambas cosas no guardaban relación. Harlan tenía una opinión contraria y apuntaba que Victoria engordaba y comía más cuando se sentía sola y triste. En el salón habían instalado una cinta de correr y una máquina de remo, y Victoria había contribuido con algo de dinero para comprarlas, pero no las utilizaba nunca. Siempre estaban en ellas Harlan y John.

Victoria no regresaría a Nueva York hasta la mañana siguiente a la graduación de Grace, así que aquella noche cenó en casa con sus padres. Era un sacrificio que hacía por lo menos una vez en cada una de sus visitas. Su padre ya hablaba de jubilarse anticipadamente dentro de unos años, y su madre seguía siendo una fanática jugadora de bridge. Victoria tenía menos que decirles cada año. Los chistes de su padre sobre su peso no le hacían gracia, y desde hacía un tiempo había empezado a añadir también comentarios sobre el hecho de que no estaba casada, no tenía novio y seguramente nunca tendría hijos. Todo ello lo achacaba a su peso, pero ella ya no se molestaba en discutírselo ni en intentar defenderse o explicarse. Dejaba pasar las pullas y las bromitas sin contestarlas. Su padre no cambiaría nunca, y seguía creyendo que su trabajo era una completa pérdida de tiempo.

En la cena habló de conseguir empleo para Grace como redactora publicitaria en su agencia cuando volviera de Europa. Victoria estaba ayudando a su madre a cargar el lavavajillas después de cenar cuando Gracie se presentó de improviso. Desde que vivía con Harry no los visitaba muy a menudo, así que todos se sorprendieron de verla allí y se alegraron mucho. Tenía las mejillas sonrosadas y un brillo especial en los ojos cuando entró en la cocina y se los quedó mirando. Victoria sintió un repentino aleteo en el estómago, y entonces Gracie soltó las palabras que ella más temía:

—¡Estoy prometida!

Se produjo una fracción de segundo de silencio, luego su padre soltó un alarido, abrazó a su hija y le dio una vuelta en el aire como cuando era pequeña.

—¡Bravo! ¡Así se hace! ¿Dónde está Harry? ¡Quiero felicitarlo a él también!

—Me ha traído en coche y ha ido a contárselo a sus padres —respondió ella, pletórica.

Victoria siguió cargando el lavavajillas sin decir ni una palabra mientras su madre cloqueaba de alegría, agitaba las manos y abrazaba a su hija. Una vez hecho el anuncio, Gracie extendió su delicada mano y todos vieron el anillo con un enorme diamante circular que llevaba en el dedo. Estaba sucediendo de verdad. Era real.

—¡Lo mismo que tu padre y yo! —exclamó su madre, emocionada—. Nos prometimos la noche de nuestra graduación y nos casamos por Navidad. —Todos lo sabían—. ¿Cuándo será la boda? —preguntó, como si quisiera empezar a planearla allí mismo.

Ni por un segundo se cuestionaron si estaba haciendo lo correcto o si era demasiado joven, por razones evidentes que tenían que ver con Harry. Que su hija pequeña se casara con un Wilkes les parecía una idea estupenda, un golpe de gracia magistral. Todo giraba en torno a sus egos, y no a lo que pudiera ser mejor para Gracie.

Victoria por fin se volvió hacia su hermana y la miró con ojos de preocupación.

—¿No crees que eres demasiado joven? —preguntó con sinceridad. Gracie tenía solo veintidós años, y Harry veintisiete, lo cual seguía siendo muy pronto en opinión de Victoria.

—Llevamos cuatro años juntos —dijo su hermana, como si eso lo arreglase todo.

Pero Victoria no pensaba igual. Al contrario, aquello, lo agravaba más aún. Nunca se había dado una oportunidad para crecer como persona, para desarrollar sus propias opiniones o tener al menos una cita con algún otro chico en la universidad.

—En mi instituto también tengo a alumnos que salen con la misma persona desde hace cuatro años, y eso no quiere decir que sean lo bastante maduros para casarse. Estoy preocupada por ti —insistió, hablando con franqueza—. Tienes veintidós años. Necesitas un trabajo de verdad, una carrera profesional, algo de independencia, tener una vida propia antes de sentar la cabeza para casarte. ¿Por qué tanta prisa?

Por un instante le horrorizó pensar que Gracie pudiera estar embarazada, pero no lo creía. Su hermana había anunciado que pensaba casarse con Harry nada más conocerlo, y eso era lo que estaba sucediendo. Harry era su sueño hecho realidad. Era lo que Gracie deseaba, y miró a Victoria con enfado por todas esas preguntas que le hacía y la evidente falta de entusiasmo que demostraba.

—¿No puedes alegrarte por mí? —preguntó, molesta—. ¿Es que todo tiene que ser como tú crees que debería ser? Soy feliz. Quiero a Harry. No me importa no tener una carrera profesional. No tengo una vocación como tú. ¡Solo quiero ser la mujer de Harry!

A Victoria no le parecía suficiente, pero tal vez Gracie tuviera razón. ¿Quién era ella para decidir nada?

—Lo siento —dijo, triste. Hacía años que no discutían. La última vez había sido por sus padres, porque Gracie los había defendido con vehemencia frente a su hermana, y Victoria había querido hacerle ver lo equivocada que estaba. Al final se había dado por vencida, porque su hermana era demasiado joven para comprenderlo, y de todas formas era una de ellos. Esta vez se sentía igual. Victoria volvía a ser la única que disentía, la que no se alegraba por ella y se atrevía a decirlo, la que no encajaba—. Yo solo quiero que seas feliz y tengas la mejor vida posible. Y me parece que eres muy joven.

—Pues a mí me parece que va a tener una vida estupenda —dijo su padre señalando el anillo.

Al verlo hacer eso, Victoria se sintió mareada. Sabía que no eran celos. Tener una hija que iba a casarse con un hombre rico era el complemento perfecto para la vanidad de Jim. Con ese anillo en el dedo, Gracie se había convertido en un trofeo y en la prueba del éxito de su padre, que había criado a una hija capaz de pescar a un millonario. Victoria detestaba todo lo que significaba eso, pero Gracie no se daba cuenta. Estaba demasiado arropada en su propia vida y tenía demasiado miedo de salir al mundo exterior, buscar un trabajo, conocer gente nueva y hacer algo por sí sola. Así que, en lugar de eso, se casaba con Harry.

Justo cuando Victoria se hacía esas reflexiones, el futuro novio entró en la cocina con una sonrisa resplandeciente y Gracie corrió a sus brazos. Era fácil ver lo feliz que era, ¿quién querría negarle eso? Su padre dio unas palmadas a Harry en la espalda, y su madre fue a por una botella de champán que Jim descorchó de inmediato. Mientras servía una copa para cada uno, Victoria los miraba y sonreía con nostalgia. Los años pasaban cada vez más deprisa. La graduación del instituto, la universidad... y de pronto ya estaba prometida. Era demasiado para digerir de golpe. Sin embargo, olvidándose de sus objeciones, cruzó la cocina y abrazó a Harry para hacer feliz a su hermana, que la miró con alivio. Gracie no quería que nadie se interpusiera en sus planes, que intentara detenerla o cuestionarla. Aquel era su sueño.

—Bueno, y ¿cuándo será el gran día? ¿Habéis elegido ya una fecha? —preguntó su padre después de brindar por la feliz pareja y que todo el mundo bebiera un poco de champán.

Harry y Gracie estaban radiantes de felicidad. Se miraron otra vez, y Harry respondió por ella, lo cual era una de las cosas que menos le gustaban a Victoria. Gracie también tenía voz, y quería que la usara. Esperaba que la boda no fuese enseguida.

—En junio del año que viene —dijo Harry sonriendo a su delicada novia—. Tenemos mucho que organizar para ese día. Gracie estará ocupadísima planificando la boda. —Harry miró a sus futuros suegros como si esperara que lo dejaran todo y se pusieran a trabajar también en la celebración—. Habíamos pensado en cuatrocientos o quinientos invitados —dijo alegremente, sin consultar a los padres de ella si les parecía bien.

Tampoco les había pedido su mano. Le había propuesto matrimonio directamente, pero siendo muy consciente de que Jim Dawson le daría su bendición. La madre de Grace pareció a punto de desmayarse al oír la cantidad de invitados a la boda, pero Jim estaba tan contento que descorchó otra botella de champán para servir otra ronda.

—Ya os ocuparéis las chicas de todo eso —dijo, sonriendo primero a Harry y luego a su mujer y a sus hijas—. Yo solo tengo que pagar las facturas.

Victoria miró a su padre pensando que aquello era casi una operación de compraventa. Pero era la clase de matrimonio que Jim quería para su hija, así que no estaba dispuesto a preguntarse si era demasiado joven o si estaba cometiendo un error. Victoria sabía que, si decía algo, la acusarían de ser la hija obesa que, como no tenía novio y no lograba encontrar marido, estaba celosa de su preciosa hermana pequeña y quería interponerse en su camino.

Cuando se terminaron la segunda botella, todos volvieron a abrazar a la joven pareja. Harry dijo que sus padres querrían cenar con ellos algún día muy pronto. Y Victoria tuvo ocasión de abrazar a su hermana otra vez.

—Te quiero. Siento haberte disgustado.

—No pasa nada —susurró Gracie—. Solo me gustaría que te alegraras por mí.

Victoria asintió con la cabeza. No sabía qué decir. Entonces la pareja de recién prometidos se despidió de ellos. Habían quedado con unos amigos para ir a una fiesta, y Gracie quería lucir su anillo de compromiso. Victoria oyó que su BlackBerry volvía a la vida cuando acababan de irse y fue a ver quién era. Era un mensaje de su hermana. «Te quiero. Alégrate por mí.» Victoria contestó igual de deprisa y con la única respuesta que podía darle. Su mensaje decía: «Yo también te quiero».

—Bueno, tienes un año para planificar la boda —le dijo Jim a Christine en cuanto Grace y Harry se hubieron marchado—. Así estarás ocupada. Puede que incluso tengas que cogerte algún día libre en el club de bridge.

Mientras su padre hacía ese comentario, Victoria recibió otro mensaje. Otra vez de Gracie.

«¿Dama de honor principal?», decía, y Victoria sonrió. De una forma o de otra iban a obligarla a claudicar pero, aun así, jamás se le habría ocurrido negar a su hermana ese capricho, ni a sí misma, si de verdad pensaba seguir adelante con la boda.

«Sí. Gracias. ¡Claro que sí!», le respondió también por mensaje. Así que su hermanita se casaba y ella sería la dama de honor principal. ¡Menudo día!

17

Dos días después de la graduación de Grace, cuando Victoria ya estaba en Nueva York, llamó a la doctora Watson. La consulta de su psiquiatra seguía en el mismo lugar de siempre y con el mismo número de teléfono, y la terapeuta le devolvió la llamada a su móvil por la noche. Le preguntó qué tal estaba, y ella contestó que bien, pero que necesitaba una sesión, así que la doctora Watson logró hacerle un hueco para el día siguiente. En cuanto Victoria entró por la puerta, se dio cuenta de que, aunque parecía algo más madura, básicamente estaba igual. No había cambiado. Llevaba puestos unos vaqueros negros, camiseta blanca y sandalias. Era verano y hacía mucho calor en Nueva York. En cuanto a su peso, Victoria estaba más o menos igual que la última vez que se habían visto. Ni mejor ni peor.

—¿Va todo bien? —preguntó la doctora Watson con preocupación en la voz—. Ayer me pareció que era urgente.

—Creo que lo es. Me temo que estoy sufriendo una especie de llamada de atención, o una crisis de identidad o algo así. —Llevaba inquieta desde el día de la graduación. Ya le había resultado bastante difícil ver a Gracie graduándose, para tener que sumarle a eso que se hubiese prometido con Harry el mismo día—. Mi hermana acaba de prometerse con su novio.

Tiene veintidós años. Fue el mismo día en que se graduó en la universidad, igual que mis padres. A ellos les parece perfecto porque el chico con quien se casa, o quiere casarse, está forrado. Y yo creo que están todos locos. Solo tiene veintidós años. No buscará trabajo, él no quiere. A mi hermana le habría gustado ser periodista, pero ahora ya no le importa. Terminará igual que mi madre, siendo solo el atrezo de su marido y secundando todas sus opiniones, de las cuales su prometido tiene para todo, igual que mi padre. Va a perderse a sí misma si se casa con ese tipo, y solo con pensarlo me pongo furiosa. Ahora lo único que quiere es casarse, pero yo creo que es demasiado joven. Aunque a lo mejor solo estoy celosa porque yo no tengo vida. Todo lo que tengo es un trabajo que me encanta y ya está. Así que, si se me ocurre comentarles, a ella o a mis padres, que creo que no debería casarse aún, creerán que es por pura envidia. —La explicación brotó de su interior de forma espontánea, ante de que tuviera tiempo de pensarla.

—¿Y es por envidia? —preguntó la psiquiatra sin rodeos.

—No lo sé. —Victoria siempre había sido sincera con ella.

—¿Qué quieres tú, Victoria? —la presionó la doctora. Sabía que había llegado el momento de hacerlo. Victoria estaba preparada—. No para ella. Para ti.

—No lo sé —repitió, pero la doctora sospechaba que no era cierto.

—Sí que lo sabes. Deja de preocuparte por tu hermana. Piensa en ti. ¿Por qué has vuelto aquí? ¿Qué es lo que quieres tú?

Los ojos de Victoria se llenaron de lágrimas al oír esa pregunta. Sí que lo sabía, solo que le daba miedo decirlo en voz alta, e incluso reconocerlo ante sí misma.

—Quiero una vida —dijo en voz baja—. Quiero a un hombre en mi vida. Quiero lo que tiene mi hermana. La diferencia es que yo sí soy lo bastante mayor para tenerlo, pero nunca lo conseguiré. —Su voz sonó más fuerte de pronto, y ella se sintió más valiente al seguir hablando—: Quiero una vida, un hombre, y quiero perder doce kilos antes del próximo junio, o por lo menos diez. —Eso lo tenía muy claro.

—¿Qué sucede en junio? —se extrañó la psiquiatra.

—La boda. Seré la dama de honor principal. No quiero que todo el mundo me tenga lástima porque soy un desastre de persona. La hermana solterona y gorda. No es ese el papel que quiero hacer en su boda.

—De acuerdo. Me parece justo. Tenemos un año para trabajar en ello. Yo creo que es un plazo muy razonable —comentó la doctora Watson, sonriéndole—. Nos enfrentamos a tres proyectos. «Una vida», has dicho, y tienes que definir qué significa eso para ti. Un hombre. Y tu peso. Hay que ponerse manos a la obra.

—De acuerdo —dijo Victoria con un temblor en la voz. Para ella era un momento muy emotivo. Había visto la luz: estaba harta de no tener lo que deseaba, de no reconocerlo siquiera ante sí misma porque pensaba que no lo merecía, porque eso era lo que le habían dicho siempre sus padres—. Estoy preparada.

—Yo también lo creo —dijo la psiquiatra con cara de satisfacción, mientras miraba el reloj que colgaba de la pared por encima del hombro de Victoria—. ¿Nos vemos la semana que viene?

Victoria asintió, de pronto consciente de la gran labor que tenía por delante. Aquello era más grande que una boda. Tenía que empezar un programa serio de pérdida de peso y, esta vez, hacer lo que hiciera falta para seguirlo a rajatabla. Tenía que dar el gigantesco paso de salir al mundo a conocer a hombres, y vestirse para ello. También abrir su vida a otras oportunidades, gente, lugares, actividades, todo lo que siempre había anhelado pero nunca había tenido el valor de realizar. Todo aquello le daba más miedo que cuando se había trasladado a Nueva York, y era más difícil de organizar que cualquier boda, pero sabía que tenía que hacerlo. Cuando Gracie se casara Victoria tendría treinta años. Para entonces quería que también su sueño, y no solo el de su hermana, se hubiese hecho realidad.

Se alejó de la consulta de la psiquiatra sintiéndose llena de energía. Llegó a su apartamento y se fue directa a hacer limpieza en la nevera. Empezó por el congelador y tiró a la basura todas las pizzas congeladas y las ocho tarrinas grandes de helado. Mientras estaba en ello, Harlan y John entraron en la cocina. Ese verano John estaba trabajando con Harlan en el museo durante las vacaciones escolares.

—¡Mierda, parece que esto va en serio! —exclamó Harlan, mirándola sin dar crédito. Los bombones de chocolate que Victoria se había llevado a casa de una fiesta de la escuela fue lo siguiente en desaparecer, y también un pastel de queso que había dejado en la nevera a medio terminar—. ¿Tenemos que interpretar esto como un mensaje, o simplemente estás haciendo limpieza general?

—Voy a perder doce kilos de aquí a junio, y esta vez no pienso volver a engordarlos.

—¿Alguna razón especial para semejante decisión? —preguntó su amigo con cautela, mientras John alargaba una mano para sacar dos cervezas del frigorífico. Las abrió, le pasó una a Harlan y dio un buen trago de la suya. Estaba buena, pero Victoria no tenía debilidad por la cerveza. Prefería el vino, que también engordaba—. ¿Un nuevo ligue, tal vez? —preguntó Harlan con los ojos llenos de esperanza.

—Eso también. Solo que aún no lo he conocido. —Se volvió hacia ellos mientras cerraba la puerta del congelador—. Gracie va a casarse en junio, y yo no pienso ser una dama de honor con doce kilos de sobrepeso y una vida de solterona. He vuelto a la psiquiatra.

—Casi oigo llegar al Séptimo de Caballería —dijo Harlan, que se alegraba por ella. Era exactamente lo que Victoria necesitaba desde hacía años. Él había perdido toda esperanza desde hacía un tiempo, porque sus hábitos alimentarios eran tan malos como siempre y, al final, su peso nunca cambiaba—. ¡Ánimo, chica! Si hay algo que podamos hacer, tú dínoslo.

—Nada de helado en casa. Ni pizzas. Correré en la cinta. Iré al gimnasio. Puede que también acuda a Weight Watchers. Y a la nutricionista. Y a terapia de hipnosis. A lo que haga falta. Lo conseguiré.

—¿Con quién se casa Gracie, por cierto? ¿No es un poco joven? Si se graduó la semana pasada...

—Es una niña, y la idea es un auténtica estupidez. Mi padre está encantado con el novio porque es rico. Es el mismo tipo con el que lleva saliendo desde hace cuatro años.

—Qué lástima, pero nunca se sabe. A lo mejor les funciona.

—Eso espero, por ella. Va a renunciar a toda su identidad para casarse con él. Pero es lo que quiere, o eso cree al menos.

—Aún queda mucho para junio. Podrían pasar muchas cosas de aquí a entonces.

—Exacto —dijo Victoria, y en sus ojos se encendió un brillo feroz que Harlan no había visto desde hacía años, o puede que nunca. Victoria tenía una misión importante—. Cuento con ello. Y tengo un año para poner mi cuerpo y mi vida en forma.

—Tú puedes —dijo Harlan con convicción.

—Sí, lo sé —repuso ella.

Por fin lo creía de verdad, y se preguntó qué la había frenado todo ese tiempo. Durante veintinueve años había creído a sus padres cuando le decían que era fea, gorda y que estaba abocada al fracaso porque nadie podría amarla nunca. De pronto se daba cuenta de que el mero hecho de que ellos lo dijeran, o lo creyeran, no implicaba que esa fuese la realidad. Por fin estaba decidida y resuelta a librarse de las cadenas que la habían retenido. Lo único que deseaba era ser libre.

Al día siguiente se apuntó a Weight Watchers y volvió a casa con instrucciones y una balanza para pesar alimentos. Un día después también se inscribió en un nuevo gimnasio. Tenían unas máquinas espectaculares, sala de pesas, estudio de baile, sauna y piscina. Victoria empezó a ir a diario. Todas las mañanas salía a correr por el Reservoir de Central Park. Seguía la dieta estrictamente e iba a pesarse una vez a la semana. Con Gracie hablaba casi cada día sobre la boda, y con su madre más de lo que le habría gustado. No pensaban en otra cosa. Victoria lo llamaba la «fiebre nupcial». Cuando llegó el primer día de clases ya había conseguido adelgazar cuatro kilos y se sentía muy bien. Estaba en forma, aunque todavía le quedaba mucho camino por recorrer. Se había estancado en esos cuatro kilos, pero estaba decidida a no perder el ánimo. Ya lo había experimentado antes. Muchas veces. En esta ocasión, sin embargo, no pensaba rendirse, y seguía viendo a la psiquiatra con regularidad. Hablaban de sus padres, de lo que esperaba para su hermana, y por fin empezaron a hablar también de lo que Victoria quería para sí misma. Algo que, hasta entonces, nunca había hecho.

Sus alumnos también notaron la diferencia. Se la veía más fuerte y más segura de sí misma. Helen y Carla le dijeron que se sentían orgullosas de ella.

A Victoria le inquietaba que su hermana no se hubiese puesto a trabajar desde la graduación. Ni siquiera había empezado a buscar empleo porque estaba prometida, y eso a Victoria no le parecía bueno ni para ella ni para su autoestima. Gracie decía que no tenía tiempo, pero Victoria sabía que en la vida había más cosas aparte de organizar una boda y casarse con un hombre rico. Su psiquiatra le repetía que no era problema suyo y que se concentrara en sí misma, y eso hacía, pero de todas formas seguía preocupada por su hermana.

En septiembre apenas adelgazó un kilo, pero ya llevaba cinco en total, así que estaba casi a medio camino de su objetivo y, además, se la veía muy en forma cuando, en octubre, Gracie anunció que iría a verla un fin de semana para buscar vestidos de novia y escoger los de las damas de honor. Quería la ayuda de Victoria. Ella no estaba segura de sentirse preparada para eso, pero Gracie era su adorada hermana pequeña y no podía negarle nada, así que accedió a pesar de la pila de trabajos que tenía por corregir aquel fin de semana. La doctora Watson le preguntó por qué no había pedido a Gracie que fuera en algún otro momento, si la boda no se celebraría hasta junio.

—No puedo hacer eso —repuso Victoria con sinceridad.

—¿Por qué no?

—No se me da bien decirle que no a Gracie. Nunca lo he hecho.

—¿Por qué no quieres que venga este fin de semana? Estaban hablando con total franqueza.

—Porque tengo que trabajar —dijo Victoria sin demasiado entusiasmo, y la doctora la miró fijamente y le llamó la atención.

—¿De verdad es por eso?

—No. Es que todavía no he adelgazado bastante, y me da miedo que escoja un vestido de dama de honor que me quede horroroso. Todas sus amigas tienen la misma talla que ella. Todas llevan la 34 o la 36. Nunca han oído hablar de la 46.

—Tú eres tú. Y no llevarás una 46 en junio —dijo la doctora Watson para tranquilizarla. La determinación de Victoria no había flaqueado.

—Pero ¿y si la llevo? —dijo con una mirada de pánico. Su sueño era llegar a una 40, pero incluso una 42 sería todo un logro si lograba mantenerse en ese peso.

—¿Qué te hace pensar que no vas a conseguirlo?

—Es que tengo miedo de que mi padre esté en lo cierto y yo sea una desgracia humana. Gracie ha vuelto a darle la razón. Tiene veintidós años y va a casarse con el hombre perfecto. Yo tendré treinta en su boda. Y sigo soltera. Ni siquiera tengo novio, ni ninguna cita. Y, además, soy maestra de escuela.

—Y muy buena —le recordó la psiquiatra—. Eres la jefa del departamento de lengua inglesa en la mejor escuela privada de Nueva York. Eso no es moco de pavo. —Victoria sonrió al oír esa expresión—. Además, eres la dama de honor principal. Si tu hermana elige algo que no te queda bien, puedes llevar una variación del vestido, o incluso algo completamente diferente a las demás. Te está dando la ocasión de elegir.

—No —la corrigió Victoria. Conocía a su hermana pequeña. Puede que estuviese dispuesta a que Harry llevara la voz cantante, pero ella tenía sus propias ideas sobre algunas cosas—. Me está dando la ocasión de ver cómo elige ella.

—Pues es la oportunidad para cambiar algunas cosas en la relación con tu hermana —propuso la terapeuta.

—Lo intentaré. —Pero no sonó muy convencida.

Gracie llegó el viernes por la mañana, mientras Victoria estaba todavía en la escuela, así que al salir corrió a su apartamento para reunirse con ella lo antes posible. Había dejado la llave debajo del felpudo de la puerta y Gracie ya estaba esperándola allí, caminando a paso enérgico en la cinta de correr.

—Este aparato está muy bien —comentó, sonriéndole a su hermana. En aquella máquina tan grande parecía un elfo, o una niña pequeña.

—Más vale —repuso Victoria—, porque nos costó un dineral.

—Tendrías que probarlo de vez en cuando —dijo Gracie mientras bajaba.

—Ya lo hago —le aseguró Victoria, orgullosa del peso que había perdido, aunque algo decepcionada al ver que Gracie no lo había notado.

Su hermana no pensaba en nada que no fuera la boda, ni siquiera mientras daba un abrazo a Victoria. Gracie quería salir hacia el centro en ese mismo instante y empezar a mirar escaparates. Tenía una lista de tiendas a las que deseaba ir. Victoria, que llevaba todo el día en la escuela, se sentía hecha un desastre. Había empezado temprano para asistir a una reunión del departamento, pero se arregló en cinco minutos para acompañar a su hermana al centro. Era difícil no distraerse con el gigantesco pedrusco que Gracie llevaba en el dedo.

—¿No te da miedo que te den un golpe en la cabeza llevando esa cosa? —Seguía preocupada por ella. Siempre sería su hermana pequeña, igual que cuando la había llevado a su clase de parvulario.

—Nadie se cree que sea auténtico —dijo Gracie quitándole importancia mientras bajaban del taxi delante de Bergdorf.

Subieron la escalera hasta el departamento de novias y se pusieron a mirar vestidos. Había una docena colgados de percheros y expuestos por toda la tienda, y Gracie iba mirando aquí y allá y sacudía la cabeza. Ninguno le parecía el adecuado, aunque Victoria los veía todos espectaculares. Entonces Gracie cambió de idea y decidió buscar vestidos para las damas de honor. Tenía una lista de diseñadores y colores a los que quería echar un vistazo, y le sacaron todo lo que había en la tienda. Iba a ser una boda formal de tarde. Harry llevaría corbata blanca, y el séquito del novio corbata negra. De momento Gracie estaba barajando el melocotón, el azul celeste o el champán para sus damas de honor; colores, todos ellos, que favorecían a Victoria. Era tan rubia y tenía una piel tan clara que había algunos colores que sencillamente no le quedaban bien, como el rojo, por ejemplo, pero Gracie le aseguró que jamás elegiría un vestido rojo para sus damas de honor. Parecía un pequeño general organizando a sus tropas mientras la dependienta iba sacando género. Controlaba la situación por completo, como si estuviera planificando un acontecimiento de interés nacional, un concierto de rock, una exposición internacional o una campaña presidencial. Aquel era su momento de gloria, y Gracie pensaba ser la estrella de la función. Victoria no podía evitar preguntarse cómo estaría llevándolo su madre. Al presenciarlo de cerca resultaba un poco abrumador. Y su padre no pensaba reparar en gastos, quería impresionar a los Wilkes y que su hija preferida se sintiera orgullosa.

Absorta y concentrada en lo que tenía entre manos, Gracie todavía no se había dado cuenta de lo mucho que había adelgazado Victoria, lo cual había herido sus sentimientos, pero no quería ser infantil, así que prestó atención a los vestidos que iba seleccionando su hermana. Cuando se fueron de allí tenía tres posibles candidatos en mente. En total serían diez damas de honor. Cuando Gracie se lo dijo, a Victoria se le ocurrió pensar que, si fuese ella la que se casaba, ni siquiera tendría diez amigas a quienes llamar. Habría escogido a Gracie como única dama, y punto. Su hermana, sin embargo, que siempre había sido la niña mimada de todos, era de pronto la protagonista absoluta; estaba disfrutándolo al máximo. Al crecer había acabado pareciéndose a sus padres más de lo que Victoria quería reconocer. Grace pertenecía a una familia de estrellas, y ella se sentía como un meteorito que, al caer en la Tierra, se había convertido en un montón de cenizas.

Después de Bergdorf fueron a Barneys y al final acabaron en Saks. Al día siguiente Gracie había pedido cita con Vera Wang en persona. También quería ver a Oscar de la Renta, pero no había tenido tiempo de prepararlo. Victoria empezaba a darse cuenta de lo grandioso que sería el acontecimiento. Y los Wilkes habían organizado una cena de etiqueta a modo de ensayo que iba a ser más espléndida y más ostentosa que la mayoría de las bodas. De manera que habría partido de ida y de vuelta, con la consiguiente duplicación de vestuario. Gracie le dijo que su madre había decidido ir de beige a la boda y llevar un verde esmeralda a la cena de ensayo la noche anterior. Ya lo tenía todo listo. Había ido a Neiman Marcus, y el *personal shopper* le había encontrado dos vestidos perfectos para ambas ocasiones. Así Gracie podría concentrarse en sí misma.

Tampoco en Saks le gustó ninguno de los vestidos de novia, y dejó claro que estaba buscando algo fuera de lo común. Gracie, su hermanita, se había convertido en una mujer de armas tomar. De repente nada era lo bastante especial para su boda. Victoria estaba algo asombrada ante la seguridad que exhibía. Tampoco los vestidos para las damas de honor la habían entusiasmado demasiado, pero entonces, al ver uno más, soltó un grito ahogado.

—¡Ay, Dios mío! —exclamó con expresión de asombro, como si acabara de encontrar el santo grial—. ¡Es este! ¡Jamás se me habría ocurrido pensar en ese color!

No cabía duda de que era un vestido espectacular, aunque Victoria no se lo imaginaba en una boda, y mucho menos multiplicado por diez. El marrón era el color de aquella temporada, que avanzaba hacia el otoño. Era más suave que un negro, según les explicó la dependienta, y muy «cálido». El vestido que había llamado la atención de Gracie era una creación en satén grueso, sin tirantes y con unos pequeños pliegues que lo ceñían al cuerpo justo hasta por debajo de la línea de las caderas, desde donde se ensanchaba para crear un vuelo de falda de fiesta con forma acampanada que llegaba hasta el suelo. El trabajo de sastrería era exquisito, y el tono marrón chocolate resultaba muy intenso. El único problema que tenía, desde la perspectiva de Victoria, era que solo una mujer minúscula, espectral y sin pecho podría llevarlo. Esa forma que tenía de ensancharse por debajo de las caderas conseguiría que el trasero de Victoria pareciera un transatlántico. Era un vestido que solo una chica de las proporciones de Gracie podría llevar con elegancia, y la mayoría de sus amigas eran iguales a ella. La muestra que estaba examinando su hermana le habría quedado demasiado grande, y eso que era una talla 36. Victoria no quería ni imaginarse cómo le sentaría a ella, aunque perdiera muchísimo peso.

—¡A todas les va a encantar! —exclamó Gracie con expresión de deleite—. Después se lo podrán poner para ir a cualquier ceremonia de gala.

El vestido era caro, pero eso no era un problema para la mayoría de sus damas de honor. Además, su padre había prometido poner el dinero que faltase si encontraban un vestido que alguna de ellas no pudiera permitirse. Para Victoria, lo problemático no era el precio, ya que se lo compraría su padre; eran sus pechos y sus caderas, demasiado grandes para esa hechura. Y, por si fuera poco, era del mismo color que el chocolate amargo, un tono que quedaba fatal con la pálida piel de Victoria, sus ojos azules y su cabello rubio.

—Yo no puedo ponerme este vestido —le dijo con mucha sensatez a su hermana—. Pareceré una montaña de mousse de chocolate. Aunque adelgace veinticinco kilos. O incluso cien. Tengo demasiado pecho, y ese color no es para mí.

Su hermana la miraba con ojos implorantes.

—Pero es justo lo que yo quería, solo que no lo sabía. Es un vestido divino.

—Sí que lo es —coincidió con ella Victoria—, pero para alguien de tu talla. Si tú te pusieras eso y yo llevara el vestido de novia, sería perfecto. Puesto en mí, dará miedo. Seguro que ni siquiera lo hacen de mi talla.

—Puede pedirse en todas las tallas —informó oportunamente la dependienta. Era un vestido caro, y la comisión no sería nada desdeñable.

—¿Podríamos tener diez preparados para junio? —preguntó Gracie con pánico en la mirada, sin hacer el menor caso de las súplicas de compasión de su hermana.

—Seguro que sí. Es probable que los tengamos listos en diciembre, si me dicen todas las tallas.

Gracie parecía aliviada, pero Victoria estaba a punto de echarse a llorar.

—Gracie, no puedes hacerme esto. Voy a estar espantosa con ese vestido.

—Que no, ya verás. Decías que de todas formas querías adelgazar un poco.

—Aun así no podría ponérmelo. Llevo una doble D de copa de sujetador. Hay que tener unas proporciones como las tuyas para ponerse algo así.

Gracie levantó la mirada con lágrimas en los ojos y la misma expresión que había derretido el corazón de su hermana mayor desde que tenía cinco años.

—Solo voy a casarme una vez —dijo, suplicándole—. Quiero que todo esté perfecto para Harry. Quiero que sea la boda que siempre he soñado. Todo el mundo elige rosa y azul y colores pastel para las damas de honor. A nadie se le ocurriría pensar en un marrón. Será la boda más elegante que se haya visto nunca en Los Ángeles.

—Con una dama de honor que parecerá un elefante.

—De aquí a entonces ya habrás adelgazado, lo sé. Siempre lo consigues cuando lo intentas en serio.

—No se trata de eso. Tendría que operarme para meterme ahí dentro. —Y los diminutos pliegues de tela que constituían el esbelto corpiño no harían más que empeorarlo todo.

Gracie ya estaba pensando en hacer que las damas de honor llevaran orquídeas marrones a juego con el vestido. Nada iba a conseguir que cambiara de opinión. Realizó el pedido mientras Victoria seguía callada a su lado, con ganas de llorar. Su querida hermana acababa de asegurarse de que fuera el monstruo de la boda al lado de sus minúsculas amigas anoréxicas, que estarían elegantísimas con sus vestidos marrones palabra de honor. No podía negarse que era un vestido precioso, pero no para Victoria. Aun así, dejó de intentar disuadir a su hermana y se sentó en silencio mientras Gracie daba a la dependienta la talla de los diferentes vestidos. Casi todos serían de la 36, salvo dos 34 y alguna otra que quedó pendiente de confirmar para más adelante. La futura novia salió de la tienda con una expresión de pura felicidad. Casi bailaba de lo emocionada que estaba. Victoria, en cambio, estuvo callada todo el trayecto en taxi hasta su casa. Antes de subir al apartamento pararon en una tienda de alimentación y, sin pensarlo, puso tres tarrinas de Häagen-Dazs en el mostrador. Gracie ni se dio cuenta. Estaba acostumbrada a que Victoria comprara helado y no sospechaba siquiera que hacía cuatro meses que no lo probaba. Era como una alcohólica en rehabilitación que, en plena recaída, se arrastraba hasta un bar y pedía un vodka con hielo.

Volvieron al apartamento y Gracie llamó a su madre mientras Victoria guardaba la comida, y justo entonces llegó Harlan. Solo tuvo que ver el helado para señalarlo como si estuviera ardiendo en llamas y fulminar a Victoria con una mirada de incredulidad.

—¿Y eso qué es?

—Ha escogido para las damas de honor un vestido marrón sin tirantes que me quedará fatal.

—Pues dile que no vas a ponértelo y que escoja otro para ti —repuso él, quitándole a Victoria el helado de las manos y tirándolo a la basura—. A lo mejor el vestido no es tan horrible como crees.

—Es precioso, pero no para mí. No puedo llevar ese color, y mucho menos ese corte.

—Díselo —insistió él con firmeza, en un tono igual al de la doctora Watson.

—Ya lo he hecho. No me hace caso. Es la boda que siempre ha soñado. Solo piensa casarse una vez y tiene que ser perfecto, para todo el mundo menos para mí.

—Es una buena niña, intenta explicárselo.

—Es una novia y tiene una misión. Debe de haber visto un centenar de vestidos hoy. Va a ser el acontecimiento del siglo.

—Pues mandar la dieta al infierno tampoco te servirá de nada —dijo Harlan, intentando infundirle valor. Se había disgustado al verla con el helado en la mano. Hasta ese momento había sido muy disciplinada, y Harlan no quería que lo estropease todo de pronto, solo por un estúpido vestido.

Gracie, mientras tanto, había empezado a llamar a sus amigas para explicarles lo fabuloso que era el vestido que había encargado para todas ellas mientras Victoria, derrotada, decidía retirarse a la cocina. Volvía a sentirse invisible. Gracie no le hacía caso, en esos momentos todo giraba en torno a ella. Era difícil convivir con eso, y además estaba deprimida por lo del vestido. No sabía qué hacer. Era evidente que su hermana no pensaba escucharla de ninguna manera.

Aquella noche cenaron con John y Harlan en la cocina, y Gracie les explicó todos los detalles de la boda. Al llegar a los postres, Victoria tenía ganas de vomitar.

—A lo mejor es que estoy celosa —le dijo a Harlan en un susurro cuando Gracie se fue a la habitación para llamar a Harry antes de acostarse.

—No lo creo. Esto es una exageración, está como una niña descontrolada. Tu padre ha creado un monstruo con eso de dejarle hacer todo lo que quiera para la boda.

—Cree que le hace parecer importante a él —dijo Victoria, todavía con cara de deprimida. Era la primera vez en la vida que no había disfrutado de la compañía de Gracie. De momento el fin de semana estaba siendo un desastre.

El día siguiente no fue mucho mejor. Victoria la acompañó a su cita con Vera Wang, donde estuvieron contemplando una docena de posibles vestidos de novia. Al final la diseñadora se ofreció a enviar a Gracie unos bocetos basados en lo que pedía. Gracie estaba entusiasmada.

Ya era mediodía, así que fueron al Serendipity a comer algo. Gracie pidió una ensalada y Victoria unos raviolis de queso y un granizado de *mocaccino* con nata montada. Se lo acabó todo. Su hermana no vio nada extraño en lo que había pedido porque estaba acostumbrada a que comiera esa clase de cosas. Sin embargo, saltarse la dieta deprimió aún más a Victoria. Cuando regresaron al apartamento estaba agotada, abatida, y se sentía a punto de explotar. Hacía meses que no comía así, y Harlan le vio la culpabilidad en la cara.

—¿Qué has hecho hoy?

—He conocido a Vera Wang —repuso ella con vaguedad.

—No me refiero a eso, y lo sabes. ¿Qué has comido?

—No quieras saberlo. He mandado el régimen al cuerno —confesó con remordimientos.

—No merece la pena, Victoria —le recordó él—. Te has esforzado demasiado estos últimos cuatro meses. No lo fastidies ahora.

—Es que la boda me pone muy nerviosa, el vestido que tengo que llevar me ha destrozado el ánimo, y mi hermana se está convirtiendo en una persona que no reconozco. Ni siquiera debería casarse con ese tipo. Ni con nadie, a su edad.

Va a dirigirle la vida, igual que hace mi padre. Está casándose con nuestro padre —dijo, deshecha.

—Déjala, si es lo que quiere. Ya es mayor para tomar sus propias decisiones, aunque cometa un error, pero tú no puedes mandar tu vida al garete, encima. Así no vas a conseguir más que hacerte desgraciada. Olvídate de la boda. Ponte lo que tengas que ponerte, emborráchate y vuelve a casa.

Victoria rió al oír su consejo.

—Puede que tengas razón. Además, todavía faltan ocho meses. Aunque ese vestido me quede como un tiro, de todas formas puedo adelgazar de aquí a entonces y estar guapa.

—No si te saltas la dieta.

—No lo haré. Esta noche nos quedamos en casa, así que me portaré bien. Y mañana Gracie se vuelve a Los Ángeles. En cuanto se haya ido me pondré otra vez en marcha.

—No, ahora mismo —le recordó Harlan antes de irse a su habitación.

Así que Victoria se subió a la cinta de correr para contrarrestar sus excesos. Gracie encontró la tarjeta de un restaurante colgada en la nevera y pidió una pizza. Llegó media hora después, y Victoria no fue capaz de resistirse. Su hermana solo se comió un trozo, y ella se acabó el resto. Quería comerse incluso la caja para que nadie la viera, pero Harlan la pilló y la miró como si hubiese matado a alguien. Y eso había hecho. A sí misma. Victoria se consumía de culpabilidad.

Al día siguiente salieron a comer fuera antes de que Gracie se marchara. Para agradecerle su ayuda, su hermana pequeña la llevó al Carlyle a tomar un *brunch*. Victoria pidió unos huevos Benedict y, al ver que Gracie se decidía por un chocolate deshecho con galletitas, ella también se apuntó.

Antes de irse al aeropuerto Gracie le dio las gracias a su hermana mil veces y la abrazó con fuerza. Le dijo que lo había pasado en grande y que la mantendría informada sobre los diseños de Vera Wang y todo lo demás. Victoria se quedó en la acera, despidiéndose de ella con la mano mientras el taxi se alejaba, y en cuanto lo perdió de vista se echó a llorar. Desde su perspectiva, el fin de semana había sido un completo desastre, sentía que había fracasado absolutamente en todo. Y, para colmo, iba a estar espantosa en la boda. Entró en su edificio, subió al apartamento y se metió en la cama deseando estar muerta.

18

Victoria se sintió aliviada al volver a la escuela el lunes por la mañana. Por lo menos ese era un mundo que comprendía y donde tenía cierto dominio sobre las cosas. Le daba la sensación de que su hermana había perdido absolutamente el norte con la boda, y el mero hecho de estar cerca de ella aquellos días le había resultado deprimente. El efecto sobre Victoria había sido desastroso. Había perdido por completo el control de todo lo que comía. Aquella tarde, después de clase, tenía una cita con la doctora Watson, a quien le contó todo y le reconoció lo desanimada que estaba.

—Me he sentido como si estuviera loca —confesó—, comiendo todo lo que tenía a mi alcance. Hacía años que no estaba igual. O meses, por lo menos. Esta mañana me he pesado, y he engordado casi un kilo y medio.

—Volverás a perderlo —la tranquilizó la terapeuta—. ¿Por qué crees que ha sucedido? —No parecía horrorizada, sino interesada.

—He vuelto a sentirme invisible, como si nada de lo que yo dijera importase. Está convirtiéndose en una de ellos.

—Tal vez siempre lo ha sido.

—No, ella no era así. Es ese tipo con el que va a casarse, que es clavado a mi padre. Ahora me superan en número.

Y el vestido que quiere que me ponga en la boda me va a quedar fatal.

—¿Por qué no le has dicho nada?

—Lo he intentado, pero no me escucha. Lo ha encargado de todas formas. En estos momentos se porta como una niña malcriada.

—Con las novias suele pasar. No parece que haya sido muy razonable.

—Para nada. Quiere la boda con la que siempre ha soñado, cuando en realidad no debería casarse con ese tipo. Acabará igual que mi madre, y es algo que no me gustaría.

—Eso no puedes cambiarlo —le recordó la doctora—. La única persona a quien puedes controlar es a ti misma.

Victoria empezaba a comprenderlo, pero era doloroso ver que Grace se estaba convirtiendo en alguien igual a sus padres.

Al salir de la consulta de la psiquiatra se sentía algo mejor. Llegó a casa y se pasó una hora en la cinta de correr. Después fue al gimnasio. Regresó a eso de las ocho, y estaba tan agotada que se acostó directamente. Gracie le había enviado dos mensajes de texto ese día, dándole otra vez las gracias. Victoria se sentía culpable por haberse disgustado tanto durante el fin de semana. Aunque a su hermana le hubiera parecido fabuloso, para ella no había sido nada divertido. Se moría de ganas de que la boda hubiese pasado para poder volver a disfrutar de Gracie como antes. Los próximos ocho meses se le iban a hacer larguísimos.

Al día siguiente pasó por Weight Watchers antes de ir a trabajar. Confesó sus excesos a uno de los consejeros y se sometió a la báscula. Ya había perdido casi un kilo de lo que había engordado durante el fin de semana, lo cual era todo un alivio. Volvía a sentirse en marcha.

Dio tres clases seguidas antes de comer, y estaba saliendo de su aula para ir al despacho cuando vio a una alumna suya llorando en el pasillo. La chica tenía una expresión desesperada y salió disparada hacia el baño al ver que Victoria se acercaba, lo cual la preocupó más aún. La siguió y la encontró sola en los servicios.

—¿Estás bien? —preguntó Victoria con cautela.

La chica se llamaba Amy Green, era una buena estudiante y a Victoria le había llegado el rumor de que sus padres se estaban divorciando.

—Sí, estoy bien —dijo Amy, pero enseguida se deshizo otra vez en lágrimas.

Victoria le pasó varios pañuelos de papel, y ella se sonó la nariz con cara de vergüenza.

—¿Puedo hacer algo? —La chica negó con la cabeza. La desesperación no la dejaba hablar—. ¿Quieres venir a mi despacho un rato, o que vayamos a dar una vuelta?

Amy dudó, pero entonces dijo que sí. Victoria siempre había sido muy buena con ella, y Amy pensaba que era «guay».

Su despacho estaba en ese mismo pasillo, solo unas puertas más allá. La chica la siguió y Victoria cerró la puerta en cuanto entraron. Le indicó una silla con la mano a su alumna, sirvió un poco de agua en un vaso y se lo ofreció mientras Amy volvía a sollozar incontroladamente. Aquello no tenía buen aspecto. Victoria se sentó con calma, esperando a que la chica se tranquilizase y entonces, por fin, Amy la miró con una expresión de completo horror.

—Estoy embarazada —confesó llorando—. Ni siquiera lo sabía, me enteré justo ayer.

Era fácil adivinar quién era el padre. Llevaba dos años saliendo con su novio, que era un buen chico. Los dos se graduaban en junio. De pronto Victoria se olvidó de la boda de su hermana.

—¿Se lo has dicho ya a tu madre? —preguntó con voz serena, y le ofreció más pañuelos.

—No puedo. Me matará. Está muy mal con lo del divorcio. —Su padre la había dejado por otra mujer, según había oído decir Victoria—. Y ahora esto. No sé qué hacer.

—¿Lo sabe Justin?

Amy asintió con la cabeza.

—Fuimos juntos al médico. Usamos preservativo, pero se rompió. Y yo había dejado de tomar la píldora porque no me sentaba bien.

—Mierda —dijo Victoria, y Amy rió sin dejar de llorar.

—Sí, y que lo digas.

—Vale, pues mierda. —Esta vez se echaron a reír las dos, aunque no era para tomárselo precisamente a risa—. ¿Sabes qué quieres hacer? —Era una decisión que tendría que tomar con sus padres, pero Victoria quería escucharla.

—No, aún no lo sé. Soy demasiado joven para tener un hijo, pero no quiero abortar. ¿Me echarán de la escuela? —Parecía horrorizada, de pronto se arrepentía de haberlo explicado.

—No lo sé —respondió Victoria con sinceridad. En sus siete años en el centro nunca se había encontrado con un caso así.

Sabía que otras alumnas se habían quedado embarazadas porque lo había oído comentar, pero ella nunca se había encontrado en primera línea, enterándose antes que nadie. Esos asuntos solían llevarlos los psicopedagogos, el jefe de estudios o incluso el director. Ella no era más que una profesora de lengua inglesa, por mucho que fuera la jefa del departamento. Pero también era mujer y, aunque nunca le había ocurrido nada similar, podía comprender a la chica. Además, no soportaba pensar que Amy no fuera a graduarse. Tenía auténticas posibilidades de entrar en Yale o en Harvard, y también en todas las buenas universidades a las que había enviado solicitud.

—Algo se nos ocurrirá. —Sabía que nunca habían dejado que una alumna embarazada siguiera yendo a clase—. Me parece que lo primero que debes hacer es hablar con tu madre.

—La mataré del disgusto.

—No, ya lo verás. Estas cosas pasan, le ocurre a mucha gente. Solo tienes que encontrar la solución adecuada, sea cual sea. Eso depende de ti y de tu madre. ¿Quieres que vaya contigo a hablar con ella?

—No. Me parece que se enfadará si sabe que te lo he contado a ti primero —dijo Amy, y soltó un suspiro antes de beber un trago de agua. Se había calmado, pero aún tenía que tomar decisiones muy duras. Era una chica de diecisiete años con un futuro brillante por delante, sin bebé. Siendo madre, le resultaría mucho más complicado—. Justin me ha dicho que vendrá conmigo a hablar con ella. Él quiere tenerlo, y a lo mejor un día podríamos casarnos. —Amy lo dijo con tristeza. No se sentía preparada para tener un hijo, tampoco para casarse, pero la alternativa le parecía aún peor.

Victoria le anotó su número de móvil en un papelito y se lo dio.

—Llámame cuando quieras, a cualquier hora. Haré lo que pueda para ayudarte. Si decides hablar con el señor Walker, quizá pueda echarte una mano.

No quería que la expulsaran, ni siquiera temporalmente. Quería que terminara el curso, y ese era también el deseo de Amy. Salieron juntas del despacho unos minutos después, y Victoria la abrazó antes de que se fuera a buscar a Justin a la cafetería. Después de comer, los vio marcharse juntos de la escuela. Esperó que fueran a casa de ella, a hablar con su madre.

Al día siguiente Amy no fue a su clase, pero la llamó y le explicó que iban a reunirse con el señor Walker aquella tarde, después de las clases, y pidió a Victoria que estuviera presente. Ella accedió, y ya estaba esperando ante el despacho del director cuando Amy llegó con su madre. Parecía que la chica había llorado, y su madre tenía cara de estar destrozada. Amy sonrió nada más ver a Victoria, y su madre le dio las gracias por acudir.

El director las estaba esperando y se puso en pie en cuanto entraron en su despacho. Le sorprendió ver a Victoria y las invitó a todas ellas a sentarse. Parecía preocupado. No tenía constancia de que Amy estuviese pasando por dificultades en la escuela, y no tenía ni idea de por qué habían ido a verlo. Suponía que debía de ser algo relacionado con el divorcio, y esperaba que Amy no fuese a cambiar de centro. Era una alumna excelente, lamentarían mucho perderla. Se quedó de piedra cuando la señora Green anunció que Amy estaba embarazada. Al instante se notó lo mucho que el director lo sentía por ella. No era la primera vez que sucedía algo así, pero siempre era una situación muy dura para la alumna en cuestión y para la escuela. La señora Green dijo que el bebé nacería en mayo, y luego sorprendió a Victoria y al señor Walker diciendo que Amy había decidido tenerlo. Su madre cuidaría del niño cuando ella fuera a la universidad, en otoño. Había enviado solicitudes a Barnard y a la Universidad de Nueva York, así que podría quedarse en casa con el pequeño. Su madre la apoyaba completamente, y Amy parecía menos disgustada que el día anterior.

—Lo que necesitamos saber —dijo la señora Green con toda la calma que pudo— es si Amy podrá seguir viniendo a clase, o si tenemos que sacarla de la escuela. —Era uno de sus mayores miedos en ese momento, porque sin duda afectaría mucho a su entrada en la universidad que su último año de instituto se viera truncado de algún modo.

—Amy, ¿cómo te sentirías si continuaras aquí? —le preguntó el director a la chica—. ¿Se te haría difícil ver que todo el mundo conoce tu situación y hace comentarios?

—No. Porque de todas formas quiero tener al bebé y quedármelo. —Sonrió a su madre con gratitud, y Victoria comprendió que no había sido una decisión fácil, pero creyó que habían tomado la más acertada. Le parecía que tener al niño y darlo en adopción habría sido un gran error, y mucho más traumático para Amy que los pequeños ajustes que tendría que realizar a partir de aquel momento. Además, con su madre dispuesta a ayudarla, podría seguir adelante con su vida—. Prefiero quedarme aquí —contestó Amy con sinceridad, y el director asintió con la cabeza.

Nunca había permitido que una alumna embarazada se quedara en la escuela, pero tampoco quería destrozar su expediente académico. Tenía una responsabilidad hacia ella, así como hacia el resto de alumnos. El señor Walker intentaba calcular cuánto tardaría en notársele.

—Podríamos ponerte en un programa de estudio independiente, pero quizá eso no le guste a la universidad que te acepte. ¿Para cuándo has dicho que lo esperas?

—Para principios de mayo —dijo Amy.

—En abril están las vacaciones de primavera, que son bastante largas —dijo él, pensando en voz alta—. Con eso nos ponemos a finales de abril. ¿Y si vienes hasta las vacaciones de primavera, y luego te quedas en casa hasta que tengas al niño? Después, a finales de mayo, podrías volver a clase para hacer los exámenes y graduarte con tu promoción en junio. Eso no te causará demasiado perjuicio académicamente, y creo que podremos hacer que funcione. He tenido alumnos con mononucleosis que han pasado más tiempo sin venir a la escuela. No quiero que eches todo duodécimo por la borda. Va a ser la primera vez para nosotros, pero podremos vivir con ello si tú también puedes —dijo el director mirando a madre e hija.

Amy asintió y se echó a llorar otra vez. Estaba muy aliviada. Victoria no había dicho ni una palabra, pero su presencia había sido un gran apoyo para ella. La madre de Amy le dio las gracias profusamente al director, y las tres salieron del despacho poco después. Justin las estaba esperando fuera, con cara de preocupación. Amy le sonrió nada más salir, y él la abrazó ante la atenta mirada de Victoria y de su madre. Era muy cariñoso con ella y muy protector, y Victoria esperó por el bien de ambos que todo tuviera un buen final. Quizá, con la ayuda de su madre, conseguirían salir adelante.

—Dejan que me quede —explicó Amy a Justin, radiante de felicidad—. El señor Walker ha sido muy amable. Vendré a clase hasta las vacaciones de primavera y luego volveré después de que nazca el niño para hacer los exámenes finales y graduarme.

También Justin reaccionó como si le hubieran quitado un gran peso de encima. Los dos eran muy buenos chicos, y todo el mundo estaba decidido a ayudarlos.

—Gracias —dijo Justin a Victoria y a la madre de Amy.

—Yo no he hecho nada —aclaró Victoria de inmediato.

—Sí, sí que has hecho —intervino la chica—. Ayer me escuchaste cuando más lo necesitaba, y me ayudaste a encontrar el valor para contárselo a mi madre. Fuimos a verla justo después de estar contigo.

—Pues me alegro —dijo Victoria en voz baja—. Me parece que habéis tomado muy buenas decisiones, y algunas no han sido precisamente fáciles, seguro. —No había una solución ideal, pero entre todos habían encontrado la mejor opción.

—Gracias por su apoyo —le dijo la madre de Amy con la voz entrecortada.

Poco después los tres salían ya de la escuela para irse a casa.

Victoria pensó entonces en su hermana. Se alegraba de que nunca le hubiera sucedido algo así. Sabía que podía pasarle a cualquiera. La señora Green había sido muy comprensiva.

Amy y Justin también lo sobrellevaban bien, estaban siendo muy valientes. Victoria siguió pensando en ellos aquella noche, ya en casa. Al día siguiente Amy fue a la clase de Victoria para darle otra vez las gracias. Justin no se despegaba de ella, igual que en los últimos dos años, y Amy tenía mucho mejor aspecto. Iba a ser un curso interesante, con una embarazada en clase. Tal como había dicho el director, sería su primera vez. Victoria no pudo evitar pensar que, trabajando con chicos, nunca había ocasión de aburrirse.

19

Como cada año, Victoria voló a Los Ángeles por Acción de Gracias, pero esta vez sería diferente porque Harry había accedido a pasar con ellos la festividad. Era un preludio de lo que sería la vida cuando Gracie y él estuvieran casados. Cuando Victoria llegó a casa de sus padres el miércoles por la noche, su madre estaba como loca poniendo ya la mesa con su mejor mantelería. De Gracie no había ni rastro. Ella y Harry habían ido a cenar con la hermana de él, que iba a comer en casa de sus suegros al día siguiente. Sus padres habían salido de viaje, así que Harry pasaría Acción de Gracias con los Dawson, y los padres de Victoria actuaban como si tuvieran a un jefe de Estado invitado a comer. Iban a usar lo mejor de todo lo que tenían, cosa que a Victoria le parecía una exageración, pero de todas formas ayudó a poner la mesa nada más llegar. Habían sacado la mantelería y la cristalería de la abuela, y la vajilla de la boda de la propia Christine.

—Por Dios, mamá, ¿de verdad tenemos que tomarnos tantas molestias por él? No recuerdo que hayamos usado nunca estos platos.

—Hacía veinte años que no los sacaba —reconoció su madre con timidez—. Me lo ha pedido tu padre. Cree que

Harry está acostumbrado solo a lo más exquisito y no quiere que piense que no tenemos cosas bonitas.

Victoria sintió la repentina necesidad de convertir Acción de Gracias en una barbacoa de patio trasero con platos de papel. Le parecía exageradamente pretencioso tomarse tantísimas molestias por un muchacho de veintisiete años que, al fin y al cabo, estaba a punto de ser de la familia. Pero sus padres querían alardear. Seguro que a Harry le habrían parecido igual de bien los platos de diario, los que ya había visto otras veces y que estaban en perfectas condiciones. Aquello, en cambio, convertía la festividad en una celebración mucho más pomposa de lo que solía ser.

Gracie llegó a casa a medianoche y no paró de hablar sobre lo adorable que era la hermana de Harry y lo bien que lo había pasado con ellos, aunque no la había conocido hasta ese día. Claro que pronto serían cuñadas. La hermana de Harry, por lo visto, tenía un marido estupendo y dos niños. Victoria echaba de menos aquellos días en que Gracie hablaba sobre cualquier cosa que no fueran los Wilkes o la boda. Últimamente era imposible hacerla aterrizar y que pensara en algo distinto.

—Yo creo que deberías buscar trabajo —dijo Victoria, sensata como siempre—. Así tendrías algo más en que pensar hasta que sea la boda.

—No creo que a Harry le parezca bien —comentó Gracie con timidez.

—Tu hermana no tiene tiempo —terció su madre—. Hay demasiadas cosas que hacer para la boda. Todavía tiene que encargar las invitaciones y escoger todas las cosas de su lista en tres tiendas diferentes. Harry quiere encontrar un apartamento, y ella debería ayudarlo. Además, seguimos esperando los diseños de Vera Wang, y Oscar de la Renta también va a hacer algunos bocetos de vestidos de novia que combinen con los de las damas de honor. Gracie aún no ha elegido el pastel.

Hay que reunirse con el servicio de catering y con la florista. Necesitamos un grupo musical. No estamos seguros sobre la iglesia en la que se celebrará la ceremonia. Más adelante, además, tendrá que hacerse las pruebas del vestido y sacarse fotos con él, y seguro que en la iglesia les darán un curso prematrimonial. No tiene tiempo para trabajar. Estará ocupadísima todos los días de aquí a que sea la boda.

Victoria se había agotado solo con oír la lista, y su madre también parecía exhausta. Aquella ceremonia se había convertido en una ocupación a tiempo completo para ambas, cosa que a Victoria le resultaba ridícula. Otras personas conseguían trabajar y preparar una boda a la vez, pero Gracie no.

—Debe de estar costando un dineral —comentó a su padre a la mañana siguiente, mientras su madre, vestida con un traje blanco de lana de Chanel y un delantal, salseaba el pavo para que no se secara en el horno.

Se habían puesto muy elegantes. Victoria, en cambio, llevaba unos holgados pantalones de lana y un jersey blanco que a ella le parecía suficiente para su habitual celebración de Acción de Gracias. Normalmente no se arreglaban ni se esforzaban tanto, pero una nueva era había nacido el día que Gracie se prometió con Harry. Victoria pensaba que era absurdo y nada apropiado, y no le apetecía participar.

—Ya lo creo que está costando un dineral —confirmó su padre—, pero son una familia muy importante. No quiero que Gracie se avergüence de nosotros. No esperes nada por el estilo si algún día te toca a ti —le advirtió—. Si encuentras a algún hombre dispuesto a casarse, será mejor que os fuguéis juntos y punto. No podríamos volver a hacer todo esto.

Victoria se sintió como si le hubiera dado una bofetada. Como de costumbre, su padre le informaba de que Gracie merecía una boda digna de una princesa, pero que si ella alguna vez llegaba al altar, cosa que él creía improbable, sería mejor que planificara una fuga porque ellos no pensaban pagar nada de nada. Qué bonito. Y qué claro. Bienvenida a la ciudadanía de segunda, una vez más. Su familia viajaba en primera mientras ella tenía que esconderse en la bodega del barco. Siempre le estaban recordando que era diferente, que era «menos» que los demás, una fracasada. Se preguntó por qué no habrían colgado un cartel en la puerta de su habitación: «No te queremos». Sus padres se lo decían de todas las formas posibles. Por un instante lamentó haber ido a visitarlos. Podría haber pasado Acción de Gracias con Harlan y John, en el apartamento. Habían invitado a unos amigos a comer aquel día, y ella estaba segura de que allí se sentiría mucho más aceptada que en su propia casa. Después de lo que acababa de decirle su padre, en ningún lugar podría sentirse menos bienvenida y menos querida. No volvió a hablar de la boda. Para ella se estaba convirtiendo en tabú, por mucho que fuera lo único en lo que pensaba su hermana. A mediodía, cuando Harry llegó, la cosa empeoró todavía más.

Todos se pusieron nerviosos y empezaron a correr de aquí para allá. Su padre sirvió champán en lugar de vino. Su madre estaba inquieta por el pavo. Victoria la ayudaba en la cocina, pero Harry y Gracie salieron afuera a susurrarse cosas y a compartir risitas mientras sus padres hacían el ridículo. Cuando por fin se sentaron a la mesa, Jim y Harry hablaron de política. Harry les explicó qué males aquejaban al país y lo que había que hacer para arreglarlo todo, y su padre le dio la razón. Cada vez que Gracie iba a decir algo Harry la interrumpía o terminaba la frase por ella. Ella no tenía voz ni opiniones, y no se le permitía decidir en nada que no fuera la boda. No era de extrañar que continuamente hablara de lo mismo, porque era lo único sobre lo que Harry la dejaba opinar. A Victoria eso la había molestado desde que empezaron a salir, pero a esas alturas se había convertido en algo insufrible y de lo más pedante.

Entre Harry y su padre, lo único que Victoria quería hacer era gritar. Gracie se hacía la tonta todo el rato solo para contentar a su prometido, y su madre estaba continuamente corriendo a buscar algo de la cocina. Después de comer Victoria por fin salió al jardín para que le diera algo de aire. Le horrorizaba ver dónde se estaba metiendo Gracie y, cuando su hermana pequeña salió a buscarla, ella la miró con una expresión desesperada.

—Cariño, te creía más lista. ¿Qué estás haciendo? Harry ni siquiera te deja decir nada. ¿Cómo puedes ser feliz así? Hay vida más allá de la boda, Gracie. No puedes estar con un hombre que te manipula todo el tiempo y te dice lo que tienes que pensar.

—Él no hace eso —protestó su hermana. Parecía molesta por lo que acababa de decir—. Es maravilloso conmigo.

—Seguro que sí, pero te trata como a una muñeca sin cerebro.

A Gracie le sorprendió oír eso y se echó a llorar mientras Victoria intentaba abrazarla, aunque ella no se dejaba.

—¿Cómo puedes decir algo así?

—Porque te quiero, y no deseo que te destroces la vida. —Fue todo lo directa y sincera que pudo, sentía que alguien tenía que decírselo.

—No voy a destrozar mi vida. Le quiero, y él me quiere. Me hace feliz.

—Es como papá. Él tampoco escucha nunca a mamá. Ni a ninguna de nosotras. Solo le hacemos caso a él. Por eso ella se va a jugar al bridge. ¿Es en eso en lo que quieres convertirte de aquí a unos años? Deberías tener un trabajo y algo interesante que hacer. Eres una chica inteligente, Gracie. Ya sé que eso es un pecado en esta familia, pero en el mundo real es algo bueno.

—Solo estás celosa —contestó Gracie con furia—. Y estás enfadada por lo del vestido marrón. —Hablaba igual que una niña caprichosa.

—No estoy enfadada. Me ha decepcionado que me hagas llevar algo que me queda fatal, pero me lo pondré si para ti es importante, aunque desearía que hubieses elegido algo que también a mí me quedara bien, y no solo a tus amigas. Es tu boda, tú tienes la última palabra. Pero no me gusta ver que vas a entregar tu cerebro a cambio de un anillo en el altar. Me parece muy mal negocio.

—¡Pues yo creo que te estás portando como una bruja! —exclamó Gracie, y volvió adentro dando zancadas mientras Victoria, plantada allí fuera, se preguntaba cuándo podría ir al aeropuerto a coger el siguiente vuelo a Nueva York. El primer avión no saldría lo bastante pronto para ella.

En su familia estaban todos tan ocupados luciéndose ante Harry e intentando impresionarlo que a Victoria le habían destrozado la festividad. Entró en la casa a tomar el café con los demás, pero ya no dijo nada. Gracie estaba sentada en el sofá junto a Harry y, unos minutos después, Victoria fue a la cocina a ayudar a su madre con los platos. Eran tan delicados que había que fregarlos a mano. Su padre se quedó en la sala para charlar con su futuro yerno. Había sido un día duro para Victoria. Su familia le había parecido, más que nunca, la familia de otra persona. Allí todos tenían un lugar y un papel menos ella. Su papel era el de inadaptada y marginada, y no resultaba nada agradable.

—El pavo estaba muy bueno, mamá —dijo mientras secaba los platos.

—A mí me ha parecido un poco seco. Me he puesto nerviosa y lo he tenido demasiado tiempo en el horno. Quería que todo estuviera perfecto para Harry. —Victoria quería preguntarle por qué. ¿Qué importaba, si al fin y al cabo pronto sería de la familia? Ni que fuera un rey, o el Papa. Su madre nunca había organizado tanto alboroto por ninguna visita—. Harry está acostumbrado a todo lo mejor —añadió su madre con una sonrisa—. Gracie tendrá una vida maravillosa con él.

Victoria no estaba tan segura. De hecho, estaba convencida de todo lo contrario si él no le dejaba terminar una sola frase ni decir palabra. Era un hombre guapo e inteligente, de familia rica, pero Victoria habría preferido quedarse sola para siempre a casarse con él. Pensaba que su hermana estaba cometiendo un error terrible. Harry era insensible, dogmático, dominante, pagado de sí mismo y parecía no sentir ningún respeto por Gracie como persona, solo como decoración o como juguete. Gracie estaba casándose con su padre, o puede que incluso con alguien peor.

Victoria no dijo una palabra más al respecto en toda la tarde ni la noche, y al día siguiente intentó hacer las paces con su hermana. Quedaron para ir a comer juntas a Fred Segal, que siempre había sido uno de sus restaurantes preferidos, pero Gracie todavía parecía enfadada por lo que le había dicho el día anterior. Aun así, durante la comida se suavizó un poco. Victoria estaba tan disgustada que se comió un plato entero de pasta al pesto y toda la cestita de pan. Se daba cuenta de que estar con su familia era lo que le hacía ingerir una cantidad tan desproporcionada de alimentos, pero no podía evitarlo.

—¿Cuándo te vuelves a ir? —preguntó Gracie mientras Victoria pagaba la cuenta.

Al final de la comida parecía que la había perdonado, lo cual era un alivio. No quería marcharse mientras siguieran enfadadas.

—Creo que mañana —respondió ella con calma—. Tengo mucho trabajo.

Gracie no intentó hacerla cambiar de opinión. Sabía que últimamente no sintonizaban demasiado. Su hermana creía que era solo por la presión de la boda, pero Victoria sabía que había algo más profundo que eso, y la entristecía. Sentía que estaba perdiendo a su hermana pequeña por culpa de «ellos». Aquello era algo nuevo y sucedía solo desde que Harry había sumado su influencia, puesto que también era de los suyos. Victoria se sentía más huérfana que nunca, y era el sentimiento más solitario del mundo. Por una vez, ni siquiera la comida aliviaba su dolor. Aquel día de Acción de Gracias no había tomado postre, y eso que normalmente le encantaba la tarta de calabaza con nata montada. Jim no se dio cuenta de su abstinencia, desde luego, pero si hubiese comido tarta seguro que habría soltado alguno de sus comentarios sobre el tamaño de su trozo. Con ellos no había forma de estar tranquila. Era inútil.

Reservó un billete para el sábado por la mañana y cenó con sus padres el viernes por la noche. Grace estaba en casa de Harry, así que su hermana la llamó antes de irse. Todos se despidieron de ella hasta Navidad, pero Victoria había tomado una decisión. Aquellas Navidades no volvería a Los Ángeles. No lo dijo, pero sabía que no tenía sentido. No había nada que la empujara a visitarlos. Volvería para la gran boda, pero no antes. Aquellas Navidades pensaba pasarlas con Harlan y John. Aquel sí que era su hogar. Para ella significaba un gran cambio, sentía que casi había perdido a su hermana pequeña: la que durante todos aquellos años había sido su única aliada, ya no lo era.

Su padre la llevó al aeropuerto y Victoria se despidió de él con un beso en la mejilla y se sintió vacía al mirarlo. Él le dijo que se cuidara, y ella sabía que probablemente lo decía de corazón, así que le dio las gracias. Después caminó hacia el control de seguridad sin mirar atrás. En su vida se había sentido tan aliviada como cuando el avión despegó y se alejó de Los Ángeles. Volaba directo a Nueva York, donde Victoria sabía que la esperaba su hogar.

20

Los días desde Acción de Gracias hasta Navidad siempre eran un caos en la escuela, pero Victoria se aseguró de acudir a su cita con Weight Watchers cada semana, por muy ajetreada que estuviera. A nadie le apetecía trabajar. Los chicos estaban impacientes por irse de vacaciones y, en cuanto acabaron los exámenes, solo se oía hablar de lo que haría cada cual esos días. Había viajes a las Bahamas, visitas a abuelas en Palm Beach o a otros parientes en otras ciudades. También salidas a esquiar a Aspen, Vail, Stowe, e incluso unos cuantos alumnos que viajaban a Europa para lanzarse por las pistas de Gstaad, Val d'Isère y Courchevel. Sin duda eran vacaciones de niños ricos, en lugares de lujo y por todo el mundo.

Victoria se quedó de piedra al oír a una de sus alumnas hablando de sus planes para las vacaciones. Estaba contándoselo a otras dos chicas mientras recogían sus cosas al acabar la clase, y no pudo evitar oírla. La chica se llamaba Marjorie Whitewater y anunció con alegría que iba a hacerse una reducción de pecho en Navidad. Era un regalo de su padre, y sus dos amigas estaban preguntándole por ello. Una se echó a reír y comentó que iba a hacerse la operación contraria. Su madre le había prometido implantes de pecho como regalo de graduación, el próximo verano. Las tres parecían tomarse los procedimientos quirúrgicos como algo absolutamente natural, y Victoria levantó la vista sobresaltada.

—Pero ¿eso no es muy doloroso? —no pudo resistirse a preguntar sobre la reducción de pecho. A ella le parecía una operación de mucha envergadura, y sabía que no tendría valor para hacerse algo así. Además, ¿y si no le gustaba el resultado? Llevaba toda la vida quejándose del tamaño de sus pechos, pero librarse de ellos, aunque fuera solo en parte, le parecía un paso demasiado definitivo. Lo había pensado alguna vez, pero nunca lo bastante en serio para planteárselo de verdad.

—No es para tanto —respondió Marjorie—. Mi prima se lo hizo el año pasado y está estupenda.

—Yo me hice la nariz a los dieciséis —dijo otra de las chicas. Las ventajas de la cirugía plástica en adolescentes era un tema de debate médico muy serio, y Victoria estaba asombrada por la despreocupación y el dominio del tema con que hablaban las chicas de las diferentes operaciones—. Y me dolió —reconoció, recordando el procedimiento quirúrgico—, pero ahora me encanta la nariz que tengo. A veces se me olvida que no nací con ella. Detestaba la de antes.

Las otras dos se echaron a reír.

—Yo también detesto mi nariz —confesó Victoria con timidez ante sus tres alumnas. Era una conversación fascinante. Se había visto envuelta en ella por casualidad, pero ya estaba metida—. Desde siempre.

—Pues tendrías que cambiártela por otra nueva —comentó como si nada una de las chicas—. Tampoco es tan complicado. Mi operación no fue difícil, y mi madre se hizo un lifting el año pasado.

Las otras dos quedaron impresionadas, y Victoria seguía maravillada por todo lo que explicaban. Nunca se le había ocurrido cambiarse la nariz. Lo había dicho en broma alguna vez, pero nunca lo había considerado una opción real. Quería saber cuánto costaría, pero no le apetecía preguntárselo a sus alumnas.

Aquella noche se lo comentó a Harlan.

—¿Conoces a algún cirujano plástico? —preguntó como de pasada mientras estaban cocinando juntos verdura con pescado al vapor para la cena.

Victoria estaba siguiendo la dieta a rajatabla y ya había empezado a librarse del peso que hacía tanto que deseaba perder.

—La verdad es que no. ¿Por qué?

—Estoy pensando en comprarme una nariz nueva. —Lo dijo como si hablara de un sombrero o de un par de zapatos, y Harlan se echó a reír.

—¿Cuándo ha pasado eso? Nunca lo habías mencionado.

—Hoy he oído hablar de ello a unas alumnas después de clase. Son toda una enciclopedia sobre cirugía estética. A una le operaron la nariz hace dos años. Otra se reducirá los pechos estas fiestas, nada menos que como regalo de Navidad. Y la otra se pondrá implantes en verano, para la graduación. Me he sentido como si fuera la única en toda la escuela que conserva las piezas originales. Y eso que son solo niñas —comentó con asombro.

—Niñas «ricas» —puntualizó John—. Ninguna de mis alumnas se ha operado la nariz ni se pondrá implantes por Navidad.

—El caso es que no sé cuánto cuesta, pero estaba pensando en regalarme una nariz nueva estas Navidades. No voy a ir a casa, así que tendré tiempo.

—¿De verdad te quedas? —exclamó Harlan, sorprendido de oír que se quedaba en Nueva York—. ¿Cuándo lo has decidido?

—En Acción de Gracias. Últimamente mi familia ha perdido la cabeza con todo lo de la boda y, además, ahora el prometido de mi hermana es uno de «ellos». Me superan en número. Son demasiados, y yo sigo siendo una sola. No tengo intención de volver allí hasta la boda.

—¿Se lo has dicho ya?

—Aún no. Pensaba decírselo cuando falte menos para Navidad. He pensado en informarme sobre lo de la operación. No quería preguntar a las chicas de la escuela.

Harlan no dijo nada, pero al día siguiente le dio tres nombres de cirujanos plásticos. Los había conseguido a través de conocidos suyos que decían sentirse muy contentos con su trabajo. Victoria estaba encantada y un día después llamó a dos de ellos. El primero se iba de vacaciones durante las fiestas, y el otro, una mujer, le dio cita para finales de semana. La operación recibía el nombre técnico de rinoplastia, y Victoria le dijo a Harlan que se sentía como un rinoceronte que quería librarse de su colmillo. Él se echó a reír.

Victoria fue a ver a la doctora Carolyn Schwartz el viernes por la tarde. Tenía un despacho muy alegre y luminoso en Park Avenue, no muy lejos de la escuela, así que Victoria pudo ir andando al acabar su última clase. Hacía un día soleado y frío, y el paseo le fue bien para despejarse después de pasar todo el día encerrada en la escuela. La doctora Schwartz era una mujer agradable y joven. Le explicó el procedimiento y le dijo cuánto costaría. Victoria quedó impresionada por lo razonable del precio. Podía permitírselo, y la doctora le dijo que estaría bastante magullada durante una semana, pero que después las marcas empezarían a desaparecer. Podría cubrirlas con maquillaje cuando tuviera que volver a la escuela. Tenía un hueco en su calendario de operaciones el día después de Navidad, y Victoria se la quedó mirando un buen rato y luego sonrió.

—Resérvemelo. Voy a hacerlo. Quiero una nariz nueva.

—Hacía años que no se sentía tan emocionada por algo.

Después de hacerle una fotografía de cara y de perfil, la doctora le enseñó simulaciones de ordenador con posibles narices. Tras mirarlas todas, Victoria dijo que quería una variación de la nariz de su hermana, para parecer de la familia, y la doctora le aseguró que podrían hacer alguna modificación para que encajara bien con su rostro. Victoria dijo que la semana siguiente le llevaría una fotografía de Gracie, después de revisar algunas que tenía en casa. Siempre había pensado que su hermana tenía una nariz fantástica, no como ella, que parecía una Muñeca Repollo, dijo. La doctora se echó a reír y le aseguró que tenía una nariz bonita, pero que podían mejorarla. Con la ayuda del ordenador le enseñó algunas posibilidades más. A Victoria le gustaron todas; cualquier cosa era mejor que lo que tenía.

Salió de la consulta sintiéndose como si flotara. La nariz que había odiado toda su vida y de la que tanto se había burlado su padre estaba a punto de desaparecer. Adiós, narizón.

En cuanto llegó a casa se lo contó a Harlan y a John, que se quedaron estupefactos al ver que ya había tomado la decisión y tenía cita para operarse. El único problema, les explicó, era que necesitaba que alguien fuera a buscarla al hospital después de la intervención. Se los quedó mirando a ambos, y John, que tenía vacaciones, le aseguró que estaría allí.

A la doctora también le había preguntado sobre una liposucción, que a Victoria a veces le había parecido una opción más sencilla que hacer tanta dieta. Un arreglo rápido. Pero cuando la doctora Schwartz le describió el procedimiento, le pareció más horrible de lo que había esperado. Decidió no hacérselo y limitarse a su plan inicial de la rinoplastia.

Los últimos días de colegio estuvieron llenos de las tensiones y la emoción habituales antes de vacaciones. Victoria tuvo que presionar a sus alumnos para que terminaran varias tareas y las entregaran a tiempo. Los animó a que trabajaran en sus redacciones para las solicitudes de entrada a la universidad durante los días de fiesta. Sabía que algunos lo harían, pero que la mayoría no, y que en enero todo serían prisas y apuros por conseguir terminarlas antes de la fecha límite que imponían las facultades.

Durante la última semana de clases se produjo un grave incidente en la escuela porque descubrieron a un alumno de undécimo drogándose en el centro. Estaba esnifando una raya de coca en el baño, y otro alumno lo sorprendió al entrar. Hubo que llamar a sus padres, y fue expulsado. El director se ocupó del asunto, y los padres accedieron a llevar a su hijo a rehabilitación durante un mes. Victoria se alegró de que no fuera uno de sus alumnos porque así no tuvo que implicarse. Le parecía un asunto muy turbio, y ella ya tenía bastante con preocuparse de sus chicos. No le quitaba ojo de encima a Amy Green, que estaba haciendo un trabajo estupendo. Todavía no se le notaba el embarazo. Seguramente tardaría bastante en vérsele la barriga, y todo le iba muy bien.

La semana antes de Navidad Victoria por fin comunicó a sus padres que aquellas fiestas no iría a verlos. Jim y Christine dijeron que estaban tristes, pero ella no notó nada en sus voces. Estaban muy ocupados con Gracie y Harry, y también preparaban una cena con los Wilkes antes de que se marcharan a pasar las vacaciones a Aspen.

Al poco tiempo la llamó Grace, que sí sonaba sinceramente disgustada por no ver a su hermana mayor. Para justificarse, Victoria le confesó que iba a operarse la nariz. Gracie se quedó de piedra, pero le hizo gracia.

—¿De verdad? ¿Por qué? Qué tontería. A mí me encanta tu nariz.

—Bueno, pues a mí no. Llevo toda la vida soportando la nariz de la abuela de papá, y ahora pienso cambiarla por una nueva.

—¿Y qué nariz vas a ponerte? —le preguntó Gracie, que seguía sin creérselo y estaba triste por no verla en casa aquella Navidad, aunque ya lo entendía más.

Su hermana no le dijo que, aunque no se hubiera hecho la rinoplastia, tampoco habría ido. No era necesario hacerle daño.

—La mía, una especie de versión individualizada de la tuya y la de mamá —dijo Victoria, y Gracie se rió—. La hemos diseñado por ordenador, y a mi cara le queda muchísimo mejor que la que tengo ahora.

—¿Te dolerá mucho? —Gracie parecía preocupada por ella, lo cual conmovió a Victoria. Su hermana era la única a quien le importaba, pasara lo que pasase.

—No lo sé —dijo Victoria con sinceridad—. Estaré dormida.

—Me refiero a después.

—Me darán analgésicos para tomar en casa. La doctora me ha dicho que estaré bastante magullada unas semanas y algo hinchada durante varios meses, aunque la mayoría de la gente no lo notará. Pero, como de todas formas no tengo nada planeado, es un buen momento. Me lo harán el día después de Navidad.

—Pues despídete de la Nochevieja —dijo Gracie con compasión, y Victoria se rió.

—De todas formas no tengo con quién pasarla. Me quedaré en casa. Creo que Harlan y John se van a esquiar a Vermont. Puedes venir a hacerme compañía si quieres.

—Harry y yo nos vamos a México a pasar el Fin de Año —explicó su hermana, como disculpándose.

—Pues entonces me alegro de quedarme aquí.

—Envíame una foto de tu nueva nariz. Cuando ya no esté azul.

Pasaron unos minutos más hablando de ello, y después Victoria, que estaba de buen humor, decidió ir al gimnasio.

Fuera hacía un frío espantoso, pero no quería perder su rutina. Estaba siendo muy disciplinada y también usaba la cinta de correr que tenían en casa.

La doctora le había dicho que no podría hacer ejercicio los primeros días después de la operación, así que quería hacer todo el que pudiese antes. No le apetecía perder la forma mientras estaba convaleciente, cuidando de su nariz.

Empezaba a nevar cuando llegó al gimnasio. La Navidad estaba ya por toda la ciudad. La gente había colocado sus árboles, y ella pensaba comprar uno con Harlan y John ese mismo fin de semana. Iban a invitar a unos amigos para que los ayudaran a decorarlo. Victoria estaba pensando en eso mientras pedaleaba en una de las bicicletas estáticas, y entonces se fijó en el hombre que hacía ejercicio a su lado: era guapísimo, estaba muy en forma y hablaba con una chica muy mona que pedaleaba en la bicicleta que había a su lado. Victoria se los quedó mirando varios minutos, casi hipnotizada. Eran una pareja muy atractiva, parecía que se llevaban muy bien y no hacían más que reírse. Por un solitario momento, Victoria no pudo evitar envidiar la relación que evidentemente compartían. Ella llevaba puestos los auriculares del iPod, así que no podía oír lo que decían, pero se miraban el uno a la otra con expresión cálida y cariñosa, y solo con verlos se le partió el corazón. Ni siquiera era capaz de imaginar que un hombre pudiera contemplarla así a ella.

Aquel tenía unos ojos azules de mirada penetrante y el cabello oscuro, la mandíbula angulosa y un mentón con un profundo hoyuelo. Hombros anchos, piernas largas. Victoria se fijó también en sus bonitas manos. Le dio vergüenza cuando el hombre se volvió y le sonrió. Había notado que estaba mirándolo, así que apartó la vista. Pero Victoria se dio cuenta de que él volvía a mirarla y que admiraba sus piernas cuando se bajó de la bicicleta. Llevaba leggings y una sudadera, y él camiseta y pantalón corto. Victoria pensó que la relación de aquella pareja debía de ser muy sólida para que la mujer no se disgustara si él miraba a otras de esa manera. No parecía molesta en absoluto. Victoria le sonrió y luego fue a cambiarse. Estaba impaciente por que empezaran las vacaciones y tener ya su nueva nariz. Le daba mucha rabia perder días de gimnasio, pero se había prometido trabajar el doble en su programa de ejercicios en cuanto pudiera retomarlo. Con un cuerpo más delgado y trabajado, y una nariz mejorada, estaba impaciente por empezar su nueva vida. Sonrió para sí pensando en ello y aquella noche salió del gimnasio muy animada.

21

Victoria pasó unas Navidades muy tranquilas con Harlan y John en el apartamento y, aunque echó de menos a Gracie, se alegró de no tener que viajar durante las vacaciones ni vérselas con la histeria familiar que habría a causa de la boda. Todavía faltaban seis meses, pero ya estaban todos como locos, sobre todo sus padres. Era la primera vez que no iba a casa en aquellas fechas, y se sentía extraña pero serena.

Harlan, John y ella se dieron sus regalos en Nochebuena, igual que Victoria solía hacer con su familia, y después fueron a misa del gallo. Las tradiciones no habían cambiado, solo las personas y los lugares. La misa del gallo en la catedral de San Patricio fue preciosa y, aunque ninguno de ellos era especialmente religioso, les pareció conmovedora. Al regresar a casa, tomaron un té en la cocina antes de acostarse. Al día siguiente Victoria habló varias veces con Gracie. Su hermana no hacía más que ir de una casa a otra, de la de sus padres a la de los Wilkes. Y Harry le había regalado unos pendientes de diamantes que, según le dijo a Victoria, eran fabulosos.

La noche del día de Navidad, Victoria estaba nerviosísima por lo que iba a ocurrir al día siguiente. Le habían dado las instrucciones del preoperatorio, y no podía comer ni beber nada después de medianoche, ni tomar aspirina. Como nunca se había operado de nada, no sabía qué esperar, aparte de una nariz que le encantaría al final de todo el proceso. O, al menos, una que no detestaría tanto como la que había soportado toda la vida. Estaba impaciente por ver el cambio. Sabía que la operación no la transformaría para convertirla de repente en una mujer hermosa, pero sí le daría un aire diferente, y una parte de su cuerpo que llevaba años avergonzándola habría desaparecido. No hacía más que mirarse en el espejo; estaba impaciente por realizar el cambio. Ya se sentía distinta. Estaba desprendiéndose de cosas que la hacían infeliz, o eso intentaba, y se sentía orgullosa de sí misma por no haber vuelto a casa en Navidad, como hacía todos los años. En Acción de Gracias lo había pasado fatal, pero por lo menos las Navidades que vivió en Nueva York con sus compañeros de piso fueron agradables y acogedoras.

Era triste, pero no podía soportar a sus padres. Tanto los mensajes abiertos como los ocultos y subliminales que le transmitían decían siempre lo mismo: «No te queremos». Victoria llevaba años intentando darle la vuelta a eso, y no había podido. De pronto ya no le apetecía seguir intentándolo. Era su primer paso hacia la recuperación. Y la rinoplastia era otro. Para ella tenía un profundo significado psicológico. No estaba condenada a ser fea y a verse ridiculizada por ellos para siempre. Empezaba a hacerse con el control de su vida.

Victoria se levantó temprano y recorrió nerviosa todo el apartamento antes de salir. El árbol estaba en un rincón, y se preguntó cómo se sentiría al regresar. Esperaba que no demasiado mal. No le apetecía sufrir muchos dolores ni estar muy mareada. Cuando cogió el taxi para ir al hospital a las seis de la mañana, estaba muerta de miedo. De haberse tratado de cualquier otra cosa, quizá habría dado media vuelta y lo habría cancelado todo. Entró aterrorizada por la puerta doble de la unidad de cirugía ambulatoria, y a partir de ahí fue como sentirse absorbida por una máquina bien engrasada. La saludaron, le pidieron que firmara los papeles y le pusieron una pulsera identificativa de plástico en la muñeca. Le sacaron sangre, le tomaron la tensión y le auscultaron el corazón. El anestesista fue a hablar con ella y le aseguró que no sentiría nada, que estaría completamente dormida. Querían saber si tenía alguna alergia importante, pero no tenía ninguna. La pesaron, le dieron una bata de quirófano y le pidieron que se pusiera unas medias elásticas para evitar trombos, lo cual le pareció extraño, ya que iban a operarle la nariz, no las rodillas ni los pies. Se sentía rara con esas medias que le cubrían desde la punta de los pies hasta la parte superior de los muslos. Le dio rabia que la pesaran, porque en aquella báscula pesaba más de un kilo de diferencia con la suya, aunque había insistido en quitarse los zapatos. La guerra contra su peso todavía no estaba ganada.

Enfermeras y auxiliares iban y venían, alguien le puso una vía en el brazo y, antes de que se diera cuenta de lo que estaba sucediendo, se encontró en la mesa de operaciones mientras su cirujana le sonreía y le daba unos golpecitos en la mano. El anestesista le dijo algo, pero unos segundos después ya se había quedado dormida. Después de eso no fue consciente de nada más hasta que despertó completamente embotada mientras alguien, muy, muy lejos, no dejaba de repetir su nombre una y otra vez.

—Victoria... Victoria... ¿Victoria?... Victoria...

Ella quería que se callaran y la dejaran dormir.

—Hmmm... ¿Qué...?

Seguían intentando despertarla y ella continuaba tratando de dormir.

—La operación ha terminado, Victoria —dijo la voz.

Pero volvió a quedarse dormida. Más adelante le pusieron una pajita en los labios y le ofrecieron algo de beber. Ella aspiró y, despacio, empezó a despertar. Notaba el esparadrapo en la cara. Era una sensación extraña, pero no le dolía. Cuando por fin despertó del todo, le dieron unos analgésicos orales. Pasó todo el día despertando y volviendo a dormirse mientras allí se aseguraban de que no pasara frío. Al final le dijeron que tenía que despejarse si quería volver a casa. Incorporaron la cama e hicieron que Victoria se sentara mientras ella volvía a quedarse traspuesta. Entonces le dieron una gelatina, y ella levantó la mirada y vio a Harlan junto a su cama. John estaba resfriado, así que no había podido ir.

—Hola... ¿Qué haces aquí? —Lo miró sorprendida, se sentía borracha—. Ah, sí... Vale. Me voy a casa... Estoy un poco grogui —dijo a modo de disculpa, y Harlan sonrió.

—Yo diría que bastante. No sé qué es lo que te han dado, pero quiero un poco.

Victoria se rió y sintió una intensa punzada en la cara. Harlan no le dijo que los vendajes que llevaba parecían una máscara de hockey. Llevaban todo el día poniéndole hielo encima, y una enfermera fue a ayudarla a vestirse mientras su amigo esperaba fuera. Cuando volvió a verla, la encontró sentada en una silla de ruedas, todavía medio adormilada.

—¿Qué tal estoy? ¿Tengo una nariz bonita? —le preguntó, un poco atontada.

—Estás guapísima —dijo Harlan, intercambiando una sonrisa con la enfermera, que estaba acostumbrada a los pacientes medio inconscientes.

Victoria llevaba un chándal con una sudadera que se abría por delante, como le habían pedido, para no tener que vestirse por la cabeza. La enfermera le había puesto los calcetines y las zapatillas después de quitarle las medias. Llevaba el pelo alborotado pero recogido con una goma elástica. También le habían dado unas pastillas para que se llevara a casa, por si le dolía una vez allí. Harlan la dejó en el vestíbulo con la enfermera mientras él iba a buscar un taxi y regresó menos de un minuto después. Victoria se extrañó al ver lo oscuro que estaba fuera. Eran las seis de la tarde, así que había pasado allí dentro doce horas. La enfermera empujó la silla de ruedas hasta el taxi, y Harlan ayudó a Victoria a subir, la colocó en su asiento y le dio las gracias a la enfermera. Esperaba que Victoria no la hubiera oído advertirle que, como era algo grandullona, mejor no intentara cogerla en brazos. Harlan sabía lo mucho que detestaba ella esa expresión. Era uno de los dolorosos mantras de su infancia. No quería ser una «grandullona», sino solo una niña, entonces, y una mujer, ahora.

—¿Qué te ha dicho? —Victoria arrugó la frente y lo miró.

—Que parece que lleves encima una borrachera de quince días, y que ojalá tuviera tus piernas.

—Sí. —Victoria asintió con gravedad—. Eso dice todo el mundo... que quieren mis piernas... unas piernas estupendas... pero un culo muy gordo.

El taxista sonrió por el espejo retrovisor al oírla, y Harlan le dio su dirección. El trayecto era corto, aunque Victoria se quedó dormida con la barbilla sobre su pecho, e incluso soltó un ronquido. No era una visión muy romántica, pero Harlan la quería. Se había convertido en su mejor amiga. Al llegar a casa la despertó.

—Vamos, bella durmiente. Volvemos a estar en el castillo. Saca ese culo estupendo del taxi.

Por un momento deseó tener también una silla de ruedas en casa, pero Victoria no la necesitó. Estaba un poco desorientada y atontada, pero Harlan la metió en el ascensor y consiguió hacerla entrar en el apartamento en pocos minutos. La llevó al sofá para que pudiera sentarse mientras él se quitaba el abrigo y le quitaba a ella también el suyo. John salió de su habitación en bata y sonrió al verla. Parecía un extraterrestre, con todo ese vendaje que le cubría gran parte de la cara y que tenía dos agujeros para los ojos y una tablilla para proteger la nariz. Era todo un espectáculo, pero John no le hizo ningún comentario, solo esperó que no se mirara en el espejo. Había llevado algodones en la nariz todo el día pero, como casi no había sangrado, la enfermera se los quitó antes de salir.

—¿Dónde prefieres estar? —le preguntó Harlan con delicadeza—. ¿En el sofá o en la cama?

Victoria lo pensó un buen rato.

—La cama... Sueño...

—¿Tienes hambre?

—No, sed... —masculló, y se pasó la lengua por los labios. La enfermera le había dado vaselina para que se la pusiera—. Y frío —añadió. En el hospital la habían tenido todo el día con mantas muy calientes, y deseó poder taparse con una.

Harlan le llevó un vaso de zumo de manzana con una pajita, tal como le habían indicado. Victoria tenía varias páginas de instrucciones para los días del postoperatorio. Algo después Harlan la acompañó a su habitación, la ayudó a desvestirse y a ponerse el pijama, y cinco minutos más tarde ya estaba profundamente dormida y tumbada en la cama sobre unos almohadones que le levantaban la cabeza. Harlan volvió a la sala con John.

—Caray, parece que la haya atropellado un tren —le susurró este.

—Le han dicho que le saldrán muchos hematomas y se le hinchará. Mañana tendrá los dos ojos morados. Pero es feliz, o lo será. Quería una nariz nueva y ya la tiene. Puede que a nosotros no nos parezca nada tan importante, pero yo creo que para ella significa mucho psicológicamente, así que ¿por qué no?

John estaba de acuerdo con él. Pasaron una tarde tranquila en el sofá, viendo dos películas. Harlan se asomaba de vez en cuando a ver cómo se encontraba Victoria, que dormía como un tronco y hasta roncaba un poquito. En algún lugar, debajo de todas esas vendas, estaba la nariz que tanto deseaba. Era un regalo que Victoria llevaba toda la vida deseando, y Santa Claus se la había entregado el día después de Navidad.

Al día siguiente se levantó como si hubiese pasado un año entero en un rodeo. Le dolía todo, estaba cansada y tenía la sensación de que la habían drogado. En la nariz sentía un dolor sordo. Decidió no desayunar y tomarse un analgésico, pero quería comer algo antes para que no le produjera arcadas. Abrió el congelador por pura costumbre y estaba mirando fijamente el helado cuando Harlan entró en la cocina.

—Ni hablar —dijo la voz de su conciencia, justo detrás de ella, cuando vio lo que tenía delante—. Tienes una nueva nariz fabulosa. No nos volvamos locos con el helado, ¿de acuerdo? —Cerró la puerta del congelador, abrió la nevera y le pasó el zumo de manzana—. ¿Cómo te encuentras?

—Así, así. Pero no demasiado mal. Un poco atontada. Y me duele bastante. Voy a pasar el día durmiendo y me tomaré las pastillas para el dolor. —Quería estar pendiente para que no se le agudizara demasiado. La hinchazón había empeorado, lo cual ya le habían advertido que sucedería durante los primeros días.

—Buena idea —dijo Harlan, que preparó una tostada integral, la cubrió con sucedáneo de queso para untar bajo en grasa y se la pasó a Victoria—. ¿Quieres huevos?

Ella negó con la cabeza. No quería saltarse la dieta durante los próximos días, sobre todo porque no podía hacer ejercicio.

—Gracias por cuidarme ayer —dijo, intentando sonreír aunque tenía esparadrapo en la cara y se sentía rara.

Era como el hombre de la máscara de hierro, y estaba impaciente por quitarse los vendajes, pero aún faltaba una semana. Eran muy molestos. También le daba miedo mirarse al espejo. Había evitado hacerlo en su habitación, o cuando había ido al baño. No quería asustarse y sabía que podía ocurrir. Además, de todas formas no se veía la nariz. La llevaba completamente cubierta por las vendas y la tablilla.

Victoria se pasó los siguientes dos días durmiendo y rondando por la casa. Fueron unos días muy tranquilos, sin planes; había decidido operarse en vacaciones precisamente para poder tomarse la recuperación con calma. Harlan le llevaba películas y ella veía mucho la tele, aunque al principio le daba dolor de cabeza. Habló varias veces con Helen, pero no quiso ver a nadie que no fuesen Harlan y John. No se sentía preparada, le daba miedo estar horrible. En Nochevieja ya se encontraba bastante mejor y no necesitó los analgésicos. Harlan y John se habían ido a esquiar a Vermont, así que pasó la noche sola, viendo la tele y encantada con la idea de tener una nueva nariz, aunque todavía no la hubiese visto. Gracie la llamó aquella noche desde México. Estaba en el hotel Palmilla, en Los Cabos, con Harry y algunos amigos de él, y le dijo que aquello era fabuloso. Como prometida y futura esposa de Harry, disfrutaba de una vida de ensueño. Pero Victoria no la envidiaba, no habría querido estar allí con él. Gracie, en cambio, parecía extasiada.

—Bueno, ¿qué tal tu nueva nariz? —le preguntó su hermana pequeña.

La había llamado varias veces aquella semana y le había enviado flores, un gesto muy tierno que había conmovido a Victoria. Sus padres no sabían nada de la operación, y ella no quería que se enterasen. Estaba convencida de que no les parecería bien y harían comentarios groseros al respecto. Gracie había accedido a guardarle el secreto.

—Todavía no la he visto —reconoció Victoria—. No me quitan las vendas hasta la semana que viene. Se supone que, salvo por los moratones y un poco de hinchazón, tendría que estar ya bastante bien. Me dijeron que volvería a la normalidad, relativamente, al cabo de una o dos semanas, aunque seguiría algo cansada. Pero que podría tapar los hematomas con maquillaje. —También le habían dicho que después de eso ya solo llevaría una tirita en la nariz, pero que los vendajes y los puntos se los retirarían después de esa primera semana o diez días—. ¿Te lo estás pasando bien? —De pronto echaba muchísimo de menos a su hermana pequeña.

—Esto es fantástico. Tenemos una suite increíble —dijo Gracie, que parecía feliz.

—Con eso de ser la señora Wilkes vas a convertirte en una niña consentida. —Victoria lo decía solo para incordiarla, no se lo estaba echando en cara.

A ella le gustaba más su vida en muchos aspectos, y su trabajo. Por lo menos no tenía a nadie que le dijera qué pensar, hacer y decir. No lo habría soportado. A Gracie no parecía importarle, siempre que tuviera a Harry con ella. Era el mismo pacto con el diablo que había hecho su madre, y Victoria lo lamentaba por ambas.

—Ya lo sé —contestó Gracie con una risita al oír el comentario de que era una niña mimada—. Me encanta. Bueno, avísame cuando sepas qué tal te ha quedado la nariz.

—Te llamaré en cuanto la vea.

—La de antes estaba bien —volvió a decirle. No era espantosa, solo redonda.

—¡La nueva será mejor! —exclamó Victoria, contenta otra vez solo con pensarlo—. Pásatelo bien en Los Cabos. Te quiero... ¡Y feliz Año Nuevo!

—Igualmente. Espero que también para ti sea un buen año, Victoria.

Sabía que su hermana lo decía de corazón, y le deseó lo mismo a ella. Colgaron, y Victoria se sentó otra vez en el sofá para ver otra película. A medianoche estaba profundamente dormida. Había pasado una Nochevieja muy tranquila y no le importaba en absoluto.

22

La doctora Schwartz le quitó los vendajes ocho días después y, al ver el resultado, dijo que estaba muy satisfecha. Las heridas cicatrizaban bien. Por entonces Victoria ya había encontrado el valor para mirarse en el espejo y ver la máscara de vendas que llevaba en la cara. Era bastante macabra, pero por una buena razón. No se arrepintió de la operación ni por un segundo y, cuando vio su nariz sin vendas, le encantó a pesar de los hematomas y la ligera inflamación. La doctora le señaló dónde estaba más hinchada y dónde podía esperar una mejora, pero en general tenía muy buen aspecto. Victoria soltó un gritito de alegría. La cirujana había hecho un trabajo magnífico y la paciente estaba pletórica. Dijo que casi se sentía como una persona nueva.

Lo único sorprendente, aunque a Victoria no le extrañó porque ya la habían avisado, era la cantidad de hematomas que tenía, que eran muchísimos. Tenía los dos ojos completamente morados, y una coloración azulada que le cubría casi toda la cara. Pero la doctora le dijo que pronto desaparecería, que era normal y que podría empezar a taparlo con maquillaje al cabo de unos días. Le aseguró que el día que tenía que volver a la escuela, una semana después, estaría bastante presentable. A partir de ahí seguiría mejorando a medida que la hinchazón bajara y las magulladuras desaparecieran. Y mejoraría más aún con el paso de unos meses. Le puso una tirita en el puente de la nariz y la envió a casa con la advertencia de que podía volver a hacer vida normal, dentro de unos límites razonables. Nada de practicar puenting, waterpolo ni rugby, añadió medio en broma. Ningún deporte de contacto. Le dijo que tuviera sentido común y no hiciera nada con lo que pudiera golpearse la nariz y, cuando Victoria le preguntó, contestó que sí podía ir al gimnasio, pero, de nuevo, que fuera sensata y no se extralimitara. Nada de footing ni de actividades extenuantes, nada de piscina ni programas de ejercicios intensos, cosas que Victoria de todas formas no pensaba hacer, porque aquella semana había hecho un frío de muerte. «Y nada de sexo», terminó la doctora, lo cual, por desgracia, en ese momento no iba a ser ningún problema.

Victoria estaba tan contenta con el resultado que se compró una ensalada césar de camino a casa y la abrió en la cocina. Había perdido algo más de un kilo a base de no comer nada mientras pasaba los días del postoperatorio durmiendo. Los analgésicos le habían quitado el apetito. Ni siquiera había comido helado, aunque solo para asegurarse Harlan había tirado todo el que guardaba en el congelador. Harlan lo llamaba su «alijo». En el juego de mesa del adelgazamiento, el helado la enviaba directa a la casilla de salida cada vez que lo probaba.

Cuando se terminó la ensalada, se puso la ropa del gimnasio y caminó las manzanas que tenía de trayecto en leggings, pantalón corto, una vieja sudadera de la Universidad del Noroeste, una parca y un par de zapatillas de correr muy desgastadas. Harlan y John seguían esquiando en Vermont, y en Nueva York el día era luminoso y despejado a pesar de las predicciones de nieve.

Victoria entró en el gimnasio y decidió subirse a la bicicleta estática y ponerla en el nivel más sencillo, ya que hacía una semana que no se ejercitaba y quería empezar poco a poco. Encendió el iPod y se puso a escuchar música con los ojos cerrados mientras pedaleaba siguiendo el ritmo. No los abrió hasta que llevaba diez minutos en la bicicleta, y se sorprendió al ver al mismo hombre atractivo de la última vez, antes de Navidad, sentado a su lado. En esta ocasión estaba solo, sin la mujer guapa a la que había visto con él, y estaba mirando a Victoria cuando esta abrió los ojos. A ella se le había olvidado que tenía la cara llena de moratones a causa de la operación y se preguntó por qué la miraría tan fijamente. Entonces cayó en la cuenta y le dio vergüenza. La miraba con compasión, como sintiéndolo por ella, y de repente le dijo algo. Victoria se quitó los auriculares de los oídos. Él tenía el rostro algo bronceado, como si hubiese estado esquiando, y Victoria volvió a sentirse abrumada por lo guapo que era.

—¿Cómo has dejado al otro? —le preguntó, medio en broma.

Al sonreír, Victoria fue dolorosamente consciente de los hematomas que tenía en la cara y de sus dos ojos medio morados. Se preguntó si él habría adivinado de qué eran. Parecía más serio ahora que estaba hablando con ella.

—Lo siento, no pretendía burlarme. Tiene que doler. Debe de haber sido un accidente bastante grave. ¿De coche o esquiando? —preguntó con gravedad.

Victoria puso cara de confusión y dudó. No sabía qué decirle. A ella, «Me he operado la nariz» le sonaba mucho peor, y se habría sentido ridícula confesándoselo a un desconocido.

—De coche —dijo, sucinta, mientras ambos seguían pedaleando.

—Lo suponía. ¿Llevabas puesto el cinturón, o fue con el airbag? La gente no se da cuenta de lo fácil que es romperse la nariz con un airbag. Conozco a varias personas a quienes les ha pasado. —Ella asintió para darle la razón y se sintió algo tonta—. Espero que hayas puesto una buena denuncia al que te golpeara —dijo él, todavía con voz comprensiva y dando por hecho que la culpa había sido del otro, no de Victoria—. Lo siento, es que soy abogado y a la mínima me sale la vena pleiteadora. Durante las vacaciones hay tanta gente que conduce borracha, y mucho, que es un milagro que no haya más muertes. Has tenido suerte.

—Sí, es verdad. —«Mucha suerte; tengo una nariz nueva», pensó Victoria, pero no lo dijo.

—Yo acabo de volver de esquiar en Vermont con mi hermana, la chica que estaba conmigo la última vez que nos vimos. La pobre iba pensando en sus cosas cuando un tipo que hacía snowboard perdió el control y se la llevó por delante. Se ha roto el hombro. Había venido desde el Medio Oeste a pasar las vacaciones conmigo, y ahora se vuelve con el hombro roto. Le duele mucho, pero se lo ha tomado bastante bien.

Victoria no hacía más que mirarlo sin dejar de pensar en que la belleza que lo había acompañado la otra vez era su hermana. Entonces ¿dónde estaba su mujer? Lo comprobó y vio que no llevaba alianza, pero muchos hombres no se la ponían, así que eso tampoco quería decir nada. Además, aunque no estuviera casado o no tuviera novia, no podía imaginarlo deseándola a ella, ni siquiera con su nueva nariz. Seguía siendo una «grandullona», por mucho que tuviera una nariz más pequeña y mejorada.

Entonces él señaló su sudadera.

—¿De la Universidad del Noroeste? Mi hermana estudió allí.

—Yo también —dijo Victoria con un graznido ronco que no tenía nada que ver con la operación. Estaba demasiado intimidada por él para hablar.

—Una universidad estupenda. Aunque el clima es un asco. Yo, después de crecer allí, lo único que quería era escapar del Medio Oeste, así que me fui a estudiar a Duke. —Estaba en Carolina del Norte y era una de las mejores universidades del país, como Victoria sabía. Ella cada año intentaba ayudar a sus alumnos a entrar allí—. Mi hermano fue a Harvard. Mis padres todavía alardean de ello, pero yo no conseguí entrar —dijo con una sonrisa modesta—. Luego vine a la Universidad de Nueva York a especializarme en Derecho, y así es como acabé aquí. ¿Y tú? ¿Neoyorquina de nacimiento o venida de otra parte? —No dejaba de charlar mientras ambos seguían pedaleando.

A Victoria le parecía una situación muy surrealista, verse haciendo ejercicio junto a aquel hombre estupendo, que le hablaba de su familia, de sus estudios, de dónde era, y que además se interesaba por ella. Actuaba como si su cara fuese normal y no estuviese negra y azul, como si no tuviera los ojos morados. La miraba como si fuera guapa, y Victoria se preguntó si estaría ciego.

—Soy de Los Ángeles —dijo, respondiendo a su pregunta—. Me trasladé aquí al acabar la universidad. Doy clases en una escuela privada.

—Debe de ser interesante —repuso él, agradable—. ¿A niños pequeños o a más mayores?

—De instituto, duodécimo curso. Lengua inglesa. Están hechos unas buenas piezas, pero los quiero. —Sonrió con la esperanza de no tener cara de demonio, pero por lo visto él no lo creía, no parecía importarle en absoluto.

—Es una edad muy difícil, a juzgar por mi experiencia, por lo menos. Yo se lo puse bastante complicado a mis padres en el instituto. Cogí el coche de mi padre sin permiso y lo dejé en siniestro total dos veces. Es fácil conseguirlo con las carreteras heladas de Illinois. Tuve suerte de no matarme.

Después de eso le explicó que había crecido en un barrio residencial de Chicago, y ella dedujo que debía de ser de familia acomodada. A pesar de la ropa de hacer ejercicio, parecía tener dinero. Llevaba un buen corte de pelo, hablaba bien, era refinado, educado, y tenía un reloj de oro muy caro. Victoria estaba hecha un asco, como siempre que iba al gimnasio, y llevaba más de una semana sin hacerse la manicura. Era el único lujo que se permitía, pero no había ido desde la operación. No quería asustar a nadie ni tener que dar explicaciones por sus vendajes; además, de todas formas no pensaba salir a ninguna parte. Y de pronto, allí estaba, junto al hombre más estupendo que había visto jamás, y ni se había peinado ni se había pintado un poco las uñas.

Sus bicicletas se detuvieron casi a la vez y ambos bajaron. Él dijo que se iba un rato al baño de vapor y, con una cálida sonrisa, le ofreció la mano.

—Soy Collin White, por cierto.

—Victoria Dawson.

Se dieron las manos y, tras unas cuantas frases algo tontas, ella recogió sus cosas y se marchó. Él se fue hacia el baño de vapor y de camino se detuvo a hablar con un conocido. Victoria seguía pensando en él mientras volvía a casa a pie. Se sentía bien después de haber hecho algo de ejercicio en el gimnasio, y había sido agradable charlar con Collin. Esperaba volver a verlo.

La cirujana tenía razón. Cuando regresó a la escuela, ya podía tapar casi todos los hematomas que le quedaban con maquillaje. Aún se le veía una tenue sombra alrededor de los ojos, pero estaba bastante presentable, y la hinchazón de la nariz había bajado mucho. No del todo, pero casi. A Victoria le encantaba su nueva nariz. Se sentía como si tuviera una cara completamente distinta. Estaba impaciente por ver a sus padres en junio y observar su reacción, si se daban cuenta. A ella, la diferencia le parecía enorme.

Acababa de dar la última clase del día y de ayudar a media docena de alumnos que no habían terminado sus solicitudes para la universidad y estaban en estado de pánico, cuando vio que tres chicas se habían quedado a charlar un poco en el aula. Una de ellas era la alumna que se había hecho la reducción de pecho durante las Navidades, y entonces se dio cuenta de que eran el mismo trío con el que había hablado de operaciones antes de las vacaciones. Eran muy buenas amigas y siempre iban juntas a todas partes.

—¿Qué tal ha ido? —preguntó Victoria con precaución. No quería parecerles una entrometida—. Espero que no te doliera mucho.

—¡Ha ido genial! —dijo la chica. Como no había chicos en clase en ese momento, se levantó la camiseta y les enseñó el sujetador—. ¡Me encantan mis nuevas tetas! ¡Ojalá lo hubiera hecho antes! —Y entonces miró a Victoria muy fijamente, como si la viera por primera vez. En cierta forma eso estaba haciendo, al menos una parte de ella—. ¡Ay, madre mía! ¡Tú también te lo has hecho! —La miraba justo al centro de la cara, y entonces las otras dos chicas también se fijaron—. ¡Me encanta tu nueva nariz! —Lo dijo con mucho sentimiento, y Victoria se puso colorada de la cabeza a los pies.

—¿Se nota mucho?

—Sí... No... No sé, no es que antes parecieras Rudolf, el reno de la nariz roja. Pero sí que se ve una sutil diferencia. Así es como debe ser. La gente no tiene que soltar un grito al darse cuenta de que te lo has hecho. Se supone que tienes que estar más guapa sin que nadie sepa muy bien por qué. ¡Tu nariz está genial! Pero ten cuidado, que esto es adictivo. Mi madre siempre se está haciéndose algún arreglo. Implantes de mentón, bótox, tetas nuevas, una lipo... Ahora le ha dado por reducirse los muslos y los gemelos. Yo estoy contenta con mis tetas —dijo la chica, muy satisfecha.

—Y a mí me encanta mi nariz. —A Victoria no le importó reconocerlo, ya que sus alumnas eran mucho más refinadas que ella y estaban más familiarizadas con esos procedimientos—. La verdad es que me decidí a hacerlo después de hablar con vosotras. Me infundisteis valor. Antes nunca me habría atrevido.

—Pues te ha quedado genial —la felicitó la chica, y levantó una mano para chocar los cinco con Victoria.

Las cuatro salieron juntas del aula y pasaron junto a Amy Green y Justin, que estaban en el pasillo. Ella le sonrió mucho a Victoria. Todavía no había hablado abiertamente de su embarazo en la escuela y aún no se le notaba, aunque pronto lo haría. Era joven, tenía los músculos firmes y además se vestía con cuidado para ocultarlo. Justin estaba siempre a su lado, protegiéndola como si fuera un guardia de seguridad custodiando el diamante Hope. Inspiraban mucha ternura.

—La sigue a todas partes como un perrito... —comentó una de las chicas, poniendo los ojos en blanco mientras pasaban por delante.

Victoria volvió a darles las gracias por sus buenos consejos y fue a su despacho a recoger algunos informes que quería llevarse a casa. Estaba emocionada por los elogios que había recibido su nueva nariz. A ella también le encantaba. Por un momento se preguntó si no debería hacerse también una reducción de pecho, y entonces recordó lo que había dicho una de las chicas, que la cirugía plástica era adictiva y había mujeres que no sabían cuándo parar. Ella pensaba plantarse ahí, en su nariz. El resto tendría que trabajárselo con esfuerzo. Ya estaba en el buen camino y aún faltaban cinco meses para la boda.

Volvió a encontrarse con Collin White aquella noche en el gimnasio, y de nuevo estuvieron charlando agradablemente mientras montaban en las bicicletas. Él le explicó en qué bufete de Wall Street trabajaba y le dijo que era abogado litigante. Era un bufete importante, y a Victoria le pareció un trabajo de gran responsabilidad. Ella le dijo dónde daba clases. Él había oído hablar de la escuela. Estuvieron conversando sobre esto y aquello y, cuando bajaron de las bicis, él la sorprendió preguntándole si le apetecía ir a tomar algo a un bar que había frente al gimnasio. Victoria iba hecha unos zorros, como siempre, así que no podía creerse que la hubiera invitado a salir a ningún sitio donde pudieran verlo con ella. Collin se lo preguntó de nuevo, como si lo dijera muy en serio, y ella asintió, se puso el abrigo y cruzó la calle con él sin entender por qué querría tomar algo con ella.

Los dos pidieron vino, y Victoria le preguntó cómo tenía su hermana el hombro después del accidente de snowboard.

—Le duele, creo. Esas cosas requieren su tiempo; con un hombro no se puede hacer mucho más que dejar pasar los días. Tuvo suerte de no necesitar ninguna operación cuando sucedió.

Él le preguntó algo más sobre la escuela donde trabajaba y por qué se había dedicado a la enseñanza. También se interesó por su familia. Victoria le explicó que tenía una hermana siete años más joven que ella que acababa de graduarse en la Universidad del Sur de California el junio anterior y que iba a casarse al cabo de cinco meses.

—Pues es bastante joven —comentó Collin, sorprendido—. Sobre todo por lo que se lleva hoy en día.

Él le había dicho que tenía treinta y seis años, y Victoria repuso que ella veintinueve.

—Yo también lo creo. Nuestros padres se casaron a esa edad, justo al terminar la carrera, pero en aquella época era más habitual. En la actualidad nadie se casa a los veintitrés, que es la edad que tendrá en junio. Yo tenía la esperanza de que se lo tomara con más calma, pero no quiere. Ahora todo tiene que ver con la boda. La familia entera sufre una especie de locura transitoria —dijo con una sonrisa compungida—. Por lo menos espero que solo sea transitoria. Si no me volverán loca a mí también.

—¿Te gusta el chico con quien se casa? —preguntó él, mirándola detenidamente.

Victoria dudó un buen rato, pero al final decidió ser sincera.

—Sí. Puede. Bastante. Pero no para mi hermana. Es muy dominante y muy dogmático para ser tan joven. No le deja abrir la boca y siempre piensa por ella. Detesto verla renunciar a su personalidad y a su independencia solo por ser su mujer.

No dijo que el chico tenía un montón de dinero, no le pareció adecuado. Esa no era la cuestión. Harry no le habría gustado más para Gracie si hubiera sido pobre. No era el dinero lo que lo hacía presuntuoso. Su personalidad lo convertía en un hombre controlador, y era eso lo que no le gustaba a Victoria. Ella quería algo mejor para Gracie.

—Mi hermana estuvo a punto de casarse con un tipo así. Salió con él tres años y a todos nos caía bien, pero no nos gustaba para ella. Se prometieron el año pasado, cuando ella tenía treinta y cuatro. Estaba como loca por casarse y tener hijos, porque le daba un miedo espantoso perder el tren. Al final se dio cuenta de dónde se estaba metiendo y cortó con él dos semanas antes de la boda. Fue un desastre. Quedó muy afectada, pero mis padres se portaron muy bien con ella. Yo creo que hizo lo correcto. Para las mujeres es duro —dijo con comprensión—, a cierta edad el reloj biológico se pone en marcha, como si fuera una bomba. Estoy convencido de que muchas mujeres toman malas decisiones por eso. Me sentí muy orgulloso de mi hermana por escapar de ello. Ya la viste. Tiene treinta y cinco años y encontrará al hombre adecuado. Con suerte, a tiempo de tener hijos. Pero está mucho mejor sola que con el tipo equivocado. No es fácil conocer a buenas personas —reflexionó. A Victoria le costaba mucho creer que una mujer con el físico de su hermana no tuviera a diez hombres corriendo detrás de ella con anillos de boda, o que quisieran invitarla a salir, por lo menos—. No ha conocido a nadie desde que rompieron —añadió Collin—, pero ya lo ha superado, y dice que no piensa volver con él. Gracias a Dios que abrió los ojos.

—Ojalá mi hermana lo hiciera —dijo Victoria con un suspiro—. Pero es una niña. Tiene veintidós años y está emocionadísima con el vestido, la boda y el anillo. Ha perdido de vista lo que es importante, y yo creo que es muy joven para comprenderlo. Para cuando lo haga, ya será demasiado tarde, estará casada con él y lo lamentará más que nada en el mundo.

—¿Le has dicho todo eto? —La miró esperando la respuesta con interés.

—Sí. No quiere ni oírlo y se disgusta mucho. Cree que estoy celosa. Y no es eso, de verdad. —Collin la creyó—. Mis padres tampoco resultan de mucha ayuda. Son grandes fans del novio y están impresionados por quién es él. —Entonces puso una expresión pensativa—. Se parece muchísimo a mi padre. Es difícil luchar contra eso.

—O sea que nadas contra corriente —comentó él con sensatez—. Lo único que puedes hacer es decir lo que piensas y punto. Quizá en algún momento con eso le baste a tu hermana. Nunca se sabe —añadió filosóficamente—. La gente quiere cosas diferentes, y no siempre lo que nosotros creemos que deberían tener o lo que queremos para ellos.

—Espero que baste, pero lo dudo —comentó Victoria, triste por Gracie.

—¿Sois las dos muy distintas? Aparte de la diferencia de edad. —Le daba la sensación de que así era. Victoria parecía ser una mujer inteligente y sensata, con los pies en la tierra y la cabeza bien puesta sobre los hombros. Collin se daba cuenta con solo escucharla. Su hermana menor le había parecido una joven frívola y malcriada, y puede que también testaruda e impulsiva. No se equivocaba.

—Ella se parece más a mis padres —respondió Victoria con franqueza—. Yo siempre he sido la rara de la familia. No me parezco físicamente a ellos, no pienso como ellos ni actúo como ellos. No quiero las mismas cosas. A veces parece que mi hermana y yo ni siquiera tengamos los mismos padres. En realidad no los tuvimos, porque a las dos siempre nos han tratado de forma muy diferente, y sus experiencias vitales y su infancia fueron completamente distintas de las mías.

Collin asintió como si la comprendiera, y ella tuvo la sensación de que lo que estaba diciendo no le resultaba ajeno.

Entonces él miró el reloj y pidió la cuenta.

—Me ha gustado mucho hablar contigo —le dijo a Victoria mientras pagaba—. ¿Te apetece que salgamos a cenar algún día? —preguntó con ojos esperanzados mientras ella lo miraba sin salir de su asombro. ¿Se había vuelto loco? ¿Por qué querría salir con ella? Le parecía demasiado bueno para ser cierto—. ¿Qué tal la semana que viene? —concretó Collin—. Aunque sea algo informal, si lo prefieres. —No quería apabullarla con un restaurante de lujo.

Victoria era una persona agradable y con quien era fácil conversar, y Collin quería pasar con ella una velada de verdad, conocerla mejor. No pensaba alardear de su cartera para intentar impresionarla. Quería saber más cosas sobre quién era ella en realidad. Hasta el momento le había gustado lo que había oído. Y también le gustaba físicamente, incluso con la cara magullada.

—Sí, desde luego, me encantaría —soltó ella al ver que Collin esperaba una respuesta.

No añadió «¿Por qué?». Lo único que podía suponer era que buscaba una amiga, y también a ella le gustaba tener a alguien con quien hablar. Estaba claro que aquello no era una cita.

—¿Qué te parece el martes? El lunes por la noche tenemos reunión de socios.

—Desde luego... sí... claro. —Se sentía como una idiota, balbuceando en lugar de contestar.

—¿Podrías darme tu número de teléfono o tu dirección de correo electrónico? —pidió él con educación, y ella los garabateó en un papel y se los pasó. Collin los introdujo directamente en su móvil y volvió a guardarlo en su bolsillo junto con el papelito antes de darle las gracias—. Me ha gustado mucho conocerte, Victoria —dijo con una voz muy agradable mientras ella intentaba no fijarse demasiado en lo guapo que era. La ponía nerviosa.

—A mí también a ti —dijo con un hilo de voz.

Aquello era muy raro. A Victoria le gustaba, pero creía que un hombre como él ni siquiera debería estar hablando con ella. Tendría que quedar con un bellezón despampanante, como la hermana de él, que en cambio no salía con nadie. Quién lo habría dicho. El mundo era muy extraño.

Se despidieron delante del gimnasio y Victoria volvió andando a casa, pensando en Collin e intentando averiguar por qué la habría invitado a cenar. Al llegar se lo contó todo a Harlan y le explicó que en realidad no era una cita, que solo le interesaba como amiga.

—¿Y cómo sabes tú eso? —se extrañó Harlan—. ¿Te lo ha dicho él?

—Claro que no, es demasiado educado. Pero es evidente. Tendrías que verlo. Parece una estrella de cine, o un tiburón empresarial, o un anuncio de la revista *GQ*. Y mírame a mí.

—Señaló su ropa de gimnasio—. Dime, ¿saldría él con una mujer como yo?

—¿Acaso llevaba él pajarita en el gimnasio?

—Muy gracioso. No. Pero los tíos como él no salen con mujeres como yo. Esto es un plan de amigos, no una cita. Créeme. Lo sé. Yo estaba ahí.

—A veces las historias de amor empiezan así. No lo descartes. Además, no me fío de tu interpretación. De estas cosas no entiendes ni papa. Lo único que sabes es que tus padres te decían que no merecías nada, que no eras digna de amor y que nunca te querría nadie. Créeme, esa clase de mensajes suenan a tal volumen que no te dejan oír nada más. Aunque esté claro que no son verdad. Tú hazme caso: si ese tipo tiene algo de cerebro y ojos en la cara, sabe que eres lista, divertida, buena persona, brillante hasta hartar, guapa, ha visto que tienes unas piernas increíbles y ha comprendido que sería el hombre más afortunado del mundo si te consiguiera. Así que a lo mejor no tiene un pelo de tonto.

—Que no es una cita —insistió ella.

—Te apuesto cinco pavos a que sí —dijo Harlan con seguridad.

—¿Cómo sabré si lo es? —Victoria parecía confundida mientras su amigo consideraba la cuestión.

—Buen punto, porque tu radar está fuera de juego y no tienes ni idea de descodificar señales. Si te besa, está claro que es una cita, pero no te besará en una primera cita, si tiene modales. A mí me parece más listo. Lo sabrás y punto. Si vuelve a invitarte a salir. Si parece interesado. Si hace pequeños gestos agradables, como tocarte la mano, si parece que lo pasa bien contigo. Joder, Victoria, llévame contigo y ya está, y yo te diré si es una cita o no.

—Ya lo descubriré yo solita —dijo ella, remilgada—. Pero no lo es.

—Tú recuerda que, si lo es según alguno de los criterios anteriores, me debes cinco pavos. Y no vale hacer trampas. Necesito el dinero.

—Pues empieza a ahorrar, porque vas a deberme cinco pavos tú a mí. No es una cita. —Estaba convencida.

—No te olvides de tu nueva nariz —dijo él para incordiarla—. Eso podría decantar el voto.

—No lo había pensado —repuso ella, riendo—. La segunda vez que me vio tenía toda la cara magullada, los dos ojos morados y no llevaba maquillaje.

—Ay, Dios mío —dijo Harlan, poniendo los ojos en blanco—. Tienes razón. No es una cita. Es amor verdadero. Doblo la apuesta. Que sean diez dólares.

—Lo veo. Empieza a ahorrar.

Harlan le dio un pequeño empujón fraternal mientras ambos salían de la cocina para volver a sus habitaciones. Victoria tenía una pila de trabajos por corregir, y el misterio de si Collin White le había pedido una cita o no pronto se resolvería. Cenarían al cabo de cinco días. No la había invitado a salir durante el fin de semana, lo que le hizo preguntarse si tendría novia. Ya había pasado por eso con Jack Bailey y esperaba no encontrarse en otra situación similar. Pero aquello no era una cita. Estaba segura. Solo una cena de amigos. De todas formas, así le daba menos miedo.

23

Cinco días después, el martes que en principio Victoria tenía que salir a cenar con Collin White, se enfrentó a una de esas dolorosas obligaciones con las que a veces se encontraba en su trabajo. El padre de un alumno suyo había fallecido repentinamente de un ataque al corazón mientras bajaba por una pista de esquí en New Hampshire, y Victoria tuvo que asistir al funeral junto con el director y varios profesores más. La familia estaba destrozada. El hijo más pequeño era uno de los alumnos de duodécimo de Victoria. Eran cuatro hermanos, todos ellos habían ido a Madison y eran muy queridos. Victoria asistió al funeral con un grupo de profesores y con Eric Walker. Fue muy triste, y los panegíricos emocionaron a los asistentes cuando los hijos, uno a uno, subieron a hablar. Todos lloraron. Victoria lo sentía muchísimo por su alumno. Al terminar la ceremonia, cuando todos regresaron al piso de la familia en la Quinta Avenida, lo abrazó y lo estrechó con fuerza. En los siete años que llevaba en la escuela, también había dado clase a su hermano mayor y a una de sus hermanas, y todos le habían parecido unos chicos estupendos. La hermana mayor había ido a Madison antes de que Victoria llegara, y ya estaba casada y tenía dos hijos. Su padre había sido un hombre relativamente joven que estaba en buena forma, y su muerte repentina había sido un golpe terrible para todos, pero en especial para sus hijos.

Fue una de esas experiencias que hacían pensar. Victoria pasó el resto del día procurando calmase, e intentó no pensar en ello cuando Collin fue a buscarla a las siete. Pero al final se lo contó de todas formas, y él le explicó que tenía un tío que había muerto también de forma inesperada. Para la familia había sido terrible, aunque en el fondo era una forma buena de despedirse: con salud y sin dolor. Simplemente desaparecer tras una gran vida. Fue una buena reflexión.

Victoria había bajado al portal, donde él estaba esperándola, y juntos cogieron un taxi para ir a un restaurante del Village que había propuesto Collin: el Waverly Inn. Ella había oído hablar del local y sabía que era difícil conseguir mesa. Era un restaurante animado y con buena comida, casi toda estadounidense. Había una atmósfera sana y alegre. Los dos pidieron filete, y Victoria tuvo que controlarse para no escoger una guarnición de macarrones con queso cuando Collin comentó que estaban deliciosos.

—He estado a régimen desde que nací —confesó ella tras pedir, en cambio, unas espinacas al vapor—. Mis padres y mi hermana son delgados y pueden comer todo lo que quieran. Yo, por lo visto, he heredado los genes de mi bisabuela. Era una mujer «grandullona», como suele decirse. Llevo toda la vida luchando esa batalla.

Le resultaba sorprendentemente fácil ser sincera con él porque lo veía solo como un amigo. Además, su ropa ahora le quedaba algo holgada, así que podía hablar de ello sin su habitual culpabilidad y vergüenza por lo que había comido. Llevaba meses portándose bien, y se notaba. Estaba decidida a bajar hasta una talla 42 antes de la boda, y ya se encontraba cerca. Después de eso, tendría que mantenerse, lo cual era como trazar círculos en el espacio aéreo con un 747.

—La gente se obsesiona demasiado con eso hoy en día. Mientras estés sana, ¿qué importan unos kilos de más o de menos? Las dietas son una locura. Niñas de trece años en las portadas de las revistas que acaban en el hospital porque están anoréxicas. Las mujeres de verdad no son así. Además, ¿quién quiere eso? Nadie quiere una mujer con aspecto enfermo, con un cuerpo como si acabaran de liberarla de un campo de refugiados. A lo largo de la historia, las mujeres siempre han aspirado a ser como tú. —Collin lo dijo con mucha sencillez, y parecía que hablaba en serio, no que intentara congraciarse con ella.

Victoria lo miró sin dar crédito. Tal vez estuviera loco. O quizá le gustaban las mujeres rellenitas. No le encontraba ningún sentido.

Mantuvieron una interesante conversación sobre arte, política, historia, arquitectura y los últimos libros que habían leído, la música que les gustaba y la comida que no soportaban. Coles de Bruselas, los dos; y el repollo. Victoria explicó que una vez había probado una dieta a base de sopa de repollo con unos resultados espectaculares que enseguida se revirtieron. Entonces hablaron de sus familias, y Victoria le contó más de lo que tenía intención de desvelar. Le explicó que le habían puesto su nombre por la reina Victoria, porque su padre pensaba que era fea y le hizo gracia, y le habló también del comentario de que con ella habían probado la receta, y que Gracie había sido su pastelito perfecto. Collin la miró horrorizado al oírlo.

—Es sorprendente que no la odies —dijo, comprensivo.

—No es culpa suya. Son ellos. Como mi hermana se les parece tanto, creen que es perfecta. Y es una belleza, tengo que reconocerlo. Se parece un poco a tu hermana, en una versión más menuda. —Era un estándar de belleza que Victoria nunca había alcanzado y nunca alcanzaría.

—Sí, y mi hermana no ha tenido una sola cita desde hace

un año, así que eso tampoco es ninguna garantía de felicidad —le recordó él. A Victoria le seguía costando creerlo—. La gente que le dice cosas así a sus hijos no debería tenerlos —añadió Collin con gravedad.

—Cierto. Pero de todas formas los tienen. Cualquiera puede tener hijos, estén o no preparados para ello, y hay mucha gente que no lo está. A mi padre le parece divertido hacer bromas a mi costa. Fui a terapia durante un par de años, hace algún tiempo, y luego lo dejé una temporada. El verano pasado volví a retomarla. Me hace mucho bien. Si razonas, al menos, comprendes que son ellos los que tienen un problema, no tú. Por dentro, en cambio, recuerdas todas esas cosas que te decían cuando tenías cinco, seis, trece años, y creo que las oyes dentro de la cabeza toda la vida. Yo he intentado ahogar esas voces comiendo helado —confesó—. No funciona.

—Jamás había sido tan sincera con nadie, y él parecía escucharla sin juzgarla lo más mínimo.

A Victoria le gustaba mucho y esperaba que estuviera siendo franco con ella aunque, tras las experiencias que había tenido con hombres deshonestos, como Jack Bailey y algunos otros, desconfiaba de todo el mundo. Su vida amorosa no había sido muy feliz hasta la fecha.

—Yo también tengo una relación extraña con mis padres —reconoció él—. Tenía un hermano mayor que era el hijo perfecto. El atleta perfecto. El estudiante perfecto. El todo perfecto. Entró en Harvard, donde fue el capitán del equipo de fútbol americano, y luego en la escuela de Derecho de Yale. El mejor de su clase. Fue un niño fantástico y un tipo extraordinario, un hermano maravilloso. Pero un conductor borracho lo atropelló en Long Island el fin de semana del Cuatro de Julio, justo después de saber que había aprobado el examen del Colegio de Abogados, a la primera, claro, y sin dificultad. A mí me costó tres intentos. Y siempre estuve entre los del montón de la clase. Duke y la Universidad de Nueva York no impresionaron en absoluto a mis padres en comparación con Harvard y Yale. No soy deportista, nunca lo he sido. Me mantengo en forma y juego un poco al tenis y al squash, pero ya está. Blake era el chico de oro. Todos lo adoraban, y el mundo se detuvo para mis padres cuando murió. Nunca se han recuperado, ninguno de los dos. Mi padre se jubiló y mi madre empezó a marchitarse. Para ellos nadie ha vuelto a dar nunca la talla en nada. Yo desde luego que no. Mi hermana consiguió librarse más o menos porque es una chica, pero yo les parezco un mal sustituto de Blake. Él quería meterse en política algún día, y seguramente le habría ido muy bien. Era un estilo Kennedy, con mucho carisma y un montón de encanto. Yo soy un tipo normal. Hace unos años viví con una persona pero no salió bien, así que ahora se preguntan qué me pasa que no estoy casado. Por lo que a ellos respecta, he sido un mediocre y un segundón toda la vida, o no estoy a la altura y punto, comparado con mi hermano. Se hace duro estar con ellos y sentir que nunca darás la talla. Él tenía cinco años más que yo, y murió hace catorce. Yo acababa de licenciarme, y desde entonces he sido una gran decepción para mis padres.

—No había tenido la misma infancia dura que ella, pero llevaba catorce años avanzando por una carretera tortuosa y Victoria vio en su mirada esa terrible sensación de no ser lo bastante bueno para recibir el amor de la gente a quien tú más quieres y, en última instancia, de nadie. Ella la conocía bien—. Yo no tengo tanto valor como tú. Nunca he ido a terapia y quizá debería. Simplemente acepté la responsabilidad que mi hermano dejó tras de sí. Durante una temporada intenté ser él, pero no pude. No soy él. Soy yo. Y eso nunca es bastante para ellos. Son unas personas tristes.

Pero él no lo era, lo cual era una buena noticia. Sin embargo, había vivido con los mismos mensajes tóxicos que ella, aunque por razones diferentes. Según había leído en algunos libros de autoayuda, Victoria pensaba que podía sufrir una especie de síndrome del superviviente.

—Yo a veces pienso que mis padres deberían llevar siempre un cartel colgado que pusiera: «No te queremos». Sería más sincero. —Le sonrió, y él se echó a reír.

La imagen era perfecta, y encajaba exactamente con lo que sentía él por sus padres. Era sorprendente lo mucho que se parecían sus experiencias vitales, encajaban muy bien. Tenían mucho en común, dada la complicada relación que mantenían con su familia y que ambos habían intentado superar sin dejar de ser personas cuerdas. Los dos sentían que habían realizado importantes descubrimientos sobre el otro cuando terminó la velada. Él la rodeó con un brazo durante el trayecto de vuelta en taxi, pero no intentó besarla, lo cual le hizo ganar puntos. Victoria detestaba verse manoseada por desconocidos que creían que se lo debía solo porque le habían pagado la cena. Collin no lo hizo, y ella lo respetó por ello. Antes de llegar a su casa le preguntó si le gustaría volver a cenar con él otro día y le dijo que esperaba que sí, aunque se disculpó por haber sacado temas tan serios en una primera cita. Pero era la vida real de ambos, y resultaba muy gratificante compartirlo con alguien que lo entendía.

—Me encantará volver a cenar contigo otro día —respondió ella sinceramente, y él le propuso el sábado por la noche, lo cual en teoría disipaba la sospecha de si tenía una novia para los fines de semana, a menos que la viera los viernes, se recordó Victoria. Jack había hecho eso. Pero Collin no era Jack. Era estupendo.

Le dio un beso en la mejilla y la acompañó hasta el ascensor, donde le dijo que la llamaría al día siguiente. Ella estaba radiante al entrar en el piso, y Harlan sonrió de oreja a oreja al verla. John se había acostado ya.

—Te debo diez pavos —le dijo Victoria, adelantándose a él.

—¿Cómo lo sabes? —Harlan estaba intrigado.

—Una conversación fantástica, una velada encantadora, un tipo estupendo. Me ha rodeado con el brazo en el taxi de camino a casa. Me ha tocado dos veces la mano en la cena. No le importa si estoy gorda o no, le gustan las mujeres «de verdad», y me ha invitado a cenar el sábado por la noche. —Resplandecía de alegría, y él se acercó y la abrazó.

Harlan siempre estaba abrazándola y dándole besos. John era algo más reservado con ella; era su carácter, no se sentía tan cómodo con las mujeres. Había tenido una madre horrible que siempre le pegaba y consiguió que no quisiera saber nada de las mujeres. Todo el mundo tenía sus cicatrices.

—Mierda —dijo Harlan después de abrazarla—, me debes cincuenta. Puede que cien. Eso ha sido mejor que una cita. Es un hombre de verdad. Suena maravilloso. ¿Cuándo puedo conocerlo? Antes de la boda. La tuya, quiero decir. A la de Gracie que le den.

Los dos se echaron a reír, y Victoria sacó un billete de diez dólares de la cartera y se lo entregó a su compañero. ¡Había tenido una cita! ¡Con un hombre fantástico! Merecía la pena haber esperado durante casi treinta años, aunque era demasiado pronto para saber qué sucedería. Puede que aquello no fuera a ninguna parte, y aunque lo hiciera, quizá al final se separaran. Así era la vida real.

Collin la llamó aquella misma noche, justo antes de que Victoria se acostara, y le dijo que lo había pasado muy bien y que estaba impaciente por volver a verla. Ella sentía exactamente lo mismo por él.

—Dulces sueños —le dijo Collin antes de colgar.

Y ella sonrió, tumbada en la cama con el teléfono aún en la mano. Dulces sueños. Sí, señor.

24

La segunda cita de Victoria con Collin resultó mejor aún que la primera. Fueron a un restaurante de pescado de Brooklyn y comieron langosta fresca con unos enormes baberos de papel. El sitio era bullicioso y divertido, y lo pasaron muy bien juntos. Sus conversaciones fueron tan sustanciosas como la última vez, los dos se sentían muy cómodos hablando de sí mismos y de quiénes eran en realidad, abriéndose el uno a la otra. Empezaron a quedar en el gimnasio por las tardes y a explicarse qué tal les había ido el día mientras hacían bicicleta. Se sentían completamente a gusto. Él siempre la abrazaba o le daba un beso en la mejilla, pero no había pasado de ahí, cosa que a Victoria le parecía bien. Le gustaba así.

En su tercera cita Collin la llevó al ballet porque Victoria había comentado que le gustaba. Fueron a una exposición del Met un domingo, y a tomar un *brunch* después. Collin la invitó al estreno de una obra de Broadway. Ella se divertía a más no poder con él, que era muy creativo con los lugares adonde la llevaba. Siempre eran planes muy bien meditados, cosas que creía que le gustarían.

Y después de aquella noche en el teatro, por primera vez Collin pareció incómodo al preguntarle si querría cenar con él. Le advirtió que sería una velada que quizá no le apetecería, y sin duda no tan emocionante como otras, pero de todas formas quería proponérselo.

—Mis padres vienen a la ciudad. Me gustaría presentártelos, aunque no son muy divertidos. Sencillamente no son personas felices y se pasarán toda la noche hablando de mi hermano, pero significaría mucho para mí que los conocieras. ¿Qué te parece?

—Me parece que serán mucho mejores que los míos, seguro —contestó ella con cariño. La conmovió y la halagó que quisiera presentárselos.

Cuando llegó el momento, resultaron ser todo lo que Collin le había explicado, o peor. Eran unas personas apuestas y aristocráticas, y muy inteligentes. Pero su madre parecía deprimida, y su padre era un hombre abatido por la vida y la pérdida de su hijo. Tenían los hombros encorvados, y tanto sus rostros como su día a día carecían de color. Era como si ni siquiera vieran a Collin, solo al fantasma de su hermano. Todos los temas remitían siempre a él, y toda mención de lo que hacía Collin conducía a una desfavorable comparación con su hermano. No tenía forma de ganar. A su manera, sus padres eran tan horribles como los de ella, e igual de deprimentes. Cuando los dejaron en el hotel Victoria sintió ganas de abrazar a Collin y de quitarle el dolor a besos, pero fue él quien la besó a ella. Era la primera vez que lo hacía, y todo lo que Victoria sentía por él salió a borbotones de su interior, toda la compasión, la comprensión y el amor. Quería curar las viejas heridas que había sufrido y la soledad que le había generado el rechazo de sus padres. Después estuvieron hablando un buen rato sobre lo doloroso que había resultado para él y lo agradecido que estaba por el apoyo de Victoria.

Harlan y John ya se habían acostado cuando Victoria y Collin volvieron al apartamento de ella y estuvieron hablando y besándose varias horas. Los padres de él le habían parecido casi tan horribles como los suyos, aunque los de él tenían una excusa y los de ella no. Los de ella simplemente no la querían. Los de él lloraban la muerte de su primogénito. Sin embargo, por una u otra razón no habían tratado con afecto y cariño a sus otros hijos, los habían rechazado hasta el punto de mostrarse crueles, y en ambos casos los habían convencido de que no merecían ser amados. Tanto Collin como Victoria llevarían esas cicatrices de por vida, igual que mucha otra gente. A ella le parecía uno de los peores crímenes que podían perpetrar unos padres: convencer a sus propios hijos, no solo de que no los querían, sino de que no eran dignos de amor y que nadie los querría jamás. Esa había sido la maldición de su vida, y también de la de Collin.

Aquella noche consiguieron darse todo el amor, el consuelo y la aprobación que merecían y que necesitaban desde hacía tanto tiempo. Para ambos había sido un momento con mucho significado. Muchísimo. Victoria ya no explicaba a Harlan todo lo que sucedía en sus citas. Había empezado a sentir una especie de lealtad hacia Collin, lo cual le parecía correcto. Y él sentía lo mismo por ella; cuando lo llamaba su hermana, solo le contaba ciertas cosas. También quería proteger a Victoria y la incipiente relación que compartían. Ambos eran respetuosos y discretos.

La siguiente cena tras la visita de los padres de él fue muy importante para ambos. Era una tontería y un horror, y a Victoria le daba vergüenza que significara tanto para ella, pero así era, y Collin supo entenderlo. Era el día de San Valentín, y él la llevó a cenar a un restaurante francés, pequeño, romántico y con una comida deliciosa, aunque Victoria pidió con sensatez. La cena fue maravillosa, y después volvieron al apartamento de él, no al de ella. Collin había preparado champán para recibirla, y una pulserita de oro con un pequeño corazón de diamante que le puso en la muñeca. Luego la besó. Para los dos era el lugar y el momento perfecto. Ella se derritió en sus brazos y, un momento después, estaban juntos en la cama. Su ropa había desaparecido, igual que todos los años de soledad que habían vivido hasta entonces, el uno sin la otra. Lo único que ambos sabían, al terminar aquella noche, era lo mucho que se amaban. Se sentían dignos de ello, merecedores por fin del amor.

A partir de entonces su vida juntos adquirió un tinte de vida cotidiana. Salían a cenar, se quedaban en casa, hacían la colada juntos, iban al gimnasio, pasaban las noches en el apartamento de él o el de ella, iban al cine y conseguían unir dos vidas reales en una sola. Todo funcionaba mejor de lo que ninguno de los dos podría haber soñado.

Fue idea de Collin cogerse una semana libre para ir a algún sitio con Victoria durante las vacaciones de primavera. Gracie había suplicado a su hermana que fuese a Los Ángeles, pero Victoria no quería. Sabía que su familia les estropearía el viaje y, si seguían juntos, de todas formas Collin tendría que conocerlos pronto. Ella temía el momento de presentárselo a sus padres y lo había hablado varias veces con su psiquiatra, que se alegraba por su nueva situación.

—¿Por qué te da tanto miedo presentárselo? —preguntó la doctora Watson, desconcertada ante su resistencia. La relación iba muy bien. Mejor de lo que Victoria había soñado jamás.

—¿Y si mis padres lo convencen de que no valgo la pena y no merezco su amor, y él decide que tienen razón? —Soltó las palabras presa del pánico.

—¿De verdad crees que eso va a suceder? —preguntó la terapeuta, mirándola a los ojos.

—No. —Victoria negó con la cabeza—. Pero ¿y si sucede? Son muy convincentes.

—No, no lo son. La única a la que han convencido siempre es a ti. Nadie más que su propia hija los creería, y por eso es tan cruel lo que hacen. Nadie se lo creería ni se lo ha creído nunca. Y a mí Collin me parece demasiado listo para caer en algo así.

—Lo es. Pero me preocupa lo que puedan decirle, y que me humillen delante de él.

—Puede que lo intenten, pero en tal caso te garantizo que a él no le hará ninguna gracia, y tendrá peor opinión aún de ellos. Por cierto, ¿lo has invitado ya a la boda de tu hermana?

—Victoria no lo había mencionado.

—Todavía no, pero pienso hacerlo. Aunque no quiero que me vea con ese vestido marrón que me queda tan mal. Me da vergüenza.

—Aún puedes convencer a Gracie de que te deje llevar algo diferente. No es demasiado tarde —le recordó la terapeuta.

—Lo he intentado, y no quiere. Tengo que aguantarme y ponerme ese vestido. Pero detesto que Collin tenga que verme tan horrorosa.

—A mí me parece que él te querrá te vistas como te vistas. El vestido marrón no le importará. —La doctora lamentaba que Victoria no lograra enfrentarse a su hermana en ese punto.

Su vida sexual también era fantástica, aunque al principio Victoria se había sentido cohibida por su peso. A pesar de haber adelgazado, seguía siendo más grandota de lo que le gustaría, y tenía algunos michelines y carnes flojas aquí y allá. Como no quería que él los viera, siempre apagaba la luz. Se tapaba y corría al baño a oscuras, o con una bata por encima. Hasta un día en que él por fin la convenció de que le encantaba su cuerpo exactamente como era, que lo disfrutaba, que lo veneraba, que amaba hasta el último centímetro de sus formas femeninas, y ella por fin lo creyó. Collin la miraba como a una diosa cada vez que la veía desnuda. La hacía sentirse como la reina del sexo y la alta sacerdotisa del amor. Victoria nunca había vivido nada tan excitante, y en cuanto empezó a comprender lo que él sentía por ella, y lo creyó, casi no salían de la cama. No se había divertido tanto en toda su vida, y la desesperación desapareció de su dieta. Comía con sensatez y se mantenía alejada del helado y de los alimentos que más engordaban, además de seguir acudiendo sin falta a su cita con Weight Watchers. Sin embargo, lo que más le apetecía por encima de todas las cosas era proclamar a los cuatro vientos que Collin la quería. Al final resultaba que sí era digna de ser amada. Nunca había sido tan feliz, y Collin se sentía igual que ella. Se deleitaba en la calidez del amor de Victoria, en su aprobación y su admiración, y gracias a ello se sintió florecer. Aquello era lo que había faltado en la vida de ambos durante tantos años. Su convivencia era un jardín bien regado donde todo crecía con exuberancia. El amor que compartían era algo hermoso para los dos.

Justo antes de las vacaciones de primavera, Victoria fue a la fiesta prenatal del bebé de Amy Green. Iba a ponerse de parto cualquier día y ya no volvería a clase hasta después de que naciera el niño. Había sido muy emotivo verle la barriga tan voluminosa, y a su madre pendiente de ella. Amy estaba feliz, y el acuerdo con la escuela había funcionado muy bien. Volvería cuando ya fuera madre, al cabo de unas semanas, para hacer los exámenes finales. La habían aceptado en Harvard y en la Universidad de Nueva York. Ella había decidido quedarse en la ciudad para poder estar con su hijo y su madre, que iba a ayudarla. Justin también iría a la Universidad de Nueva York. Les había salido a la perfección. El chico se había ido a vivir con Amy y con su madre durante los últimos meses del embarazo, con la aprobación de sus padres, aunque al principio no se habían mostrado demasiado contentos. La familia de Amy, en cambio, había sido muy razonable, y era conmovedor ver a unos chicos tan jóvenes esforzándose tanto por hacer lo correcto. Los dos acababan de cumplir dieciocho años. Victoria había hablado de ellos a Collin. Le encantaba compartir aspectos de su vida con él, que hacía lo mismo con su trabajo y estaba impaciente por presentarle a sus amigos. Juntos eran más de lo que eran por separado. No se restaban el uno al otro, sino que sumaban lo que eran.

Collin la sorprendió alquilando una preciosa granja antigua reformada en Connecticut para pasar juntos las vacaciones de primavera. Era un lugar apartado e idílico, absolutamente acogedor. Para los dos fue como jugar a las casitas. La propiedad quedaba cerca de un pueblo pintoresco. Dieron largos paseos, montaron a caballo por el campo, cocinaron juntos por las noches e hicieron el amor sin parar. Cuando se les acabaron los días, a ninguno de los dos le apetecía irse de la casa. Había sido perfecto.

Todo iba como la seda en la vida de ambos. Hasta una semana después de regresar de las vacaciones de primavera, cuando Victoria, que estaba en casa de Collin, recibió una llamada en su móvil. Era Gracie, y lloraba tanto que Victoria ni siquiera entendía lo que decía. Por lo que oía de la conversación y las preguntas que hacía Victoria, Collin se dio cuenta de que había sucedido algo malo, pero ninguno de ellos sabía de qué se trataba. Victoria pensó incluso que podía haber muerto alguno de sus padres, o Harry. Grace no decía nada coherente, y ella empezó a asustarse de verdad.

—¡Gracie, cálmate! —le gritó, pero los sollozos continuaron.

Su hermana por fin logró contar la historia balbuceando.

—Me ha... eng... engañado —dijo, y entonces volvió a derrumbarse y a deshacerse en lágrimas.

—¿Cómo lo sabes? —preguntó Victoria con brusquedad, pensando que quizá fuera una bendición, si eso evitaba que se casara con el hombre equivocado.

Quizá estaba escrito que tenía que suceder y no era algo tan malo, por muy destrozada que estuviera Gracie en ese momento.

—Lo he visto salir de un edificio con una mujer. Yo iba en coche a casa de Heather para enseñarle los diseños de mi vestido, y entonces lo he visto. Salía de ese edificio con ella, le ha dado un beso y luego se ha subido a su coche y se ha ido. A mí me había dicho que tenía que reunirse con su padre por algo de negocios. Me ha mentido. —De nuevo la invadieron los sollozos—. Y anoche no volvió a casa. Lo llamé y no contestó al teléfono.

—¿Estás segura de que era él? —preguntó Victoria con sensatez.

—Del todo. Él no me ha visto, pero yo iba con la ventanilla del coche bajada y estaba tan cerca que incluso lo he oído reírse. Ella parecía una fulana, pero ya la conocía de antes. Creo que es una de las secretarias de su padre. —Gracie lloraba como una niña.

—¿Y le has dicho que lo has visto?

—Sí. Me ha dicho que no era asunto mío, que todavía no estamos casados y que él sigue siendo un hombre libre. Y que si me pongo muy pesada cancelará la boda. Me ha dicho que por eso mi anillo es tan grande, para que tenga la boca cerrada y no esté todo el día encima de él.

Decir algo así era horrible, y Victoria se quedó de piedra. Le había confirmado que Harry era quien ella creía, o incluso peor.

—No puedes casarte con él, Gracie. No puedes casarte con un hombre que te trata así. Volverá a engañarte.

Collin ya veía por dónde iba el asunto y se sentó en el sofá junto a Victoria con cara de preocupación. Todavía no conocía a su hermana pequeña, pero ya lo sentía por ella. No era más que una niña.

—No sé qué hacer —dijo Gracie con voz de chiquilla perdida.

—Cancela la boda. No tienes otra opción. No puedes casarte con un tipo que ya está engañándote ahora, que va acostándose con otras por ahí y te dice que tengas la boca cerrada porque te ha regalado un anillo enorme. No te respeta. —Ni a sí mismo, por lo visto.

Collin también asentía, de acuerdo con lo que la oía decir. Aquel tipo era un desgraciado y tampoco él habría querido que su hermana se casara con alguien así.

—Pero es que yo no quiero cancelar la boda —dijo Gracie entre sollozos—. Le quiero.

—No puedes dejar que te trate así. Mira, ¿por qué no vienes unos días a Nueva York? Aquí hablaremos. ¿Se lo has dicho a papá?

—Sí. Dice que los hombres a veces hacen esas cosas, y que no significa nada.

—Menuda chorrada. Algunos hombres sí, pero los hombres decentes no le hacen eso a la mujer que quieren. Supongo que puede suceder, pero no así, con una barbie cualquiera y dos meses antes de su boda. No es buena señal.

—Ya lo sé. —Gracie parecía destrozada y perdida.

—Te compraré un billete. Quiero que vengas mañana mismo. —Era demasiado tarde para que volara aquella noche.

—De acuerdo. —Su hermana hablaba con docilidad y la voz entrecortada. Aún seguía llorando cuando colgó.

Inmediatamente después, Victoria llamó a la compañía aérea, reservó un billete y envió a Gracie la información en un mensaje de texto. Estaba dispuesta a pedir unos días libres en la escuela si hacía falta para pasar algo de tiempo con su hermana. Aquello era importante, y Collin estuvo de acuerdo con ella cuando le explicó lo sucedido.

—Esto solo es el principio. Si ya la está engañando ahora, no parará. Seguro que lo ha hecho siempre, solo que ella no lo sabía —opinó Collin, y Victoria coincidió con él.

Había tenido muchísimas oportunidades de hacerlo, estando con su familia, en sus viajes a Europa, o en sus fines de semana de despedidas de soltero. Collin tenía razón; si Harry era de los que engañaban, Gracie sería desgraciada toda la vida. Todavía hablaban de ello cuando se fueron a la cama.

Al día siguiente Victoria esperó a que fuera una hora razonable para llamar a su hermana entre clase y clase. Gracie acababa de levantarse después de pasar casi toda la noche llorando. Le dijo que Harry no la había llamado y que, la última vez que había hablado con él, había vuelto a amenazarla con cancelar la boda, como si Gracie hubiese hecho algo malo por llamarle la atención sobre su comportamiento y decirle lo que había visto.

—Déjale que lo haga —dijo Victoria con crudeza. Esperaba que su hermana le hiciera caso.

—Pero no quiero que la cancele —dijo Gracie, llorando otra vez.

Victoria sintió pánico. No podía casarse con ese hombre. Ni siquiera se había disculpado por lo que había hecho, no estaba arrepentido, y eso eran señales terribles. Era un niño rico y malcriado que hacía lo que le venía en gana y estaba amenazando a su futura esposa en lugar de postrarse a sus pies para implorarle perdón, lo cual podría haber sido un comienzo, y puede que aun así no habría bastado. Para Victoria seguro que no.

—Tú súbete a ese avión. Hablaremos cuando llegues aquí. Diles a mamá y a papá que quieres venir a hacerme una visita.

Además, quiero que conozcas a Collin. —Había explicado a su hermana todo acerca de él, aunque no parecía el mejor momento para presentarlos.

—¿Y si se enfada más conmigo porque me he ido a Nueva York? —La voz de Gracie destilaba miedo.

—Gracie, ¿te has vuelto loca? ¿Cómo que si se enfada él? Te ha engañado. Eres tú la que debería estar furiosa, no él.

—Me ha dicho que he estado metiendo las narices, espiándolo.

—¿Y es verdad?

—No, iba a ver a Heather para enseñarle los nuevos bocetos del vestido —volvió a explicar su hermana.

—Exacto, así que no dice más que tonterías. Y te ha engañado. Ven a Nueva York.

Le recordó a qué hora salía el vuelo. Gracie tenía tiempo de sobra para cogerlo.

—De acuerdo. Iré. Nos vemos más tarde —dijo algo nerviosa, pero al menos ya no lloraba.

Victoria le había buscado un vuelo que salía de Los Ángeles a mediodía y llegaría al aeropuerto JFK a las ocho de la tarde, hora de Nueva York. Ella había pensado ir al aeropuerto a buscarla. Cogería el autobús de las siete, que también había reservado ya, pero el móvil le sonó a las seis de la tarde, cuando estaba en su piso organizándose para la visita de Gracie y cambiando las sábanas. Era su hermana la que llamaba.

—¿Dónde estás? —se extrañó Victoria—. ¿Me llamas desde el avión, o es que habéis aterrizado antes?

—Estoy en Los Ángeles. —Sonaba preocupada y culpable—. Harry acaba de irse. Dice que me perdonará y que no cancelaremos la boda si me olvido de todo esto y no vuelvo a hacerlo. —Su voz era como la de un robot.

Victoria estaba hecha una furia.

—¿Si no vuelves a hacer qué? ¿Dejarte engañar? ¿De qué

está hablando? ¿Qué es lo que se supone que no puedes volver a hacer? —Le temblaba la voz de rabia y preocupación por su hermana. Harry estaba dando la vuelta a lo sucedido para culpar a Gracie, cuando estaba clarísimo que quien tenía la culpa era él, no ella.

—Espiarlo, acusarle de cosas. —Gracie lloraba, pero Victoria no podía oírlo—. Dice que no sé de qué estoy hablando, que lo único que hizo fue besarla y que más vale que meta las narices en mis cosas y punto.

—¿Y quieres casarte con alguien así? —gritó Victoria. Estaba sola en el piso y a punto de perder los estribos.

—Sí —respondió Gracie con tristeza, y a continuación empezó a gimotear—. Quiero casarme con él. No quiero perderlo. Le quiero.

—Lo único que vas a tener será su nombre, si ya está engañándote ahora. Con eso no basta. Está haciéndote chantaje para comprar tu silencio, Grace. Está diciéndote que si le echas en cara sus jugarretas, aunque él se haya portado mal, te abandonará. ¡Es un cabrón!

Gracie solo lloró con más fuerza.

—No me importa. ¡Le quiero! —De pronto estaba enfadada con su hermana, en lugar de con su futuro marido, por obligarla a enfrentarse a una verdad que le resultaba demasiado terrible para aceptarla—. Dice que no me engañará cuando estemos casados.

—¿Y te lo crees?

—¡Sí! No me mentiría.

—Pues ya lo ha hecho —señaló Victoria, completamente desesperada—. ¿Olvidas que hace dos noches estuvo con otra mujer? Tú misma lo viste. Y, además, no fue a casa. Me lo explicaste tú. ¿Es esa la vida que quieres?

—No, él nunca haría eso. Me lo ha dicho. Solo ha sido por los nervios de la boda.

—Los nervios de la boda no hacen que engañes a la persona que quieres. O no deberían. Y en ese caso no tendría que haber boda.

—No me importa lo que digas —repuso Gracie con crueldad. Victoria la estaba arrastrando a la luz de la verdad, y ella hacía todo lo posible por escapar y protegerse en las mentiras de Harry—. Nos queremos y vamos a casarnos. Y no me engaña.

—No, claro, es un tipo estupendo —dijo Victoria con sarcasmo—. Esto es asqueroso, y eres tú la que va a pagar el precio.

—No, no es verdad —dijo Gracie—. Todo irá bien.

Victoria sabía que no, pero su hermana no quería oírlo.

—¿Vas a venir a Nueva York? —preguntó Victoria de forma mecánica.

—No. Harry no quiere que vaya. Dice que tengo mucho que hacer aquí, y que me echaría demasiado de menos.

Y no quería que su ingenua futura esposa se viera influida por su sabia hermana mayor, que no estaba obnubilada con él. Victoria se dio cuenta enseguida.

—Seguro que sí. Lo que no quiere es que hables conmigo. Haz lo que te dé la gana, Gracie. Pero acuérdate de que me tienes aquí para lo que haga falta. —Sabía que tarde o temprano su hermana pequeña la necesitaría.

Se le partía el corazón. Al colgar, no pudo evitar preguntarse si a su madre también le habría sucedido algo así. A lo mejor su padre la había engañado también en algún momento, y por eso se mostraba tan dispuesto a exculpar a Harry. De no ser así, jamás debería haberlo hecho, por el bien de su hija, independientemente del dinero que su futuro yerno tuviera. El dinero no iba a darle la felicidad si Harry no hacía más que engañarla o era una mala persona. Pero a Jim le importaba más el prestigio que esa alianza le daba a él.

Victoria pensó en llamar a su padre, pero le pareció que no serviría de nada. Tampoco él le haría caso. Estaba demasiado empeñado en que se celebrara el matrimonio de Gracie, aunque por motivos equivocados. Todos estaban confabulados para conseguir que se casara con Harry Wilkes contra viento y marea, aunque a Victoria le parecía una tempestad mortal. Llamó a Collin para explicarle lo sucedido y él se preocupó por ella. Sabía lo unida que se sentía a su hermana y le parecía una situación muy grave.

—Es una lástima que tus padres no estén siendo un poco más inteligentes.

—Son idiotas y les gusta el apellido de ese tipo. Y ella es una niña tonta. Cree que, si lo pierde, nunca encontrará a nadie más como él. Un día será muy desgraciada si sigue adelante.

Collin no intentó convencerla de lo contrario.

Victoria pasó aquella noche muy deprimida y envió a Gracie un mensaje diciéndole que la quería, pero no la llamó. No podía decirle más que la verdad.

La doctora Watson no le fue de gran ayuda al día siguiente. Le repitió lo mismo de siempre, incluso ahora que Harry había engañado a Grace, o por lo menos lo parecía.

—La decisión es de ella —le recordó a Victoria—, es su vida. Yo estoy completamente de acuerdo con lo que dices. La está chantajeando, es un controlador y puede que una persona deshonesta. Pero la única que puede hacer frente a eso es ella, y o bien cambiarlo o alejarse de él. Tú no tienes ni voz ni voto. —Fue muy clara al respecto, pero solo logró que Victoria, que se sentía impotente, se enfadara también con ella.

—O sea ¿que tengo que sentarme a mirar? —Tenía lágrimas de rabia y frustración en los ojos.

—No, debes conducir tu propia vida. Concéntrate en tu

relación con Collin, y me alegro de que te esté yendo bien. No hay nada que puedas ni debas hacer por la vida de tu hermana o su matrimonio. Esa es una elección del todo suya, ya sea buena o mala. No importa lo que tú pienses.

—¿Aunque tenga veintidós años y no sepa lo que hace y necesite un poco de guía? —Victoria se estremecía ante lo que le decía la doctora Watson, sobre todo porque era cierto.

—Así es. No está pidiéndote que la guíes. Te está diciendo que te apartes.

Victoria sabía que tenía razón, lo cual solo conseguía que luchara con más fuerza.

—¿Para que pueda tragarse todas sus mentiras? —Estaba indignada.

—Sí, si eso es lo que quiere, y por lo visto lo es. A mí tampoco me gusta, y oír que pasan esas cosas me inquieta mucho, pero tienes las manos atadas.

—Odio esta situación.

Estaba terriblemente disgustada por que Gracie fuera a casarse con él, pero no quería perder la relación con su hermana, y sabía que podía ocurrir. Harry la había chantajeado para comprar su silencio, ayudado y secundado por la juventud y la desesperación de ella, además del narcisismo y la codicia de su padre. Jim quería que su hija se casara con un Wilkes, a cualquier precio, para poder alardear. Y Gracie tenía miedo de perder a Harry. Victoria temía que su hermana estuviera a punto de perderse a sí misma, lo cual era aún peor.

Después de eso el siguiente golpe fue una llamada de Grace una semana más tarde. Como dama de honor principal, quería que su hermana le organizara un «fin de semana de despedida de soltera» en Las Vegas, con las diez damas de honor, Victoria incluida. A ella le horrorizó la idea. Cuando le preguntó, Gracie le dijo que a Harry le parecía estupendo y cambió de tema. El chantaje había conseguido el silencio deseado, incluso ante su hermana. Si Gracie estaba preocupada no lo reconocería. Lo único que quería era que Victoria le organizara un fin de semana que a ella le parecía un espanto. En realidad no quería ni prepararlo ni asistir, no deseaba hacer nada que facilitara el matrimonio de su hermana con ese cabrón, pero tampoco tenía agallas para negarse.

—¿Ahora la gente no sale simplemente a cenar en las despedidas de soltero? ¿Quién tiene tiempo para una salida de fin de semana? —Solo aquellos que estaban forrados y no trabajaban, que no era su caso.

—No, se organizan viajes. Harry celebró la suya en Saint Bart la semana pasada. Estuvieron cinco días —dijo Gracie.

Victoria no quería ni imaginar a qué se había dedicado todo ese tiempo. Suspiró en voz alta, descontenta con el plan.

—Envíame una lista de lo que quieres y veré qué puedo hacer. ¿No hay nadie más dispuesto a ayudar? Yo trabajo, Gracie, y además tengo el problema de la diferencia horaria. Todas vosotras estáis en la costa Oeste, y ninguna trabaja. —Todas sus damas de honor eran niñas ricas y mimadas que vivían de sus padres o todavía estaban estudiando.

—Tú eres la dama de honor principal, se supone que es cosa tuya —insistió su hermana con cabezonería, y Victoria se sintió culpable.

La relación entre ellas era muy tensa aquellos días por culpa de la boda.

—¿Cuándo quieres ir? —preguntó con voz desanimada.

—En mayo —contestó Gracie, alegre, sin hacer caso de la incomodidad de Victoria.

—De acuerdo. Me encargaré de ello. Te quiero —dijo ella con tristeza, y colgó.

Gracie había prometido enviarle los nombres y los datos

de todas, y le dijo que su padre lo pagaría todo. Jim estaba tirando la casa por la ventana para sellar aquella alianza. Por Victoria jamás habría hecho nada así, y ella lo sabía. Incluso lo había reconocido: ya le había advertido que se fugara con su novio, si algún día encontraba a alguien dispuesto a casarse con ella.

Por suerte, a pesar de todo el estrés generado por la boda, las cosas iban bien con Collin. Aun así, Victoria no recibió con alegría la llamada de su madre, que le dijo que su padre tenía que ver a un cliente en Nueva York y que pasarían dos días en la ciudad. Era lo último que le apetecía a Victoria; además, como sabían de la existencia de Collin, seguro que querrían conocerlo. Ella ya había conocido a los padres de él, pero no soportaba pensar en las cosas que su padre explicaría de ella. Aquella noche se lo dijo a Collin.

—¿Querrás cenar con ellos y conmigo? —le preguntó con una mirada de angustia, y él sonrió y la besó.

—Por supuesto.

—Y ya que hemos sacado el tema, hay algo que quiero pedirte.

—La respuesta es sí —dijo él, medio en broma—. ¿Cuál es la pregunta? —Sabía lo inquieta y nerviosa que estaba últimamente, y lo sentía muchísimo. Victoria estaba preocupada por su hermana, y con razón, por todo lo que había oído él.

—¿Querrás acompañarme a la boda de mi hermana? —preguntó, y él le sonrió de nuevo.

—Pensaba que no ibas a pedírmelo nunca.

—Todas las damas de honor estarán preciosas con ese vestido, y yo pareceré un adefesio. Prepárate. No estarás orgulloso de mí —dijo con lágrimas en los ojos.

—Claro que estaré orgulloso de ti, y de estar contigo. No podrías parecer un adefesio ni aunque te esforzaras. ¿Cuándo vienen tus padres, por cierto?

—Dentro de dos días. —Lo dijo como si fuera el fin del mundo, y para ella lo era.

Su padre la ridiculizaría delante del hombre al que amaba para demostrar lo indigna que era de su amor. ¿Y si Collin le hacía caso? No se le ocurrió que a quien dejaba eso en mal lugar era a su padre, no a ella. Collin sabía perfectamente lo mucho que merecía su amor.

Al día siguiente hizo varias llamadas para el fin de semana en Las Vegas, aunque la doctora Watson le recordó que podía negarse si quería. Ella, sin embargo, no pensaba decepcionar a Gracie. Nunca lo había hecho.

Sus padres llegaron a Nueva York un día después. Se hospedaban en el Carlyle, e invitaron a Victoria y a Collin a tomar una copa en el Bemelmans Bar. Resultó que sus padres tenían que cenar con el cliente, así que no disponían de mucho tiempo para estar con ellos, lo cual fue una suerte. Con la copa bastaría. Ella sabía que Jim podía destruirla en cinco minutos: no necesitaba una velada entera para conseguirlo.

Al instante vio lo impresionado que se quedaba su padre con Collin y lo sorprendido que parecía, como si no pudiese creer que saliera con alguien como ella. También a Victoria le costaba creerlo, pero él la quería y lo había demostrado sobradamente durante los últimos cuatro meses.

Todo el mundo se portó con muchísima educación y, cuando llevaban una hora charlando, su padre comentó que esperaba que Victoria tuviera cuidado con lo que comía para caber dentro del vestido de dama de honor que le había encargado su hermana. Ella se puso tensa en cuanto lo oyó.

—He adelgazado, papá —dijo en voz baja—, y vamos al gimnasio todos los días.

—Seguro que tú eres una buena influencia para ella —dijo Jim, sonriendo abiertamente a Collin, que parecía contento, esperando a ver qué comentaría a continuación—. Pero cuidado con el helado —remató Jim con esa risa que Victoria tanto detestaba.

Ni su madre ni él habían notado lo mucho que había adelgazado, como tampoco el cambio de su nariz, del cual Collin no sabía nada. Nunca se lo había dicho y no creía que hiciera falta. Jim se volvió hacia Collin y le explicó lo maravilloso que era Harry y lo satisfechos que estaban con el matrimonio.

Victoria tomó entonces la palabra con seguridad.

—No, no es tan maravilloso, papá. La ha engañado, y tú lo sabes.

Su padre la miró un momento, asombrado por que le hubiera llamado la atención. Fijó la mirada en Victoria.

—No han sido más que unos nervios inofensivos —dijo como si nada—. Todos los chicos hacen cosas así antes de casarse. Es para rebajar la presión. —Guiñó un ojo a Collin, como si esperase que fuera a darle la razón, pero Collin no le devolvió el gesto.

—¿Cómo podéis dejar que se case con alguien que ya la está engañando antes de la boda? —preguntó Victoria, disgustada, mientras su madre fingía no haberla oído y daba un sorbo a su copa con la mirada perdida. Se había retirado de la conversación.

—No ha sido más que una pelea de enamorados, un malentendido, seguro —insistió su padre, sonriendo aún.

Victoria quería estallar, pero se contuvo. Sabía que no serviría de nada discutir con él. No pensaba darle la razón y estaba totalmente a favor de ese matrimonio, por mucho que hubiera hecho Harry. Collin permanecía impertérrito ante la escena. Se lo veía seguro y fuerte, y toda su conducta transmitía que estaba del lado de Victoria y de nadie más. Jim comprendió que su hija contaba con un aliado y que cualquiera que la atacara o la menospreciara tendría que vérselas también con él. El mensaje llegó alto y claro, aun sin palabras. Sus padres se marcharon poco después y dijeron a Collin que había sido un placer conocerlo.

—Normalmente son más horribles —comentó Victoria cuando salieron del Carlyle y fueron andando hasta el barrio de ella.

Hacía una noche agradable y caminaban cogidos de la mano. Sumado a todo lo que estaba ocurriendo aquellos días y que escapaba a su control, el solo hecho de ver a sus padres la había estresado mucho.

—A mí no me han engañado —dijo Collin con tranquilidad—. He oído lo que ha dicho tu padre del vestido, del peso, del helado, y eso de que le importa un comino si Harry engaña a tu hermana. Quiere casarla con un chico rico. Cree que eso lo dejará a él en buen lugar. Es igual que mis padres: pensaban que lo que conseguía mi hermano les hacía quedar bien a ellos, que podían alardear de hijo, y en cambio lo que yo hago nunca está a la altura. Sé exactamente qué clase de personas son —dijo, y miró a Victoria con comprensión.

Se daba cuenta de lo que había soportado ella toda la vida, y el precio que había pagado por ello. Era desgraciada y se sentía incómoda con su cuerpo. Cuando Collin la besó de camino a su casa, estaba tensa y encerrada en sí misma. Era como si quisiera apartarse también de él. Collin lo vio en sus ojos, se detuvo y la miró.

—Yo no soy el enemigo, ellos lo son. Los he oído: no eres lo bastante buena, así que nadie podría amarte jamás. Ven aquí —dijo, tirando de Victoria hacia sus brazos y perdiéndose en sus enormes ojos azules, que eran del mismo color que los de él—. Te quiero. Claro que mereces amor. Tus padres son unos idiotas. Te quiero y me gusta todo de ti, me gustas tal como eres. Este es mi mensaje. No el de ellos. El mío. Eres la mujer que más merece ser amada de todas las que he conocido en mi vida. —Nada más decirlo, le dio un beso, y unas lágrimas de alivio cayeron por las mejillas de Victoria, que sollozaba en sus brazos.

Acababa de decirle lo que había esperado oír durante toda la vida y, hasta entonces, nadie le había dicho.

25

Al día siguiente, cuando Victoria llegó a la escuela, se encontró con una enorme nube de globos azules en el vestíbulo que había llevado una alumna. En el tablón de anuncios había un gran cartel. Amy Green había tenido a su niño. Había pesado 2 kilos 900 gramos, medía 48 centímetros y se llamaba Stephen William. Victoria se alegró por ella, y esperaba que el parto hubiera ido bien. Estaba convencida de que se enteraría de todo por algunas de las chicas. Toda la escuela estaba entusiasmada con la noticia.

Después, en una de sus clases, oyó que Justin había estado en la sala de partos con Amy y con su madre. No habían querido saber el sexo del bebé con antelación, así que para ellos fue una sorpresa, y la madre y el niño estaban estupendamente y podrían irse a casa al cabo de un día. Amy esperaba volver a la escuela dos semanas después, tres como mucho. En Madison habían logrado que funcionara y que Amy salvara el curso. Victoria quería ir a hacerle una visita cuando estuviera algo más recuperada. Las chicas que hablaron con ella le dijeron que se encontraba muy bien, y que el parto no había sido demasiado horrible. Victoria se alegró. Eran chicos de instituto, pero al menos ya iban a duodécimo, y no a noveno. Aunque pareciera una locura, Amy y Justin tenían una oportunidad de que las cosas les salieran bien, sobre todo con la ayuda y el apoyo de la madre de ella.

Durante uno de los recreos, Victoria aprovechó e hizo algunas llamadas para el viaje de Las Vegas, y también llamó a su hermana aquel fin de semana para hablarlo. Gracie estaba más calmada que cuando descubrió que Harry la engañaba, y todos lo habían olvidado como si no hubiera ocurrido, por expreso deseo de Harry. Todo el mundo ponía de su parte, sobre todo la novia y sus padres. A Victoria no le parecía que esa fuera forma de afrontarlo, pero intentaba mantenerse al margen. Collin y ella iban al gimnasio todas las mañanas, no porque a él le preocupara el peso de Victoria, sino porque decía que la ayudaría con el estrés, y parecía que así era. Volvía a sentirse menos nerviosa, y dio a Gracie los detalles del fin de semana de despedida de soltera que le había preparado en Las Vegas, aunque seguía pareciéndole una mala idea, o por lo menos a ella no le gustaba. Habría preferido muchísimo más un fin de semana tranquilo en Santa Bárbara con Gracie y sus amigas, en el Biltmore o el San Ysidro Ranch, pero ellas eran jóvenes y les apetecía jugar.

Había reservado habitaciones para todas en el Bellaggio, dos chicas por habitación, y todas ellas tenían que dar a Gracie el número de su tarjeta de crédito. Victoria reservó también las cenas y compró entradas para el Cirque du Soleil. Ella volaría desde Nueva York, las demás desde Los Ángeles, llegarían el viernes por la noche y se marcharían el domingo por la mañana, después de dejar las habitaciones libres. Había hecho su trabajo como dama de honor principal, y su hermana estaba contentísima con el plan y se disculpó por haberla presionado tanto.

—No pasa nada. Es tu gran momento —dijo Victoria, intentando ser comprensiva, como siempre. En este caso por partida doble, ya que no soportaba a Harry y estaba muy preocupada por su hermana. Se sentía como si la estuviera empujando hacia su propia ejecución, pero era lo que Gracie quería. Además, la doctora Watson tenía razón: era su vida.

—Algún día lo haré yo por ti —le dijo Gracie, esta vez con unas palabras más propias de ella.

Victoria sabía que estaba sometida a mucha presión, no solo por la boda sino también por parte de Harry, que tenía la última palabra en todo, y cada vez en mayor medida. Incluso habían cambiado varios detalles para complacerlo. Después del gran día se la llevaría al sur de Francia de luna de miel. Primero al Hôtel du Cap, en el cabo de Antibes, y luego a Saint Tropez, donde quería coincidir con sus amigos... en su luna de miel con Grace.

—Espero que no me organices nada en Las Vegas —dijo Victoria riendo, algo más relajada.

—¿Qué tal está Collin? —Gracie tenía muchas ganas de conocerlo. No podía creer que no hubiera visto a su hermana desde Acción de Gracias. Era la vez que más tiempo habían pasado sin verse, y habían cambiado muchas cosas en la vida de ambas.

—Genial.

—A papá le cayó bien —comentó Gracie, lo cual sorprendió a Victoria, ya que Collin se había quedado allí sentado, protegiéndola como un guardaespaldas y transmitiendo a su padre un inequívoco mensaje mudo. A lo mejor no lo había captado, o eso fingía—. Le sorprendió que alguien así esté contigo. Dijo que parece un tipo de éxito, y que él habría esperado que quisiera salir con otra abogada, y no con una maestra. Pero le cayó bien.

El desprecio de su padre era evidente. Ella no era lo bastante buena para Collin. Ahora los mensajes le llegaban a través de Gracie. No solo era la marioneta de Harry, también lo era de Jim.

—A lo mejor es que le gusto —dijo Victoria en voz baja. Se sentía completamente segura de su amor por ella, y era una sensación extraordinaria.

—Mamá dice que es muy guapo.

—Sí, lo es. Seguro que eso también sorprendió a papá. Seguro que esperaba que saliera con alguien a quien él consideraría un fracasado, igual que yo.

—No es tan malo, no seas tan dura con él.

Gracie defendía a su padre y Victoria no quería entrar en aquella conversación. Sabía que sería inútil. Jim le estaba regalando una gran boda y todo lo que quería, así que ella aceptaba la versión oficial sobre todas las cosas, tanto la de su padre como la de su futuro marido. Además, Jim era el padre que siempre había sido agradable con ella y la adoraba. Y, si estaba dispuesta a ser la devota esclava de Harry, también a sería la de su padre. Su madre y ella tenían ese rasgo en común, y Victoria estaba justo en el extremo contrario. Ella era una luchadora por la libertad que defendía todas aquellas verdades que nadie quería escuchar. Ya no tenía a Gracie de aliada, pero había ganado a Collin. Los días de alianza entre las hermanas se habían terminado, y nunca regresarían si se casaba con Harry, como todo parecía indicar. Victoria echaba de menos la relación que había compartido con Gracie, pero se sentía más agradecida que nunca de tener a Collin en su vida.

Ultimó con su hermana los detalles del viaje a Las Vegas y luego pasó un fin de semana tranquilo con Collin. La despedida sería el fin de semana siguiente y a Victoria no le apetecía demasiado. No era la idea que tenía ella de un viaje de placer.

Antes de ir a Las Vegas fue a visitar a Amy Green y a su bebé. El pequeño era adorable y Amy estaba feliz. Le daba el pecho y pensaba sacarse leche cuando empezara a ir otra vez a clase. Solo serían unas semanas, hasta las vacaciones de verano. Justin también estaba allí, y tenía aspecto de padre orgulloso mientras sostenía al niño para que Amy charlara con Victoria, que les había llevado un jerseycito azul y unas botitas. Amy se las puso al niño como si fuera un muñeco. Era extraño ver a aquellos dos chicos tan jóvenes siendo padres. Bebés que tenían bebés. Pero ambos parecían muy maduros y responsables con su hijo, y la madre de ella estaba constantemente cerca por si hacía falta. Era una situación ideal para Amy y Justin, y a su madre le había dado una nueva vida después del divorcio. Parecía una bendición para todos ellos.

Al día siguiente, Victoria cogió un avión a Las Vegas después de clase. Había prometido llamar a Collin, que sabía lo poco que le apetecía el viaje. Victoria estaba convencida de que las amigas de Gracie beberían una barbaridad, jugarían, apostarían, se volverían locas y se irían de ligoteo, ya que ninguna estaba casada. Se sentía como una monitora en una excursión de alumnos de duodécimo. Las otras damas de honor eran una jauría de chicas de veintiuno a veintitrés años dispuestas a perder la cabeza, y ella, a punto de cumplir los treinta, se sentía como la madre del grupo.

Lo único agradable del viaje era que Victoria vería a su hermana, y Gracie se lanzó a sus brazos nada más llegar. Echó un vistazo a su nueva nariz y le dijo que le gustaba.

Las chicas habían empezado a beber antes de que ella llegara, y algunas ya habían jugado a las tragaperras y habían ganado algún dinero. Entonces fueron todas a cenar y, después, estuvieron dando una vuelta por el casino, que era un mundo de luz extraña y artificial, lleno de brillos, sin ventanas, con gente excitada, dinero que cambiaba de manos y chicas con vestidos sexys que ofrecían bebidas gratis. Gran parte de todo ello no tenía ningún atractivo para el grupo, pero les gustaba la atmósfera que se respiraba y ya habían descubierto que en todos los hoteles podían hacerse grandes compras, sobre todo en el que se hospedaban ellas, y que había un montón de solteros paseándose por el casino y el hotel.

Victoria tenía la sensación de que estaba obligada a quedarse con ellas toda la noche, pero ya estaba cansada y aburrida. La mayoría eran bastante bobas y habían bebido demasiado, así que coqueteaban con todos los hombres que veían. Menos Gracie, que se portó bien. Harry estuvo llamándola toda la noche para controlarla. Eran las dos de la madrugada cuando Victoria por fin subió a su habitación. Ella era la única que no la compartía con nadie, y tampoco quería. Gracie dormía con su mejor amiga. Victoria no pudo llamar a Collin cuando se retiró porque en Nueva York ya era demasiado tarde, aunque le había enviado varios mensajes de texto y él le había contestado con otros tantos, dándole ánimos. Fue un fin de semana maratoniano, pero Victoria sentía que era su deber como dama de honor principal, y era evidente que Gracie disfrutaba de cada minuto. Más que una novia era como una niña en Disneylandia.

El día siguiente fue ajetreadísimo: compras, comida, juegos de azar, masajes, manicuras, pedicuras, unos largos en la piscina, cena en Le Cirque, el Cirque du Soleil (que era un espectáculo increíble) y por fin de vuelta al casino hasta las tres de la madrugada. Allí dentro era fácil perder la noción de las horas, porque no había relojes y parecía que el tiempo se detuviera, que era lo que los casinos querían. Algunas de las chicas estuvieron en pie toda la noche y bebieron como cubas, pero Gracie no. Victoria se retiró a las tres y subió a su habitación a dormir.

Al día siguiente se reunieron para tomar un *brunch*, no muy pronto, y luego Victoria se despidió del grupo para volver a Nueva York. El vuelo de las demás salía más tarde. Ella dio un beso a su hermana antes de salir. Algunas de sus amigas tenían una resaca infernal, pero todas dijeron que lo habían pasado en grande.

—Has hecho muy buen trabajo —dijo Gracie para agradecérselo—. Supongo que no nos veremos hasta la boda —añadió con voz nostálgica—. Te echo mucho de menos.

—Iré unos días antes para ayudarte —le aseguró Victoria.

Se abrazaron otra vez y Victoria se marchó, contenta de regresar a Nueva York. Había sido un fin de semana muy largo. No era que hubiera sido horrible, y no se habían producido incidentes, pero tampoco se había divertido. Ir a Las Vegas no era su idea de pasárselo bien. Collin le había dicho muchas veces lo contento que estaba de no haber tenido que acompañarla. Estuvo charlando con él por teléfono mientras esperaba en el aeropuerto a que saliera su vuelo. Iban a encontrarse en el apartamento de él, que le había prometido que se acostarían pronto. Victoria lo necesitaba. Además, al día siguiente tenía un gran proyecto en Madison, porque era el día de la función escolar de aquel curso. Iban a representar *Annie*. Era una producción importante, y ella había prometido ayudar entre bambalinas con el decorado y el vestuario, igual que había hecho cuando iba al instituto. Aunque se había perdido todos los ensayos de vestuario de aquel fin de semana, estaba segura de que alguien la habría sustituido. Por lo que había visto de momento, iba a quedarles genial, y el lunes por la mañana tenían el último ensayo general. El gran estreno para padres e invitados era el lunes por la tarde, y una de sus alumnas, que tenía una voz digna de oírse en Broadway, era la estrella de la función. Collin había dicho que intentaría ir.

Victoria nunca había estado tan contenta de ver a alguien como cuando lo vio aquella noche. Se fundió en sus brazos con alivio. Había pasado todo el fin de semana muy tensa, como si estuviera de servicio, intentando que todo transcurriese sin contratiempos para su hermana. Algunas de las chicas no se lo habían puesto fácil. Eran unas jóvenes mimadas, acostumbradas a que todo fuera como ellas querían, pero a pesar de eso todo había salido bien. Collin se metió en la cama con ella después de compartir una ducha. Hicieron el amor y cinco minutos después Victoria ya estaba dormida. Él la arropó sonriendo con cariño. La había echado de menos.

Los dos salieron temprano a la mañana siguiente. Victoria tenía cosas que hacer en su despacho antes de ir al auditorio para empezar a ayudar con la obra. Estuvo allí hasta el mediodía mientras lo preparaban todo, repasando una vez más todos los números musicales. Ella movió decorados con los alumnos, y en cierto momento se apartó para dejar pasar otra pieza de atrezo hacia el escenario. Dio un paso atrás para evitar que le dieran un golpe y, antes de darse cuenta, se cayó a la platea y quedó tirada boca arriba en el suelo. Todos lo vieron y se oyó un grito ahogado general. Victoria estuvo un minuto inconsciente. Al volver en sí aseguró a todo el mundo que se encontraba bien, pero no lo parecía. Estaba cadavérica y, cuando intentó ponerse en pie, comprobó que no podía. Sentía un dolor terrible en la pierna, que había quedado doblada en un ángulo extraño. Ella insistió en que se encontraba bien, pero Helen fue a buscar al señor Walker y a la enfermera de la escuela, y llamaron a emergencias. Victoria se moría de vergüenza cuando los de la ambulancia entraron y la tumbaron en una camilla. Intentó levantarse de nuevo, pero no pudo. Además, al caer se había dado un golpe muy feo en la cabeza. En la ambulancia le dijeron que parecía que se había roto la pierna, y ella les contestó que eso era imposible, que no se había caído desde tan arriba, pero Helen, que iba en la ambulancia con ella, explicó que el golpe había sido fuerte, y el de la cabeza también. Querían hacerle unas radiografías y un TAC.

—Esto es una tontería —dijo ella, intentando hacerse la valiente, aunque sentía náuseas y tenía la tensión muy baja.

Llamó a Collin para explicarle lo sucedido y él prometió

ir enseguida al hospital, aunque Victoria le aseguró que no hacía falta.

—Ya sé que crees que no te lo mereces, boba. Pero te quiero y pienso ir. Te buscaré en cuanto llegue.

Ella se echó a llorar al oírle decir eso. Tenía miedo y era un alivio saber que Collin estaría con ella, pero jamás se lo habría pedido.

La encontró en urgencias nada más llegar. Por rayos X ya habían visto que tenía la pierna rota, aunque era una fractura simple que no necesitaría cirugía, solo una escayola, para gran alivio de Victoria. También tenía una ligera conmoción, pero todo lo que requería eso era descanso.

—Vaya, pues sí que has hecho un buen trabajo esta mañana —declaró Collin, compungido. Estaba preocupado por ella, pero aliviado por que no hubiera sido nada peor.

Victoria no lo dijo, pero estaba encantada de que no le hubiera pasado nada a su nueva nariz. Después de que le recolocaran la pierna y le pusieran la escayola, Collin se la llevó a casa y la acomodó en el sofá con varios cojines. Le preparó una crema de champiñones y cebada y le hizo un sándwich de atún. Le habían dado unas muletas y le dijeron que le quitarían la escayola al cabo de cuatro semanas, diez días antes de la boda de Grace.

Collin tenía que volver a su despacho para asistir a una reunión de preparación de un juicio que no podía posponer, pero prometió regresar en cuanto le fuera posible. Ella le dio las gracias, él la besó y salió corriendo por la puerta. Victoria llamó a Harlan al trabajo y le explicó lo sucedido.

—Pero qué patosa eres... —dijo para incordiarla, y ella se echó a reír, aunque le dolía.

Le habían dicho que el dolor duraría unos días. También llamó a Gracie, y ella y Harry le enviaron flores. Harlan le llevó a casa una pila de revistas y, una hora después, Collin entró con un pollo asado y unas verduras a la parrilla de Citarella, para todos, y dio un beso a su paciente.

—Lo siento. He venido en cuanto he podido. Estábamos intentando llegar a un acuerdo en el caso.

Victoria se sentía como una reina rodeada de su corte, que no hacía más que estar pendiente de ella. Collin se quedó con ella aquella noche. Le dolía mucho todo el cuerpo, y él le dio calmantes y le frotó la espalda en la cama.

—Eres muy buen enfermero —dijo ella, dándole las gracias—. Lo siento. Esto es una tontería.

—Sí, supongo que lo has hecho adrede. —Sonrió.

Victoria estaba muy decepcionada, había sentido mucho perderse la obra, pero la pierna le dolía demasiado para ir. También le fastidiaba tener que caminar con muletas. Al menos iban a quitarle la escayola antes de la boda, si la fractura soldaba bien. Era un quebradero de cabeza que no necesitaba. Su madre llamó también aquella noche y le dejó un mensaje en el buzón de voz diciendo que sentía mucho lo de su caída.

Al día siguiente entró en la escuela cojeando, y todos los alumnos la ayudaron a moverse de un lado a otro. Helen y Carla se acercaron a su aula a ver cómo estaba, y Eric Walker pasó a saludar. Todo el mundo se alegraba de verla otra vez allí, y le explicaron que *Annie* había salido de fábula. Al final del día Victoria estaba tan cansada que volvió a casa en taxi. De camino se dio cuenta de que no podría hacer ejercicio durante todo aquel mes, y le aterrorizó pensar que sin duda engordaría. En cuanto llegó a casa se lo dijo a Harlan. La promesa que se había hecho a sí misma consistía en perder doce kilos antes de junio, conseguir una vida y encontrar a un hombre que le importara. Ya tenía una vida, con Collin, y nunca había sido más feliz. Había perdido más de ocho kilos y estaba estupenda, pero quería perder los cuatro que le faltaban antes de la boda, y eso resultaría difícil dando saltitos de un lado a otro con sus muletas, incapaz de hacer ejercicio y tumbada todo el día en el sofá.

—Solo tienes que ir con cuidado y no comer como una loca —le advirtió Harlan—. Nada de helado. Ni galletas. Ni pizza. Ni bollitos. Ni queso para untar. Sobre todo porque no puedes moverte.

—No comeré nada de eso, lo prometo —dijo ella, aunque aquella noche, cuando la pierna empezó a dolerle, sintió la necesidad de reconfortarse con un poco de helado.

Pero no lo pidió, y ni siquiera se acercó al congelador. Aunque había cenado dos raciones de pasta, porque estaba buenísima, se prometió no hacerlo otra vez. Nada de buscar consuelo en la comida durante todo aquel mes, o en la boda parecería un zepelín y demostraría que su padre tenía razón y ella no tenía remedio.

Compartió su preocupación con Collin, y él le dijo que todo lo que engordara mientras fuera con muletas lo perdería en cuanto pudiera volver a hacer ejercicio, y que, si no, tampoco pasaba nada.

—No tienes que preocuparte por eso. Eres una mujer preciosa, y una talla no es tan importante, ni arriba ni abajo.

—Para mí sí lo es —repuso ella con tristeza—. No quiero parecer una vaca marrón con ese vestido.

—Ese vestido no es algo que tú te pondrías, no importa la talla. No te veo vestida de marrón —dijo él con cautela, aunque la moda femenina no era su especialidad.

—Pues pronto me verás —dijo Victoria con desánimo, sin dejar de pensar en su peso.

Quería visualizarse delgada para conseguirlo. Se había comprado un vestido de chiffon azul cielo para la cena de ensayo, y lo llevaría con un bolero plateado y sandalias plateadas de tacón alto. Era muy favorecedor y le quedaba muy bien. Estaba contenta, pero el vestido de la boda seguía incomodándola. Para ella era un absoluto desastre.

—Podemos hacer una pira ceremonial con él después de la boda —dijo Collin con una sonrisa compasiva—. Yo te querría hasta con un saco de arpillera, así que no te preocupes.

Victoria le sonrió y se besaron. Se quedaron en el piso de ella varios días, hasta que se encontró algo mejor, y entonces volvieron al de Collin, que a él le resultaba más práctico porque quedaba más cerca de su bufete.

Collin sacó un tema interesante hablando con ella un domingo por la tarde en su casa, dos semanas después de que se rompiera la pierna.

—¿Qué te parecería si un día de estos buscamos un piso para los dos? Podríamos empezar a ver algo este verano. —Siempre iban y venían de un piso a otro. Llevaban cinco meses saliendo y su relación era tan sólida que ambos se sentían preparados para dar el paso y ver qué sucedía a partir de ahí—. ¿Cómo lo ves?

Hasta entonces, cuando él tenía que preparar un juicio y trabajaba hasta tarde, se quedaba en su piso. El resto del tiempo estaban en casa de ella durante la semana, y luego se trasladaban a la de él durante el fin de semana.

—Lo veo bien —repuso ella con calma, y se inclinó para besarlo. Collin le había firmado la escayola seis veces, Harlan dos, y John había añadido su nombre en rojo. Todos los chicos de la escuela se la habían firmado también por lo menos una vez. Helen decía que era la escayola más decorada de toda Nueva York y que parecía una obra de arte o un ejemplo de graffiti—. Me gusta mucho la idea —dijo Victoria sobre lo de vivir juntos.

—A mí también. ¿Se molestarán Harlan y John? —preguntó él con cara de preocupado.

—No. Creo que a los dos les va bien en el trabajo y pueden permitirse seguir en el apartamento sin mí. A lo mejor incluso les apetece tener más espacio.

Collin asintió con la cabeza. Además, no tenían prisa por encontrar ese piso. Él quería empezar a buscar a finales de junio o principios de julio.

Se lo dijeron a Harlan y a John unos días después, cuando volvieron a su apartamento. Harlan dijo que no le sorprendía, que ya se esperaba algo así o el anuncio de que estaban comprometidos, añadió mirando con malicia a Collin, que simplemente se rió y miró a Victoria con cariño. Todavía no habían hablado de ello, pero a él se le había pasado por la cabeza. Su hermana, que quería conocer a Victoria aquel verano, le había comentado lo mismo. Pero ya tendrían tiempo. No había necesidad de hacer nada con prisas. Disfrutaban de su relación. Los dos llevaban toda la vida esperando algo así y preferían saborear todos los momentos. La hermana de Collin también acababa de conocer a alguien. A él no se lo había presentado aún, pero parecía perfecto para ella. Era un médico que se había quedado viudo y tenía dos hijos pequeños, y su hermana decía que eran una monada. Tenían cinco y siete años. La vida siempre encontraba la forma de seguir adelante. La teoría de que toda olla tenía su cobertera parecía funcionar si uno esperaba lo bastante y tenía paciencia. Victoria había llegado a creer mucho en ella. Acordaron empezar a buscar apartamento juntos después de la boda de su hermana, cuando ella ya no tuviera la escayola ni caminara con muletas y pudiera moverse mejor. Él tenía unas semanas libres entre juicios, y ella ya habría terminado las clases. Victoria estaba impaciente.

Le quitaron la escayola tres días después de que se acabara el curso y empezaran las vacaciones de verano. Victoria notaba la pierna algo débil y temblorosa, pero tenía que hacer ejercicio y fisioterapia, y le dijeron que con eso reforzaría la musculatura. Mientras tanto tendría que ponerse a punto para la boda. Podía estar de pie cargando el peso sobre la pierna, pero no se sentía fuerte y todavía no podía forzarse mucho en el gimnasio. Antes estaba la fisioterapia.

No le dijo nada a nadie, pero el día que le quitaron la escayola entró en el baño y se pesó, y en cuanto lo hizo se sentó en el borde de la bañera y se echó a llorar. Había ido con cuidado, pero no del todo. Algunas noches malas, cuando la pierna le dolía y necesitaba consuelo, había recurrido a la pasta, un par de pizzas, helado de vez en cuando, queso con galletitas saladas, y también un poco de puré de patata y un delicioso pastel de carne que había comprado Harlan en la charcutería del barrio. Todo había ido sumando y el resultado había sido que, inmovilizada y sin poder ir al gimnasio, había ganado tres kilos de los ocho que había perdido. Así que, en lugar de adelgazar doce kilos para la boda, solamente había perdido cinco. Sabía que solo sería capaz de deshacerse de otro kilo y medio o dos si se lo proponía y seguía una dieta especial de infusiones antes de la ceremonia, de modo que, además de llevar un vestido que le quedaba fatal y que ni siquiera sería de su talla, estaría gorda. Se quedó allí sentada, llorando, y justo entonces Collin entró en el baño.

—¿Qué ha pasado? —dijo, preocupado—. ¿Te duele la pierna?

—No, me duele el culo —contestó Victoria, enfadada consigo misma—. He engordado tres kilos por culpa de la pierna de las narices. —Le daba vergüenza reconocerlo delante de él, pero ya la había visto llorar, así que se lo dijo.

—Ya los perderás. Además, ¿a quién le importa? —repuso Collin, y entonces se le ocurrió una idea—. Voy a tirar esa báscula a la basura. No quiero que toda tu vida gire en torno a los dictados del peso. Estás fantástica, te quiero, y ¿a quién puñetas le importa si engordas dos kilos o pierdes cuatro? A mí no, desde luego.

—Pero a mí sí —repuso ella, triste, y se sonó la nariz con un pañuelo de papel, sentada aún en el borde de la bañera.

—Eso es otra cosa —dijo Collin—. Hazlo por ti, si quieres, pero no lo hagas por mí. A mí no me importa. Te quiero tal y como eres, y con cualquier talla que lleves.

Victoria lo miró con una sonrisa.

—¿Cómo he tenido tanta suerte de conocerte? Eres lo mejor que me ha pasado en el gimnasio —dijo.

—Nos hemos ganado el uno al otro en pago por haber sido desgraciados durante tanto tiempo. Nos merecemos ser felices —dijo Collin, y se inclinó para besarla.

—Y ser amados —añadió ella.

Él volvió a besarla y Victoria se levantó para dejarse estrechar entre sus brazos.

—¿Cuándo te vas a Los Ángeles, por cierto? —Sabía que no tardaría mucho, ahora que ya le habían quitado la escayola. Era lo que había estado esperando, además del visto bueno por parte de su médico, y también lo tenía ya.

—Dentro de dos días. Me da mucha rabia ir antes que tú —dijo Victoria con un suspiro—, pero Gracie dice que me necesita.

—Ten cuidado con tus padres, que muerden —le advirtió Collin, y ella se echó a reír. Tenía razón—. Será algo así como nadar entre tiburones, y yo no iré hasta el jueves antes de la boda. He tratado de coger algún día libre más, pero no puedo. Tengo que intentar cerrar el acuerdo de este caso, si puedo, antes de ir hacia allá.

—Estaré bien —repuso ella con valentía, y Collin la besó de nuevo.

Al final Victoria pasó el fin de semana con él en Nueva York y el lunes salió hacia Los Ángeles. Collin no llegaría hasta tres días después. Ella le aseguró con toda confianza que podía enfrentarse sola a su familia esos tres días; había convivido con ellos durante casi treinta años.

Gracie fue a buscarla al aeropuerto y la llevó a casa en su coche. Le dijo que todas las damas de honor estaban ya en la ciudad y se habían probado los vestidos. Les habían hecho los últimos retoques y les quedaban perfectos. El catering estaba organizado. La florista estaba a punto. Ya habían elegido la música para la iglesia y para la recepción, y habían contratado a un grupo. A ella le encantaba su vestido, que al final era de Vera Wang. Fue repasando la lista de cosas pendientes para comprobar que todo estuviera controlado, y entonces recordó que su hermana todavía no se había probado su vestido.

—Deberías ponértelo en cuanto llegues a casa —dijo Gracie con cara de preocupación—. ¿Crees que tendrán que retocarlo? —preguntó a la vez que la miraba de reojo, sentada a su lado en el coche. A ella le parecía que estaba más o menos igual, pero nunca se sabía.

—No, no estoy mucho más delgada que antes —contestó Victoria, algo desanimada.

—Me refería a si habías engordado —dijo Gracie, algo insegura, y Victoria negó con la cabeza.

Eso era lo que todos pensaban de ella, que era una montaña que nunca disminuía, que lo único que hacía era crecer. Había perdido medio kilo desde que le habían quitado la escayola, pero no más. No había podido hacer suficiente ejercicio para que se notara, aun sin comer carbohidratos.

Cuando llegaron a casa, encontraron a su madre repasando la lista de regalos. Había tanta plata y tanto cristal envueltos en preciosos paquetes que el comedor se había convertido en un almacén. Su padre estaba en la oficina, y Victoria no lo vio hasta la noche. Llegado el momento, Jim la abrazó y comentó que la veía bien. Viniendo de él, «saludable» y «bien» siempre eran sinónimos de «grande» y «gorda». Su hija le dio las gracias, le dijo que ella también lo veía bien a él y se fue a otra habitación. No se habían visto desde que les había presentado a Collin, en Nueva York. Al recordar el comentario de Collin sobre los tiburones, prefirió alejarse de su padre.

Victoria consiguió mantenerse a flote durante aquellos tres días, hasta que Collin llegó por fin. Esa noche habían organizado una cena en la que se reunieron ambas familias y que resultó bastante inofensiva. La cena de ensayo sería al día siguiente, en el club de campo de los Wilkes. El banquete de la boda se celebraría en el club de tenis y natación de los Dawson, en un jardín inmenso y bajo una enorme carpa «de cristal» que había costado un dineral. Quinientos cuarenta invitados habían confirmado su asistencia.

La mañana que llegaba Collin, Victoria consiguió estar unos minutos a solas con su hermana y le preguntó de una vez por todas si de verdad quería seguir adelante con aquello y si estaba segura de Harry. En caso afirmativo, le prometió dejarla en paz para siempre. Gracie la miró con solemnidad y le dijo que estaba segura.

—¿Eres feliz? —preguntó Victoria, porque no lo parecía. Estaba muy estresada y, cada vez que Harry iba por allí, hacía cabriolas con tal de complacerlo. Si se casaba con él, así sería la vida de Gracie a partir de entonces. Era lo que él creía que merecía, y Victoria lo sentía muchísimo por su hermana.

—Sí, soy feliz —contestó Gracie.

Victoria suspiró entonces y asintió con la cabeza.

—De acuerdo, pues cuenta conmigo. Eso es lo único que quiero para ti. Y ya puedes decirle de mi parte que, si alguna vez te hace desgraciada, yo personalmente me encargaré de darle una buena paliza —dijo Victoria.

Gracie soltó una risa nerviosa. Tenía miedo de que su hermana lo dijese en serio.

—No lo hará —dijo con gravedad—. ¡Sé que no lo hará!
—Daba la sensación de que intentaba convencerse a sí misma.

—Espero que tengas razón.

Victoria ya no volvió a sacar el tema, y se sintió aliviada cuando llegó Collin. Harry se tomó muchas molestias para impresionarlo y cautivarlo, y Collin se mantuvo educado y le siguió la corriente, pero Victoria se daba cuenta de que Harry no le había caído bien. A ella tampoco, pero había entrado en la familia. Para bien o para mal.

La cena de ensayo fue un acontecimiento monumental preparado por la empresa de catering más lujosa de todo Los Ángeles. Acudió la flor y nata de la ciudad. Los Wilkes estuvieron muy corteses y se esforzaron por conseguir que todos los Dawson se sintieran a gusto. No hacían más que hablar maravillas sobre Gracie. Era joven, desde luego, pero creían que sería la esposa perfecta para su hijo. Y Jim Dawson no dejaba de repetir y repetir hasta la saciedad lo mucho que apreciaba a Harry. Durante la cena hubo discursos interminables, algunos inteligentes, la mayoría muy aburridos. Victoria también tendría que decir unas palabras, pero lo haría en la boda, como hermana mayor y dama de honor principal.

Estaba muy guapa con el vestido de chiffon azul cielo que se había comprado para la ocasión, y Collin le dirigió muchos cumplidos durante la velada. Su padre había bebido varias copas cuando se les acercó, después de que la cena de ensayo terminara y los invitados empezaran a reunirse en grupitos. Se dirigió a ellos dos con su voz de hombretón fuerte, lo cual Victoria sabía que solía ser mala señal, porque era muy probable que acabara lanzándole alguna pulla. Al ver acercarse a su padre quiso advertir a Collin, pero no tuvo tiempo. Antes de poder decir ni una palabra, ya tenían a Jim encima.

—Bueno, bueno... —dijo, mirando a Collin como si tuviera catorce años y acabara de presentarse en casa de los Dawson para ir a buscar a Victoria por primera vez—. Parece que has elegido muy bien, Victoria es el cerebro de la familia. Gracie es la belleza. Siempre es interesante tener cerca a una mujer lista.

Era el primer ataque de tiburón de la noche. Victoria no lo había visto hablar con Collin hasta ese momento, y ya había sangre en el agua. La de ella, como de costumbre.

Collin miró a su padre con cordialidad y pasó un brazo a Victoria alrededor de los hombros para acercarla hacia sí. Ella notó cómo la estrechaba con fuerza, sintió su protección. Y, por una vez en su vida, se sintió segura. Y amada. Así se sentía cuando estaba con él.

—Me temo que no estoy de acuerdo con usted, señor —dijo Collin, muy cortés.

—¿Sobre las mujeres listas? —Jim parecía sorprendido. Normalmente nadie ponía en duda sus opiniones, por muy indignantes, imprecisas o insultantes que fueran. Nadie se molestaba.

—No, sobre quién es el cerebro y quién la belleza de la familia. Yo diría que Victoria es ambas cosas, cerebro y belleza. La subestima usted, ¿no le parece?

Su padre balbuceó unos instantes y luego asintió; no estaba seguro de cómo reaccionar. Victoria casi se echó a reír, y apretó la mano de Collin para transmitirle un silencioso «gracias». Sin embargo, Jim no pensaba dejarlo ahí. No le gustaba que le llevaran la contraria ni que lo interrumpieran cuando menospreciaba a su hija.

Soltó una risotada hueca, lo cual era otra mala señal bien conocida por Victoria.

—Es sorprendente cómo los genes se saltan a veces generaciones, ¿verdad? Victoria es igualita a mi abuela. Siempre lo ha sido, no se parece en nada a nosotros. Tiene la constitución de mi abuela, el mismo color de pelo, la nariz. —Esperaba dejarla en evidencia, porque sabía lo mucho que Victoria había detestado su nariz toda la vida.

Collin, inocentemente, se inclinó para acercarse a examinar la nariz de Victoria y se volvió hacia su padre con desconcierto.

—Pues yo creo que se parece mucho a la de su madre y su hermana —dijo con total sinceridad.

Desde luego que se parecía, gracias a la doctora Schwartz, pero eso Collin no lo sabía. Victoria se ruborizó. Su padre, extrañado, la miró entonces con más atención y tuvo que reconocer, para sí al menos (porque ante Collin no estaba dispuesto a hacerlo), que sí se parecía a la nariz de Gracie y de su madre.

—Qué raro, antes me recordaba a la de mi abuela —masculló—. Pero es muy grandullona, igual que ella —dijo con un brillo malévolo en la mirada. Era la descripción que Victoria más había odiado desde niña.

—¿Se refiere usted a que es alta? —preguntó Collin con una sonrisa.

—Sí... Desde luego.

Su padre se había retractado por primera vez en la historia, y entonces, sin un solo comentario más, desapareció entre la multitud. Sus dardos habían sido afilados como siempre, pero esta vez no habían dado en el blanco. Jim comprendió con claridad que a Victoria no le importaban sus insultos, porque Collin la amaba. Victoria suspiró al ver cómo buscaba a su madre y le decía que ya era hora de irse a casa.

—Gracias —le dijo Victoria a Collin en voz baja. Le habría gustado hacer frente a su padre ella misma, pero todavía le daba miedo. Habían sido demasiados años de intimidación. Quizá algún día, pero todavía no.

Collin la rodeó con un brazo mientras caminaban hacia donde esperaban los aparcacoches, junto a limusinas y demás vehículos.

—No puedo creerme las barbaridades que dice de ti —comentó él, molesto—. ¿Qué le pasa a tu nariz? —preguntó, completamente desconcertado, y ella se echó a reír mientras esperaban el coche con chófer que Collin había alquilado para aquella noche.

—Me operé la nariz durante las vacaciones de Navidad. Ese era el accidente de tráfico que había tenido cuando nos conocimos —reconoció, algo avergonzada por habérselo ocultado hasta entonces por pura vanidad. De todas formas, ya no deseaba tener ningún secreto con él, ni en el pasado ni a partir de aquel momento, así que se quitó ese peso de encima y se sintió muy aliviada—. Detestaba mi nariz. Mi padre siempre hacía chistes al respecto, así que me la arreglé. A ellos no les dije nada, solo a Gracie. Ni él ni mi madre se dieron cuenta cuando nos vimos en Nueva York, y tampoco ahora.

Collin no pudo evitar sonreír al oír su confesión.

—O sea que, cuando nos conocimos, ¿te habías operado la nariz? —No salía de su asombro—. Y yo que creía que habías sufrido un terrible accidente...

—Pues no, era mi nueva nariz —dijo ella, orgullosa y tímida a la vez.

Collin la observó un minuto con una extraña sonrisa. A esas alturas también había bebido bastante. De no ser así, no habría contestado a su padre. No solía hacerlo. Sin embargo, los desprecios de Jim hacia Victoria lo habían enfurecido como nunca.

—Es una naricita preciosa —la piropeó—. Me encanta.

—Creo que estás borracho —dijo ella, riendo. Había disfrutado viendo cómo desarmaba sutilmente a su padre.

—Estoy borracho, es verdad, pero no soy peligroso. —Se detuvo para besarla, y entonces apareció el chófer con su coche y ellos subieron.

Collin dormía con ella en la casa de la familia, así que seguramente se encontrarían otra vez con su padre, pero al volver se metieron enseguida en la habitación de ella. Collin estaba tan cansado que se quedó dormido al cabo de cinco minutos. Victoria estuvo un rato despierta, tumbada junto a él, y luego fue a ver a Gracie a su habitación.

Asomó la cabeza por la puerta y vio a su hermana sentada en la cama y con una expresión algo perdida. Victoria entró y se sentó a su lado, igual que hacía cuando las dos eran pequeñas.

—¿Estás bien?

—Sí. Nerviosa por lo de mañana. Siento como si fuera a entrar en su familia y a perder la nuestra —dijo, algo angustiada.

Victoria no lo habría considerado una pérdida, salvo por Gracie, pero sabía que su hermana sí. Ella quería a sus padres, y sus padres la querían a ella.

—A mí no me perderás —le aseguró—. No me perderás nunca.

Gracie la abrazó sin decir una palabra. Parecía a punto de echarse a llorar, pero contuvo las lágrimas. Victoria no podía evitar preguntarse si estaría dudando en cuanto a Harry. Haría bien, pero en todo caso no lo reconoció.

—La boda irá como la seda, ya verás —dijo Victoria para tranquilizarla. Tristemente, su matrimonio sería otra historia, o por lo menos eso creía ella.

—Collin me cae muy bien —dijo Gracie para cambiar de tema—. Es muy majo y me parece que te quiere un montón.

—Era fácil verlo, porque estaba siempre pendiente de ella y la miraba con adoración, como si fuera el hombre más afortunado del mundo.

—Yo también le quiero —repuso ella con alegría.

—¿Crees que os casaréis? —A Gracie le parecía que sí, y Victoria sonrió.

—No lo sé. No me lo ha pedido. Es demasiado pronto. Somos felices así, de momento. Este verano buscaremos un apartamento para irnos a vivir juntos.

Avanzaban despacio, mientras que Gracie iba a convertirse en una mujer casada al cabo de pocas horas. A Victoria le parecía que su hermana era demasiado joven para dar un paso tan grande, sobre todo casándose con Harry, que iba a controlar hasta el último aspecto de su pensamiento y su vida. Eso la entristecía, pero era lo que Gracie deseaba, y el precio que estaba dispuesta a pagar por estar con él.

—Siento lo del vestido marrón —dijo su hermana de pronto, con cara de culpabilidad—. Tendría que haber elegido algo que te quedara mejor. Me gustaba ese vestido, pero tendría que haber pensado en ti.

A Victoria le conmovió que Gracie se diera cuenta, y se lo dijo mientras le daba un abrazo de perdón.

—No pasa nada. Ya me vengaré cuando me case yo. Escogeré algo que te quede como un tiro.

Las dos se echaron a reír.

Estuvieron charlando un rato más y después Victoria la abrazó y regresó a su cuarto. Sentía lástima por su hermana pequeña. Tenía la sensación de que no disfrutaría de una vida fácil. Acomodada, desde luego, pero no necesariamente una buena vida. Lo único que podía hacer por el momento era desearle lo mejor. Cada una era responsable de su propia vida.

Victoria se metió en la cama junto a Collin, le sonrió y se acurrucó contra él antes de quedarse dormida. Por primera vez en su vida se sentía segura en casa de sus padres.

26

La mañana de la boda la casa empezó a bullir de actividad y emoción en cuanto todos se levantaron. El desayuno estaba preparado en la mesa de la cocina para que cada cual pudiera servirse. Collin y Victoria salieron con el suyo al jardín para no estorbar a nadie. A Gracie le estaban haciendo la manicura y la pedicura en su habitación. La peluquera llegó para peinar a todas las mujeres de la casa. Victoria solo quería un sencillo moño italiano, así que sería la primera.

La boda no se celebraba hasta las siete de la tarde, pero durante todo el día hubo gente que pasaba por la casa. Desde que llegaron las damas de honor, a la hora de comer, Victoria no pudo ni acercarse a su hermana, así que las dejó solas y decidió ayudar a su madre en lo que pudiera. Sin embargo, todo parecía estar asombrosamente controlado. El vestido de novia de Gracie estaba extendido en la cama de su madre. Su padre había quedado relegado a la habitación de invitados para vestirse, y todo el mundo parecía tener algo que hacer. Recibieron un millón de llamadas y entregas de paquetes, y Collin se prestó voluntario para contestar al teléfono y abrir la puerta. El padre de Victoria desapareció un buen rato y luego regresó, pero no dirigió la palabra a Victoria en todo el día, y tampoco a Collin. La noche anterior se había tragado una dosis de su propia medicina, y Victoria se alegraba por ello. Ya iba siendo hora. Collin lo había hecho muy bien, con estilo y delicadeza. Bajo su protección su padre se lo pensaría dos veces antes de volver a atacarla.

A eso de las cinco de la tarde empezó la cuenta atrás. La peluquera le arregló el pelo a Grace. Todas las damas de honor ya estaban listas, y a las seis en punto se pusieron sus vestidos. Victoria respiró hondo y también se vistió. Una de las damas de honor le subió la cremallera mientras otra tiraba de la tela y ella escondía barriga. No se miró al espejo. Ya sabía cómo le quedaba el vestido. Aun con el peso que había perdido, apenas podía respirar, sus pechos habían quedado completamente comprimidos y sobresalían por el borde del escote palabra de honor. Le iba realmente estrecho y la cremallera casi no cerraba. Victoria era muy consciente de que debía de quedarle fatal, pero no le importaba. Collin la quería y, aunque no fuera el mejor vestido para ella, ¿qué importaba? Había encontrado unos zapatos de satén marrón de tacón alto que iban a juego y se los puso.

De pronto parecía una mujer altísima. Pero una mujer guapa. Sentía que en el último año había encontrado su verdadera identidad, no solo a causa de Collin, sino también gracias al esfuerzo que había hecho por liberarse del pasado y del daño que había sufrido. Lo de Collin había sucedido porque ella estaba preparada. Había sido ella quien había provocado cambios, y él había llegado después. Esos cambios no habían sido obra de él. De pronto se sentía segura de sí misma, incluso con ese vestido que le quedaba tan mal. Estaba guapa e irradiaba un brillo interior. Se puso un poco más de colorete, y el tono de la tela ya no deslució tanto la palidez de su piel.

Fue a ver a su hermana, y se encontró a su madre pasándole por la cabeza el complicado vestido de encaje. Christine llevaba un vestido de tafetán beige oscuro con una chaqueta, y estaba elegante y recatada. Todavía era una mujer guapa, aunque a veces a Victoria se le olvidaba. Y en cuanto el enorme vestido blanco de encaje cayó sobre el delicado cuerpo de Gracie, su hermana pareció una princesa. Llevaba también su anillo de pedida, que parecía el faro de un coche, y los pendientes de diamantes que le había regalado Harry. Su madre le había entregado un collar de perlas con cierre de diamante como regalo de boda. Gracie parecía demasiado joven para llevar todas aquellas joyas encima, y Victoria se acordó de cuando, siendo niñas, jugaban a disfrazarse. Aun así estaba preciosa. Era la novia perfecta. Unos minutos después su padre entró y se le saltaron las lágrimas. Estaba sobrecogido por la visión de su niña vestida de novia. Siempre había sido su pequeña. Y siempre lo sería. Como también era la niña de Victoria. Gracie miró a su alrededor, a toda su familia. Estaba a punto de echarse a llorar, pero su madre le advirtió que no estropeara el maquillaje. Para Gracie, era como si estuviera a punto de abandonarlos definitivamente e iniciar su andadura por un mundo que era un mar de aguas desconocidas. Algo así inspiraba miedo, sobre todo para una chica tan joven, que parecía vulnerable, frágil e infantil con ese vestido mientras su madre no dejaba de arreglarle el largo velo sobre la cabeza.

Victoria y Christine la ayudaron a bajar la escalera sosteniéndole la cola en alto. Después Gracie subió al coche con su padre para ir a la iglesia donde se casaría con Harry. Jim se emocionó mientras el coche se alejaba, y su pequeña se inclinó para darle un beso. Ella tenía un padre al que Victoria nunca había conocido pero que le habría encantado tener. En cambio, tenía a Collin en su vida.

Victoria y su madre se subieron entonces a la limusina que estaba esperando para llevarlas a la iglesia. Collin había salido algo antes, y se encontrarían allí.

Cuando llegaron a la iglesia, todo sucedió siguiendo el orden establecido. Harry esperaba en el altar. Las damas de honor precedieron a Gracie con sus elegantes vestidos marrones, y Victoria caminó por el pasillo justo delante de su hermana. Su mirada se encontró con la de Collin al pasar junto a él, que le sonrió y la miró con orgullo. Su padre acompañó a Gracie por el pasillo de la iglesia dando pasos solemnes y contenidos.

Los novios pronunciaron los votos, Harry puso una alianza de diamantes en el dedo de Gracie, y luego los declararon marido y mujer. Victoria lloró cuando se besaron. Los recién casados recorrieron el pasillo hacia la salida radiantes de felicidad. Había sucedido, todo había pasado. La boda que los había vuelto locos durante un año entero había terminado. La recepción fue tan espectacular como querían sus padres y como Gracie había soñado. Cuando empezó el banquete, después de las fotografías y las presentaciones de respetos, la novia se acercó a dar un beso a Victoria. Quería disfrutar de un minuto con su hermana mayor.

—Solo quiero decirte que te quiero. Gracias por todo lo que has hecho por mí toda la vida. Siempre te has preocupado de mí, incluso cuando me porto como una niña mimada o como una tonta... Gracias... Te quiero... Eres la mejor hermana del mundo.

—Tú también, y siempre estaré contigo cuando me necesites. Te quiero, cariño... Espero que seas feliz.

—Yo también —dijo Gracie en voz baja, aunque no sonó tan segura como le habría gustado a Victoria.

Pero si el matrimonio no funcionaba, se enfrentarían a ello y encontrarían la solución. A veces las cosas no podían preverse con antelación, por mucho que uno se esforzara.

Collin estaba sentado junto a Victoria a una mesa larga, con todas las damas de honor y el séquito del novio. Victoria pronunció su discurso y todo el mundo aplaudió. Collin y ella bailaron toda la noche. Harry y Gracie cortaron el pastel. Victoria incluso bailó una vez con su padre. Jim estaba muy digno y apuesto con su esmoquin y su pajarita negra, y por una vez no le hizo ningún comentario desagradable: solo bailaron mientras él la hacía dar vueltas por la pista, y luego se la entregó otra vez a Collin. Fue una boda exquisita, y Gracie una novia preciosa. Para gran alivio de Victoria, aquella noche al menos, y puede que siempre si tenían suerte, Gracie y Harry parecían felices. No había forma de saber si duraría, ni para ellos ni para nadie. Lo único que podían hacer era esforzarse al máximo.

Estaba bailando con Collin cuando anunciaron que Gracie iba a lanzar el ramo y pidieron a todas las mujeres solteras que se reunieran en la pista de baile. Gracie se había subido a una silla y estaba esperando a que todas las solteras se acercaran. La madre de Victoria pasó junto a ella cuando estaba a punto de unirse a las demás y le lanzó una mirada recriminatoria.

—Déjalas que se lo queden ellas, cariño, son más jóvenes que tú. Todas se casarán algún día. Tú ni siquiera sabes si lo harás.

En una sola frase había descartado a Collin como posibilidad real, y no solo le había dicho que seguramente acabaría siendo una solterona, sino que además no se merecía ese ramo. Una vez más su madre creía que era indigna y no encontraría el amor, solo porque ellos no la habían querido. Victoria empezó a retroceder de nuevo hacia los invitados mientras Gracie le hacía señales para que se acercara. Sin embargo, el mensaje de su madre había sido muy convincente. Collin había visto que Christine le decía algo, y la cara de Victoria después, pero estaba demasiado lejos para oír nada. Fuera lo que fuese, se dio cuenta de que había dejado a Victoria destrozada y vio cómo se encerraba en sí misma, allí de pie, con los brazos inertes a los lados, mientras la novia se preparaba para lanzar el ramo. Gracie, sin dejar de mirar a su hermana, apuntó bien y movió el brazo como un lanzador de béisbol para que el ramo volara por encima de la gente como un misil que iba directo a Victoria. Aun así, el ataque de su madre había sido devastador. Victoria estaba paralizada y no podía levantar el brazo.

Collin no dejaba de mirarla, igual que Gracie, deseando que levantara la mano y alcanzara el ramo. Lo único que tenía que hacer era estirar un brazo para atraparlo, solo debía creer que lo merecía. Collin sintió un dolor punzante al comprender la agonía que estaba viviendo Victoria, y en voz bien alta exclamó las palabras que él estaba repitiéndose en silencio.

—¡Te mereces todo mi amor! —le gritó a Victoria, aunque estaba demasiado lejos.

Y entonces, como si ella en efecto lo hubiera oído, en el rostro de Victoria se formó una sonrisa. En una fracción de segundo levantó el brazo, atrapó el ramo y lo alzó en alto para recibir los vítores de todos. De Collin del que más. Victoria lo buscó entonces con la mirada, y él levantó los pulgares de ambas manos para felicitarla, justo cuando Harry cogía en brazos a su mujer para bajarla de la silla y subir a cambiarse de ropa. Aquella misma noche salían hacia París con el avión privado de su padre.

Collin se abrió camino entre los invitados para reunirse con Victoria, que sonreía de felicidad cuando llegó junto a ella. Todavía no sabía qué le había dicho su madre, solo que le había dolido, pero esa vez no quería preguntar. Lo único que deseaba hacer era protegerla de esas heridas para siempre. Victoria seguía abrazada al ramo.

—Un día de estos le daremos buen uso —dijo él mientras se lo quitaba de las manos con cariño y lo dejaba en una mesa.

Entonces se la llevó a la pista de baile y la abrazó mientras empezaban a bailar sin parar. Era una mujer hermosa. Siempre lo había sido, solo que antes no lo sabía y ahora sí. Cuando levantó la mirada hacia él, Victoria supo lo mucho que la quería Collin.